人民共和國文化與文學叢書

九　編

李　怡　主編

第 8 冊

詩與史之間的大學故事
——宗璞及其《野葫蘆引》研究

康　宇　辰　著

花木蘭文化事業有限公司

國家圖書館出版品預行編目資料

詩與史之間的大學故事——宗璞及其《野葫蘆引》研究／康
宇辰 著 -- 初版 -- 新北市：花木蘭文化事業有限公司，2021
〔民 110 〕
目 4+224 面；19×26 公分
（人民共和國文化與文學叢書 九編；第 8 冊）
ISBN 978-986-518-506-0（精裝）
1. 馮鍾璞 2. 中國當代文學 3. 長篇小說 4. 文學評論
820.8   110011116

ISBN-978-986-518-506-0

9 789865 185060

人民共和國文化與文學叢書
九 編 第 八 冊   ISBN：978-986-518-506-0

詩與史之間的大學故事
——宗璞及其《野葫蘆引》研究

作　　者　康宇辰
主　　編　李 怡
企　　劃　四川大學中國詩歌研究院
總 編 輯　杜潔祥
副總編輯　楊嘉樂
編　　輯　許郁翎、張雅淋、潘玟靜　美術編輯　陳逸婷
印　　刷　普羅文化出版廣告事業
出　　版　花木蘭文化事業有限公司
發 行 人　高小娟
聯絡地址　235 新北市中和區中安街七二號十三樓
　　　　　電話：02-2923-1455 ／傳真：02-2923-1452
網　　址　http://www.huamulan.tw 信箱 service@huamulans.com
初　　版　2021 年 9 月
全書字數　206545 字
定　　價　九編 12 冊（精裝）台幣 30,000 元

詩與史之間的大學故事
——宗璞及其《野葫蘆引》研究

康宇辰　著

作者簡介

康宇辰，1991 年出生，四川成都人，獲北京大學文學博士（2020）、碩士（2016）、學士（2013）學位，現任教於四川大學文學與新聞學院，從事中國現當代文學研究，長期關注中國現代大學和知識分子問題，也兼事當代詩歌寫作與批評。在《文學評論》、《文藝爭鳴》等刊物上發表學術論文多篇。

提　　要

　　本書的核心話題是「詩與史之間的大學故事」，以宗璞及其長篇小說系列《野葫蘆引》為中心，研究小說中的二十世紀大學神話。本書在 1940 年代戰時大學生的代際視野中釐定宗璞，關注她的歷史閱歷與作為知識分子後代的學院生活。宗璞的集大成之作是《野葫蘆引》，這部作品的方法是詩史辯證，意圖是樹立一種大學倫理。它浸透著二十世紀長時段中國歷史中不同年代交錯對話的時代經驗，依託歷史而具有豐厚的闡釋空間。

　　本書的第一章研究宗璞的歷史閱歷、生活世界和她的大學書寫的關係，第二章分析宗璞高潔而柔弱的精神結構，並且把她作為一個當代史中知識分子的精神樣本來理解。第三章進入《野葫蘆引》研究，把「詩與史」作為文本生成的方法，關注她怎樣化史為詩，在詩與史的對照和辯證中形成自己的小說人物和情節，因此能分析她的臧否與提純，看到她飽滿的「紙背心情」。第四章研究《野葫蘆引》系列的「大學倫理」問題，並把這看作《野葫蘆引》小說的寫作意圖。這個倫理在小說中被表述為「盡倫與盡職」，其與政治多有碰撞。本書的研究最終希望通過詩與史的對讀呈現二十世紀中國大學及學院知識分子的光榮與坎坷。

研治文學史的方法與心態——代序

李　怡

　　我曾經以「作為方法的民國」為題討論過中國現代文學研究的「方法」問題，最近幾年，「作為方法」的討論連同這樣的竹內好－溝口雄三式的表述都流行一時，這在客觀上容易讓我們誤解：莫非又是一種學術術語的時髦？屬於「各領風騷三五年」的概念遊戲？

　　但「方法」的確重要，儘管人們對它也可能誤解重重。

　　在漢語傳統中，「方」與「法」都是指行事的辦法和技術，《康熙字典》釋義：「術也，法也。《易・繫辭》：方以類聚。《疏》：方謂法術性行。《左傳・昭二十九年》：官修其方。《注》：方，法術。」「法」字在漢語中多用來表示「法律」「刑法」等義，它的含義古今變化不大。後來由「法律」義引申出「標準」「方法」等義。這與拉丁語系 method 或 way 的來源含義大同小異——據說古希臘文中有「沿著」和「道路」的意思，表示人們活動所選擇的正確途徑或道路。在我們後來熟悉的馬克思主義哲學中，「世界觀」與「方法論」的相互關係更得到了反覆的闡述：人們關於世界是什麼、怎麼樣的根本觀點是「世界觀」，而借助這種觀點作指導去認識世界和改造世界的具體理論表述，就是所謂的「方法論」。

　　在我們的傳統認知中，關於世界之「觀」是基礎，是指導，方法之「論」則是這一基本觀念的運用和落實。因而雖然它們緊密結合，但是究竟還是以「世界觀」為依託，所以在「改造世界觀」的社會主潮中，我們對於「世界觀」的闡述和強調遠遠多於對「方法」的討論，在新中國改革開放前的國家思想主流中，「方法」常常被擱置在一邊，滿眼皆是「世界觀」應當如何端正的問題。這到新時期之初，終於有了反彈，史稱「1985 方法論熱」，

一時間，文藝方法論迭出，西方文藝社會學、心理學、語言學、原型批評、接受美學、結構主義、解構主義、新批評、現象學、存在主義、解釋學、以及借鑒的自然科學方法（系統論、控制論、信息論、模糊數學、耗散結構、熵定律、測不準原理等等），這些令人眼花繚亂的「新方法」衝破了單一的庸俗社會學的「舊方法」，開闢了新的文學研究的空間。不過，在今天看來，卻又因為沒有進一步推動「世界觀」的深入變革而常常流於批評概念的僵硬引入，以致令有的理論家頗感遺憾：「僅僅強調『方法論革命』，這主要是針對『感悟式印象式批評』和過去的『庸俗社會學』而來的，主要是針對我們把握世界的『方式』而言的。『方法論革命』沒有也不能夠關注到『批評主體自身素質』的革命。」〔註1〕

平心而論，這也怪不得 1985，在那個剛剛「解凍」的年代，所有的探索都還在悄悄進行，關於世界和人的整體認知——更深的「觀念」——尚是禁區處處，一切的新論都還在小心翼翼中展開，就包括對「反映論」的質疑都還在躲躲閃閃、欲言又止中進行，遑論其他？〔註2〕

1960 年 1 月 25 日，日本的中國研究專家竹內好發表演講《作為方法的亞洲》。數十年後，他已經不在人世，但思想的影響卻日益擴大，2011 年 7 月，溝口雄三《作為方法的中國》在三聯書店出版。〔註3〕 此前，中文譯本已經在臺灣推出，題為《做為「方法」的中國》。〔註4〕而有的中國學者（如孫歌、李冬木、汪暉、陳光興、葛兆光等）也早在 1990 年代就注意到了《方法としての中國》，並陸續加以介紹和評述。最近 10 年的中國思想文化與文學批評界，則可以說出現了一股「作為方法」的表述潮流，「作為方法的日本」、「作為方法的竹內好」、「亞洲」作為方法，以及「作為方法的 80 年代」等等都在我們學術話語中流行開來，從 1985 年至 1990 年直到 2011 年，「方法」再次引人注目，進入了學界的視野。

這裡的變化當然是顯著的。

雖然名為「方法」，但是竹內好、溝口雄三思考的起點卻是研究者的立場和研究對象的特殊性。中國何以值得成為日本學者的「方法」總結？歸

〔註1〕吳炫：《批評科學化與方法論崇拜》，《文藝理論研究》，1990 年 5 期。
〔註2〕參見夏中義：《反映論與「1985」方法論年》，《社會科學輯刊》，2015 年 3 期。
〔註3〕溝口雄三：《作為方法的中國》，孫軍悅譯，北京：三聯書店，2011 年。
〔註4〕林右崇譯，國立編譯館，1999 年。

根結底，是竹內好、溝口雄三這樣的日本學者在反思他們自己的學術立場，中國恰好可以充當這種反省的參照和借鏡。日本學人通過中國這樣一個「他者」的來參照進行自我的批判，實現從「西方」話語突圍，重新確立自己的主體性。竹內好所謂中國「迴心型」近現代化歷程，迴異於日本式的近代化「轉向型」，比較中被審判的是日本文化自己。溝口雄三批評那種「沒有中國的中國學」，其實也是通過這樣一個案例來反駁歐洲中心的觀念，尋找和包括日本在內的建立非歐洲區域的學術主體性，換句話說，無論是竹內好還是溝口雄三都試圖借助「中國」獨特性這一問題突破歐洲觀念中心的束縛，重建自身的思想主體性。如果套用我們多年來習慣的說法，那就是竹內好 - 溝口雄三的「方法之論」既是「方法論」，又是「世界觀」，是「世界觀」與「方法論」有機結合下的對世界與人的整體認知。

事實上，這也是「作為方法」之所以成為「思潮」的重要原因。在告別了 1980 年代浮躁的「方法熱」之後，在歷經了 1990 年代波詭雲譎的「現代—後現代」翻轉之後，中國學術也步入了一個反省自我、定義自我的時期，日本學人作為先行者的反省姿態當然格外引人注目。

如果我們承認中國當代學術需要重新釐定的立場和觀念實在很多，那麼「作為方法」的思潮就還會在一定時期內延續下去，並由「方法」的檢討深入到對一系列人與世界基本問題的探索。

在中國現當代文學的領域中，我堅持認為考察具體的國家社會形態是清理文學之根的必要，在這個意義上，「民國作為方法」或「共和國作為方法」比來自日本的「中國作為方法」更為切實和有效。同時，「民國作為方法」與「共和國作為方法」本身也不是一勞永逸的學術概念，它們都只是提醒我們一種尊重歷史事實的基本學術態度，至於在這樣一個態度的前提下我們究竟可以獲得哪些主要認知，又以何種角度進入文學史的闡述，則是一些需要具體處理、不斷回答的問題，比如具體國家體制下形成的文學機制問題，國家觀念與民族意識的互動與衝突，適應於民國與共和國語境的文學闡述方法，以及具體歷史環境中現代中國作家的文學選擇等等，嚴格說來，繼續沿用過去一些大而無當的概念已經不能令人滿意了，因為它沒有辦法抵近這些具體歷史真相，撫摸這些歷史的細節。

「民國作為方法」是對陳舊的庸俗社會學理論及時髦無根的西方批評理論的整體突破，而突破之後的我們則需要更自覺更主動地沉入歷史，進

入事實，在具體的事實解讀的基礎上發現更多的「方法」，完成連續不斷的觀念與技術的突破。如此一來，「民國作為方法」就是一個需要持續展開的未竟的工程。

對文學史「方法」的追問，能夠對自己近些年來的思考有所總結，這不是為了指導別人，而是為自我反省、自我提高。自我的總結，我首先想起的也是「方法」的問題，如上所述，方法並不只是操作的技術，它同樣是對世界的一種認知，是對我們精神世界的清理。在這一意義上，所有的關於方法的概括歸根到底又可以說是一種關於自我的追問，所以又可以稱作「自我作為方法」。

那麼，在今天的自我追問當中，什麼是繞不開的話題呢？我認為是虛無。

在心理學上，「虛無」在一種無法把捉的空洞狀態，在思想史上，「虛無」卻是豐富而複雜的存在，可能是為零，也可能是無限，可能是什麼也沒有，但也可能是人類認知的至高點。是一個複雜的概念。在今天，討論思想史意義的「虛無」可能有點奢侈，至少應該同時進入古希臘哲學與中國哲學的儒道兩家，東西方思想的比較才可能幫助我們稍微一窺前往的門徑。但是，作為心理狀態的空洞感卻可能如影隨形，揮之不去，成為我們無可迴避的現實。這裡的原因比較多樣，有個人理想與社會現實感的斷裂，有學術理念與學術環境的衝突，有人生的無奈與執著夢想的矛盾……當然，這種內與外的不和諧本來就是人生的常態，對於凡俗的人生而言，也就是一種生活的調節問題，並不值得誇大其詞，也無須糾纏不休。但對於一位以實現為志業的人來說，卻恐怕是另外一種情形。既然我們選擇了將思想作為人生的第一現實，那麼關乎思想的問題就不那麼輕而易舉就被生活的煙雲所蕩滌出去，它會執拗地拽住你，纏繞你，刺激你，逼迫你作出解釋，完成回答，更要命的是，我們自己一方面企圖「逃避痛苦」，規避選擇，另一方面，卻又情不自禁地為思想本身所吸引，不斷嘗試著挑戰虛無，圓滿自我。

這或許就是每一位真誠的思想者的宿命。

在魯迅眼中，虛無是一種無所不在的「真實」，「當我沉默著的時候，我覺得充實；我將開口，同時感到空虛」（《野草》題辭）「絕望之為虛妄，正與希望相同」（《希望》）「於浩歌狂熱之際中寒；於天上看見深淵。於一

切眼中看見無所有；於無所希望中得救。」（《墓碣文》）所以，他實際上是穿透了虛無，抵達了絕望。對於魯迅而言，已經沒有必要與虛無相糾纏，他反抗的是更深刻的黑暗——絕望。

虛無與絕望還是有所不同的。在現實的世界上，盼望有所把捉又陡然失落，或自以為理所當然實際無可奈何，這才是虛無感，但虛無感的不斷浮現卻也說明在大多數的時候，我們還浸泡在現實的各自期待當中，較之於魯迅，我們都更加牢固地被焊接在這一張制度化生存的網絡上，以它為據，以它為食，以它為夢想，儘管它無情，它強硬，它狡黠。但是，只要我們還不能如魯迅一般自由撰稿，獨自謀生，那就，就注定了必須付出一生與之糾纏，與之往返。在這個時候，反抗虛無總比順從虛無更值得我們去追求。

於是，我也願意自己的每一本文集都是自己挑戰虛無、反抗虛無的一種總結和記錄。

在我的想像之中，每一個學術命題的提出就是一次祛除虛無的嘗試，而每一次探入思想荒原的嘗試都是生命的不屈的抗爭。

回首這些年來思想歷程，我發現，自己最願意分享的幾個主題包括：現代性、國與族、地方與文獻。

「現代性」是我們無法拒絕卻又並不心甘情願的現實。

「國與族」的認同與疏離可能會糾結我們一生。

「地方」是我們最可能遺忘又最不該遺忘的土地與空間。

「文獻」在事實上絕不像它看上去那麼僵硬和呆板，發現了文獻的靈性我們才真的有可能跳出「虛無」的魔障。

如果仔細勘察，以上的主題之中或許就包含著若干反抗虛無的「方法」。

2021 年 6 月於長灘一號

目

次

導　言

　　在二十世紀中國，一個值得關注的現象是現代大學的創立和漫長的演變。因為這種高等教育機構的創設，中國現代學術制度被建立起來了，學院知識分子也成為了社會中一個重要的群體，且擁有自己的生活方式、文化趣味、政治意識、倫理取向，也以知識、人才的生產和公共介入而影響到二十世紀中國的歷史進程。這樣的大學，在它的坎坷發展中也形成了自己的傳統，並在知識分子的追懷中開創了關於自己的神話，且在 1980 年代以來更以自己民國時期的傳奇性往事而很大地影響了中國社會的文化理想，也產生出了諸多紀實和虛構的文學書寫。今天的「民國熱」、「大師熱」固然是消費文化的一個亮點，但社會對於這樣的文化產品的青睞也不是毫無道理，反而可以作為一個入口，讓我們溯洄從之去探尋民國老大學的意義何在。「二十世紀中國的大學神話」不只是一個個動人的好故事，也是歷史的境遇中生長和繁衍的精神現象，其中包含著整個二十世紀革命與建設大前提下中國知識分子乃至中國人的遭遇和期望。大學神話的研究，也因為可以牽扯出複雜多面的問題意識，並以小見大地輻射到對整個二十世紀中國知識分子的境遇思考，所以是一個極富魅力、值得探究的話題。我們的研究，正是從這樣的問題意識中起步的。而具體的切入口，則選定在最具神話性的戰爭年代的西南聯大故事上面，並且重點關注親歷並寫作此段歷史的作家宗璞。

一、1940 年代大學生與宗璞的位置

　　如果說 1940 年代的中國有什麼根本性主題，那當然非「戰爭」莫屬。其實從 1937 年七七事變導致的全面抗戰爆發之時，戰爭就已上升為中國大地的

第一現實，中國人的生活無不在這一前提下各自展開成豐富多元的面向。在這樣的生活變動時期，隨著國民政府公立大學和部分私立大學從淪陷區內遷，年輕的學生們到內地求學成為一個重要的人生選擇。觀察這一內遷大學學生群體，我們或可嘗試使用代際的角度。

首先需要說明的是，「1940 年代大學生」在本文中的所指，是那些戰火中求學的大學生階層。因此，這一大群體的開端可追溯至 1937 年已在學院中而後在戰時畢業的學生們，他們經歷了抗戰的煎熬和勝利，又有隨勝利而來的國共內戰，故下限應該抵達 1949 年內戰共產黨一方勝利之時仍在學院的學生們，所以是包括所有 1937～1949 年在大學和研究院中修習過的青年學子，但因為出發點是對內遷大學的觀察，所以暫時不考慮共產黨根據地和後來解放區各種學府中的革命青年學生。

民國時期的大學生，入學時年齡在十八歲及以上的為多，但也偶有非常大齡的大一新生，只是不太典型。所以，我們計算「1940 年代大學生」的「代」的問題時，可以把學生入學年齡理想化為 18 歲上下，大四畢業時則相應理想化為 22 歲上下。〔註1〕如此，1938 年戰爭第一年的畢業年級學生 22 歲，當是 1916 年出生。1945 年抗戰勝利之時畢業的學生 22 歲，當是 1923 年出生。那麼抗日戰爭期間的在校學生大致出生於 1916～1923 年間。1946 年復員時畢業的學生如是 22 歲，則當是 1924 年出生。〔註2〕1949 年解放時入學的學生如果 18 歲，則當是 1931 年出生。那麼內戰期間在學的學生大致出生於 1924～1931 年。如此，「1940 年代大學生」又可以分為兩個子類，一是 1916～1923 年出生的內遷大學學生一代，二是 1924～1931 年出生的復員大學學生一代。這兩代人雖都處於動盪不安的戰時中國，但閱歷和氣質上卻有較大不同，這一點李澤厚關於中國現當代知識分子六代人的界分可以給我

〔註1〕這個各年齡大致區間的設想，可以由《西南聯大學生年齡統計表》的呈現數據參證，但也要看到學生年齡是跨度較大的，18～22 歲讀大一的學生都很多，22～25 歲讀大四的學生也很多。西南聯大《學生年齡統計表》可參見：北京大學、清華大學、南開大學、雲南師範大學編：《國立西南聯合大學史料‧學生卷》，昆明：雲南教育出版社，1998 年，第 13 頁。

〔註2〕為什麼復員大學學生的起點從 1946 年畢業的學生算起，而不是起於 1946 年入學的學生，這樣設計是考慮到內遷大學後期政治氛圍已經變得很激進，1945 年抗戰勝利後已經有「一二‧一運動」、「李聞慘案」、淪陷區學生反甄審鬥爭等與學運相關的事件，就算是復員以後就畢業的學生，氣質上也多較為激進，更像是復員大學學生一代的同類。

們做一個代際劃分的參考。

　　李澤厚的二十世紀中國知識分子代際觀念，主要在《略論魯迅思想的發展》一文中接續魯迅當年預備寫四代中國近現代知識分子的長篇小說設想而有所發展，這六代大致是：參加／受影響於戊戌而領導了辛亥的第一代；參加／受影響於辛亥而領導了五四的第二代；參加／受影響於五四而領導了大革命（北伐）的第三代；參加／受影響於大革命（北伐）而在廣大基層領導了抗戰的第四代；參加／受影響於抗戰而迎接了解放的第五代；參加「文化大革命」當了紅衛兵的第六代。〔註3〕李澤厚的代際劃分典型地體現了八十年代人的時間感覺與自我預設，但也有一定合理性和代表性，可作為我們的參照。按李澤厚的分法，前述「1940年代大學生」主要屬於第五代，但以抗戰勝利為分水嶺，「內遷大學學生一代」主要屬於第五代前期，「復員大學學生一代」主要屬於第五代後期。也就是說，被李澤厚同歸為一代的內遷大學學生和復員大學學生之間仍有較大不同。這樣的不同其實起源於1942年皖南事變以來青年學生中越來越激進的政治氛圍。這種政治氛圍經過幾年發酵，在1945年抗戰勝利也就是民族矛盾解決的時刻急轉直下，導致了國統區激進的學生民主運動風潮，而這種風潮背後的領導和組織力量相當一部分是來自共產黨。前期重視學術和自由的校園氛圍，迅速被學生運動的洪流取代。李澤厚對第五代知識分子的觀察是：

　　　　第五代的絕大多數滿懷天真、熱情和憧憬接受了革命，他們虔誠馴服，知識少而懺悔多，但長期處於從內心到外在的壓抑環境下，作為不大。其中的優秀者在目睹親歷種種事件後，在深思熟慮一些根本問題。〔註4〕

可以看出，李澤厚所謂「參加／受影響於抗戰而迎接了解放的第五代」看重的是這群人與革命的關係，在1937～1949漫長的戰爭年代，革命的確是重要的議題。但如果從戰時學院的角度來觀察這代人，會較李澤厚的觀察更為細緻，看出其中的兩個層次。在抗戰的前中期政治分裂還不那麼明顯的時候，除了上前線、赴延安等選擇，到西南聯大等內遷大學求知以便為將來

〔註3〕李澤厚：《略論魯迅思想的發展》，收入李澤厚：《中國近代思想史論》，北京：生活・讀書・新知三聯書店，2008年，第480頁。

〔註4〕李澤厚：《略論魯迅思想的發展》，收入《中國近代思想史論》，第480～481頁。

的建國提供精英力量，也是不少青年心中的一個可能道路，所以革命之外，還有一小撥知識青年潛心問學，使得第五代前期的「內遷大學學生一代」有較深厚的學養和學術人的一些氣質。當然，皖南事變暴露出的國共分裂和政治腐敗讓這種學院氛圍不能維持，這才有了抗戰後期開始的校園中師生對政治的熱衷，而革命作為對中國問題的根本解決方案也聲調高過了啟蒙，到了「復員大學學生一代」則沒有什麼力學深思的環境了，所以李澤厚說他們「知識少而懺悔多」，這樣自我懺悔而投入革命的年輕人，和學術人格有著巨大的鴻溝。

要舉具體案例的話，我們提的「1940 年代大學生」中的一脈傑出和典型代表正是西南聯大學生，以及從此校復員回到平津的北大、清華、南開內戰時期招收的學生們。這代人長在戰爭中，內遷大學畢業生們大多在戰火中進入了社會而有各自的人生選擇，有的畢業去戰地服務團、去延安、去參軍，有的留校或留學進行學術研究，也有的走上社會擔任了形形色色的知識分子工作。復員大學的學生們，則極其逼近那個改天換地的解放時刻，在 1949 年他們少數留學海外或遠走臺灣，大多數留在大陸迎接了新中國誕生，並在新中國進入了各自的工作崗位。當然，隨著建國的到來，1940 年代大學生無論屬於內遷大學或復員高校，都在時間的推進中進入了共和國新時代，共和國最初的那批青壯年知識分子，主要就由他們構成，他們也因此把命運和共和國的歷史緊緊綁在了一起。

大致釐清了「1940 年代大學生」的代際位置，我們現在可以來對這群人做一點境遇和閱歷上的觀察總結了。在這一觀察過程中，我們希望主要考察抗戰時期內遷成立的國立西南聯合大學學生，以及抗戰勝利後由西南聯大復員回到平津地區重建的北大、清華、南開學生。「內遷大學學生一代」在西南聯大這樣精英薈萃的知識溫床裏，有良好的學風和求真的熱情。正如穆旦寫於 1941 年的文章中觀察到的：

> 然而就在這種種困苦中，西南聯大滋長起來了。許多參加救亡工作的同學來復學了，在淪陷區的許多中學畢業生，尤其是華北一帶的，他們不辭艱苦紛紛來到昆明，希望考進西南聯大。

> 隨著抗戰局勢的穩定，校中課業的進行也積極起來。課室中同學們都專心聽講了，實驗室就是在暑假中也都從早忙到晚，而圖書館，則是永遠擠滿了人。學校各處的牆壁上都貼滿了壁報，討論著

有關政治、經濟、法律、歷史、社會、時事等等問題，不下二三十
種。而課外活動方面，舉凡各種社會事業，如演劇、下鄉宣傳、響
應寒衣募捐、防空救護等，西南聯大都是熱心活動的一份子。然而
你會想到嗎？這一切都是正為飢寒所迫的同學們做出來的！〔註5〕

西南聯大作為戰時大學，雖然物質條件極其困難，卻很有精神氣，它既有學
術象牙塔對學術的高標準、高品位，又有對於社會事業的熱心參與。前者對
應的是一種「學術獨立」的學人精神，後者則合乎其國統區「民主堡壘」的美
稱。另外汪曾祺、何兆武等老學生輩都指出，西南聯大最讓人難忘的是「自
由」。自由是學術領域的自由言論、自由探索，也是生活方式上的多種多樣，
互相包容。應該說，自由對於學術研究和學人成長都是極其寶貴的，楊振寧、
李政道、鄧稼先等偉大科學家的誕生都有賴於此，汪曾祺這樣獨異的文學個
體的成立也從此中多有受益，「內遷大學學生一代」，如果是著眼於西南聯大，
那麼這個群體中是既產出革命人也產出學術人的，而如果說革命人是符合革
命倫理、服從組織安排的，那麼學術人的特點則正是學術獨立與精神自由。
這可能是西南聯大時期特有的罕見品質，在之後的「復員大學學生一代」身
上則日益消泯。

　　「1940年代大學生」的另一批人，也就是更後來的「復員大學學生一代」
情況比起前輩學長們則有不同。隨著抗戰時局的發展，聯大後期在逐漸轉紅，
共產黨的革命勢力越來越滲透進國統區的這所著名大學，西南聯大民主運動
在抗戰勝利前已經很活躍，抗戰勝利後則更加風起雲湧。1945年12月1日，
國民黨特務在昆明大學校園中製造了「一二・一慘案」，學生死傷數人，隨後
西南聯大等校掀起了轟轟烈烈的「一二・一運動」。1946年6月，國民黨特務
又先後暗殺民主人士李公樸、聞一多二人，製造了「李聞慘案」，國民政府與
進步人士包括左派和中間派矛盾更加激化，這種不可調和的矛盾最終導致了
國共內戰的爆發。西南聯大於1946年夏天在這種氛圍中復員，它的學生們必
然給平津地區帶去一種民主運動的激昂氛圍。果然，回到平津地帶的復員北
大、清華、南開等校，上演著越來越頻繁和大規模的學生罷課運動，而「復員
大學學生一代」就是在這樣的環境中度過自己的求學生涯的。我們不妨對北
平學生運動之大者稍作羅列，有如下一些：

〔註5〕穆旦：《抗戰以來的西南聯大》，收入《穆旦詩文集》（增訂本）（第2卷），北
　　　　京：人民文學出版社，2013年，第67頁。

1946.12　　月末美國兵強姦北大女生沈崇，引發學生抗議運動。

1947.5.20　北平高校學生「五二零」反飢餓、反內戰運動。

1948.6.9　　北平高校學生「六九」「反美扶日」大遊行。

1948.7.9　　「七五」慘案後，華北、東北學生「反剿民，要活命」大遊行。

1948.8.19　北平各校學生反對「八一九」大逮捕的鬥爭。

如上可見，學生運動主要是反國民政府高壓統治、反美和反內戰，美國又被認為是支持國民政府打內戰的主要嗾使者，內戰被認為是國民政府的責任，所以總而言之，學生運動就是在共產黨組織領導下反對國民黨。在這一時期，校園裏充滿了職業學生，也就是以讀書為表象在校園裏搞學生運動的共產黨地下黨員們。在這樣的環境下，「復員大學學生一代」很多是根本無心學習，同時也因罷課太頻繁而沒有條件學習的。因此，李澤厚對第五代（解放一代）知識分子的判斷也是可以大致適用於我們的分析的。

　　把代際概況梳理完，我們也就能很清晰地為我們的主要研究對象宗璞定位了。宗璞 1928 年出生，1946 年回到平津開始上大學，應當是屬於「復員大學學生一代」。但宗璞的特殊性在於，她是西南聯大教授馮友蘭的女兒，在家庭教養上沾染上了「學術人」的濃厚色彩，雖為復員學生，但對於剛剛完成使命而解散的西南聯大學術精神和人格修養都相對來說較為瞭解和認同。宗璞在平津地區先後入南開、清華外文系讀本科，於 1951 年解放後畢業，李澤厚對「解放一代」的描述應該說對她是適用的。宗璞 1956 年百花時代寫作的成名作《紅豆》，講的就是「復員大學學生一代」的故事，女主角江玫投身革命，割捨了她學術天資很高、藝術品位高雅、但憎恨學生運動的浪漫戀人齊虹。在天地玄黃時代選擇革命，是一代人的歷史抉擇，是很容易引起共鳴的。小說中有一個細節是江玫和室友蕭素分角色朗誦艾青的《火把》，江玫朗誦唐尼，蕭素朗誦將唐尼從小資產階級浪漫生活引向集體主義革命的李茵。江玫在革命學生幹部的引導下實現自己作為學生知識分子的脫胎換骨，是那個時期一再被表現的原型故事，也可能是宗璞少女時代發生的「真故事」。

　　但宗璞在《紅豆》成名之後馬上受到批判，其纏綿悱惻的浪漫感傷愛情描寫受到詬病。之後，宗璞也走上了自覺改造內心世界以靠攏社會主義「新人」理想的路程，六十年代後續的一系列創作都和學習工農自我改造主題相關，這種情況一直持續到文革。我們很難說宗璞自我改造的一面就不真實，但外部壓力的塑形作用是肯定的，而在文革中宗璞還是不免作為馮友蘭女兒

被批鬥的命運，這可能讓她真正察覺了知識分子自我改造的無果乃至荒誕。文革後，作為一個被改造和運動傷了感情的知識分子，宗璞迅速寫出了《弦上的夢》《三生石》等名篇，表達了真切的控訴和創痛。李澤厚對第五代知識分子的判斷：「其中的優秀者在目睹親歷種種事件後，在深思熟慮一些根本問題。」這是可以用來說明宗璞的。經過了文革的閱歷準備，經過最初的一些傷痕文學中短篇小說的文學準備，1985 年宗璞開始寫《野葫蘆引》系列的第一部《南渡記》了。如果聯繫到前述的代際問題，我們可以說《野葫蘆引》是「復員大學學生一代」書寫「內遷大學學生一代」及其師長們的故事。經歷了「青春萬歲」的解放的大歡樂，也經歷了隨後的當代史動盪波折，宗璞的心懷所寄，最終竟是那個遙遠的她尚還是一個孩子的西南聯大歲月。西南聯大的光榮如果說是「內遷大學學生一代」和卓越的西南聯大教授群體的合力所致，那麼宗璞作為核心聯大教授的女兒，對乃父教育的「事功」是無限自豪而耿耿不忘的。在當代史中遭受衝擊的高級知識分子家庭，在當代史中經歷曲折和動亂的無數人們，需要在新時期重新講述老大學的故事，而「解放一代」如有宗璞對學院和知識分子的長期接觸和瞭解，也會自然地渴望講述老大學的人和事。畢竟，他們曾在解放來臨之際向著新生的國家政權作舊時代知識分子的懺悔，現在則要再次地懺悔或者說控訴，在歷史曲折的演進中思考一些「根本問題」了。無論是老一輩的巴金的《隨想錄》，或左派韋君宜的《思痛錄》都是由自我而延及時代的懺悔，無論是汪曾祺的西南聯大回憶小品、何兆武的口述回憶《上學記》等，都是在經歷當代史後重新張揚老大學的精神氣。汪曾祺、何兆武本就屬於「內遷大學學生一代」，宗璞作為他們的晚輩、曾經嚮往過革命的青年人，也用她獨特的代際體驗書寫著她理想中的學院烏托邦。而這，正是《野葫蘆引》的由來。

　　也因此，《野葫蘆引》無疑是宗璞研究中的大話題，不過話也可以反著說：宗璞無疑是西南聯大書寫研究中一個重要的個案。本研究的意圖，簡單來說也就在於這兩個維度。其實就宗璞研究來說，這是一個正在推進但還是大有可為的研究空間。這個研究領域如果想要更深推進，那麼不拘泥於宗璞寫作文本，捲進作家的歷史閱歷和生活世界，把文本放在大的時代上下文中，同時也重視作家的豐厚學養，才會是研究的創新點。總而言之，要瞭解宗璞在文學和歷史場域中「上下左右的關係」，而這也是我們花費諸多篇幅將她釐定於「1940 年代大學生」一代人中的用意所在。至於現有的宗璞研究，則多是

文學批評的方式，可能因為較為注目她作為當代文學一直的在場，所以還少有人嘗試對她（尤其是她的近作）進行文學史層面的研究和評價。論者會說到她優雅的語言、豐厚的家學、女性的感受力、文革批判的眼光，而對於《野葫蘆引》，則以《南渡記》的文學批評相對最多，這些批評中老一輩西南聯大相關人士如卞之琳、馮至等人又占相當的比重。《野葫蘆引》嶄露頭角之時，最先引發的是同時代人的懷舊之情，和後輩對民國學院知識分子生活的嚮往，這在新時期老大學正漸漸被追懷的語境中也別有意味。而《野葫蘆引》之後研究的相對冷清，或許與宗璞的寫作方式的淡化先鋒性、突出史家意識有關。在文學創新追趕先鋒性的當代，這樣樸素溫雅的寫作似乎無法創造更多闡釋的亮點，除非我們能發掘出其厚重的歷史感。沒有了二十世紀中國歷史作為《野葫蘆引》的巨大潛文本，我們是很難激活這個小說豐厚的闡釋空間的。因此，把《野葫蘆引》的寫作主體放回她存身的歷史地層圖之中，勾連起她作為一個「1940年代大學生」的複雜漫長的閱歷，從而照亮文學心靈的創造物，是本文小說研究表象背後更真切的問題意識。

二、西南聯大書寫的詩與史

宗璞一生的集大成作品《野葫蘆引》系列是一個西南聯大故事，但對西南聯大的書寫其實並非肇始於宗璞，在她之前，關於這所大學已有諸多講述，且在回應時代、追撫聯大精神之時往往都有著詩史交織的獨特氣質。對此，我們應有一個簡單的回顧。〔註6〕

國立西南聯合大學是抗日戰爭時期內遷而成立的大學之一，它聯合了戰前的北大、清華、南開三校，成為中國抗日後方的最高學府。八年抗戰，一年復員，西南聯大在存在的九年時間（1937～1946）裏於艱難困頓中絃歌不輟、剛毅堅卓，培養出大量優秀人才，其中不乏大師學者，成為中國教育史上的奇蹟。而聯大校園生活的豐富和聯大精神的雋永，自其誕生之日起就不斷被書寫。考諸史料文獻，從聯大存在的當年一直到今日，關於西南聯大的書寫從未真正斷絕。聯大書寫的各種文本可以說構成了一個豐富而可觀的序列，

〔註6〕需要說明的是，關於西南聯大文學的研究現狀的述評，作為本文敘述一個參照的是楊紹軍：《西南聯大文學作品研究現狀和趨勢》，《學術界》，2018年第12期。此文意圖如其標題所示，和本導論的問題意識不盡相同，故本導論會梳理出一個西南聯大書寫與研究的獨立脈絡，這是為了契合本研究需要，但也要感謝楊文給與的種種線索和幫助。

這一序列應從聯大存在的當時起始。我們知道西南聯大的文科十分發達，校中更有諸多新文學家教授，以及新文學提倡者如楊振聲、朱自清者流，全校以文藝社團和大一國文必修課為體制的人文滋養也一直存在，這造成了西南聯大的師生豐富的寫作產品，而其中正不乏對西南聯大校園本身的書寫刻畫。當年由西南聯大學生而助教的穆旦，他的一些瑰麗的詩篇、精彩的文章正是寫於這座校園。1942 年穆旦離開聯大參加了中國遠征軍，其從軍的心路也曲折地表現於詩歌，最為膾炙人口的《森林之魅》是不可多得的聯大從軍文學的瑰寶。穆旦的詩友杜運燮 1943～1945 年在印度藍伽擔任美軍譯員，這期間也寫有許多異域風情的軍旅詩篇。而詩人鄭敏是新文學大家馮至的學生，在學期間也多有創作，反映了校園生活和精神沉思。沈從文的得意弟子汪曾祺則在當時已經嶄露頭角，這位卓異的文學青年到他老後的八十年代，寫了一系列回憶聯大、營構聯大神話的文章，其因緣當於讀書年月裏已經生根於心。沈從文、楊振聲、朱自清、馮至等老師也積極扶持新文學，也有制度性的寫作課常年開設，平日裏的社團、演講等活動也一同造就了西南聯大文學氛圍的濃厚。〔註7〕這種氛圍的存續，加上聯大校園生活的鮮活感受，在當時已激發了對這座校園的文學書寫。而最有代表性的成果，當屬聯大外文系學生吳訥孫（筆名鹿橋）的長篇小說《未央歌》。《未央歌》寫畢於吳訥孫畢業後的 1945 年，後來幾經輾轉發表於臺灣，一時廣受追捧。這本書寫了青春與愛情的校園神話的小說，表達了以吳訥孫為代表的聯大人浸淫於校園中，對這所學校的理解和熱愛。可是與此同時，隨著 1944 年起校園政治氛圍的轉變，西南聯大正隨著戰時中國一起逐漸轉紅。後期西南聯大學生民主運動的風起雲湧，正逐漸改變著聯大的氣質，讓「民主堡壘」的面向越發凸顯。1946 年出版的紀念冊《聯大八年》已經花費了大量篇幅來講五四紀念、學生社團和民主運動等話題，這一時期的西南聯大書寫之側重點於此可見一斑。

　　雖然馮友蘭在西南聯大使命完成之日於紀念碑上的撰文，還保有著濃鬱的文人風骨，並未隨時局一起激進，但西南聯大以馮友蘭等教授為代表的氣質如果說在學校存在的前期還很明顯，那麼抗戰勝利以後「紅色聯大」的定位與想像則日益突出。在這時到中華人民共和國的整個近前三十年，「西南聯大」淡出了，但「一二・一運動」為代表的國統區學生運動卻在大陸聲名顯

〔註 7〕這方面的研究，可參考姚丹：《西南聯大歷史情境中的文學活動》，桂林：廣西師範大學出版社，2000 年。

赫。很多寫於此一時期的校史資料都把學生運動和地下黨活動放在最為突出的位置，這種情況一直到「文革」結束以後才逐漸有了變化。新時期西南聯大的重新追憶和闡釋，背後其實暗含著大學想像的更迭。新中國成立以後，知識分子改造長期進行，知識分子要從向工農群眾學習中脫胎換骨，長成革命新人。與此相關的知識分子題材文學，最重要的是以抗戰前三十年代老北京大學為背景的小說《青春之歌》，在這部小說中大學故事就是地下黨員領導學生運動，教授、學生或靠攏進步力量，或蛻變墮落為「整理國故」的反動知識分子的故事。而故事背後楊沫與張中行的人生取向差異和感情糾葛，影響到兩人在共和國不同時期的升沉，更是建國後知識分子處境的一個重要表徵。〔註 8〕十七年是林道靜占盡風光的年月，但新時期和張中行的《負暄瑣話》（1986）中老北大風骨一道回歸的，是西南聯大的歷史記憶。而這時對老北大或西南聯大的追憶中，對「學問」、「精神」的強調十分鮮明。1984 年馮友蘭寫成的《三松堂自序》給了自己的大學任教任職生涯一定的篇幅，其中低調但肯定地追憶了西南聯大時期的經歷，而視角從「革命」回歸到了馮友蘭親身操辦的校務與學術，並全文引述自己撰寫的西南聯大紀念碑碑文，含蓄地肯定了其中對西南聯大精神的總結與建構。緊接著在 1986 和 1988 年，西南聯大北京校友會分別出版紀念文集《笳吹弦誦在春城》《笳吹弦誦情彌切》，由曾經的聯大師生撰文追憶逝水年華。其中的文章，固然仍十分強調社團活動、學生運動和地下黨工作，但已經開始用較多的篇幅正面處理師長治學之風、剛毅堅卓聯大精神等話題。八、九十年代以來，聯大師長多已謝世，聯大老學生們已入老年，而這時汪曾祺、許淵沖、趙瑞蕻、何炳棣、何兆武等人都寫過或口述整理出相當多的文字追思聯大生活。這幾位聯大文科老學生，追憶往事時都對西南聯大的自由學風、師輩人物的精彩演說、聯大艱難卻樂觀昂揚的精神風貌多有述及，並且一次又一次「憶往事，思來者」，通過聯大的風神描摹而似乎對著當下中國高等教育現狀、學院精神氛圍進行比較和針砭。同時，一些外國學者也對西南聯大很感興趣。美國學者易社強的西南聯大研究起步於七十年代，最終在 1998 年出版了《戰爭與革命中的西南聯大》英文版，也從海外漢學的立場編織大陸和海外的聯大史料，對這座大學有自己的闡釋和肯定。文革過去，既然新時期「科學技術是第一生產力」、「知識分子

〔註 8〕這方面的研究，可參考陳平原：《文學史視野中的「大學敘事」》，收入陳平原：《大學有精神》（修訂版），北京：北京大學出版社，2016 年。

是工人階級的一部分」，那麼知識分子以問學論道為恥，要在追隨學生運動中洗刷「原罪」的心情也大為改變，西南聯大代表著民國遺產中長期湮沒無聞的部分而終於「歸來」，在反思文革、尊重知識的思潮下重新重要起來。而九十年代以來社會和觀念劇烈變革，消費主義迅速崛起，高等教育擴招以後出現的種種問題，又讓西南聯大成了重功利而多矛盾的社會中一個想像性的道德高標，「老大學」的精神氣、大師的沉潛淵雅、學術的專業精神，對現實構成一種批判的資源和可援引的典範。但批判的「痛苦的快樂」、作為象徵資本的文人逸事也同樣正被需求、被變為消費的賣點，於是西南聯大作為一個萬用能指而悄然走紅，成為新世紀「民國熱」中的靚麗風景。口述史料收集者張曼菱的成果無疑是把保存歷史和推動聯大文化流行結合得比較成功的例子。她的《西南聯大啟示錄》是在訪談和調查基礎上拍攝的第一部西南聯大紀錄片，固然功德無量，而之後 2013 年出版的暢銷書《西南聯大行思錄》用澎湃飽滿的文筆串連起訪談收穫的聯大往事，也頗為動人而流行。而近年來如岳南的通俗歷史讀物《南渡北歸》、如電影《無問西東》中的西南聯大飛行員故事，就更是引領潮流，塑造出越來越多樣和提純的聯大神話。

　　與西南聯大故事書寫同時稍後展開的，是對於西南聯大為代表的內遷大學越來越專業和深入的研究。易社強的《戰爭與革命中的西南聯大》固然是開創性的西南聯大總體性史學研究，但其仍屬海外漢學的成果。在中國大陸，1995 年陸鍵東的傳記著作《陳寅恪的最後 20 年》出版，雖對陳氏的學術沒有過深的開掘和評述，但還是較為紮實地考證了曾一度為西南聯大教授的陳寅恪建國後的生平和心態。此書雖未直接處理到西南聯大時期，但仍可以說是把「大師」的神話和學術方法相結合的成功之作，這既迎合了「老大學」、「大師」崇拜的消費需求而迅速走紅，又是有一定學術意義的傳記作品。1996 年，《國立西南聯合大學校史》由西南聯大北京校友會編定出版，1998 年《國立西南聯合大學史料》（全六卷）也編定問世，這兩種書籍給西南聯大校史考察提供了良好的根基，用校史論述和大量第一手材料給與了人們理解西南聯大的線索。1998 年，謝泳的專著《西南聯大與中國現代知識分子》出版，作者站在近似自由主義知識分子的立場上為西南聯大知識分子群招魂。今天看來，謝泳的學術寫作價值在於較早開啟西南聯大知識分子群體的研究，在初期的老大學流行中算是比較嚴肅和學理化的一種聲音。無論是謝泳還是陸鍵東，著書的角度都是知識分子問題，且在九十年代告別革命的思潮中明顯地傾向

於自由主義知識分子一脈。今天看來，這樣的視角雖然自有時代上下文中的能量和針對性，但對問題的分析不無偏頗與簡化。值得注意的是，在西南聯大的研究中，一些文學專業的學者也作出了貢獻。2000 年，姚丹的《西南聯大歷史情境中的文學活動》出版，專門考察西南聯大的校園創作和相應的歷史背景、文學制度、師生心態，十分學理化地展示了西南聯大與新文學的關係。而另一個在大學研究上用力甚勤的學者則是陳平原，他多年大學研究的代表成果是所謂「大學五書」，於 2015～2016 年陸續編定。其中《抗戰烽火中的中國大學》主要考察西南聯大為首的戰時內遷大學，其論述不再以知識分子及其政治屬性為著眼點，而是聚焦到「大學」本身，用紮實的史料勾勒出西南聯大的成功因由和精神氣質，在訴諸歷史的同時攜帶有鮮明的當下問題意識，思考 21 世紀的中國大學對於老大學的傳統應當如何取捨。其他的領域，諸如史學、政治學、教育學視角的西南聯大研究也陸續展開，呈現出方興未艾之勢，但本研究的關注主要還在於「大學書寫」這一更接近文學的角度。

在綿長的「西南聯大書寫」文本序列中，馮友蘭之女宗璞的小說《野葫蘆引》分外耀眼。這部大書從首卷《南渡記》於 1985 年開筆，到末卷《北歸記·接引葫蘆》於 2018 年在香港出版，寫作和出版過程歷時 33 載。1985 年宗璞動筆之時，大陸直接的西南聯大言說已經沈寂良久，只有其父馮友蘭的《三松堂自序》剛剛寫成，追憶到這所戰時高校。2018 年尾聲書成之日，西南聯大時尚已是遍地開花，《野葫蘆引》整個小說也正列於這種老大學流行想像之中，成為一道文化風景。宗璞一家人，家長馮友蘭先是清華大學後是西南聯大哲學教授，並且兼管校務。馮家抗戰期間常年生活、學習、工作在西南聯大，宗璞是聯大附中學生，其兄馮鍾遼是聯大學生，所以宗璞確實也可算是西南聯大歷史的親歷者，且以「復員大學學生一代」的視點處理這段歷史，異代的張力和長時段歷史親歷者的通透一同形成了繁複微妙的歷史感覺。而如果說小說是訴諸於虛構的，小說在史學著作面前是一種「詩」的寫作，小說家宗璞書寫自己理解的西南聯大，遊走在詩與史之間，我們說這是在創立一種「聯大神話」也未為不可。當然作為歷史的在場者，大學神話的書寫中也包含一種「史」的真實性。但詩和史是如何協調，「史」的真實是如何在虛構中被把握的呢？比起考辨汗牛充棟的西南聯大史料，《野葫蘆引》系列另闢了蹊徑。不再是嚴格追求「回到歷史現場」去擁抱史實的可靠性，宗璞的小說依靠的是一種胸中鬱

勃之氣，以西南聯大老人的身心修養和歷史閱歷獲得一種難能可貴的主體認知，以「詩」的方式寫史，不拘泥於考據而得其風神。

　　本文研究以宗璞為代表的西南聯大書寫，一個關鍵的理論前提是意識到歷史事實和歷史敘事的差異性。歷史事實必須經由歷史敘事而被我們接納和理解，而歷史敘事作為一個在歷史事實間建立邏輯或詩性關聯的方式，總會受到敘事者意圖的影響。借用美國學者柯文研究義和團時對歷史所做的「事件」、「經歷」、「神話」三個維度的區分，〔註9〕「事件」是客觀存在的，但人們對「事件」的感知體認必須以自我心智的認知模式進行，所以敘事是在客觀的「事件」和主觀的「心智」之間的「協調」，把不能理解的「事件」轉化為可以理解的「敘事」的過程。「經歷」是當事人基於經驗和體驗對「事件」的闡釋，「神話」同樣作為主觀心靈對客觀「事件」的闡釋，卻帶有更為鮮明的立場和主觀意圖。西南聯大故事的講述者既經歷了聯大現場，又經歷了當代史的滄桑，新時期對老大學的追懷都是有明顯的心懷所寄的，這讓聯大故事往往帶上鮮明的「親歷者寫神話」色彩。但如果說小說書寫大學故事是一種「神話」，那麼宗璞的「神話」由於其寫作主體在場的歷史位置，而並未完全脫離「事件」、「經歷」的層面。這也是這部小說被學者陳平原稱為有「史家意識」〔註10〕的小說的原因所在。如此，宗璞研究尤其是《野葫蘆引》的研究中，詩與史，或虛構與本事的交織和辯證，由此而來的「神話」的創製，是一個不可或缺的觀察維度。

　　宗璞的《野葫蘆引》作為小說藝術，其經營方法就在於「詩史交織」和「詩史辯證」。必須一提的是這種小說寫作方法論帶來的小說研究的方法更新。如果說在中國傳統學術裏，「詩史」的傳統以及其後陳寅恪在此基礎上開闢的「詩史互證」研究方法是一種雖不無爭論但已經傳佈較廣的學術方式，那麼本研究的「詩史對照」觀察視點與陳寅恪的考據實證研究還是有一些差異的。陳寅恪的研究，簡單來說是通過考證來以詩證史和以史證詩，但我們這裡更希望的是把詩和史放在一起進行「對照」，詩與史互相激發，從而關注宗璞在化史為詩的過程中剪裁改寫或騰挪趨避了什麼。如此研究，理論意識的來源自然和「大學神話」有關。因為用柯文的話來說：「即使是經過深思熟

〔註 9〕這個歷史分層方式及其理論意義，詳見〔美〕柯文著，杜繼東譯：《歷史三調——作為事件、經歷和神話的義和團》，北京：社會科學文獻出版社，2015 年。
〔註10〕陳平原：《宗璞「過去式」》，刊於《文匯報》2011 年 8 月 9 日。

慮製造的神話,也不是徹頭徹尾捏造出來的,而是通過對不符合或有悖於其目的的歷史資料的歪曲、簡化和省略來完成的。」〔註11〕可以說宗璞所創作的「大學神話」既不是純粹的詩也不是純粹的史,但它卻是詩與史的交織,是以史為原料,加以「歪曲、簡化和省略」而構成。一本小說通常不能作為史料,但是卻可以作為「神話」的一個樣本。《野葫蘆引》文本就應該這樣看待。

詩史交織的大學神話書寫,作為宗璞一生最大的心血所寄,必然是有其意圖的,而這也是我們要研究的一個重要話題。在《野葫蘆引》小說裏,我們可以清楚地看到一代學院知識分子師生的身份認同、階層文化、倫理理想、美學趣味等。在此小說以人為中心而組織統攝歷史材料的努力下,我們有了一個站在歷史內部主體的視角體驗歷史的縱深的可能性,這對於史學論述旁觀的、扁平的視角是一個很大的補充。在寫作中,宗璞基於自己的經驗、感受力和想像力,而又把諸多歷史的材料,包括自己一生的閱歷和心事,都投注了進去,這是一個包含了「全世界的色相」的卞之琳所謂「圓寶盒」,或者說,是一部「心史」。那麼,心史的意圖何在?在我們看來,它是美學的,更是倫理的。《野葫蘆引》在當代以一個歷史老人的傑作的位置而為西南聯大精神招魂,它要確立的,是一種「大學倫理」,這種大學倫理用小說中自己提出的概念來說,就是「盡倫與盡職」。

《野葫蘆引》小說主人公是明侖大學教授孟弗之一家人,其中家長孟弗之作為歷史學家,也像現實中的哲學家馮友蘭一樣承擔著大學的校務工作,他訓導畢業學生時有一番講話,核心論點是要學生們「盡倫和盡職」。「盡倫與盡職」的概念其實來自馮友蘭戰時寫作的《貞元六書・新原人》中道德境界的倫理要求。宗璞借用到小說中,成了明侖大學老師自己尊奉並要求於學生的倫理原則,也由個人推向學院再推向民族國家,成為《野葫蘆引》小說中建構完善的倫理全景圖。其中在孟弗之的解釋裏,「盡倫就是作為國家民族的一分子所應該做到的,盡職就是你的職業要求你做到的。才有大小,運有好壞,而盡倫盡職是每個人都應該努力去做的。」並且這種倫理原則對於國家意義重大:「我們要變鄉下人為城里人,變落後為先進,就必須實現現代化。這就需要大家盡倫盡職,貢獻聰明才智,貢獻學得的知識技能。只有這樣,我們才能保證抗戰勝利,將來才能保證建國成功。」〔註12〕

〔註11〕《歷史三調──作為事件、經歷和神話的義和團》,第233頁。
〔註12〕宗璞:《東藏記》,北京:人民文學出版社,2014年,第172~173頁。

　　《野葫蘆引》故事裏，人們都很重視自己「應該」做什麼，而這個「應該」又總是和他們的身份和角色有關。小而言之，他們是知識分子，故應該在大學裏教書或學習，應該在亂世裏有知識分子的操守，貧賤不移威武不屈，應該以一己之德風化百姓。大而言之，他們是國民，所以應該在北平淪陷時南渡，應該在日本人的威逼之下死節，應該服從號召從軍報國，這都是「本分」。《野葫蘆引》故事中幾個極其慷慨悲壯的犧牲場面，如呂清非、澹臺瑋、嚴亮祖三個人的死，都是他們「盡倫與盡職」走到極致做出的人生選擇及結果。而《野葫蘆引》中的人情之美感也同樣極富倫理性，這種美是學養深厚、品行方正的讀書人理想人格展開帶來的美。但美感本身不是全部的意義所在，值得叩問的還是這種美感背後的倫理。「盡倫與盡職」是西南聯大教授在抗日戰火中發明的立身準則，那麼為什麼在四五十年後的新時期，宗璞要再次喚醒這一沉睡多年的道德資源？不難猜測，這一定與她經歷當代史動盪的人生閱歷有關，是渡盡劫波後反而更加堅定和明晰的一種理想：中國人應該為什麼而活、怎樣活。

　　《南渡記》初版於 1987 年，《東藏記》初版於 1993 年，「盡倫與盡職」的意思在《南渡記》裏雖然已經有了，如書寫呂清非老人的死，但真正提出還是在《東藏記》中。如果說 1992 年鄧小平南巡講話是中國九十年代的啟動和歷史的又一個轉捩點，那麼這時的宗璞已經將要完成《東藏記》了，所以可以說《南渡記》《東藏記》的寫作還主要浸淫於八十年代的尾聲之中。八十年代的知識分子有怎樣的自我想像？戴錦華的觀察不無啟發：

> 他們／我們（？）是黑暗年代唯一的被迫害者與犧牲者——這無疑是一種事實，卻並非事實的全部；是蒙昧時代的智者，是「文革」年代的政治先覺者與抗議者；更重要的，是新時代的啟蒙者和推動者，是未來更為美好的社會中的中堅力量。〔註13〕

引文言及的這一自我標榜的知識分子想像，在宗璞八十年代的小說諸如《我是誰？》《蝸居》中也可以看到實例。「盡倫與盡職」的提出，是學院知識分子本位的，還是一個教授對著學生和閱讀者「啟蒙」一般的耳提面命。其實西南聯大神話在八十年代的逐漸彰顯，也都無不有著知識分子要「兼濟天下」的自信、承擔乃至一絲自戀。

〔註13〕戴錦華：《隱形書寫：90 年代中國文化研究》，北京：北京大學出版社，2018年，第 49 頁。

但隨著九十年代市場經濟的崛起，消費的商業文化與老大學的講古故事們形成了合流。為什麼諸如《陳寅恪的最後 20 年》〔註 14〕等書悄然走紅？戴錦華繼續著她的觀察和判斷：

> 因為對於絕大多數讀者來說，除了裝飾書架以表明立場及趣味外，真正能夠提供消費快感的，是類似學者的形象、故事——一個遺世獨立、拒絕與權力集團合作的「純學者」形象，而非他們的著作與學術成就。毫無疑問，這是一次意識形態實踐意義上必需的誤讀與改寫。〔……〕一種對社會主義文化及西方文化所淹沒的中國文化資源的再發現，被 90 年代中國持自由主義立場的知識分子用作一份有效的「告別革命」的歷史與政治資源。〔……〕八九十年代中國自由主義知識分子的政治／文化企圖，與特定的文化市場再度連接並彌合。〔註 15〕

在九十年代的中國社會，「告別革命」的自由主義思潮和方興未艾的消費主義合流，加劇了「純學者的神話」。而在當初的西南聯大，學者們的真實樣態是多元的。即如馮友蘭和陳寅恪雖關係友好，但不可否認他們是政治與倫理的選擇大不相同的兩位大知識分子。所以，陳寅恪所謂「獨立之精神，自由之思想」作為一種學術道德，確實更加具有西南聯大學人品格中重視「學術獨立」的面向。而馮友蘭的道德原則是「盡倫與盡職」，不似陳寅恪那樣懸得太高，而是大大小小的知識分子乃至普通人都有可能一定程度施行的倫理，有這一點，加之馮友蘭建國後的一些複雜經歷，使得人們需要「大師神話」時，最先選擇的必然是孤高的陳寅恪而不是用世的馮友蘭。當然，隨著「大學」、「大師」作為消費熱點的走高，後來者也就抹去了當初聯大教授的性格各異性，把他們都裝進了「民國清流」的大筐之中一起消費了。但戴錦華說的對，自由主義知識分子張揚起老大學傳統是富有政治意味的，消費時代的來臨卻將這些理想或話語一併販賣了起來。

《西征記》和《北歸記》，分別於 2008 和 2018 年初版，其中《北歸記》除大陸版外，還有在香港出版的完整版《北歸記·接引葫蘆》。比起前兩部的暴得大名以及《東藏記》獲得茅盾文學獎的盛況，這後兩部的反響似乎有些平淡。我們須知，新世紀以來，老大學的神話、民國大師的神話都在進一步

〔註 14〕陸鍵東：《陳寅恪的最後 20 年》，北京：生活·讀書·新知三聯書店，1995 年。
〔註 15〕《隱形書寫：90 年代中國文化研究》，第 64 頁。

地被包裝、演繹和消費。宗璞的寫作，作為一種「詩史」或「心史」，走的還是純文學、嚴肅文學的路子，講的是聯大故事，但並沒有太去刻意迎合西南聯大的賣點。比起寫作一本暢銷書的好處，宗璞的抱負更為嚴肅，她要為一代正紛紛老去、逝去的知識分子留下一筆，把歷史中人體驗與抉擇、受難與承擔的真實，以及他們的倫理理想的光彩處告知後世。《南渡記》可以說是最初幾部開啟新時期聯大故事的作品，後來的三部書卻仍有一種學院作家追求文學性和見證意識的莊嚴真摯。可以說，宗璞的歷史意識是打下了特定代際知識分子烙印的，確有酣暢飽滿但仍嫌簡單之處，但不能否認《野葫蘆引》是「復員大學學生一代」在生命末年貢獻給世界的一份珍貴的「心史」的遺贈，有著搶救歷史經驗的價值。

三、《野葫蘆引》與長時段歷史中的年代對話

　　《野葫蘆引》是一個「大學故事」，而且是在歷盡劫波的新時期寫的老大學故事。幾十年現當代歷史的疊加使得它的成像中包含著繁複的紋路。所以，這個文本的獨到之處在於它或許是一個契機，因為它最豐富和用心，所以它可能是一扇門，開啟我們對坍縮消抹了的現當代史複雜地層圖的部分還原可能。本研究以這樣的文學史視野來看待《野葫蘆引》，可以援引和參照的一個理論資源就是八十年代由錢理群、黃子平、陳平原提出的「二十世紀中國文學」的觀念。

　　在當年的著名論文《論「二十世紀中國文學」》中曾有這樣的論述：

　　　　在「二十世紀中國文學」這個概念中蘊含著的一個重要的方法論特徵就是強烈的「整體意識」。一個宏觀的時空尺度——世界歷史的尺度，把我們的研究對象置於兩個大背景之前：一個縱向的大背景兩千多年的中國古典文學傳統，當我們論證那關鍵性的「斷裂」時，斷裂正是一種深刻的聯繫，類似臍帶的一種聯繫，而沒有斷裂，也就不成其為背景；一個橫向的大背景是 20 世紀的世界文學總體格局，不單是東、西方文化的互相撞擊和交流，而且包括亞洲、非洲、拉丁美洲文學在 20 世紀的崛起。〔註16〕

〔註16〕錢理群、黃子平、陳平原：《論「二十世紀中國文學」》，收入錢理群、黃子平、陳平原：《二十世紀中國文學三人談・漫說文化》，北京：北京大學出版社，2004 年，第 30 頁。

「二十世紀中國文學」對整體意識的強調，形成了它在二十世紀長時段歷史中觀察中國文學的特點，且並不輕視中國古典文學傳統和歌德所謂「世界文學」的比較文學大視野。從學術上來說，視野的打開可以讓我們更為明確現當代文學中「上下左右的聯繫」。但「二十世紀中國文學」的意義不止於此，在著名的三人談中，陳平原提到：「搞文學史的尋求一種現實感，與文學現實聯繫較緊密的尋求一種歷史感。〔……〕1981 年的時候我跟黃子平通信，就討論新時期文學和『五四』新文學的關係，我跟他說，他從『1919 看 1979』，我是從『1979 看 1919』。」〔註 17〕黃子平之後也說，「二十世紀中國文學」這個概念裏有「歷史感」（深度）、「現實感」（介入）、「未來感」（預測）三者的統一。〔註 18〕可以看出，「整體視野」不僅僅是關乎學術的，更是現實的和介入的，就此概念在二十世紀尚未終結的八十年代提出來講，也是有對未完成的世紀的預測性的。無論是「從 1919 看 1979」，還是「從 1979 看 1919」，都是把文學史的歷史深度和當代文學現場的問題意識進行相互的照亮，從這個意義上來說，《野葫蘆引》長成於漫長的二十世紀諸多年代的積澱之中，正需要一種從當代看向現代，又從現代看向當代的眼光，比如它的歷史素材是四十年代的西南聯大，它的閱歷準備是五十到七十年代的知識分子改造歷程，它的下筆成文是八十年代以來的新時期生活氛圍和文學場域。宗璞在九十年代回覆評論家的通信中曾經也說：「寫一部反映抗日戰爭時學校生活的長篇小說，這想法在五十年代就有了。〔……〕我很慶幸五十年代有的想法，貯存了三十多年才動筆。確實，我這個人活到現在，才會寫出現在的《南渡記》，若是五十年代寫，肯定是另外的樣子。」〔註 19〕

前文已述，西南聯大書寫是從未真正斷絕的，但是在四十年代的聯大現場書寫聯大（如《未央歌》等），還是在四十年後新時期社會與文學場域中書寫聯大（如《野葫蘆引》等），可以說背後的心情和認識必然已是天差地別。類似的可對照的例子，在現當代史的文學或文化事件對讀中已經屢次出現，我們不妨舉那個 1919（五四）和 1979（改革開放）的對照為例。陳平原在課

〔註 17〕錢理群、黃子平、陳平原：《關於「二十世紀中國文學」的對話·緣起》，收入《二十世紀中國文學三人談·漫說文化》，第 35 頁。

〔註 18〕錢理群、黃子平、陳平原：《關於「二十世紀中國文學」的對話·方法》，收入《二十世紀中國文學三人談·漫說文化》，第 88 頁。

〔註 19〕金梅、宗璞：《一腔浩氣籲蒼穹》，收入徐洪軍編著：《宗璞研究》，鄭州：河南大學出版社，2017 年，第 20 頁。

堂上曾有對「五四言說史」的專門分析，〔註20〕在他的考察中，1979的五四六十週年紀念活動是相當盛大而成功的一次，是或可謂時勢造英雄，1979年的思想解放政策需要一個五四式的活躍與爭鳴現場，借古喻今的五四紀念必定大獲成功。似乎在新時期相當一段時間，人們也在強調1979與1919在思想解放上的同構性。在八十年代的輝煌之後，九十年代的學院人也嘗試把八十年代研究納入視野，這方面做得相當出色的一位當屬賀桂梅。賀桂梅的研究入口也同樣是1919和1979的關係問題，她在漫長的研究終於在2010年告一段落並成書之際坦言：「最大的問題在於，我一直搖擺於到底是做『五四』接受史脈絡上的80年代研究，還是把80年代處理為獨立也獨特的歷史時段。後來我逐漸意識到，真正限制我的，恰恰是那個將80年代看作第二個『五四』時代的『先入之見』。」〔註21〕對於自己的研究她總結道：

> 等到今天這個課題完成之後，才發現那個潛在的軸心其實仍舊是「80年代文學與五四傳統」；只不過以前是為了論證兩者的重疊與交錯的關係，而現在則是在批判與解構80年代的新啟蒙意識之後，將80年代與50～70年代的歷史關係放入本書分析的前臺，同時更新了自己討論問題的理論語言和看待問題的歷史視角，並把80年代歷史與90年代以來當下現實之關聯性的批判性認知，作為思考的出發點。〔註22〕

這段研究心得對我們的啟發在於，正像其實80年代不是五四傳統的重複出現，而是與50～70年代歷史有著重要的因果關係，需要在研究中加以不斷的歷史化，宗璞的《野葫蘆引》作為最初誕生於八十年代後期而延續了33年的寫作，也並不是原教旨主義的西南聯大精神的再出現，而應該同樣放在它與50～70年代的中國大環境以及宗璞的創作和生活世界中來理解。新時期的中國為何以及如何與四十年代的中國學院相遇，這其中有歷史老人被耽誤的青春和壯年，有他們的長歌當哭，更有新時代精神資源的饑渴尋求。宗璞寫作《野葫蘆引》之時，是在她完成那井噴般的傷痕小說短篇創作之後，在她高級知識分子後代的心裏，西南聯大正像衰世中的美學和倫理燈塔，需要仰望

〔註20〕陳平原的課堂演講，所寫相應文章為陳平原：《波詭雲譎的追憶、闡釋與重構——解讀「五四」言說史》，刊於《讀書》，2009年第9期。
〔註21〕賀桂梅：《「新啟蒙」知識檔案：80年代中國文化研究》，北京：北京大學出版社，2010年，第386頁。
〔註22〕《「新啟蒙」知識檔案：80年代中國文化研究》，第386頁。

和祭奠，這種惋惜自己也惋惜一代人的心情，成為構成了《野葫蘆引》學院氣質底色的郁勃不平之氣。

　　既然宗璞是一個穿越了二十世紀的難得的歷史老人，我們顯然是可以經由她的閱歷、生活和寫作把二十世紀的長時段歷史中不同的年代進行對照與互相的激發，尤其是她集大成的《野葫蘆引》更給了我們集中處理這一年代間對話嘗試的可能性。這也就是本研究為什麼選取宗璞及其《野葫蘆引》做「大學的詩與史」研究的中心樣本。本文也將以「大學的詩與史」為核心問題意識，在此指引下進行宗璞的創作研究，扣緊的是「西南聯大」、「學院知識分子」等線索，並在二十世紀的歷史中穿梭往復，給以研究歷史的縱深感。而大學故事在新世紀的當下的流行，也是本研究最後想要回應的一個問題，我們也希望籍由此實現一點研究的現實介入性，而這當然是更進一步的追求了。

　　本書的第一章將研究宗璞的歷史閱歷、生活世界和她的大學書寫的關係，關注的主要是從她四十年代進入學院讀書並開始寫作文學作品的時刻開始，直到經歷了百花時代、下放改造、文革經驗而到了新時期的閱歷與寫作，以便說明她八十年代重新寫作和《野葫蘆引》誕生的漫長前史。另外，一個人的生活既受大歷史運行的影響，也有他／她微觀日常生活的作用在其中。就宗璞而言，她的家庭尤其是她的父親馮友蘭，一直是她生活的一大核心，理解宗璞對馮友蘭的認識和辯護的出發點，是很重要的。同時她多年身居學院，對於學院風光、教授知識分子群可謂朝夕唔面，她寫學院風景和人事的散文也可以呈現出她對學院的紀實性理解和感情，這一切可以和《野葫蘆引》作為互文，也可以理解為野葫蘆引虛構的原料和線索，是宗璞生涯中不可忽視的作品。這一章對宗璞閱歷和生活的分析，都落腳到「大學」這一核心話題。

　　第二章分析的是宗璞的精神結構問題，並且把她作為一個當代史中知識分子的精神樣本來理解。宗璞作為「復員大學學生一代」，經歷了 1950～1970 年代的閱歷和磨難，在八十年代形成了一個相對成熟和穩固的文學主體。本章主要依託她新時期以來的中短篇小說創作，梳理其中知識分子群體「一生耽誤」的人生悲劇，由此而論及宗璞面對歷史的姿態，這是一種八十年代典型的人道主義態度。從人的尊嚴出發，而有了宗璞人格中「易碎的高貴」，以及當這一品格在當代史中失去適應力後逐漸生發出的「弱者」姿態及其倫理品格。高潔的、柔弱的當代史女性知識分子，在無數的磨難和與苦難的對峙

中生成了自己的精神結構。宗璞作為「復員大學學生一代」，在她的寫作中控訴了什麼，規避了什麼，這一系列問題都可以從參照她的精神結構中得到理解。這種精神結構或許在同代的各種知識分子人格變體中也有一定普泛性。

　　第三章在前兩章梳理清楚了宗璞這一主體的基礎上，進入了對她集大成的《野葫蘆引》研究。「詩與史」顯然是《野葫蘆引》文本生成的一種方法，本章特別關注的是宗璞怎樣化史為詩，在詩與史的參照和辯證中形成自己的小說人物和情節。本章關注的詩史對照問題有四個方面，一是北平知識分子家庭南渡的詩與史，二是戰時教授的詩與史，三是學生從軍的詩與史，四是北歸和學生運動的詩與史，這四方面分別對應《野葫蘆引》的四章《南渡記》《東藏記》《西征記》《北歸記》。在詩與史的對照中，我們可以看清宗璞對人物人情的臧否、對聯大精神的神話性提純，也可以看到她飽滿的「紙背心情」。

　　第四章仍接續之前，研究《野葫蘆引》系列的「大學倫理」問題，並把這看作《野葫蘆引》小說的寫作意圖。這個倫理在小說中被表述為「盡倫與盡職」。「盡倫與盡職」由馮友蘭在抗戰時期提出，在《野葫蘆引》中經由抗戰到內戰的長期實踐，也在隨著時代主題和形勢的變遷而變異，施行起來也由順暢而變為悖反。但「大學倫理」其實又是兩個群體的倫理規範的合流，其一是教授群體，教授們在《野葫蘆引》中都處在學術與政治之間，並且在政治上有各不相同的選擇。其二是學生群體，包括了投身左翼運動的學生黨員的倫理和大學裏的學術青年的倫理。無論是教授還是學生，無論是左派還是保守派或自由主義者，大學倫理的一個關節點都是學院立身原則與政治的對話，或者學術受到了政治怎樣的影響。這在《野葫蘆引》故事發生的時間段是一個主要問題，在宗璞一代「1940 年代大學生」及其師長輩生命中也是一個讓人激動而又不免苦澀，總而言之無法繞開的問題。

　　以上四章，關涉的都是宗璞及其寫作，又主要是宗璞的《野葫蘆引》寫作。本書希望把這樣的寫作看成是「詩史」甚或「心史」，可以從中照見豐富的時代和生活，生發出長時段中國學院狀況的問題性。宗璞的主體由大歷史的閱歷、知識分子學院生活世界而釐定，其形成的精神結構也同時有其獨特之處和代際、階層的共性。她的《野葫蘆引》以詩與史的辯證為方法，以樹立／追懷一種學院的倫理為意圖，最終為當代貢獻了歷史親歷者飽滿而不失批判意識的大學故事／神話，在歷時 33 年的寫作中隨著時代的變遷，不變的是一位知識分子老人和親歷者為歷史留下見證的願望。

第一章　宗璞的閱歷、生活與大學書寫

第一節　抉擇作為時代命運：詩與史視野中的《紅豆》

一、江玟的故事：詩與史視野中的觀察

　　當代女作家宗璞第一次暴得大名，是因為《紅豆》，那是一篇寫於 1956 年百花齊放、百家爭鳴年代的短篇小說，講述 1948 年北平的大學生情侶江玟和齊虹因人生選擇不同而終於天涯永訣的故事。1948 年，女學生宗璞在北平清華園內讀外文系本科；1956 年，宗璞 28 歲，已是共產黨員和《文藝報》編輯，而依然尚未成婚。如果我們細讀《紅豆》，會發現小說中江玟所站立的時間節點和宗璞本人微妙的一致性。《紅豆》中這樣交待：

　　　　那已經是八年以前的事了。那時江玟剛二十歲，上大學二年級。

　　那正是一九四八年，那動盪的翻天覆地的一年，那激動、興奮，流

　　了不少眼淚，決定了人生的道路的一年。〔註1〕

1948 年江玟 20 歲，那麼八年以後的 1956 年正好 28 歲，和 1956 年 28 歲而正在寫作中的宗璞重合，同時也和宗璞一樣大學外文系畢業，並已擁有「好的黨的工作者」的身份，江玟和宗璞，正像一組精細的對位。那麼江玟的眼光看過去的愛情往事，和宗璞的座標和感受或許也不無重疊吧？江玟開篇走在校園雪景中，「她想起六年以前，自己走著這條路，離開學校，走上革命的

〔註 1〕宗璞：《紅豆》，《宗璞文集》第 2 卷，北京：華藝出版社，1996 年，第 3 頁。

工作崗位時的情景〔……〕那以前住過四年的西樓，也越走越近了。」〔註2〕
江玫入大學十週年後的重回校園，不說「十年生死兩茫茫」，但那天涯永訣的
情侶的往事，也正在雪天裏等待一個鄭重的招魂。這個故事在此第一次書寫，
宗璞或許並沒想到，今後她還將一再地、用一生去書寫。

　　《紅豆》的優點，在於這既是一個個人悲歡的小敘事，又是一個時代命
運的大敘事。它講了江玫從錯誤的愛情中破繭而出，走向寫作發生的1956年
人們眼中的光明前途，也講了一代青年學生和女性怎樣在大時代的抉擇中長
成革命的新人。女主人公江玫像宗璞一樣出身大學教授家庭，但她比宗璞不
幸。江父在女兒幼年就因為言論問題不為人知地屈死，於是江母「非常嫌惡
那些做官的和有錢的人，江玫也從她那裡承襲了一種清高的氣息」〔註3〕。可
以看出，江玫是最典型的知識分子後代，而在天地玄黃的年代，她的故事就
是由「與世隔絕的清高」而經歷革命召喚投入「大家」的經過。江玫去參加集
體詩朗誦，回來告訴師姐蕭素自己的體會：「我今天忽然懂得了大夥兒在一起
的意思，那就是大家有一樣的認識，一樣的希望，愛同樣的東西，也恨同樣
的東西。」〔註4〕江玫樸素地理解到的，正是一種革命的倫理、集體主義的道
德感，這和她原本知識分子的清高十分不同。其實在1948年，江玫這樣的心
理感受是極為真實的，宗璞當年作為平津學生運動的親歷者不曾多談，但她
的同時代人中卻有無數的例子講述自己在天地玄黃的時代政治覺醒、投身進
步潮流的經歷。這方面，和宗璞同為國共第二次內戰時期青年學生的知識女
性、後來的北大教授樂黛雲的回憶可資參證。

　　樂黛雲的家庭沒有宗璞這樣重的知識分子色彩，在中學時代她就憎惡國
民黨腐敗，考取北大後在母親支持下北上求學。樂黛雲北上途中，就遇見了
中共地下黨幹部、北大學生程賢策，多年後這樣回憶他：「他是我第一個接觸
到的、與我過去的山村夥伴全然不同的新人。他對未來充滿自信，活潑開朗，
出口就是笑話，以至得了『牛皮』的美稱。在船上，他一有機會就有意無意地
哼起《解放區的天》，直到我們大家都聽熟、學會。」〔註5〕進步學生的飽滿
精神甚至有過於《紅豆》中的蕭素，讓人印象深刻。在北大，樂黛雲白天上

〔註2〕宗璞：《紅豆》，《宗璞文集》第2卷，第1頁。
〔註3〕宗璞：《紅豆》，《宗璞文集》第2卷，第4頁。
〔註4〕宗璞：《紅豆》，《宗璞文集》第2卷，第11頁。
〔註5〕樂黛雲：《四院‧沙灘‧未名湖》，2版（修訂本），北京：北京大學出版社，
　　　2018年，第1頁。

課，晚上參加各種革命活動，如進步讀書會、北大劇藝社和民舞社，北平和平解放後就去街上演出西北秧歌，還被派去勸說過沈從文一家不要去臺灣。

　　樂黛雲因為對國民黨的失望和厭惡，對革命的投身是毫無彷徨的，也真的在純粹的「青春萬歲」的氛圍中迎來了新中國。且看她回憶當年：「20 世紀50 年代初期，曾經有過那樣輝煌的日子！到處是鮮花、陽光、青春、理想和自信！當新中國成立後第一個五四青年節，我和另一位同學抱著鮮花跑上天安門城樓向檢閱全市青年的少奇同志獻上的時候，當民主廣場燃起熊熊篝火全體學生狂熱地歡歌起舞的時候，當年輕的錢正英同志帶著治淮前線的風塵向全校同學暢談治理淮河的理想時，當紡織女工郝建秀第一次來北大講述她改造紡織程序的雄心壯志時，當彭真市長半夜召見基層學生幹部研究北大政治課如何改進，並請我們一起吃夜宵時……我們只看到一片金色的未來。」〔註6〕樂黛雲的 1948 年是熱情革命的歲月，建國以後的幾年是輝煌的勝利的青春。她比江玫更像個新中國的新青年，因為她是不太有陰影的，如果對歷史有所彷徨和反思，那是後來的故事。但江玫以及書寫江玫故事的青年宗璞，其感受則更為複雜曖昧。

　　解放前的宗璞，除少女時代的處女作已佚外，內戰期間還在天津《大公報》上發表了三首新詩和一篇短篇小說，其中表現出對時代核心熱點問題一定程度的參與和表態。第一篇作品是 1947 年發表的紀念聞一多的新詩《我從沒有這樣接近過你》，之後在 1948 年 8 月，又分兩次連載發表了短篇小說《A. K. C》，這些都是宗璞天津時期的斬獲。是年秋，宗璞通過考試轉入北平的清華大學外文系，10 月連續發表兩首新詩《一個年輕的三輪車夫》和《瘋》。這四篇新文學習作作為宗璞的起點，透露了關於宗璞本人基本的寫作特質和她當初與時代關係的諸多消息，這裡我們著重在《A. K. C》的分析，並將它看作《紅豆》的一個前史。

　　《A. K. C》〔註7〕是宗璞的第一篇小說作品，1948 年分兩次連載於《大公報》。這個故事後來宗璞曾反覆提到，雖自言：「內容是編造的愛情故事。現在這篇小說找不到了，它的價值不大，並不讓人太遺憾。」〔註8〕但又幾度

〔註 6〕樂黛雲：《四院‧沙灘‧未名湖》，2 版（修訂本），第 2 頁。
〔註 7〕宗璞：《A. K. C》，天津《大公報》1948 年 8 月 13 日、20 日，署名「綠繁」。
〔註 8〕宗璞：《虛構，實在很難》，徐洪軍編著：《宗璞研究》，鄭州：河南大學出版社，2017 年，第 11 頁。

追述情節大概，似乎印象頗為深刻。這個故事講的是相愛的一對男女，男方不願直陳情意，給了女方一個寫著「A. K. C」的玻璃瓶，而「A. K. C」是法語àcasser的諧音，意思是打碎它。女主人公沒領會到這個意思，沒有打碎表白的玻璃瓶，兩人錯過了。這的確是一個感傷的情愛白日夢故事，其女主人公為法國人，小說中名叫「波娃利小姐」，這似乎是包法利夫人的名字Bovary的另一種音譯〔註9〕，這一巧合或許也是宗璞有意選擇，意在暗示女主人公像包法利夫人一樣耽於夢想，而這對宗璞也是一種警示，讓她書寫浪漫情愛的同時也有自我反思。但是小說的感傷焦點還在於它的主題「錯過」。這是一個近乎無事生非的悲劇，用一個略感造作的玻璃瓶設定製造戀人間的隔膜與錯過，或許只是表達了少女宗璞心中對愛的頑固憂懼，而這樣的悲劇，在她日後的寫作中一再發生。諸如《野葫蘆引》中的一對戀人孟靈己和莊無因，也是因為天涯兩隔不通音信而被小人離間，終於錯過。《A. K. C》寫於1948年，正是最終分開了江玫和齊虹、孟靈己和莊無因的抉擇之年。《A. K. C》在1948年講述一個法國愛情故事，看似是對時代主題的游離，但細細考究，這種對於時代造成的戀人抉擇和分離的隱射，從宗璞後來的創作中得到的印證看，又似乎十分呼應大時代的天涯永隔常見悲劇。這篇小說，表面游離之下竟是很正宗的時代書寫。

書寫1948年大時代造成的戀人分別，這是宗璞一生寫作中的一個反覆出現的主題。而對於學者賀桂梅在訪談中曾經對其背後本事的試探，宗璞基本上是答以顧左右而言他。〔註10〕那紙背的故事和心情，她始終不曾與讀者大眾分享。但確實是這個發源於《A. K. C》中錯過愛情的悔恨之感，使得《紅豆》中的江玫不完全是如樂黛雲那樣的革命女性。她迎向新政權，自我教育克服私人的悲歡與得失，但卻不能克服一種纏綿又彷徨的情感存在。雖然《紅豆》中革命的到來剝奪了銀行家少爺齊虹被戀人、被「大家」理解和接納的可能性，但卻不能剝奪愛情本身。小說寫齊虹來找江玫去他們的「絕域」遊玩，江玫要趕壁報沒有答應，兩人吵架，而敘事者從一旁評論道：

〔註9〕如1920年代李劼人就翻譯過《包法利夫人》，譯名為《馬丹波娃利》，可謂旁證。宗璞在外文系讀書時的第二外國語修習的是法語，應該知道包法利夫人的名字。

〔註10〕賀桂梅訪談宗璞時曾問：「您說寫《紅豆》主要是出於虛構，有沒有一點經驗性的東西在裏面？」宗璞讓賀桂梅參考《〈紅豆〉憶談》，事實上她並沒有給出正面回答。參見：宗璞、賀桂梅：《歷史滄桑和作家本色》，《宗璞研究》，第24頁。

　　「絕域」是他們兩個都喜歡的一個童話「潘彼得」中的神仙領

　域。他們的愛情就建築在這些並不存在的童話、終究要萎謝的花朵、

　要散的雲、會缺的月上面。〔註11〕

「絕域」的英文是 Neverland，就是永無之地的意思，我們讀上述引文，除了
對江玫齊虹浪漫愛情的批判外，竟然還感到這些優美的修辭背後有種掩不住
的沉痛之感。江玫和齊虹的愛是那樣真切，可是只有在永不存在的地方，才
能安放這執拗的愛情。而宗璞這種悖反的張力修辭十分準確地傳達出了那種
新時代預設的革命新人不曾有也不該有的悔恨的暗面，這正是江玫故事的特
殊之處，也是宗璞一出手寫小說就不同凡響的微妙根源。

二、在 1957 年如何講述來路？

　　如果最抽象地總結，那麼《紅豆》事實上是一個知識分子改造故事，而「知
識分子改造」這個政治口號早在 1951 年就由新政權正面提出了，〔註12〕之後
很長時間一直不曾真正放下。隨著 1949 年春北平和平解放，留在北平沒去臺
灣的大知識分子馮友蘭一家，則以身心竭力履行知識分子改造的實踐，而這一
過程對這家人並不輕鬆。馮友蘭晚年回憶錄《三松堂自序》寫當時在清華，文
管會負責人張宗麟對他說：「我們對於你的行動曾經作了估計，現在你的表現
跟我們估計的差不多。黨中央很重視你。」〔註13〕於是 1950 年間，馮友蘭就
在《人民日報》《光明日報》等官方喉舌上頻繁表態，努力靠攏新政權。1951 年
秋，馮友蘭更參加一個文化代表團代表中國訪問印度和緬甸。馮友蘭在建國初
期的處境，是新政權既責令其思想改造，又對其思想學說的影響力很重視，所
以一方面馮友蘭受到很大的批判壓力，一方面又幾次代表新中國出席國際學術
文化交流活動。而 1950 年夏天開始的抗美援朝，是建國初期的重大事件，有
著全國人民的廣泛參與和動員，當然也波及到北京的校園師生。正是在這樣的
處境下，到 1950 年底作為清華大學學生和馮友蘭女兒的宗璞寫了短篇小說《訴》
〔註14〕，於 1951 年 1 月 28 日刊登在當天的《光明日報》上。

─────────────

〔註11〕宗璞：《紅豆》，《宗璞文集》第 2 卷，第 13 頁。

〔註12〕建國後第一次比較集中的知識分子思想改造學習運動從 1951 年 9 月下旬開
　　　　始。9 月 29 日，周恩來總理作了《關於知識分子的改造問題》的報告；11 月
　　　　30 日，中共中央發出《關於在學校中進行思想改造和組織清理的指示》。

〔註13〕馮友蘭：《三松堂自序》，上海：東方出版中心，2016 年，第 134 頁。

〔註14〕宗璞：《訴》，《光明日報》1951 年 1 月 28 日，署名「清華大學學生馮鍾璞」。

　　查閱這一期《光明日報》，可以發現第四版為「抗美援朝文學特輯」，中有三位清華文學專業師生的作品，可謂清華師生的專門園地，背後清華大學知識分子的政治表態呼之即出。〔註15〕其中宗璞的小說《訴》是模擬解放後一個女工的自白，屬於代言體的寫法。與《A. K. C》細膩感傷的抒情文體不同，《訴》的語言是相當地道的北京方言，頗為符合一般的底層想像。宗璞有出色的文體能力，無論寫她深諳個中三昧的知識女性，還是她實際上並不那麼熟悉的底層、鄉土，都能惟妙惟肖。《訴》講述解放前女工家中妹妹們因得不到照顧和治療先後生病死去的慘事，固然包含如地主周家對農民的剝削，但更突出的是在書寫母女間的患難悲情。但這雖是 1950 年底的寫作，卻與當時已經甚囂塵上的階級敘事話語不盡相同，《訴》中更為突出的是倫理的邏輯，進一步說是中國傳統中家和母女的人倫。而革命的意義固然是農民分到了地，但更被強調的在於有了共產黨和毛主席，「我像有了落啦！」的反覆申說，共產黨由此是一個被信仰的庇護者形象，而推出的抗美援朝的意義則是：「這會子美帝國主義又使壞，想讓咱們回到從前的日子。咳，您說，我能讓麼？到手的好日子不讓咱們過，祖宗幾代剛抬頭又來搖咱們脖子，您說，咱們受得了麼？咱們受不了！咱們可不能讓孩子像臭兒似的，讓當娘的像我媽，可不能，可不能啊。」革命使得普通人可以盡倫，為了捍衛一個理想的人倫關係，所以要保衛革命果實。

　　如果說《A. K. C》是在游離中暗中迎向了作為時代命運的「錯過」，那麼作為一種表態的《訴》卻在迎向時代意識形態話語的努力中暗暗游離，回到了一種中國傳統的對人倫的強調。考慮到寫作《訴》的宗璞如此清晰地自我定位為「清華大學學生」，考慮到馮友蘭在清華大學的地位聲望，宗璞的這一迎向新政權的書寫，絕不止於她後來所解釋的那樣，單純的是：「《訴》是到玻璃工廠接觸了女工寫的，也是我真實的感受。」〔註16〕而是有著很強的表態和宣傳意圖。但比起《訴》的尚有真情實感，宗璞說道：「後來文學的範圍愈來愈窄，只能寫工農，而且有模式。寫那些太公式化的東西，不如不寫。」〔註17〕這雖是

〔註15〕上面刊登的除了署名「清華大學學生馮鍾璞」的小說《訴》之外，還有署名「清華大學副教授王瑤」的文學評論《真實的鏡子──從幾篇新文學作品看中朝人民的友誼》，此外還有署名「清華大學講師季鎮淮」的新詩《一個聲音》。
〔註16〕宗璞、施叔青：《又古典又現代──與大陸女作家宗璞對話》，《宗璞研究》，第 34 頁。
〔註17〕宗璞、施叔青：《又古典又現代──與大陸女作家宗璞對話》，《宗璞研究》，第 34 頁。

1980 年代的說法，但至少宗璞的寫工農而不願有「公式」，以及《訴》的人倫感實際上對階級話語的偏離，都在一定程度上表明了宗璞的這種「游離」確實存在。這種游離又迎向的狀態，在之後宗璞的本科畢業論文《論哈代》（1951）和她入黨前後寫陀思妥耶夫斯基的文學批評中都有延續。而甚至 1956 年底完篇的、作為知識分子自我改造走向黨員身份的階段性心得的《紅豆》中，也可看出這種掙扎的張力。這裡對此我們稍作展開。

在我們的印象中，英國作家托馬斯・哈代的寫作表達的是命運之感與悲劇意識，這和那個建國之初的共和國的時代精神是十分疏離的。宗璞 1948 來到清華外文系讀書，1951 年在建國的激昂時代情緒中畢業，卻寫了一篇論述哈代詩歌的畢業論文〔註 18〕，這本身就很具有症候性。在論文開頭，宗璞也帶幾分客套又帶一點真意地說：「可是我們國家今日不需要我的幼稚無益的討論。」〔註 19〕並且我們看到宗璞也同意我們對哈代的普遍看法，她開篇明志地說：「托馬斯・哈代對人生苦命的動人描述和對天命玩弄人生無影無敵有如偶戲的想法是著名的。」〔註 20〕又說：「生命既苦且酸，生命在大千世界裏掙扎，生命本身就圈在自然定律的框裏。別的作家所不敢說的，他毫不遲疑地說；別的作家不忍透露的，他能忘情透露。」〔註 21〕其實宗璞和哈代相似，在那個共和國初生的年代，她卻固執地言說命運的無常和人力的有限，正是和別的學者作家很不相同的。她對人的受苦的歸結是：「天命本身不能引起生命中的苦難，我們受苦是因為我們有意識，而天命是在人類意識控制之外的。」〔註 22〕多年以後，我們覺得以此來解釋《紅豆》甚至《野葫蘆引》中的愛情悲劇，其實也不為無當。

經歷了《A. K. C》《訴》和《論哈代》的寫作，也經歷著新中國的誕生和欣欣向榮，1951 年 5 月 4 日，即將大學畢業的宗璞加入了新民主主義青年團。大學畢業後的幾年，宗璞先是分配在政務院文教委員會宗教事務處工作，後來 1954 年調入全國文學藝術聯合會研究部工作，到了 1956 年 6 月 4 日，她

〔註 18〕 宗璞：《論哈代》，此文為英文論文，存於清華大學圖書館特藏室，後由宗璞的兄長馮鍾遼翻譯為中文，收入宗璞著，楊柳編：《書當快意》，杭州：浙江文藝出版社，2015 年。

〔註 19〕 宗璞：《論哈代》，《書當快意》，第 106 頁。

〔註 20〕 宗璞：《論哈代》，《書當快意》，第 106 頁。

〔註 21〕 宗璞：《論哈代》，《書當快意》，第 108 頁。

〔註 22〕 宗璞：《論哈代》，《書當快意》，第 124 頁。

加入了中國共產黨。同年，一篇文學評介《偉大俄羅斯作家——陀思妥耶夫斯基》發表於入黨前。小說《紅豆》和童話《尋月記》也都寫畢於是年12月。宗璞後來自己解釋1956年的「井噴現象」說：「1956年大鳴大放，提倡文藝百花齊放，我覺得可以寫一點我要寫的了，遂寫了小說《紅豆》，發表在《人民文學》上。」〔註23〕這事後說明固然是一解，但考察《紅豆》和甚至《尋月記》中的思想變化，我們更想把1956年這一系列寫作看成是向黨靠攏的自我教育的階段性產物，因為這些寫作比之1951年《論哈代》的思想和心情，看起來是有了很大變化。我們把這種新變稱之為對「教育性」的追求，即把十字路口的「選擇」心路作為一種政治教育傳遞給讀者。

在寫《紅豆》之前宗璞首先寫了短文《偉大俄羅斯作家——陀思妥耶夫斯基》〔註24〕，而1980年代宗璞曾透露：「青年時代我最愛兩位作家：陀思妥耶夫斯基和哈代。〔……〕我從初中到大學期間，不斷讀陀氏作品，《罪與罰》《被侮辱與被損害的》《白癡》《卡拉馬佐夫兄弟》，真是令人肝腸寸斷！」〔註25〕但從1950年代的文章中，很難看出宗璞對陀思妥耶夫斯基有特殊的鍾愛，因為批判多於肯定，而批判的恰恰是：「他經過這一段痛苦的囚徒生活以後，對革命完全喪失了信心。〔……〕他以為專制制度是不可以改變的，想用受苦、靈魂的『淨化』、良心和宗教等，來解決現實中存在的種種問題。」〔註26〕如果我們繼續使用「迎向」與「游離」的心理結構觀察這一現象，那麼宗璞熱愛陀思妥耶夫斯基又要以共產主義信仰來克服他的影響，正是和她寫《紅豆》一樣的思維方式。在1957年如何講述來路？宗璞在「迎向」與「游離」於時代精神、在知識分子改造要求與愛的悔恨面前，以《紅豆》的寫作找到了一個規訓而又釋放自我的平衡術。

《紅豆》寫畢於1956年12月文藝界百花齊放的氛圍之中，後刊登於1957年《人民文學》7月號，〔註27〕刊登之時也正是「雙百方針」由貫徹到變化為反右浪潮的轉捩點稍後。作品刊出後引起了廣泛的反響，這其中既有讀者的

〔註23〕宗璞、施叔青：《又古典又現代——與大陸女作家宗璞對話》，《宗璞研究》，第34頁。
〔註24〕宗璞：《偉大俄羅斯作家——陀思妥耶夫斯基》，《工人日報》1956年5月26日。
〔註25〕宗璞：《獨創性作家的魅力》，《宗璞研究》，第9頁。
〔註26〕宗璞：《偉大俄羅斯作家——陀思妥耶夫斯基》，《宗璞文集》第4卷，第210頁。
〔註27〕據蔡仲德：《宗璞創作年表》，《宗璞文集》第4卷，第473頁。

讚賞，又有嚴厲的時代批判。到 1957 年 10 月，《人民日報》刊載了署名伊默的《在感情的細流裏——評短篇小說「紅豆」》〔註28〕一文，指責問題在於：「作品中流露出來的作者的感情的細流，也是同情和讚賞江玫的並不光彩的愛情，並且用他的多少帶有感傷基調的描繪，把江玫完全淹沒在這不光彩的愛情的海裏。」看來《紅豆》對愛的沉浸是讀者都能捕捉到的特色，而正是這愛與革命的離齬與難以捨棄，是作家寫作的真摯投入，同時引起了藝術魅力和政治不正確。1958 年有一個《紅豆》問題座談會，會上批評家謝冕提到，小說中間挺好，或許把開頭結尾改改就行，比如結尾改成江玫把滿懷記憶的紅豆果斷扔出窗外。〔註29〕這個改法可能是玩笑，也並未得到與會者普遍認同，但似乎顯示了某種時代精神。在社會主義建設蓬勃展開的時代，社會主義新人要果決捨棄纏綿悱惻的私情。這是一種「健康」，而文學的意義就在於教育心智達到這樣的健康。所以謝冕之改《紅豆》，是那個時代正確的意識形態話語、昂揚的革命樂觀主義精神對《紅豆》的一種診斷和治療。謝冕的意見，對於正因《紅豆》而受衝擊的青年女作家，其實是維護和善意的。〔註30〕只是「中間挺好」的判斷可能也不盡然，因為纏綿悱惻的「文心」在中間仍然十分「放肆」。但如果帶著後見之明，那麼多年以後在文學史上逐漸明瞭的《紅豆》真正的閃光點，或許也正是在當年被大批判的「纏綿悱惻」的獨特品質，這樣講述一個時代故事的品質，只能是來自於飽讀詩書而又洞察到知識分子生活與情感方式的學院作家之手，在那個工農題材如日中天的年代，這樣的學院人心路的表現，也是有價值的，甚至難得而可貴的。

三、愛的賦格：從齊虹到莊無因

《紅豆》在 1956 年帶著後見之明重寫那個 1948 年的選擇時刻。而那時分開了江玫和齊虹的東西，追根究底正是一種政治和倫理信仰的差別。江玫

〔註28〕伊默：《在感情的細流裏——評短篇小說「紅豆」》，《人民日報》1957 年 10 月 8 日。

〔註29〕陳新：《「紅豆」的問題在哪裏？（一個座談會記錄摘要）》，《人民文學》1958 年第 9 期。

〔註30〕據宗璞晚年回憶，她在發表《紅豆》後確曾遭批判，但所幸沒有因此劃為右派。宗璞稱 1958 年底《人民文學》「安排我寫一篇外國作家大煉鋼鐵的報導，也在《人民文學》發表，以此表示我還可以發表作品，沒有什麼大問題。這都是對我的關心和愛護。」引自宗璞：《握手》，《紫藤蘿瀑布》，南京：江蘇鳳凰文藝出版社，2016 年，第 89 頁。

在蕭素被捕後帶頭走在學生遊行前列喊口號,「她想到,在死者裏面有她的父親,在生者裏面有母親、蕭素和她自己。她渴望著把青春貢獻給為了整個人類解放的事業,她渴望著生活來一次翻天覆地的變動。」〔註31〕對於已經成為歷史的事件來說不存在選擇,那個敞開的窗口已經永遠關閉,經歷這一窗口而進入不同軌道的人們只能不斷回望、闡釋、肯定或否定這個窗口期自己的作為,而這樣的臧否又總是受到後續事件向前的投射影響。在 1956 年,宗璞的《紅豆》故事內置於時代的知識分子表態和作者的個人生活信念之中,沒有別的可能性。齊虹作為優秀和「孤立」的知識分子代表,不存在被理解、被正面安排的可能。

然而《紅豆》對齊虹的描寫,固然帶著作者明顯的褒貶,這褒貶細究起來又是曖昧的,有時候甚至呈現出似貶實褒的含混。齊虹看似冷酷,但其實比冷酷更複雜,他是有愛的,比如他說:「物理和音樂能把我帶到一個真正的世界去,科學的、美的世界,不像咱們活著的這個世界,這樣空虛,這樣紊亂,這樣醜惡!」〔註32〕蕭素的觀察補充了齊虹的性格圖像:「齊虹憎恨人,他認為無論什麼人彼此都是互相利用。」〔註33〕從小說中我們知道,齊虹是銀行家的公子,這個階級身份在 1950 年代的想像裏是天然的反動的,他家裏在北平解放前赴上海往美國逃難,也鮮明地顯示了他們的階級立場與生活選擇。但一個從小在爾虞我詐的複雜環境裏接觸人事的男孩,或許對人生世界的理解不免陰暗與偏頗,也確實會因經濟地位優越而傲慢跋扈一些。但是齊虹在文本的釐定中仍被暗中給與了可同情的空間,他愛的文學、藝術、學術,要在精神勞作和享受中逃世的傾向,如果換一個時代,我們也完全可以理解為他以一己之力追求真善美的掙扎。齊虹乖戾但決不市儈,他其實是極優秀的學院青年,只是在信仰上苦悶空虛而已。問題是革命的到來逼著那些豐富的人生類型必須二選一站隊,齊虹不站普羅大眾、不背叛自己出身的階級,他就無可置疑地居於反動,江玫作為要革命報血親之仇的青年,對戀人的評判沒有猶疑可言。而革命學生蕭素的那一方顯示出的除了革命理想外,還有越來越實際的優勢。蕭素第一次給江玫推薦的讀物《方生未死之間》就是用「大家」的概念給「清高」的江玫上了一課。蕭素還用友情來改造江玫,要她

〔註31〕宗璞:《紅豆》,《宗璞文集》第 2 卷,第 27 頁。
〔註32〕宗璞:《紅豆》,《宗璞文集》第 2 卷,第 7 頁。
〔註33〕宗璞:《紅豆》,《宗璞文集》第 2 卷,第 11 頁。

參與到學生運動中來，而當這友情使得蕭素和朋友賣血掙錢為江母治病，也可說是很牢固可貴的友情了。在此之後，蕭素勸說道：

看出來了沒有？齊虹的靈魂深處是自私殘暴和野蠻，幹嘛要折磨自己？結束了吧，你那愛情！真的到我們中間來，我們都歡迎你，愛你──〔註34〕

這給出了一個奇怪的十字路口：一邊是「自私殘暴和野蠻」的齊虹，一邊是革命的「大家」都歡迎和愛江玫。而緊接著蕭素被捕，江母告訴了江玫她父親被反動政府抓走而屈死的真相，再次確認了江玫革命報仇的必要性。加在後一個方向上的籌碼越來越重，齊虹代表的浪漫資產階級戀愛越抹越黑，一件件事實教育著江玫，小說的行文中已有了一種要求決斷的不可改易的勢能。

但齊虹的無論愛情還是趣味，對江玫都仍是很大的吸引。齊虹的愛好很多就是宗璞的愛好，很難想像書香世家而天性浪漫的宗璞本人，會對這樣的見識、品位的男青年毫無感情。因此，三十來年後齊虹也有可能在宗璞筆下換了個名字，成為《野葫蘆引》中頗美好的莊無因。學物理的、英俊而高智商的、趣味優雅而孤獨憂鬱的男青年，其實一直是宗璞頗為偏愛的人設，只是在《野葫蘆引》中，經歷文革的老年宗璞可以卸下批判的板斧來講述這個她心愛的小兒女故事，但《紅豆》這樣處在思想改造的強迫症下的作品，卻在一種捨身為革命的道德觀下抹黑了心中的理想戀人。而《紅豆》甫一刊行就飽受當時詬病的對愛的深深懷戀，其與黨員自我教育主題的嚴重齟齬，或許還是來自宗璞不能明言的愛的「偏見」。站在十字路口反覆地自我教育，擺出一切理由說服自己投向「大家」而告別齊虹，其實很可能也是對生命中不能忘懷的刻骨之愛的告別，底色還是「錯過」的悔恨，或哈代筆下讓人愴然而又無奈的「天命」。

《紅豆》在讀者中的成功，直接緣於它是一個愛情故事，而此後直到文革結束，宗璞的筆下再也沒有真正意義上的愛情故事。《桃園女兒嫁窩谷》雖也是寫青年婚戀題材，但農民青年楞貴和晚姐的婚姻與其說是愛情的果實，不如說是社會主義新人要「勞動」、先進和落後生產隊之間要互助的感情，和江玫齊虹的小資產階級浪漫愛情迥然不同。而同是根源於自敘傳式經驗，文革後1979年寫作的《三生石》是《紅豆》完篇多年以後重拾知識分子愛情題材，裏面有多得多的曲折，也有大幅度更換的時代消息。小說中梅菩提在1950

〔註34〕宗璞：《紅豆》，《宗璞文集》第 2 卷，第 20 頁。

年代寫愛情小說《三生石》而獲罪，正如宗璞因《紅豆》而招來責難一樣。無論是「三生石」或「紅豆」，都是愛情的憑證。而宗璞的微妙改寫在於，現實中的《紅豆》裏，紅豆是一個應該超越的愛情的痛苦紀念物，那愛情本身已經被革命否定了。而《三生石》中的同名小說，講述的是「一對年輕人的忠貞愛情，生死不渝，希望生生世世在一起」〔註35〕，可以看出在這個虛構的小說的寫作裏，情的力量所向披靡，不是革命所能替換。現當代作家往往都經歷了反覆的生命歷程的檢討和自我否定，宗璞也難免類似的心態，一方面傷懷著青年時代對「齊虹」這樣自己珍視的人物的輕易抹黑，一方面也想再度張揚起纏綿悱惻的「情」的邏輯。醫生方知和梅菩提在文革中的相知和成婚，不知是否也有自敘傳層面的紀念意義？至少宗璞的年譜告訴我們，她和丈夫蔡仲德也成婚於文革亂世。那是在1969年，是年宗璞已經41歲，離《紅豆》的寫作也已有 13 年了。在這時代凱歌與動亂起伏的十餘年裏，宗璞怎麼樣了？能供考察其心路的文字很少，但《三生石》中梅菩提在其小說《三生石》獲罪後的心境與歷程或可參證：

> 她本性淡泊，不以為意，自把寫作拋開，仍然認真地從事教學、研究。她一直還是在那業務好的黨員圈子內，生活仍然是一個絢爛的花環，可以逐日摘取花朵。但隨著各種批判，她的心逐漸在硬化。她不再多愁善感。她在那些可以為之「數日不食」的詩句面前，不再低首徘徊，不再衷心讚歎，而千方百計去尋找它們的「侷限性」。在那些可以為之淚下的樂曲之前，她的心因已有練就的工夫，樂曲的波浪竟難滲入。〔註36〕

如果說《三生石》中的描寫可以看作透露了「後《紅豆》」時期宗璞的心境，那麼她那些年大約過的頗為勉強而壓抑天性，這從她這一段時期的文學作品如《尋月記》《後門》等也可以看出端倪。而在似乎別無寫作的文革期間，宗璞後來入集的僅有的文字就是幾首給丈夫的舊詩。宗璞結婚第二年起，蔡仲德開始長期下放，宗璞為他而寫的詩，無論是《懷仲四首》還是《江城子·定州尋夫》表達的都是很樸素的伉儷之情和生別離的悲傷，和時代凱歌高亢的發言方式幾無關係，或者可能也可看作對主流話語低調的抗拒吧。是到文革結束，那個寫愛情「纏綿悱惻」的宗璞方才歸來。

〔註35〕宗璞：《三生石》，《宗璞文集》第 2 卷，第 320 頁。
〔註36〕宗璞：《三生石》，《宗璞文集》第 2 卷，第 320 頁。

　　江玫齊虹被建國分開而天涯永隔的故事，在新時期宗璞的寫作中重新出現，且一而再再而三地重複與變奏，像一曲愛情故事的賦格。《弦上的夢》《核桃樹的悲劇》《朱顏長好》中都有建國讓大學生戀人天涯永隔的設定。《野葫蘆引》則與《紅豆》有最多的相似，愛得熱烈且山盟海誓的孟靈己和莊無因，正像當年的江玫和齊虹一樣。莊無因也是要出國深造，約好和未婚妻孟靈己學成歸國團聚。莊無因和齊虹一樣是物理系高材生，也有著憂鬱的、執著於學術工作的性格和追求。但齊虹是偏激的暴躁的，莊無因是文雅的修養良好的，其實可以說兩人是同一人被用了兩幅眼光來觀看，而這兩幅眼光，固然都是宗璞的，卻區別在於它們屬於青年和老年的作家，更屬於兩個年代。1956年的《紅豆》故事不能擁有的可能性，在 2018 年完篇的《北歸記·接引葫蘆》〔註37〕中變得可能。不是改寫歷史事實的可能，而是重新理解齊虹／莊無因，重新理解和評判這對年輕人選擇的可能。江玫走在學生遊行的前列，孟靈己卻對學生運動有深深的疲倦和不能信任；江玫為了國仇家仇要留在大陸擁抱新生活，孟靈己的不走卻只是因為母親的早逝和生病不能沒有照料的父親。仍然是那個發端於《A. K. C》中的錯過主題，但其中細究起來的因由已經經歷了大量的擦抹和移換，愛的故事、大時代中天涯永隔的故事，像一曲賦格在新時期宗璞的寫作中反覆進行，只是她不再傾向於像年輕時的《紅豆》一樣給出一個革命本位的敘事，她的後來的改寫或可看作一種追悔，在那樣一個年代，在那樣一個可能是刻骨銘心的錯過面前，她曾怎樣帶上時代的、主義的眼鏡，看不真人間悲劇的肌理。到老了，時移世易，宗璞也不再是那個優秀的、先進的共產黨員的心態了，她終於一點點確認了對她自己來說，當初發生了什麼樣的事實、對她的一生是怎樣的改變。《紅豆》，宗璞的第一個學院故事，也可能是自敘傳故事，終於在反覆的挪動中獲得了一種時代變遷次第帶來的解放，那個囚禁在《紅豆》嚴酷敘述中暗暗委屈的齊虹，最後綻放在老年宗璞的筆下，成為了美好的莊無因，只是那紙背的心情又是多麼的哀慟和流連呢？

　　對照歷史，在 1949 年初《紅豆》的抉擇發生的時刻，清華、北大的校長梅貽琦和胡適都選擇了離開，清華教授馮友蘭一家則選擇了留下。這時青年宗璞在清華求學，也參與了聞一多紀念和更後來的抗美援朝宣傳活動。她身邊既有熟悉的長輩選擇去國，也有積極參與學生運動的一代進步青年。這是

〔註37〕宗璞：《北歸記·接引葫蘆》，香港：香港中和出版有限公司，2018 年。

一個徘徊於明暗之間的短暫時期，而身處明暗交錯的地帶或許解釋了宗璞的心裏為何既「迎向」又有所「游離」。且不論《紅豆》書寫天地玄黃時刻所依憑的本事究竟如何，割捨齊虹和站到革命青年的隊列裏的痛苦過程本身，就像一個寓言，隱喻著克服學院知識分子的優越、智識以及孤傲，而投身那個人們「組織起來」創造新社會的洪流。這個選擇自有光榮之處，但就像江玫會因為失去齊虹而痛苦懷念一樣，知識分子在多年後可能也會悵然有所思：這個選擇的功過究竟如何分梳？當代史中的知識分子經驗如何評價？於是作為一種歷史重寫的隱喻，有了《北歸記》對江玫齊虹／莊孟愛情的重寫。回望宗璞的一生所寫，我們會發現在她這裡愛的故事從不單純，它更是一個關於選擇及其後果的故事，多年後成為了我們反思一段當代史的文學契機。

第二節 「鑄心」年代：宗璞早期的教育性書寫

一、平津校園裏的宗璞寫作起點

　　眾所周知，宗璞出身書香門第，從小受到中國古典的薰陶，有很好的傳統文學素養。1946 年她進入了南開大學外文系，又受到歐美文學的科班教育。據卞之琳後來回憶，他「在南開大學外文系一年級班上教過宗璞同志英詩初步」〔註 38〕，而宗璞證明了自己是聰明穎悟的學生，到二年級即開始在天津《大公報》上發表新詩作品。考察《宗璞創作年表》〔註 39〕，宗璞的處女作早在 1943 年她 15 歲時就已刊出，是寫滇池海埂之散文（佚題），發表於昆明某刊物。但是在本文看來，一方面此篇處女作孤懸於宗璞少女時期，離 1947 再發表作品尚有四年距離，而 1947 年後則有連續不斷的發表出現；另一方面此文已不可考，從年表信息來看屬於寫景小文章，而 1947 年後的系列發表則都是寫作並刊行於平津內戰到解放的時空，代表了宗璞相對更成長的心智與時代的對話，由此，本文還是想把宗璞寫作的正式起點看作 1947～1948 年間天津《大公報》上陸續發表的詩文。

　　宗璞的詩歌老師之一，似乎可以看作當年教他「英詩初步」的著名詩人

〔註 38〕卞之琳：《讀宗璞〈野葫蘆引〉第一卷〈南渡記〉》，引自徐洪軍編著：《宗璞研究》，鄭州：河南大學出版社，2017 年，第 188 頁。

〔註 39〕蔡仲德：《宗璞創作年表》，收入宗璞：《宗璞文集》第四卷，北京：華藝出版社，1996 年。

卞之琳。而她在此門課結束後不久發表的《我從沒有這樣接近過你》〔註40〕已是完整而流暢的新詩作品，體現了較為出色的語言能力，但也有和卞詩的機智含蓄相當不同的飽滿激昂風貌。這首詩的激情洋溢，或許一方面是宗璞浪漫感性的女性心智使然，但另一方面也應該承認是受到了平津學生社團活動諸如朗誦詩的影響，詩風的頌揚信仰、煽動熱情，是典型的學生運動詩歌要求。

《我從沒有這樣接近過你》是一首要放入具體時代情境來讀的詩。單從其本身來講，它表達了一種頗為抽象而純粹的信仰熱情。但是在 1947 年的平津校園裏，我們可以建構出此類詩歌朗誦傳播的具體場景，應該是在前面說到的進步社團活動中進行。宗璞晚年對此詩曾這樣交待：「一九四七年，我在南開上大學。五六月間，舉行了一次詩歌晚會，紀念聞一多。馮至從北京來參加，做了講演。會後，我寫了一首詩，那是我第一次發表的新詩。」〔註41〕不過這首獻給聞一多的《我從來沒有這樣接近過你》不應只侷限於悼念追懷，而且也是宗璞最早在歷史現場的信仰表白。這個「你」是抒情主體「我」「今天才找到」的，而且是「找到你／在我們中間」，說明了信仰來源於人群，或具體說是進步學生聯合成的群體。這個「你」的來臨，帶來的是「血熱起來了，／心跳起來了，／淚流下來了」，這個「你」的形象無限美好：「誰能畫出你／藍天般的靈魂？／——廣闊，晴明，澄澈——」，又如大海般無邊無際。而終章更點明：「我從沒有這樣接近過你啊，／因為你／活在人的信仰裏／人的兩眼的光輝裏／人的火熱的言語裏／人的裏面。」這是一首「信」的獻歌，甚至情感強度上不輸宗教讚美詩的絕對和徹底。在天地玄黃的歲月裏，一個女學生寫自己找到所信，投入信念一致的大集體的激動狂熱，反映了時代的一種症候。而其中女性之愛的隱約可見的特質，又使得這首詩有一種情詩般的投入和真摯，那種愛和崇拜的信仰方式，是青春的女性心靈的，可作為學生獻詩也讓後來人不安地聯想到之後歷史中的「信」曾有過的悲劇和教訓。

既然已經有了對於革命進步力量愛和信的前提，那麼接下來順理成章的本該就是站在進步力量的立場上控訴所謂「萬惡的舊社會」了。而在左翼文

〔註40〕宗璞：《我從沒有這樣接近過你》刊於天津《大公報》，1947.6.20，署名「馮璞」。
〔註41〕宗璞：《煙斗上小人兒的話》，引自宗璞：《雲在青天》，杭州：浙江文藝出版社，2015 年，第 243 頁。

學中，寫貧窮卑微的小人物受壓迫，幾乎是一個萬變不離其宗的套路。1948
年 10 月宗璞也寫下過《一個年輕的三輪車夫》〔註42〕，並後來追憶道：「那
是 1948 年，學生運動風起雲湧，我也注意到人世間的不平，曾寫了一首詩《一
個年輕的三輪車夫》，也發表在天津《大公報》。」〔註43〕但細讀此詩，能感
到雖然題材十分容易成為普羅哀歌，宗璞的寫法卻更像《駱駝祥子》或京派
同情地書寫小人物的傳統。也就是說，宗璞寫了底層的悲苦，但還沒有上綱
上線，把矛頭指向階級或政治力量。此詩寫年輕三輪車夫的辛勞與悲慘，寫
到了拉車環境的艱苦，寫到了車夫的母親，最後把不幸歸諸時間的暴力。這
些人性的、自然的、命運的、死亡的詩歌話語，頗有沈從文式底層書寫訴諸
微觀史消解大歷史，以及天地不仁式的唱歎。這是一個奇怪的詩歌產品，似
乎可以看作是在平津文化圈子裏，把左翼勞苦大眾的抗爭嫁接到京派人性論
信仰裏去的嘗試，而我們也不要忘了《大公報》的文藝副刊本來就是京派的
一個陣地。由此，宗璞的信仰與寫作，已表現出了不自覺的錯位。

　　但更明顯的游離之音是緊隨其後發表的新詩《瘋》〔註44〕。此詩寫北平城
裏的一個瘋子，他「不知道哪兒是我的家／我從哪兒來！／要上哪兒去！」是
一個脫離了正常社會網絡和秩序的異人。而他更古怪的宣言則是：「因為我只
是我／我不是你們／我只是現在的我／不是你們的將來與過去。」這首詩到此
已經和《我從來沒有這樣接近過你》正相反對，那一首詩是信仰的獲得和要加
入集體的表達，這首詩卻表現出巨大的彷徨與游離之感，或者甚至是拒絕之
感。「我」拒絕是「你們」，「我」只希望做「現在的我」，「不是你們的將來與
過去」。借一個瘋子言志，是中外文學的傳統，不管是「我本楚狂人，鳳歌笑
孔丘」，或是李爾王的弄臣對帝王的嘲笑，都表現了非正常的群外之人狂中顯
真知。宗璞此詩，確是獨異個人對大群體的拒絕，是一個或許感到了無路可走
的人憂懼過去和未來，只願意棲居於現在的孤立和彷徨。這種心境如果放在宗
璞家庭和北平自由主義知識分子圈子的聯繫中看，或許可以理解。天地玄黃，
物價飛漲，人心不安，發表此詩時更是在北平瀕臨圍城、南渡臺灣的人士陸續
出走的關頭，去和留的抉擇也逼近了宗璞的家庭。處於如此的地位和情況下，

〔註42〕宗璞：《一個年輕的三輪車夫》刊於天津《大公報》，1948.10.24，署名「馮璞」。
〔註43〕宗璞、施叔青：《又古典又現代——與大陸女作家宗璞對話》，引自《宗璞研
　　　　究》，第 34 頁。
〔註44〕宗璞：《瘋》，刊於天津《大公報》，1948.10.31，署名「馮璞」。

宗璞可能有的迷茫和孤獨之感，不是一般進步學生所有，也不能被那個她所一時狂熱過的偉大信仰收納與化解。宗璞後來自己也坦言：「一九四八年我到清華上學，那時常寫一點小詩，都是偶感之類，不合潮流」〔註45〕。由此看來，「不合潮流」的宗璞的心中在青春時代已經有了一種複雜難言的歷史憂懼感，這是北平學生運動大潮中的不和諧音，屬於那越來越孤立的自由主義知識分子群體，屬於他們高度教養、崇尚自由、細膩複雜的情感和內心。

　　宗璞解放前這三首青春的詩篇，是她心路的折射，也可從中看出她一以貫之的對於時代的敏感和共振，對於新的政治力量的迎向與游離俱在。而此三首詩歌或參與平津學生文藝運動，或表現民生疾苦，或寄託自己十字路口的彷徨之思，都能言之有物，不是空洞的「為藝術而藝術」。在這樣有感而發、不平則鳴的文學發動裝置作用下，宗璞開啟了她的創作生涯，而又在青春年華里憑藉或許不無個人性的愛戀悲歡體驗而有《紅豆》這第一個高峰。只是，1957年《紅豆》在大受歡迎的同時也受到嚴厲抨擊，不免讓宗璞也有對於其纏綿悱惻風格的猶疑或憂懼之感，在這樣的情況下，接續早年起點時期創作的「言之有物」而轉向關注文學的「教育性」，就有了後來宗璞的一系列後百花時代的寫作。

二、童話中的教育與自我教育

　　宗璞的心智轉變與自我改造，其實早在建國後就已經逐步啟動，這方面最早的一個鮮明完整的寫作成果，其實是與《紅豆》一同醞釀、同期寫成的中篇童話《尋月記》，此作品1956年12月成稿，1957年出版單行本。據宗璞八十年代文章回憶，她1954年調至全國文學藝術聯合會研究部工作，住在當時的文教委員會秘書長陽翰笙住所中勻出的一間宿舍裏。她和陽翰笙老夫婦交往密切，也受到藝術圈子薰陶，值夜班時就寫成了《尋月記》。〔註46〕

　　《尋月記》和《紅豆》的深深的感情投注和自我帶入不同，它是一種觀念演繹圖式的寫作，而其中的觀念主要是對新社會中兒童的教育理念。故事中的兩個小主角，哥哥寧兒善於「做」，妹妹小青善於「想」，這個故事的展開是兩人夢中訪月，目睹反派角色西王母搶走月亮珠、打碎月亮，於是一同歷

〔註45〕宗璞：《耳讀〈朱自清日記〉》，引自宗璞：《舊事與新說：我的父親馮友蘭》，北京：新星出版社，2010年，第21頁。
〔註46〕宗璞：《憶舊添新》，引自《宗璞文集》第一卷，第26～27頁。

險終於奪回月亮珠的經過。在這個過程中，寧兒和小青因為只做不想或只想不做，分別犯下了很多錯，吸取教訓以後，兩個人逐漸成長為能想能做的「真正的少先隊員」。而他們的歷險一路上也充斥著「想」與「做」的啟示，這些啟示有時候是出現在兒歌裏，有時候是由分別名叫「想」和「做」的兩個小仙子代表，有時是化身為「亮眼睛叔叔」和「長辮子阿姨」，可以說這兩種人格品質十分直接地作為抽象概念在人物上尋找著自己的載體，這種處理是頗為生硬的，傳達著直接的教誨目的。而教育小孩子要既能想也能做，其實就是要求他們培養起「知行合一」的社會主義新少年美德，《尋月記》的觀念演繹和規訓話語，由此而十分鮮明地表現了出來。

除了知行合一的教誨以外，《尋月記》還是一篇表現社會主義新時代頌歌的讚美性寫作。在高貴者最卑賤和卑賤者最高貴的工農翻身邏輯下，《尋月記》改寫了中國古典中有著悠久積澱的神話傳說人物形象。比如女神西王母這個角色，在古代神話傳說中主要是母儀天下的正面角色，可能只有一些諸如代表天庭權威而拆散牛郎織女的小問題，而孽龍正如其名稱一樣，是作災作孽的惡龍。但在宗璞這個故事裏，西王母是十足的反角，她的罪過如寧兒說的，是在於：「她自己不勞動，還要搶大夥兒心愛的東西！」〔註47〕這個「心愛的東西」就是嫦娥辛苦織就的月光。而孽龍則表現得善良、正義、威力無窮，一路上都在幫助小青和寧兒。孽龍的身世是一個階級神話，他本是窮人家的孩子，給地主做工，後來得到一顆寶珠，地主要來搶，他不得已吞下了寶珠，從此變為孽龍，淹死地主並統治了大海。孽龍的階級出身是很革命的，他殺死地主是「造反」。宗璞的故事同情孽龍，寧兒對他說：「孽龍，孽龍，你跟我們一塊兒回去吧。你可以上學，也沒有當官兒的欺壓老百姓的事啦」〔註48〕，表現出對新天堂已在人間初步建立的時代確信。西王母這個古代的天庭權威變成丑角，而孽龍造反報階級仇恨是正義角色，這些翻案文章都反映了五十年代新中國的文學時尚和革命邏輯。而兒童的世界中，也有著突出的政治性。《尋月記》中的小孩子是過組織生活的，比如寧兒和小青向其他孩子講述完尋找月亮珠的使命，一個孩子說：「我們不如來開個小隊會，研究一下吧！你們都是少先隊員……」〔註49〕而寧兒和小青掉進海裏，想到的也是：「我受了

〔註47〕宗璞：《尋月記》，引自《宗璞文集》第四卷，第114頁。
〔註48〕宗璞：《尋月記》，引自《宗璞文集》第四卷，第130頁。
〔註49〕宗璞：《尋月記》，引自《宗璞文集》第四卷，第121頁。

大家的委託，沒找到月亮珠，卻先淹死了。自己還是少先隊員呢，完成任務就這樣完成麼？」〔註50〕從故事中人的身份和道德性、人的榮辱觀念的設計，我們可以看出這個童話中顯眼的時代性和政治傳教意味。

但更有趣的是《尋月記》中對於烏托邦的營造，這其中既有時代精神和政治意味，又暗暗包含了宗璞含蓄的個人意圖。小說中，孩子們為了找回月亮珠，要到美麗之鄉找三千瓣百合花瓣，到智慧之國找三千顆汗珠，到幸福之土找三千聲孩子的笑。在找花瓣和汗珠失敗後，寧兒和小青到了幸福之土。他們到達時，幸福之土是一片沙漠，但是馬上：

> 這真是奇怪的事！幾分鐘以前還是黃沙遍野的平原，眼看著都變成花園一樣！而且這裡冒起了高樓，那裡出現了大廈。彷彿空中有一雙看不見的手，在隨意塗畫，改變著大地。〔註51〕

這個荒漠變綠洲的神奇國度，就是幸福之土。後來故事裏介紹，是科學和勞動使得山河變化了，人類征服了自然創造出了錦繡河山。播種著糧食和花朵的長辮子阿姨告訴兩個孩子：「就是你們看見的這些忽然出現的河流、樹木、樓臺、亭閣，也並不是隨隨便便就造成的，那裡蘊藏著多麼巨大的勞動，凝結著多麼高度的科學的智慧！勞動，就是幸福。」〔註52〕這一番話揭示了「幸福」在此故事中的含義，那就是勞動，但宗璞含蓄地把科學智力的勞動也連帶劃入其中了。幸福就是荒原上通過科技勞動而有了宜居的環境，「敢教日月換新天」也要靠科學，這就把知識分子的意義正面提出了。寧兒和小青沒有摘到三千瓣百合花瓣，於是就通過技術和勞動自己種，他們的飛紗失靈了，就由幸福之土發明的飛車代替，於是最後取得月亮珠很大程度是靠科學發明代替了魔法，原來科技是如此重要，宗璞就這樣含蓄地表達了對尊重科學、尊重知識勞動的呼籲。在1956年的「百花時代」，這一諫言是可以被允許的，這種頗有為知識分子「翻案」傾向的表達，也成了百花齊放中的短暫一景。

但如果大地上的烏托邦可以理解和接受，那麼訴諸童話媒介的「人心烏托邦」，在帶有時代烙印的同時又顯出了某種近乎可怕的激進。寧兒和小青在月宮裏看見一面牆，牆上是無數小格子，每個格子裏都在播放著一個孩子的

〔註50〕宗璞：《尋月記》，引自《宗璞文集》第四卷，第128頁。
〔註51〕宗璞：《尋月記》，引自《宗璞文集》第四卷，第146頁。
〔註52〕宗璞：《尋月記》，引自《宗璞文集》第四卷，第148頁。

夢。對此，嫦娥高興地說：「我認識每個好孩子，他們的夢我都知道呢。」又說：「我每天晚上都要照料這些夢，讓每個小朋友的夜晚都過得快快活活的。若是沒人管呀，這些小朋友，不知會做出多麼奇怪的夢來！第二天該累得爬不起來了。」〔註 53〕這種夢境也被監控和管理的狀態，雖由正面角色嫦娥笑語道出，但仍讓人想起知識分子改造諸如「交心」的激進性。很多年後，晚年的宗璞讓一個大學教授蕭子蔚在《野葫蘆引‧接引葫蘆》中說：「我看過一部蘇聯小說，寫思想改造的。說知識分子的思想改造是在清水裏泡三次，在血水裏浴三次，在城水裏煮三次，就會純淨得不能再純淨了。」〔註 54〕但宗璞馬上又寫了蕭子蔚的好友和同事、教授孟弗之的感歎：「至於嗎？」這其中近六十年的歲月帶來的評價變化，包含著沉痛的受難和反省。1956 年的宗璞，剛剛成為共產黨員，懷著成為社會主義新人的熱望一手批判自己的過去而寫了《紅豆》，一手寫了《尋月記》這個嚮往好孩子們的夢境一定純潔得可以公之於眾、被神仙照料的故事，這真讓人想起毛時代那個著名的思想運動的口號「狠鬥私心一閃念」。如果人的靈魂可以完全坦白、純潔地展覽，那大概是大地上最大的烏托邦了。可是社會主義時期文學中這種嚴酷的道德烏托邦卻並沒有能夠「教育」人心達到此高度，人性在嚴酷道德口號下的偽善和卑鄙，在文革後宗璞的小說《三生石》中已經展現得淋漓盡致了。

　　童話是一種容易被作家寄託著純粹的夢想的文類，有時是作家自己的美麗與哀愁，有時是一種時代精神純粹化以後注入其中。1961 年 5 月宗璞寫了《湖底山村》，就表現了時代的烏托邦情懷。1958 年 1 月，在大躍進中宗璞到十三陵水庫工地義務勞動，三年後她寫了這篇講述十三陵水庫功績的童話，其中寫道：

> 春兒曾看見，放水的時候，白花花的水從隧道裏奔騰而出。它經過大田，叫莊稼長得又肥又壯；它經過壩外的發電站，那股衝勁兒，叫這一帶村莊都不再愁黑夜，也分不清星星灑落人間，還是人間正在變成天上。
>
> （修壩時──引者注）那炸山的雲霧遮瞞了天，那起壩的黃土鋪滿了地，人馬聯成線，鐵軌結成網。那建設天堂的堅強意志，那

〔註 53〕宗璞：《尋月記》，引自《宗璞文集》第四卷，第 110 頁。

〔註 54〕宗璞：《北歸記‧接引葫蘆》，香港：香港中和出版有限公司，2018 年，第 360 ～361 頁。

> 移山倒海的雄偉氣魄呵,春兒真想大聲唱,大聲唱,我們偉大的祖
>
> 國,飛馳的祖國──。〔註55〕

看到這樣的段落,一方面我們想起《尋月記》中人類改造自然建立的「幸福之土」,另一方面我們看到了「建設天堂」作為一個明確的意志注入了新時代人們的心中,也寫入了童話。這個童話的結尾是春兒想著修湖的偉大工程,覺得自己學業上的小困難沒什麼不能克服的。由此,日新月異的祖國建設成就教育了兒童,而祖國的人間天堂的成立也呼喚、需要著心靈純潔、政治進步的社會主義新人。而宗璞的童話,一再申說的就是這樣的道理,這是她對兒童的教育,也是她自己相信並追求的東西。

宗璞這一時期的其他童話如《鹿泉》(1962)講少數民族故事,有民族統戰意味,講解放軍的到來趕走了內蒙古地區舊日的奴隸主,人和花和動物都過上了好日子。《花的話》和《露珠兒和薔薇花》都是思想道德教育,前者講謙虛奉獻的美德,後者講個人的成功離不開大家幫助,這些都是社會主義新人的道德。而1960年的評論文章《飛翔吧,小溪流的歌》肯定了嚴文井的童話集《小溪流的歌》,其中說:「我們無產階級革命時代的童話,負有崇高的使命。它以精美的構思、豐富的想像、充沛的浪漫精神來反映現實,來向小讀者們進行共產主義思想教育。」〔註56〕此文對嚴文井童話的讚美,強調他對「勞動觀點」和「集體主義觀點」的傳達,給小讀者的教育意義。這篇文章中可以看出文革前宗璞對童話的看法,童話固有的教育意義被具體化為共產主義思想教育,這樣的寫作其實是當時很典型的文學形態,總以社會主義新人養成為目的,作者在教育兒童的過程中也在真誠的自我教育著。

三、下放歲月與「榜樣模式」的建立

如果說1956年寫畢的《尋月記》還是知識分子在讚美勞動而尤其不忘智力勞動,那是因為這時的宗璞雖然熱切地信仰新社會的一套理念,但她還沒有從書齋和知識分子圈子中走出來。到了1958年,年初她參加了十三陵水庫的修建,開始體會到了一些「勞動」的真義。這是全國大躍進的一年,文藝界當然不能事不關己,於是這年底,有了中國作家與亞非作家一同用小鋼爐大煉鋼鐵的外交事件,而年輕的宗璞為此寫下了報告文學《鋼爐燒盡冬天雪,

〔註55〕宗璞:《湖底山村》,引自《宗璞文集》第四卷,第7頁。

〔註56〕宗璞:《飛翔吧,小溪流的歌》,引自《宗璞文集》第四卷,第212頁。

催促時光早到春！——亞非及中國作家煉鋼小記》〔註57〕。這是一篇基本沒有發揮出作家個性的文章，呼應那個時代的宣傳風尚與政治要求，宗璞用一種歡快的調子讚美了文學界人士的勞動場面，讚美了亞非作家和人民的反帝友誼，讚美了大煉鋼鐵政策的正確。〔註58〕不過從報導看，亞非作家一同煉鋼這一活動的文化和政治意義顯然高過工業生產意義，是一種國際政治展覽。煉了一下午鋼的作家們和記錄者宗璞都並不能算是由此深諳了工人勞動的甘苦。但這樣的機會很快就真的來了，1959年初起，宗璞被下放河北省涿鹿縣溫泉屯勞動，一直到這年底才回京。

下放歲月是新鮮而艱難的，宗璞走出書齋，後來自認為：「下去勞動鍛鍊與工農兵接觸，對我幫助很大，使我擴大了眼界，更瞭解知識分子，因為有了比較。」〔註59〕但下放也讓宗璞看到了農村現實的嚴峻，尤其是貧窮和飢饉的普遍存在，只是在當時，她把這些帶來的惶惑埋在心底。宗璞下放當時和稍後就寫作了一系列歌頌農村生產建設和農民質樸美好品質的文章，有《山溪——小五臺林區即景》（1959）、《第七瓶開水》（1960）、《桃園女兒嫁窩谷》（1960）、《無處不在》（1961）、《黃道吉日》（1963）。這些都是合乎當時主流文化的要求和趣味的，也體現了幹部下放和知識分子改造的實績。只是1996年她寫的回憶性散文《下放追記》卻說了很不一樣的話。兩相對照，我們可以發現知識分子在歷史現場的政治規訓下發言的有趣之處。

三十多年後的《下放追記》作者經歷了「文革」和新時期的「文革」反思。這種認識裝置的大幅度調整，使得宗璞的敘述呼應的是新時期知識分子反思歷史的話語方式。比如1960年刊於《光明日報》「幹部下放手記」欄目的《第七瓶開水》〔註60〕，講的是宗璞下放時住在溫泉屯一個大娘家裏，大

〔註57〕宗璞：《鋼爐燒盡冬天雪，催促時光早到春！——亞非及中國作家煉鋼小記》，刊於《人民文學》1958年第12期。

〔註58〕據宗璞晚年回憶，她在發表《紅豆》遭批判時，《人民文學》「安排我寫一篇外國作家大煉鋼鐵的報導，也在《人民文學》發表，以此表示我還可以發表作品，沒有什麼大問題。這都是對我的關心和愛護。」引自宗璞：《握手》，收入宗璞：《紫藤蘿瀑布》，南京：江蘇鳳凰文藝出版社，2016，第89頁。從這段回憶可看出，大煉鋼鐵報導文章也是用於證明宗璞政治過關，具有特殊的人事功能性，不單純是宣傳大煉鋼鐵和亞非人民友誼。

〔註59〕宗璞、施叔青：《又古典又現代——與大陸女作家宗璞對話》，引自《宗璞研究》，第35頁。

〔註60〕宗璞：《第七瓶開水》，刊於《光明日報》，1960.2.20。

娘待她如親女兒一般。宗璞有很好的「學話」能力，可以憑著短期接觸就把工農的語言學得頗為地道，這在之前寫女工的《訴》中已經體現出來。她寫一個進步的大娘，也能讓人感到人情之美，而通過大娘的美好品格暗示了革命群眾的先進性，作為知識分子的自己受到了觸動／教育。《第七瓶開水》的報載版開頭是：「我的大娘，是一個革命的母親。」但《下放追記》在三十多年後補充了一則寫作的斟酌過程：

> 原稿的第一句話是「天下的母親都是慈愛的」，寫下來一看，不對，這不是人性論的說法嗎！趕快刪去。那時處在一個隨時隨地要進行思想改造的地位，而且認為這是自己的責任，自己隨時把頭上的緊箍再按按緊，這樣也就把想說的話按了回去。〔註61〕

從這個事後補述，我們或許可以意識到宗璞的溫泉屯系列寫作在人情美中不易察覺的一片小心翼翼。宗璞本來出身書齋，又是大家閨秀，行文有一種雍容溫雅之感，這種溫雅可能來自人情人倫的理解和表現力，而溫泉屯故事中這一種狀態還有相當的存留，只是她是如此「不逾矩」，這在那個父親馮友蘭成天寫檢討書不過關的歲月裏，可能也是家庭遭遇練就的處身智慧。宗璞的溫泉屯寫作時期是 1960 年前後，那正是柳青的《創業史》第一卷付梓並走紅的年份〔註62〕，梁生寶式的社會主義新人形象大獲成功，為社會主義現實主義的文學創作提供了一個模範，於是轉眼之間，宗璞的敘事性寫作中，偉大榜樣也多了起來，我們可以把她新尋得的這種寫法稱為「榜樣模式」。〔註63〕

　　《第七瓶開水》中把革命幹部當親人的大娘是個道德榜樣，之後很可能是紀實文學的《無處不在》〔註64〕裏那個公社第一書記老顏則是共產黨幹部的榜樣。《黃道吉日》〔註65〕寫作時間稍晚，也沒有交待事件發生具體地點的文字，但其中年輕的電工三兒推遲婚期為人民服務，也是榜樣。宗璞的「榜樣模式」在寫農村的作品中逐漸固定，這也很好理解。因為在那個知識分子

〔註61〕宗璞：《下放追憶》，引自宗璞：《宗璞自述》，鄭州：大象出版社，2005 年，第 80 頁。

〔註62〕柳青的《創業史》1959 年 4 月起在《延河》上連載，第一卷單行本 1960 年 6 月出版，當時很受歡迎。

〔註63〕宗璞在 1956 年的《紅豆》中創造的學生革命者蕭素也可說是榜樣，但那時似乎還不完全強調主角向榜樣學習而自我改造，蕭素似可算作「榜樣模式」的一個前史。

〔註64〕宗璞：《無處不在》，刊於《人民日報》，1961.3.5。

〔註65〕宗璞：《黃道吉日》，刊於《光明日報》，1963.6.27。

改造的年代，知識分子是有「原罪」的，他們被送到農村勞動改造，目的是脫胎換骨，或者用宗璞後來的話講是「鑄心」。宗璞 2003 年曾在一個訪談中說：「(《野葫蘆引》──引者注）如果能完成，我還要寫一部《鑄心記》。把你的心重新鑄造了，這就是改造思想。」〔註 66〕處於被改造地位的知識分子本身，自然不可能被描寫為高大全，他們的任務是學習一個榜樣，榜樣好比一個鑄心的模具，他們照著這個模具改自己。這個模具只可能是工農（電工三兒、農民大娘）或者革命幹部（書記老顏），他們的存在是作為有教育意義的完人，代表新意識形態所規定的倫理和政治標準。老顏無處不在，正像黨的權威／關懷在新中國無處不在，而三兒在和平年代繼續捨己奉獻，很可能暗中呼應著毛澤東式的繼續革命的政治主張。知識分子則在他們的感召下重鑄心靈。

這一模式在宗璞那裡寫的最精心最自然的，還要算 1960 年的短篇小說《桃園女兒嫁窩谷》。這個小說講了富裕的桃園村的果農老四爺，經過曲折終於把女兒晚姐嫁給相對落後的窩谷村生產隊副隊長楞貴（即梁春泰）的故事。在這個故事裏，副隊長楞貴就是那個榜樣，他是一個梁生寶式的青年人，為人正直能幹，一心一意建設窩谷村。而老四爺則有些《創業史》裏梁三老漢的影子，為人也善良，但總有不願把女兒嫁到窮村的「落後」思想。但在感受到了楞貴的榜樣力量後，他也跟女兒坦言：「孩！你爹今天受了教育。」〔註67〕我們注意「教育」這個詞，這個詞屬於一套十分「當代」的意識形態話語。比如知識分子改造需要通過「幹校」的教育力量，後來知青下鄉也是「接受貧下中農再教育」。在中國共產黨的改造知識分子方法裏,向工農兵榜樣學習、從體力勞動中學習都被稱為「教育」。這是一種特別的思維方式，因為知識分子本該是教育者，在新中國卻發生了顛倒，成了受教育對象，要把他們多年來受到封建的或資產階級教育荼毒的部分割去。這就難怪毛澤東對《武訓傳》褒揚的義塾教育那麼反感，難怪追求內聖外王而想要成為新中國智囊的知識分子如馮友蘭等人後來如此狼狽了。宗璞出身書香世家，她的學院派教養本來是讓她最有資格教育人的，這一點特長在《尋月記》等童話中已多有展現。但是如果說在童話裏她是一位潛在的老師，那麼在溫泉屯系列寫作中，教育者的位置已經出讓給了工農幹部榜樣們，宗璞只有在一旁衷心讚歎他們的高

〔註66〕宗璞、賀桂梅：《歷史滄桑和作家本色──宗璞訪談》，引自《宗璞研究》，第 25 頁。

〔註67〕宗璞：《桃園女兒嫁窩谷》，引自《宗璞文集》第二卷，第 41 頁。

風亮節，這種知識分子位置意識的變化，正反映出了思想改造的效果。

《桃園女兒嫁窩谷》的愛情故事比起《紅豆》，已經是迥乎不同了，雖然二者相隔也不過四年。對於晚姐和楞貴的婚姻，老四爺的看法是：「他看出來了，桃園女兒嫁窩谷，不光是晚姐的事，也不光是他老四爺一家的事，而是兩村的事，全公社的事呵。」〔註68〕這真是一場意義附加值很重的婚姻，也彷彿在傳達這樣一種觀念，那就是在新社會裏個人的命運和集體的、國家的命運是貫通起來的。社會主義新人的婚姻不只是為了情愛，而更是為了勞動，為了建設國家。在這樣的主流價值觀映照下，知識分子的一己之私、兒女情長似乎是太過自私和狹隘了，以這種認識而寫作的宗璞，是改造成功的，但也失去了她文學本性中的「纏綿悱惻」。要她恢復那浪漫感性的文采，可能要到新人榜樣轟毀，自身也有了淪為社會邊緣棄人的「文革」體驗之後了，諸如痛定思痛的小說《三生石》，可能就是日後此類寫作的一個代表。

四、鑄心記：社會主義時代的校園故事

宗璞後百花時代作品的教育性，經歷了《尋月記》等童話而初見端倪，又隨著下放後展開的農村題材書寫而有了一個固定的「榜樣模式」。下放歸來的宗璞，隨父親同住在北京大學校內的燕南園中，在這裡，每日可見的校園生活啟發著她的靈感，使得她 1962～1963 的作品不僅產量豐富，還有著更為濃厚自覺的教育性。

這一時期的作品，如《針上紀事》《兩場「大戰」》《不沉的湖》《後門》《知音》等，都普遍存在著「榜樣」，主人公受到先進人物的感召而克服自己的弱點，成為更好的社會主義時代新人。我們或許可以統稱此類情節為「淨化主題」。也就是說，如果農村書寫主要是在突出榜樣的先進性，那麼以上所舉這些發生在實習醫生、少先隊員、舞蹈學生、中學生、大學教授身上的故事，最突出的不再是「榜樣」本身，而是榜樣的意義，是這些有缺陷的人怎樣經受考驗而成長起來，變得政治上、心靈上更純潔和先進。所謂「鑄心」，也應該這樣理解。

先來看看《針上紀事》〔註69〕和《兩場「大戰」》吧。前者講業務能力不好的實習打針師因為打錯了藥物而出現事故，最後在同一診室先進醫生的教

〔註68〕宗璞：《桃園女兒嫁窩谷》，引自《宗璞文集》第二卷，第43頁。
〔註69〕宗璞：《針上紀事》，刊於《北京日報》，1962.4.7。

育下自己反省，提高了打針技術，端正了工作態度。《兩場「大戰」》講少先隊員李小棣帶領孩子們玩打仗遊戲，衝倒了工地上的一堆磚，最後在老師洪伯伯的教育下，克服了面子觀念而勇敢承認了錯誤。這兩個故事裏，核心情節都是在外部榜樣暗示啟迪下，主人公反省、改正自己的錯誤，從而昇華了精神境界。雖然一個是打針師一個是小孩子，但事實上這種情節安排契合的正是知識分子改造的邏輯。有弱點的資產階級知識分子只有在先進榜樣啟發下「從靈魂深處爆發革命」，才能獲得新生，拿到進入社會主義新社會生活與奉獻的入場券。而如果說在這兩篇作品中，這種榜樣教育的嚴格性和理想化，以及自身改造的艱難曲折都還開掘不深，那麼在稍後的《不沉的湖》和《後門》中，這些情節被很大程度的深化了，產生了更為細緻圓熟的思想改造寓言。

《不沉的湖》雖是寫年輕舞蹈學生的，但其中一個讓人印象深刻的人物是共產黨員老徐的榜樣力量。這個人物，人格似乎很有點像《青春之歌》中的盧嘉川，只是不同於林道靜和盧嘉川的愛情聯繫，老徐是主角蘇倩的長輩，他們的關係比摻雜著「革命+戀愛」成分的故事更莊嚴純粹。在這裡，不是男女之愛而是完全依靠黨員精神感召，蘇倩完成了新生。我們來看看蘇倩心中形容的老徐吧：

> 他（老徐——引者注）那一雙炯炯有神的坦率的眼睛，總像是蘊蓄著無窮無盡的力量。〔……〕跟著他，你會覺得，腿斷了，有什麼關係，有他呢。即或是頭斷了，又有什麼關係，有他呢。〔註70〕

> 你自己也遇到過這樣的黨的工作者。他關心別人，瞭解別人，並不是因為這是他的職業，他的工作，而是因為這些就是他生命的一部分，他性格的一部分，他血肉的一部分。〔註71〕

這是一個典型的「十七年文學」中的共產黨員形象。強大的心智，站在科學的、歷史正確方向上的大自信，以及高尚不染的人格力量。這樣的人，其實是典型的「導師」人格。如果說1925年魯迅的《導師》一文還要質疑有誰真有資格成為青年人的導師，那麼十七年文學中盧嘉川或老徐這樣的人物在那個時代做出了回答。掌握偉大真理而富有獻生精神的共產黨員，是最可靠的導師，青年人選擇人生道路時需要他們，整個國家的凝聚和建設也需要他們。

〔註70〕宗璞：《不沉的湖》，引自《宗璞文集》第二卷，第59頁。
〔註71〕宗璞：《不沉的湖》，引自《宗璞文集》第二卷，第61頁。

老徐其實參與建構的是一個共產主義的「導師神話」。像蘇倩一樣腿部殘疾的老徐這樣說：「腿雖然斷了，我走得可更快了。我明白了，要國家，要民族，以至於要藝術，要性命，都先得從最根本的幹起。我們必須化在革命裏頭，才能有所作為。」〔註72〕這十分體現了宗璞那一代人心裏普遍的對於什麼是黨的工作者的理解，也是宗璞這一時期陸續實踐的「榜樣模式」的集大成產品，而「教育性」的追求也在其中了。

　　如果說《不沉的湖》的主人公蘇倩是在個人不幸中找到了共產主義信念，被拯救而從此永遠不會下沉，那麼《後門》中的高中生林回翠，則經歷了對個人一點私心的嚴酷拷打，精神淨化的嚴苛也由此展現，只是此時的宗璞對此是正面肯定的態度。林回翠是個好孩子，但在滑頭的同學趙得志影響下，她想靠著父親是革命烈士的家庭出身獲取特殊照顧以便考軍醫，被在大學任職的母親嚴厲批評了。林母是個原則性極強的革命烈士家屬，看著先於林回翠走了後門的女孩錢偉芬，她想到的是：「真有些同志是這樣為兒女奔走麼？這女孩子，還沒有開始生活的道路，就已經知道挑輕便道走了。」〔註73〕對於女兒，她直白地訓誡道：「難道你爸爸流的血，是給你用來要求照顧的嗎？他們犧牲性命開闢的道路，是讓你們走著這條路去鑽後門嗎？他們流血犧牲，從不想到自己，你倒好……」〔註74〕如果說前面的老徐是正面的鼓勵，那麼林母就彷彿思想改造中最嚴苛的敲打，那種禁絕一切個人私心雜念而投向集體，檢討個人品質淨化心靈的要求，正是知識分子在新社會越來越感到的。林母對此的看法是：「就是黨員，有時也要和自己作鬥爭的，問題就是有沒有勇氣和自己作鬥爭。所以說要思想鍛鍊呢！」〔註75〕這似乎很符合毛澤東在幾年後提出的「繼續革命」口號，由此，《後門》也可以說體現了時代精神的一個面向。

　　1963年，宗璞先後寫了兩篇關於北大生活的散文《一年四季》和《暮暮朝朝》，以及一篇以高校知識分子為背景的小說《知音》，表現了新中國校園生活的氣象。其中《一年四季》寫北大校園裏一個樸實勤讀的學生關黑子，他的表白是：「咱們不能為考試而學習，更不能為自己的前途，那和圖謀陞

〔註72〕宗璞：《不沉的湖》，引自《宗璞文集》第二卷，第62頁。
〔註73〕宗璞：《後門》，引自《宗璞文集》第二卷，第71頁。
〔註74〕宗璞：《後門》，引自《宗璞文集》第二卷，第72頁。
〔註75〕宗璞：《後門》，引自《宗璞文集》第二卷，第75頁。

官發財不是一樣麼！我是為我的家鄉，為我們的……（指祖國——引者注）」
〔註76〕而在《暮暮朝朝》中宗璞寫道：「我看過一班學生的分配志願表，覺
得拿在手裏的不是一張張紙，簡直就是一顆顆建設社會主義的紅心。他們的
志願，地區欄全都是遙遠的外地，工作欄全都是無聲無息的崗位。」〔註77〕
宗璞正是在這樣的時代和校園認知裏，寫出了《知音》這樣的小說。

　　《知音》講一個從舊社會過來的大學老師韓教授和一個學生革命工作者
石青的友誼。韓教授的說法是：「石青這女孩子，曾經三次救了我的命。」〔註
78〕從後文敘述我們知道，第一次是勸說韓不跟國民黨去臺灣，第二次是在土
改鬥爭中救了韓的命，第三次是支持韓視若生命的科學研究事業。我們可以
看出，除了第二次是真有人身危險外，其實三次（包括第二次）「救命」都側
重在提高韓的認識，給以他精神的新生、人生價值的實現。這兩位「知音」，
如果說韓教授代表科學的世界，那麼石青代表的就是政治的鬥爭，因此「知
音」的稱呼在這裡有著隱喻的含義，就是政治和科學的理想狀態應該是「知
音」那樣的互相理解、互相扶助。當石青離開暫時庇護她的韓教授家，要去
解放區時，她面對韓教授希望她搞科學的勸說回答道：

　　　　先生，我這一去，也可能就永遠和科學告別了。不過我會永遠
　　努力不懈，在階級鬥爭中推動世界——我要建設一個好環境，使祖
　　國的科學更發達，使您的夢寐不忘的實驗能夠進行。〔註79〕

這大約是宗璞的理想，也是宗璞的含蓄的訴求。她是高級知識分子家庭的後
代，無論怎樣肯定革命，也不會如後來的紅衛兵那樣極端，將科學知識看得
一錢不值。《知音》講述的知識分子與革命的「和諧」，主要依然是知識分子
改造自己而達到政治覺悟，但是已經相當「和風細雨」，《後門》式的面對道
德瑕疵的嚴苛收斂了，這在十七年文學中已經是對知識分子十足的寬容。關
於韓教授的一個自我改造，是他從農民婦女被地主霸佔的苦難中通過義憤獲
得了階級意識。韓教授為農民的遭遇不平，一個農村姑娘高興地對他說：「我
們以為你先生沒有心的，只有腦子，原來你也有心，和我們一樣！」〔註80〕
這句話不僅透露了那個時代大眾的知識分子想像，也彷彿一個簡短的儀式，

〔註76〕宗璞：《一年四季》，引自《宗璞文集》第一卷，第95頁。
〔註77〕宗璞：《暮暮朝朝》，引自《宗璞文集》第一卷，第97頁。
〔註78〕宗璞：《知音》，引自《宗璞文集》第二卷，第79頁。
〔註79〕宗璞：《知音》，引自《宗璞文集》第二卷，第82頁。
〔註80〕宗璞：《知音》，引自《宗璞文集》第二卷，第90頁。

確認了知識分子韓教授進入了工農階級的陣營，就算不是階級兄弟，至少也是改造過來的同情者。而這一切的實現，在宗璞這裡是由於對人間受難的同情心和對人倫的看重，這隱含了人道主義和人要盡倫的確信，但小說中對此沒有再高調展開。

　　到此為止，宗璞完成了「文革」浩劫以前她的大部分寫作，在逐漸高漲的紅色氛圍中，宗璞 1964 年寫作了新詩《這一爐熊熊大火》〔註81〕。這是一首表達高亢的革命熱情的詩歌，結尾是：「顆顆心有著一句話／把一切獻給社會主義建設／只因為我們生長在／偉大的紅色的祖國／只因為有毛澤東思想／在我們心裏活著。」到此為止，宗璞似乎已經淡而又淡地擱置了她的學院背景和價值傾向，成為一個紅色革命和建設的歌手。1964 年以後，宗璞生病住院治療，好些年不再有創作和發表。值得一提的是，文革中的 1969 年也即她 41 歲時與蔡仲德結為夫妻，第二年蔡仲德開始長期下放，之後 1971～1972 年她寫了一組不嚴格的舊體詩並填了一首詞給丈夫，這些是她文革期間極少的幾首地下寫作之二。無論是《懷仲四首》還是《江城子‧定州尋夫》表達的都是很樸素的伉儷之情和生別離的悲傷，而與宗璞到此時公開發表的所有作品不同，一旦她選擇地下寫作，以及在大時代中寫私情，她就用了舊體詩的文體。我們看到一個其實十分猛烈的收縮，從《桃園女兒嫁窩谷》或《知音》式的宣喻教誨，主張人要克服私心、講政治、講集體主義、投身大時代，到了此時完全退縮到個人感懷中去，其中有多少文革的批鬥、抄家、親人受難與離散的辛酸，也就不言而喻了。而這一切，似乎也暗暗為她後文革時期的創作提供了巨量的燃料。

第三節　飽學之家的憂患與抗辯：論宗璞的家人書寫

一、「情的共同體」：宗璞筆下的家庭

　　八十年代末，宗璞有一篇回憶和見證性質的散文《一九六六年夏秋之交的某一天》記錄了她在文革之初挨鬥的經歷。其中一個細節的刻畫耐人尋味：宗璞被點名上臺挨鬥，但不知自己罪名是什麼，於是她自稱三反分子，因為這個稱號一般屬於「學不夠深、位不夠高而又欲加之罪的人」。但很快她發現

〔註81〕宗璞：《這一爐熊熊大火》，刊於《北京日報》，1964.5.13。

造反派給她準備了展覽罪名的高帽,上書「馮友蘭的女兒」,原來這才是在眾人眼中她必須挨鬥的癥結所在。〔註82〕本來在文革血統論的邏輯下,反動權威的後代必須一併打倒這個做法並不少見,而宗璞和家庭的關係在那個特殊年代就是以這樣的形態突出存在的。但家庭的牽連並未讓宗璞萌生要和大學者父親劃清界限的念頭,她反而因為此而和家人暗中抱得更緊了。她這樣敘述自己受到批鬥侮辱後想要自殺又打住的心態:

> 忽然那「馮友蘭的女兒」的紙帽在眼前晃了一下,我悚然而驚。年邁的父母已處在死亡的邊緣,難道我再來推上一把!使親者痛,仇者快!我不知道仇者是誰,卻似乎面對了他:偏活著!絕不死!〔註83〕

這樣的心理過程顯露出宗璞的倔強,但同時這些也作為一個不平的種子深種下來,可能造成了日後她在家庭尤其是父親的問題上固執得近乎偏執的維護親人的態度。文革中自己和全家的受辱是本性極其清高自愛的宗璞一生的心結,家庭共同的受難經驗使得家人間擁有高出一般的向心力,他們憐惜自己也彼此憐惜,他們因血緣之故而共同獲罪,所以反而更成為一個充滿委屈感的共同體。宗璞八十年代以來數量可觀的家庭題材散文以及父親紀念文章,便是這種為家人一辯的情結的產物。

宗璞寫家人,寫得最多的當然是那個不平凡的父親,但其實她的家庭意識最初卻是來自於幼年開始而陪伴了她半生的慈母之愛。宗璞的家是高級知識分子家庭,她的家裏分工是:「先生專心做學問,太太操勞家務,使無後顧之憂」,她的父親和母親「真象一個人分成兩半,一半主做學問,一半主理家事,左右合契,毫髮無間。」〔註84〕於是有了年幼的宗璞在作文裏的小小議論:「一個家,沒有母親是不行的。母親是春天,是太陽。至於有沒有父親,不很重要。」而哲學家父親對此童言並不在意,「以後也並不努力增加自己的重要性,只顧沉浸在他的哲學世界中。」〔註85〕這便是馮家最初的分工狀態。可以想見,母親任載坤在家中是一個守護神般的存在,她一生的最大事業在於「照料」,馮友蘭和孩子們都受到她的照料,這種一直不斷的付出把這個家

〔註82〕宗璞:《一九六六年夏秋之交的某一天》,引自《宗璞文集》第一卷,第39～40頁。

〔註83〕宗璞:《一九六六年夏秋之交的某一天》,引自《宗璞文集》第一卷,第41頁。

〔註84〕宗璞:《花朝節的紀念》,引自《宗璞文集》第一卷,第73頁。

〔註85〕宗璞:《花朝節的紀念》,引自《宗璞文集》第一卷,第73頁。

庭溫馨地黏合在一起，也是宗璞最初對於家庭意義和成員分工的理解。受到這樣的影響，在母親去世後，宗璞面對老父自然而然地接過了照料者的職責，宗璞夫婦一道侍奉馮友蘭，這個家庭仍然以照料為凝聚的紐帶。這其中也有宗璞對婦人之德的理解，所謂「自古庖廚君子遠，從來中饋淑人宜」，女性是家務的操勞者，也是家庭運行的維繫者、家人的愛護者，這個或許部分地來自儒家一脈中國傳統的觀念，宗璞一直信奉，並依此履行自己的分工職責。

宗璞的家庭圍繞核心人物馮友蘭運轉，在這方面有著它異於一般家庭的地方。宗璞筆下，她的丈夫蔡仲德也是一位極擅長照料人的親人，不只宗璞本人在生活和寫作上深受這位「風廬圖書館館長」體貼照料，岳父馮友蘭也深受他照顧，宗璞評價道：「對於我的父親，他不只是一個研究者，而且也遠遠超過半子。幸虧有他，父親才有這樣安適的晚年。他推輪椅，抬擔架，幫助餵飯、如廁。我的兄弟沒有做到和來不及做的事，他做了。我自己承擔不了的事，他承擔了。」〔註86〕蔡仲德對宗璞之家的重要，除了他是丈夫外，還在於他對馮友蘭的照料、闡釋，這從生活上和歷史地位的確立上幫助了晚年馮友蘭，在文革後對馮友蘭屢有非議的情況下，蔡仲德的正面闡釋和照顧或許也讓宗璞更有了自家人站在同一立場的溫暖之感。其實，蔡仲德和任載坤夫人的相似之處也就在於富有「照料者」的美德，只是作為男人和學者，蔡仲德的照料澤被更廣，比如他的音樂學院的學生們就深受其惠，這可能也是宗璞家人一以貫之的共同品質。

至於宗璞對小弟馮鍾越的悲情追憶，強調的則是小弟身上一代中國知識分子的典型命運，那就是「遲開而早謝」的一生耽誤。如果說母親的照料惠及一家，那麼馮鍾越是在為國家的科技發展消耗自己寶貴的生命。他奉公盡職，能擔大任，忍辱負重，又善良到生病也不願給別人添麻煩。馮鍾越作為飛機製造單位的總工程師，傾盡所有獻身事業，這領導工作也是對於一個科研集體的照料和安排，讓它能發揮最大合力。小弟是宗璞的一面鏡子，從他身上她分明看到了自己，兩人一同長大、一同因家庭出身而在文革中受苦，一同經營各自鍾愛的事業，所以宗璞更感到小弟走得突兀、遺憾。小弟和自己一樣受難，這種經驗共振讓他們更加確認了互相間是自己人、共同體關係。另外其實還有其他的人們，如馮友蘭早逝的學生和助手張躍、老弟子朱伯崑，

〔註86〕宗璞：《怎得長相依聚——蔡仲德三週年祭》，引自宗璞：《舊事與新說：我的父親馮友蘭》，北京：新星出版社，2010年，第137頁。

也都得到了宗璞的讚賞和感念，關係非常親近。這些親近者都對馮友蘭的工作有過幫助和促進，因此似乎也被宗璞算作半個「親人」，為他們寫的紀念文章編入紀念父親的《舊事與新說──我的父親馮友蘭》一書。另有宗璞冤屈早逝的女友陳澂萊，也因為一起共同生活過、互相照料過，而被宗璞以文章表達了紀念的哀思。甚至宗璞家裏養過的幾隻貓、昆明時期的小狗瑪麗，也都作為小小的家庭成員被宗璞寫進了散文和小說，不無深情地追憶。

考察這些宗璞撰文紀念的親朋好友，可以看出宗璞的一些處世邏輯。人與人之間互相基於情誼而付出，基於相通的地位（往往是弱勢地位）而有受難的共振，又彼此照料、幫助，這些人就成為了一種「情的共同體」。亂世之中，情的共同體互相支持；人生的是是非非面前，情的共同體一致對外。這其實是宗璞對於「情」的信仰的一以貫之，宗璞的性情不是十分訴諸理性判斷的，這和愛好邏輯學的父親馮友蘭很不同。她自己也承認她在理解父親時的側重：「但是我無哲學頭腦，只能從生活中窺其精神於萬一。」〔註87〕這提示我們，宗璞可能也不完全是通過對父親創立的哲學體系的理解而崇敬、支持父親的，只是長期的家人共同生活，以及生活中的互相照顧，父慈女孝之中，人倫的力量自然成立，她出於情的邏輯要為她「不無委屈」的老父說話。而也是因此，善意對待父親的親人和學生們十分得到宗璞的感念。這種某種程度上不是基於理性而是基於感性的是非和價值判斷，因為不能被「理」疏通，所以有時也顯出了不無固執、甚至有些偏執的傾向。

我們已經提到，宗璞的父親馮友蘭是宗璞一家的主心骨，宗璞是以最多的筆墨書寫了她心目中的父親形象的。但是宗璞以「情本位」的寫作表現父親的坎坷人生和諸多美德，必定會有她自己的主觀理解滲透其中。而馮友蘭的性情，從他留下的文字看來，和宗璞也有較大的不同。那麼我們可以想像，宗璞對父親的闡釋和馮友蘭本人的自我理解，風格路數自會有所差異。如果能把二者做一個對照考察，或許對於宗璞的父親紀念散文的分寸感和症候性，我們會有更多的認識，這就是我們接下來要做的。

二、自述與旁憶：馮友蘭的兩重面孔

宗璞的家庭觀念在幼年時深深受影響於母親，最終成年以後卻是父親的存在對她來說成了家的象徵，這應該和父親的偉大與「委屈」很有關係。馮

〔註87〕宗璞：《三松堂斷憶》，引自《宗璞文集》第一卷，第48頁。

友蘭治學的一生，確實大大得力於家中女性的支持和付出，張岱年就曾感歎：
「馮先生做學問的條件沒有人比得上。馮先生一輩子沒有買過菜。」〔註 88〕
馮氏晚年也說自己一生得力於三個女子，分別是母親吳清芝太夫人、妻子任
載坤先生、女兒宗璞。正所謂：「早歲讀書賴慈母，中年事業有賢妻。晚來又
得女兒孝，扶我雲天萬里飛。」〔註 89〕有了女眷的主內操勞，馮友蘭哲學的
大船才能順利遠航。看他的照料者宗璞的文章，也能借助親人間的熟悉和默
契瞭解到馮友蘭其人的一些方面，但是或許也正由於宗璞的敘述視角是親人
和照料者，所以她的講述也總有為父親爭一口氣的辯護色彩，這樣的文章在
表彰、介紹馮氏時，自有其邏輯，但似乎和馮友蘭本人的邏輯還並非完全一
致。由此，宗璞筆下的馮友蘭，和馮友蘭的自我陳述間，似乎顯出了微妙的
縫隙，兩個既有一致性又不無張力的馮友蘭面孔，在這樣的縫隙中顯影了出
來。要瞭解宗璞的父親觀的症候性，考察這兩重面孔的異同似乎是一個可能
的辦法。因此，現在我們不妨選擇馮友蘭晚年的《三松堂自序》自述文章，對
照宗璞的馮友蘭紀念，來看看這其中豐富的敘述褶皺。

　　馮友蘭在闡發歷史學的治學態度時，提出了三種似乎帶有正反合邏輯的
態度：信古、疑古、釋古。在《三松堂自序》中他舉《列子·楊朱》為例，認
為如果照老說法說《楊朱》是先秦楊朱的思想，這是信古，但是不對的；如果
因為此而完全抹殺《楊朱》的價值，是疑古的做法，也有待商榷。對於《楊
朱》，「如果把它放在錯誤的時代，那就不是歷史的本來面目。如果把它放在
它真正出現的時代，那卻是很好的資料。對於這一類的資料，不加審查就信
以為真，那是錯誤的。但是如果一概抹殺，那也是錯誤的。」〔註 90〕而以上
這樣辯證的研究態度，就是「釋古」。馮友蘭的釋古學術精神，在晚年他口述
個人回憶錄《三松堂自序》時，也得到了很大的貫徹，對於自己的一生，他回
頭審視，既不一味自我表彰，也不對自己做過多否定的批判，而是以理性而
節制的敘述和分析，自己解釋自己行為的緣由、意義和侷限。作為一個學者，
馮友蘭確實頗有學術的「清明的理性」，釋古也釋己，文章呈現出一種大氣而
中正的姿態，可能也符合多年哲學滋養而成的「極高明而道中庸」心境。

　　但宗璞在晚年父親去世前後的一系列文章，面貌卻與馮友蘭的自我闡釋

〔註 88〕宗璞：《花朝節的紀念》，引自《宗璞文集》第一卷，第 73 頁。
〔註 89〕宗璞：《三松堂斷憶》，引自《宗璞文集》第一卷，第 49 頁。
〔註 90〕馮友蘭：《三松堂自序》，上海：東方出版中心，2016 年，第 228 頁。

大不相同,如果說馮友蘭是更多冷靜分析,宗璞則體現出不平則鳴、發憤抒情的寫作狀態,顯然經歷了當代前三十年的運動和磨難,她作為女兒對父親的生涯中太多耳聞目見的「委屈」是要爭辯的。對於宗璞其人,我們前述分析中已經明白,她有一個高度情感性的人格,「情」往往是她寫作的發動力。馮友蘭和梁漱溟晚年有一段交往公案,宗璞的說法是 1985 年馮友蘭慶祝九十大壽,邀梁漱溟來做客而被拒絕,後來梁漱溟去信指責馮友蘭「諂媚江青」,馮友蘭回贈以《三松堂自序》,梁讀後表示諒解,邀馮友蘭來家裏做客,宗璞陪同前往,兩位老人相談甚歡,宗璞還當場「童言無忌」地為父親再做了辯護,稱父親與江青的一切聯繫都是組織上安排的,人們認為江青代表毛主席,所以是不能怠慢的,馮友蘭只是太信毛主席而已。〔註91〕這裡有意思的是,馮友蘭的自我辯護就是一本《三松堂自序》中的自我闡釋,可能他認為到此已把問題向梁漱溟和後來人交代清楚了,而宗璞作為親人,則還要當場辯護、寫文章廣而告之,似乎對於父親個人的名節,她比父親本人要更多「計較」,這個例子只是眾多類似事件中的一件,而宗璞的辯護和計較,貫穿了她的每一篇馮友蘭紀念。

　　馮友蘭是愛國的,這種愛可謂終其一生,也得到了宗璞的闡發和表彰。而宗璞也同樣是一個表白過「我愛中國」〔註92〕的人。有意思的是,在《一九九三年歲末五日記》中宗璞的愛國表白是這樣推衍來的:最先是表白愛清華、愛北大,再擴而大之到愛海淀區、愛北京,之後是最大的觀念「愛中國」。如果說清華是故家和母校,北大是住地,那麼海淀區是充滿樂趣和方便的生活空間,北京是古典又現代的都會,她愛那到過和未到的每一角落,然後才是中國——多災多難又自強不息的祖國。可以看出,宗璞的愛基於她生活在一地的情感記憶,從身邊小處推衍到闊大的地理整體。她的愛更多是感性的,融合著自己一生閱歷和體驗的。而馮友蘭在感性的生活經驗之外,愛中國對他還意味著愛中國亙古以來悠久的文化和哲學,愛民族精神。馮友蘭無疑也對中國充滿深沉的愛,所以抗戰時期他在昆明的菜油燈下寫出了《貞元六書》,並且不無熱情地表白:「『為天地立心,為生民立命,為往聖繼絕學,為萬世開太平』,此哲學家所應自期許者也。況我國家民族,值貞元之會,當絕續之交,通天人之

〔註91〕宗璞:《對〈梁漱溟問答錄〉中一段記述的訂正》,見《宗璞文集》第一卷,第 34 頁。
〔註92〕宗璞:《一九九三年歲末五日記》,引自《宗璞文集》第一卷,第 85 頁。

際，達古今之變，明內聖外王之道者，豈可不盡所欲言，以為我國家致太平，我億兆安身立命之用乎？雖不能至，心嚮往之。非曰能之，願學焉。」〔註93〕馮友蘭的愛國是他哲學建構的動力，他的人生事業就是「闡舊邦以輔新命」，民族情感壓在紙背，往往化作了對中國文化的哲學史梳理、從中國古代哲學「接著說」的努力、以至於對魏晉風度等不無美學敏感的分析和品鑒。

　　但馮友蘭的愛國的哲學體系建構主要是在四十年代，而宗璞的馮友蘭紀念和闡釋幾乎全部發生在共和國新時期以來，也就是說中間間隔著政權的更替和近三十年的運動、磨難的閱歷。所以宗璞闡釋父親時強調：「他有著對祖國對中國文化的深沉廣博的愛。這種愛不是對哪個朝代、那個政權，而是對自己的歷史文化、對自己生存的空間、對自己的父母之邦的一種感情，如同遺傳因子傳下來，成為血肉。」〔註94〕這個強調祖國之愛不是來自政權和朝代，而是來自對生存空間、文化母胎的本能依戀的愛國邏輯，有一定道理，但其實也有點「以宗璞解馮友蘭」的傾向。宗璞出生於1928年，九歲上下經歷了七七事變和北平淪陷，她的少女時代是在抗戰導致的南渡流亡中度過的，這讓她對於民族國家之愛有更深切的體會。抗戰年代，心繫祖國、作為西南聯大學生為祖國文化保存和科技進步而讀書的觀念十分自然，但如果完全用這一觀念分析馮友蘭，則可能帶來誤讀。比如在 1995 年寫作的紀念父親的《向歷史訴說》中，宗璞舉例論證道：「『若驚道術多遷變，請向興亡事裏尋』，這是他以中國民族興亡為重的心聲。」〔註95〕這不能不說是用一個簡單的直感抹平了詩句中模棱兩可的意涵。如果說「闡舊邦以輔新命」的抱負表達了馮氏的愛國深情，那是完全成立的，但宗璞舉出的詩例卻可能並非只是簡單地訴說民族感情。全詩在《三松堂自序》完整寫錄如下：

　　　　去日南邊望北雲，歸時東國拜西鄰。若驚道術多遷變，請向興
　　亡事裏尋。

　　這首詩是送給一位老清華研究生的，他1946年畢業後由昆明赴美深造，1972年回國訪問，並問馮友蘭思想改變的經過，馮友蘭答以此詩，並在文中解釋道：「這首詩是我五六十年代的經歷的一個概括」〔註96〕。細究此詩，第

〔註93〕馮友蘭：《三松堂自序》，第 283 頁。
〔註94〕宗璞：《向歷史訴說》，引自：《舊事與新說：我的父親馮友蘭》，第 110 頁。
〔註95〕宗璞：《向歷史訴說》，引自：《舊事與新說：我的父親馮友蘭》，第 110 頁。
〔註96〕馮友蘭：《三松堂自序》，第 318 頁。

一句說的是此學生去美之日，大批南渡到昆明治學的師生還在南邊望著北邊的白雲，渴望著北歸故里。第二句則是轉到幾十年後的 1972 年當下，說這時候日本首相田中角榮訪華，東國日本已來拜謁西邊的中國。這兩句詩可以說是體現了祖國戰勝崛起、國際地位提高的民族自豪感的。但接下來兩句名言表達的卻是馮友蘭五六十年代的思想經歷，說自己的哲學屢屢變化，這是因為政權的更迭和天下的興亡，固然可以理解為為了新中國改變了自己的哲學建構，但其實情感是較為沉鬱複雜的，「道術」的變遷訴說中甚至還有種看破歷史的清虛之感。因為，至少在 1972 年，把新中國取代中華民國說成是「興亡事」其實不符合主流敘述，主流的說法是「解放」、「中國人民從此站起來了」，是社會主義制度的大勝利在中國創造了前所未有的新國家，這完全不能和從前的朝代更替同樣理解。這種十分曖昧的詩歌表達其實關涉著馮友蘭對自己學問事業的一點反省，「興亡事」是這樣不無粗暴地影響到了他的哲學世界。

這就涉及到了在分析和理解馮友蘭時一個重要的問題：馮友蘭的人生，在經過這二十世紀漫長的波折歲月以後，是否也有一種「追悔之情」呢？在《三松堂自序》裏檢視自己的一生時，馮友蘭顯示更多的還是一種從容的平靜，這應該跟前面所說的「釋古」精神不無關係。在談到馮友蘭最大的「污點」即人們指責的「諂媚江青」時，馮友蘭也做了敘述和反思。他敘述自己在領導和群眾的鼓勵下暫時走上了批孔批尊孔的道路，以及後來跟隨江青的經歷，又對此以後見之明說道：

> 自己有了確實的見解，又能虛心聽取意見，改正錯誤，這叫走群眾路線。如果是附和一時流行的意見，以求得到吹捧，這就是偽，就是譁眾取寵。〔註97〕

> 我當時自以為是跟著毛主席、黨中央走的，鼓勵我的那些群眾也是這樣想的，至少也是這樣說的。可是我當時也確有譁眾取寵之心。有了這種思想，我之所以走了一段極左路線，也就是自己犯了錯誤，不能說全是上當受騙了。〔註98〕

馮友蘭在辯護的同時也是承認錯誤的，他感情平靜，理性分析，為自己解釋得充滿分寸感和高度文字把控能力，這應該是他對自己一生的定論了。但是

〔註97〕馮友蘭：《三松堂自序》，第 191 頁。
〔註98〕馮友蘭：《三松堂自序》，第 198 頁。

或許是外界攻擊的話很多說得更激烈和難聽，宗璞還是深深地感到父親在罵聲中的委屈，以及一種從旁辯護的需要。於是她說話了：

> 二十世紀的學者中，受到見諸文字的批判最多的便是馮先生。甚至在課堂上，學生們也先有一個指導思想，學習與批判相結合，把課堂討論變成批判會。〔……〕對於馮先生來說，就是坐在鐵板上了。在這樣的情況下，當時的哲學工作者，除了極少數例外，幾乎無人不在鐵板下加一把火。〔註99〕

> 開始「批孔」時的聲勢浩大，又是黑雲壓城城欲摧的氣氛。很明顯，馮先生又將成為眾矢之的，燒在鐵板下的火，眼看越來越大，他想脫身，想逃脫燒烤〔……〕他逃脫也不是為了怕受苦，他需要時間，他需要時間寫《中國哲學史新編》。那時他已近八十歲。我母親曾對我說，再關進牛棚，就沒有出來的日子了。他逃的辦法就是順著說。〔註100〕

宗璞的辯護，把馮友蘭的委屈和不得已說得十分生動了。她有一種對於父親的極度維護，這種維護來自於旁觀到父親受過的太多的磨難。所以馮友蘭承認了「譁眾取寵」，宗璞則不忍心如此評價。父親的錯處和委屈，都是擺在歷史上的，但宗璞總有一種淡化錯處的執拗傾向，在父親九十歲生日紀念中她說道：「歷史的長河波濤洶湧，在時代證明他的看法和事實相謬時，他也能一次再一次重新起步」〔註101〕，這話似乎是對「道術多遷變」的宗璞個人理解。而文末說：「那飄拂的銀髯，似乎表示對人生已做了一番提煉，把許多本身的不純淨，或受到的誤解和曲解都洗去了，留下了閃閃銀樣的光澤。」〔註102〕在宗璞看來，到了九十歲，似乎父親已經歷盡了沉浮榮辱，閱歷和高壽已經淨化了他，他是可以無需追悔的了，這就是所謂「俯仰無愧怍，海闊天空我自飛」。其實在我們看來，這也是宗璞那高潔的人格追求中完美主義的結果，她認同、尊敬、摯愛著老父，與他相伴多年而明白其中的坎坷，所以她是如此期望蟬蛻掉種種的缺憾，把父親的人生和品格敘述為完滿的一種。如果是這種心願到了強求的地步，大約也是宗璞性格中偏執的地方吧。

〔註99〕宗璞：《向歷史訴說》，引自：《舊事與新說：我的父親馮友蘭》，第110頁。
〔註100〕宗璞：《向歷史訴說》，引自：《舊事與新說：我的父親馮友蘭》，第112頁。
〔註101〕宗璞：《九十華誕會》，引自《宗璞文集》第一卷，第23頁。
〔註102〕宗璞：《九十華誕會》，引自《宗璞文集》第一卷，第25頁。

　　面對老年的到來，馮友蘭對自己有過一個較為蓋棺定論的說法，那是他1982 年在哥倫比亞大學接受榮譽博士學位的演說中的闡述自己「舊邦新命」的追求及他人反應的話：

> 我的努力是保持舊邦的同一性和個性，而又同時促進實現新命。我有時強調這一面，有時強調另一面。右翼人士讚揚我保持舊邦同一性和個性的努力，而譴責我促進實現新命的努力。左翼人士欣賞我促進實現新命的努力，而譴責我保持舊邦同一性和個性的努力。我理解他們的道理，既接受讚揚，也接受譴責。讚揚和譴責可以彼此抵消。我按照自己的判斷繼續前進。〔註 103〕

馮友蘭的文章和演說永遠是這樣中正平和，邏輯清楚，不卑不亢。就是在他的「事功」即教育領域，他幾十年來也是追求平靜踏實地做好分內之事，這和宗璞那充滿學術浪漫和人格高致追求的性情十分不同，難怪父親是哲學家，女兒是文學家。馮友蘭的信念是「存吾順事，歿吾寧也」，所以做完工作就可以坦然逝去。但宗璞不是如此，她仍為早有心理準備的父親死亡而大慟不已，一唱三歎地撰文訴說、爭辯、銘記。或許可以這麼理解：馮友蘭的一生抱負在於「舊邦新命」，所以他是向著中國哲學的前途而努力的，對於個人的是非損益他交代清楚了，也就不大絮叨了，中國文化怎樣復興、中國向何處去，這些問題更讓他關心在意。可是宗璞不同，一方面她有敏感的文學心靈，一方面她是父親的孝女，所以她不大會站在中國哲學的立場上，而是會站在父親個人的立場上不平而鳴。她把父親看得太重了，她的一家人都是以侍奉父親為核心來安排生活甚至工作的，所以父親個人的榮辱得失，她甚至比當事人更加在意。一個自述中的坦然和氣象廣大的馮友蘭，和一個女兒旁述中不無悲情的馮友蘭，確實是彼此呼應又富有張力的兩幅面孔。

三、大師之死的詩與真

　　馮友蘭死於 1990 年 11 月 26 日，不僅從當時開始直到後來，宗璞寫了多篇哀悼和紀念文章，〔註 104〕而且在此前與此後的小說創作裏，宗璞也至少兩

〔註 103〕馮友蘭：《三松堂自序》，第 379 頁。

〔註 104〕比如《心的囑託》(1990)、《三松堂斷憶》(1991)、《三松堂歲暮二三事》(1993)、《今日三松堂》(1993)、《一九九三年歲末五日記》(1993)、《夢回蒙自》(1994)、《向歷史訴說》(1995)、《蠟炬成灰淚始乾》(2000)、《他的「跡」和「所以跡」》(2005)、《給古人少許公平》(2006)、《漫記西南聯大和馮友

次在富有自敘傳色彩的情節安排裏寫到了女主人公的大學者父親之死，那是她一生不斷想像、重現、為之感傷不平的悲情場面。

這兩篇小說，一個是發表於 1980 年的中篇《三生石》，一個是 2018 年父親去世多年後才問世的《野葫蘆引》的尾聲《接引葫蘆》。兩篇小說中受難死去的大學者，分別是梅菩提的父親梅理庵、孟靈己的父親孟弗之，他們都在文革中遭受大難，最後未等到文革結束就悲慘地死去了。應該說，文革中的家庭災難非常接近於宗璞的人生經歷，但是馮友蘭頑強地活了下來，小說中的兩位學者父親卻都沒能熬到新時期。在《三生石》中，菩提曾詢問自己的史學家父親：「你怎麼對待秦始皇呢？你實事求是地評價，會說你是現行反革命。你全盤肯定他，是不是真心呢？」老人的回答是：「本來是研究歷史，為什麼總要和現在的政治攪在一起？」又說：「文化大革命——這文化大革命——，我相信毛主席總是有他的道理的。」〔註 105〕這個問答顯出了老學者梅理庵的忠厚與困惑，他頗天真的認為學術和政治要分開，又認為文化大革命雖讓人困惑但毛主席總有道理。這是一個善良而不無迂闊的老知識分子形象，他像馮友蘭一樣晚年患有前列腺肥大的病症，但馮友蘭驚險地治好病，終於活下來了，而這個病得不到有效醫治卻要了梅理庵的命。宗璞在《三生石》的有自敘傳色彩的故事中如此處理，可能是在抒發她心中對父親有驚無險的病症的後怕，在書寫一場其實十分可能發生的死亡中，宗璞傾倒著她對文革的控訴和對親人命運可能性的悲情想像。

在《接引葫蘆》中，不變的是大師父親在文革中慘死的情節事實，但孟弗之不是梅理庵，他沒有那麼天真，對歷史的暴力有一種部分理解之後的承負與無奈，這是一個清醒卻無力回天的死者。在文革中一位小學教師滿懷真誠的困惑向他私下請教自己對馬克思主義社會發展理論的不同理解時，已被打成反動學術權威的弗之無奈地、悲涼地告訴他：「我想你也知道我現在的處境，我實在沒有任何力量幫助你，我很同情你。任何主義都是人想出來的，也被人按自己的需要使用。在現在的情況下爭辯不會有任何用處，要緊的是活下去。」〔註 106〕可以看出，孟弗之此時對於主義和信仰的認識分外虛無，

蘭先生》（2007）、《人和器》（2008）、《憶當年》（2008）等文。

〔註 105〕宗璞：《三生石》，引自《宗璞文集》第二卷，第 316 頁。

〔註 106〕宗璞：《北歸記・接引葫蘆》，香港：香港中和出版有限公司，2018 年，第 400 頁。

這當然是源於他在建國後的苦澀經歷。但是孟弗之並不因信仰崩塌而犬儒玩世，他是真有悲憫和良心的大學者。在抄家時，他的外孫孟彌眼看要被紅衛兵毆打，弗之果斷地學狗叫跑出門外，在院子裏繞圈跑，吸引和轉移了紅衛兵的注意力，孟彌才得以幸免。這是一個大師「忍辱」的故事，可謂驚心動魄，讓人掩卷痛惜。但弗之接下來很快就死於肺病，或許在亂世中死也是一種「義無再辱」的無聲告白吧。而宗璞其實借著弗之臨死的告白暗暗攪拌進了她替父親擬想的人生答辭：「我一生所做的事都憑自己的認識，公字當頭，沒有做一件虧心事。上對天，下對地，我沒有愧疚，但是有遺憾。因為許多事是做不到的，由不得個人，歷史很難還原現實，身後是非誰能管得。我最擔心的是中國文化的存亡，我們打退了外來的侵害，沒想到又從內部起了這場浩劫。我盡力了，現在要睡。」〔註107〕

其實孟弗之是提純的馮友蘭，他忍辱，他無愧，他死去沒有是非扯皮，一切都乾乾淨淨。而對現實中的馮友蘭，如果我們不聽從宗璞那種高度提純的悲情想像，其實他的身後是非十分複雜，只是宗璞在表彰大師父親的高潔品格時，實在是不願想起，或者說不願背負罷了。宗璞在紀實的懷念散文裏還會含蓄地提起歲月的「提煉」作用，父親是不幸的，他追求人生的天地境界卻在政治的泥潭中一辱再辱，宗璞也只能含蓄地交待道：「他逃脫了政治漩渦的泥沼，雖然被折磨得體無完膚，卻幸而頭在頸上。」〔註108〕可以說新時期馮友蘭的工作也是部分地為了在歷史上努力扳回一局，因為談及文革，他實在有太多不足為外人道的內心掙扎了。愧與不愧，不是小說家的同情之筆所能決定，馮友蘭必須自己面對，但那又是另外一個大問題。

宗璞後來曾為昆明的西南聯大紀念碑賦詩一首，說的是：

那陽光下極清晰的文字／留住提煉了的過去／雖然你能夠證

明歷史／誰又來證明你自己〔註109〕

宗璞似乎有種一以貫之的歷史看法，即後來人講述歷史，一切的歷史事實都是經過了選擇、淘洗、提煉的。這個看法固然有理，馮友蘭所撰《國立西南聯合大學紀念碑碑文》就是對歷史上存在的這所大學的高度提煉和褒獎，但是

〔註107〕宗璞：《北歸記‧接引葫蘆》，第410頁。

〔註108〕宗璞：《蠟炬成灰淚始乾》，引自：《舊事與新說：我的父親馮友蘭》，第31頁。

〔註109〕宗璞：《九十華誕會》，引自《宗璞文集》第一卷，第24頁。

也略去了西南聯大存在過程中雜蕪的斑斑點點。西南聯大留給世人一個好形象，但其實它也並非完美。那麼誰又來為西南聯大紀念碑碑文的作者留住一個提煉出的好形象呢？宗璞自認為義不容辭。這也就是為什麼她在馮友蘭紀念中如此地選擇、提煉、表彰了。如果古人的是非必然由今人笑罵，而笑罵中的偏頗也是常情，那麼宗璞不如為父親留下一個好的紀念。只是已有了《貞元六書》，已有了三部哲學史，已有了《三松堂自序》，已有了馮友蘭在世上寫下過的駁雜多樣的一切，馮友蘭複雜而豐富的形象，或許千載之下自有會心者來研讀評判，宗璞的完美主義形象塑造，固然是女兒對父親的一片深情，但或許注定不會被所有人認同，也給了我們反思宗璞本人心智結構的契機。

第四節　宗璞大學散文中的「風景」與「精神」

一、宗璞早期的大學散文

　　宗璞的燕園書寫在她的散文寫作裏佔有很大分量。其開端，應該是 1963 年的兩篇短文《一年四季》和《暮暮朝朝》。在那個年代裏，隨著馮友蘭轉任北大哲學系教授而入住燕園的宗璞，是作為一個「家屬」而與北大發生關係的。但她本人又是一個富有學養的清華畢業生，還是年輕的知識分子共產黨員，同時也是飽學之家的一員，如此，她的燕園觀察也從她的身份和地位出發，有一個含有豐富潛能的開篇，其中表現的特質，在她後來也得到不斷的調整和發展。

　　在 1960 年代初的這兩篇散文裏，令人印象深刻的是宗璞以清麗多姿的文筆描寫了校園風光。這種風光由自然景物而自然延伸至校園中的學生們，也帶有很鮮明的時間感———一方面是四季輪替景色變化的自然節律，一方面是從新生入校到校園生活到畢業分配的學生成長時間表。秋天新生入學，夏天畢業生遠赴祖國各地，自然節律和學生生活節律有著很大的同步性。而宗璞這樣的時間敏感背後，或許也有著六十年代整個中國社會主義建設的時間意識，隨著一個個五年計劃的提出和完成，隨著大躍進趕英超美的時間競賽，一個在時間中緊張投入建設的中國，它的這一時代精神必定會波及校園，何況校園生活本來就在四學年中有穩步而明快的推進。宗璞寫起風光來不免綺麗多情，而校園中紅色社會主義建設的熱情又讓這種豐富的感興轉移到了對學子們的觀察上，她為那個歷史青春期朝氣蓬勃的青年們唱讚歌，應該也是

真誠的。為著一個燦爛的歷史遠景裏挾，這是宗璞的青年時代，也是她校園書寫的一個端莊雅正而不乏熱情的開端。

　　而在文革多年停筆後，1979 年重新開始寫作的宗璞，當即寫了兩篇校園散文《熱土》和《湖光塔影》。面對那箇舊日狂熱已經難以為繼，新時期則剛剛拉開前途未卜的序幕的時刻，《熱土》似乎是在尋覓一種立足的可能基礎，而宗璞找到的就是「熱土」。「熱土」是她對祖國大地充滿感情的稱呼，這種感情源起於七七事變的童年記憶中那種不願家園被侵略者搶走的愛國本能，也包含著五六十年代在燕園居住、看到同學們到祖國大地熱情建設的感動，和下放時看到的廣大國民對土地的深情和敬畏。但是文革的記憶也被書寫了進去，那時「一切美好的人為之生活、戰鬥的信念，都成為十惡不赦的罪行。正在建設的城池轟然傾倒，熱土變成了廢墟。」〔註110〕但是宗璞的必定要歸於雅正的散文教育性又出現了，她敘述完昨日的悲劇後又說：「然而經過那慘重災難的人民，永遠不會束手無策，永遠會有足夠的勇氣，來建設起嶄新美好的一切一切，即或面對疾風驟雨、驚雷駭電！」〔註111〕之後文章終結於作者看到北大圖書館前排隊等待自習的學子們。可以說，對祖國土地的感情是面對歷史風浪的堅固基座，而對熱土愛得深沉的青年學子則是美好未來的保證。宗璞對校園重要意義的論證，由此初步完成。當然，她的心事也並沒有這一篇文章表現的那麼簡單明快。同年稍後的《廢墟的召喚》中出現了她和年輕人的辯難。面對圓明園廢墟，宗璞勸說：「留下來吧！就因為是廢墟，需要每一個你呵。」年輕人則說：「匹夫有責。但是怎樣盡每一個我的責任？怎樣使環境更好地讓每一個我盡責任？」年輕人的微笑「介於冷與苦之間」。〔註112〕如果我們稍作考慮，這個 1979 年散文中的年輕人，很可能是經歷過下鄉插隊，青春耽誤，文革後通過高考又得以繼續學業的學生，他的猶豫和冷苦不能說沒有道理，宗璞寫「廢墟的召喚」表達的仍是抗戰中長大的西南聯大親歷者（雖然她只是聯大附中的）建設國家的執著信念，雖然她和文革後的大學生已經不無「代溝」，但是她在深深理解學生犬儒和猶疑的情緒時，也依然沒有放棄民族復興的追求，還是在用散文鼓吹這種追求。

　　1979 的散文《湖光塔影》則在文革後最早專寫燕園風光，寫這座大學所

〔註110〕宗璞：《熱土》，引自《宗璞文集》第一卷，第 102 頁。
〔註111〕宗璞：《熱土》，引自《宗璞文集》第一卷，第 103 頁。
〔註112〕宗璞：《廢墟的召喚》，引自《宗璞文集》第一卷，第 111 頁。

棲身的皇家園林的昨日和今日，寫封建時代的造園工程壓迫了百姓，但今日它已被教育性用途洗盡了原罪，變為向知識、科技、未知進軍的堅強基地了。校園的意義在於培育理想，特別是建設祖國的理想，所以宗璞文末說起要畫湖光塔影圖，「怎樣畫都是美的，但不要忘記在湖邊大石上畫出一個鼓鼓的半舊的帆布書包，書包下壓著一紙我們偉大祖國的色彩絢麗的地圖。」〔註113〕這篇散文最後仍然回歸於雅正的教育性，但是她在此文中已經大篇幅地展露出對於燕園風光的「泉石煙霞的癖好」，這一點使得她的大學散文書寫不同一般，在大學風光與傳統文人趣味間進行了嫁接，這種文人氣、名士氣濃鬱的大學風光，在她後來的諸多燕園乃至清華、西南聯大散文中都有鮮明的體現，而這種大學書寫的獨特性，也是我們接下來想要討論的問題。

二、燕園草木與當代「風流」

　　一所大學裏自然會有各種各樣的居民，最多的當然是求學的青年人，住在集體宿舍裏，年紀普遍較小。北大在五十年代則還有校內房舍供教師們全家居住，比如北大的燕南園。前文已述，宗璞在一九五二年高校院系調整後隨父親住進了燕南園57號，在那裡直住到二零一二年始搬走，〔註114〕一共住了六十年，也就是大半生。不同於求知的學子、授業的老師，宗璞只是單純起居生活於此校園，除了偶而旁聽之外，她的生活是沒有課堂的。〔註115〕如果說大學教授回憶學院生活，愛津津樂道自己的研究、授課、學術交遊；學生回憶大學時代，愛講述自己的恩師、學業、友情愛情、社團生活，那麼這些對於住在燕南園裏的家屬宗璞，是不太有體會的。宗璞的大學散文，把大學當成了她的生活環境，在這裡她由衷地欣賞著春花秋月的風物之美，也觀察到父親的學術和任教生涯的坎坷艱難，以及其他鄰居老教授的人格特點和當代史命運。她的大學散文，由此兵分兩路，一者寫她所愛的花草蟲魚、泉石樹木，二者寫燕園人物，主要是那些相識的教授鄰居和校友們。我們先試看看宗璞筆下的燕園草木吧。

　　宗璞的校園風物，寫的最多的是花。四季輪轉，花開不休，她總有眼前

〔註113〕宗璞：《湖光塔影》，引自《宗璞文集》第一卷，第108頁。

〔註114〕宗璞：《雲在青天》，參見宗璞：《紫藤蘿瀑布》，南京：江蘇鳳凰文藝出版社，2016年，第235頁。

〔註115〕如此「居民」的自我定位也是宗璞寫作時的自覺，可參見宗璞《我愛燕園》一文開頭的自述，詳見《宗璞文集》第一卷，第124頁。

的好素材。她筆下著名的有紫藤蘿（《紫藤蘿瀑布》1982）、丁香（《丁香結》
1985）、木槿花（《好一朵木槿花》1988）、玉簪花（《報秋》1990）、二月蘭（《送
春》1992）等等。寫小昆蟲的《螢火》（1980）和《促織，促織！》（1994），
前者寫螢火蟲而充滿童年感情，後者寫蟋蟀而流露出勵志的勸誡。1988 年到
1992 年間，她寫下了一組五篇「燕園某尋」小文章，分別描摹品鑒了燕園之
中的石、碑、樹、墓、橋五種風物，確實是「泉石煙霞之癖」深重。若說「人
無癖不可與交，以其無深情也」，那麼宗璞愛風景成癖，對於燕園也對於生活
都真稱得上情深義重了。

　　說起人的「深情」，我們可以自然聯想到宗璞父親馮友蘭的「風流論」。
風流是一種人格美，而馮友蘭斷言：「真風流底人，必有深情。」〔註 116〕宗璞
的燕園審美品鑒既然成癖，深情是有了，那麼另外三個風流人格的特質，即
「玄心」、「洞見」、「妙賞」又如何呢？回到馮友蘭文章，他對此三者一一定
義：「玄心可以說是超越感」〔註 117〕，「所謂洞見，就是不借推理，專憑直覺，
而得來底對於真理底知識」〔註 118〕，「所謂妙賞就是對於美的深切底感覺」
〔註 119〕。這些說法，都可以不無附會地加諸宗璞的燕園草木文章，只是每樣
程度的深淺比較參差而已。超越感存在於宗璞多數時候的淡泊灑脫姿態中；
對真理的直觀洞察或許不那麼強，因為宗璞畢竟不以思想而以情致見長，但
她從花草中悟得的人生啟迪或許也可以算數；妙賞則是個強項，從她對煙霞
石泉的品藻文字中多有所見。在我們看來，宗璞受馮友蘭影響是很深的，這
風流理論她自然不會不知道，大約也是比較認同的，至於踐行與否，則就在
自覺不自覺之間了，她並不被馮友蘭理論框住而亦步亦趨，只是隨意發揮而
時有中的。但宗璞為人處世，也可能不全是追摹魏晉風度，她風致高舉的時
候並不多，反而是於日用常行中見風度的時候不少，頗有程明道的宋代儒家
境界，寫起風光來正是所謂「萬物靜觀皆自得，四時佳興與人同」。在《報秋》
一文中，宗璞自稱尤愛「領取而今現在」，認為「這是一種悠然自得的境界。
其實不必深杯酒滿，不必小圃花開，只在心中領取，便得逍遙。」〔註 120〕

〔註 116〕馮友蘭：《論風流》，引自馮友蘭：《南渡集》，北京：中華書局，2017 年，第
　　　　98 頁。
〔註 117〕馮友蘭：《論風流》，引自《南渡集》，第 94 頁。
〔註 118〕馮友蘭：《論風流》，引自《南渡集》，第 95 頁。
〔註 119〕馮友蘭：《論風流》，引自《南渡集》，第 96 頁。
〔註 120〕宗璞：《報秋》，引自《宗璞文集》第一卷，第 144 頁。

　　宗璞筆下的花草描寫，總是有種以花草起興，於花草描摹中見一種精神懷抱的寫法。《紫藤蘿瀑布》的清麗優雅中寄託著面對親人生死大事的悲愴底色，但又用花的生生不息自我療救；《送春》中的野花二月蘭雖然卑微普通，但大片開放活力高揚，自有一種堅韌美好的品質，這也給人以啟迪；至於《促織，促織！》寫蟋蟀奮力認真唱自己的歌，並用這種認真精神糾正「瀟灑」一詞被誤用的流弊，也還是見出宗璞文章雅正的教育意味。

　　至於「燕園五尋」系列，則是她文人妙賞的最典型表現，我們可先看看《燕園石尋》。她看到大石頭隨意躺臥草中，想到的是：「那愜意樣兒，似乎『嵇康晏眠』也不及它。」〔註121〕又說：「現在看到的七、八塊都是太湖石，不知入不入得石譜。」〔註122〕她又在文末申明石頭的重要性道：「石頭在中國藝術中，佔有極重要的地位，無論園林、繪畫還是文學。有人畫石入迷，有人愛石成癖，而《紅樓夢》中那位至情公子，也原不過是一塊石頭。」〔註123〕這些文章細節摘錄出來，都可以見出宗璞的一個傾向，就是寫石頭不斷返回到中國古代文化中尋找生發點，無論是提及嵇康、石譜或者《紅樓夢》，都有極其風雅的文人趣味，其背後關涉到魏晉風度、古典園林藝術和小說中借用過的女媧煉石補天傳說，宗璞借這些向著古典美學世界回歸，把一個八十年代末文章中的校園風物鑒賞向著「風流」美學嫁接。這固然和北大校園的確是從前的皇家園林有關，但一個當代寫作者不斷神往著返回文化故國的努力卻不能不說是別致的。當然，在同一時期也有汪曾祺等人寫過同樣的文人趣味小品文章，也有李澤厚、劉小楓等眾多知識人從正反面各自思索過中國文化的功與過。大概在八十年代出現「文化熱」或「尋根文學」等紛雜現象的文化現場裏，爭辯／追念古中國文化之美也算是傾向之一吧。而對於宗璞，這樣的寫作卻必然意味著當代生活和古代趣味間的跳來跳去。我們不能忘記，這樣的寫作，是緊接著她八十年代產量頗豐的文革傷痕文學的，所以宗璞對於當代中國的歷史與癥結是有強烈現實意識的，文人的風景優游和當代的生活呈現一併存在、交叉進行的狀態。或許宗璞棲居燕園，又受到家學薰陶，她是嚮往著用古典精神的美和善來參照、豐潤被文革破壞了的高校精神氣吧。

　　如果說《燕園石尋》《燕園橋尋》偏重古典園林之美，那麼《燕園碑尋》

〔註121〕宗璞：《燕園石尋》，引自《宗璞文集》第一卷，第129頁。

〔註122〕宗璞：《燕園石尋》，引自《宗璞文集》第一卷，第129頁。

〔註123〕宗璞：《燕園石尋》，引自《宗璞文集》第一卷，第130頁。

和《燕園墓尋》則包含著對於中國現當代史的紀念，顯得更為切近現實。燕園的碑固然也有清代皇家所立，但更有西南聯大紀念碑這樣反映了今日北京大學艱難而輝煌的前史的紀念物，墓中也有著名美國記者埃德加‧斯諾心繫中國而葬於北大的墓碑，也有為北大學生傳道受業的外國學者之墓，以及民國「三‧一八事件」遇難者之墓。這些碑和墓反映的是北大校史，也是中國現當代的一段歷史，這種文章的寫作或者也有宗璞為「北大精神」尋根的努力吧。在對石頭的雅趣鑒賞裏優游到古代美學中去的宗璞，又在這時候返回了中國高校所身處的動盪的二十世紀。而現當代史的悲壯曲折，確實不能被簡單回收到「風流」美學之中，那種面對現實的憂憤關切，可能也中和了煙霞泉石的癖好。對現當代史中受難獻生的人物的追撫，作為一種新的「深情」，或者也可稱宗璞文章中的「當代風流」。

三、記人文章中的「文」與「學」

宗璞 1984 年去了一趟英國，作為一個文化方面的中國代表團成員訪問了諸多當地文學名勝，她本來就是熱愛旅行並寄情山水的人，旅行歸來後寫出了系列記遊文章。但這些記遊文章又很獨特，宗璞後來介紹說「有一組以遊記形式介紹文學知識，姑名之曰文學散文。」〔註 124〕這些文學散文之所以放在此處作為宗璞記人的學院散文的前奏討論，是因為它們暗中與她的學院背景關係頗深。宗璞畢業於清華大學外文系，重在研讀英語文學，畢業論文跟隨外籍教授溫德研究托馬斯‧哈代詩歌，後來又曾在《世界文學》雜誌社任過編輯。論起英國文學素養，她自然多有儲備。這組「文學散文」有四篇，分別是寫遊覽濟慈、勃朗特姐妹、托馬斯‧哈代、彌爾頓故居或紀念館的經過與聯想。它們介紹文學常識，談論自己的閱讀心得，但又不是論文，中間雜以文人逸事、參觀體會、英國風光，舒展自如中保持了一顆裕如而博雅的文心。可以說，她談的是她科班訓練過的英國文學領域，但是卻把思想隨筆和遊記調和成功，更作為一種散文藝術著意經營，其中可見出宗璞開闊流蕩又不乏溫情體貼的胸襟。八九十年代曾有過一個說法叫「文化散文」，其實宗璞此類文字富含學養見識，也可以算文化散文的一種形態，也開啟了她後來在「文」與「學」之間遊走的大學人物散文書寫路徑。學而不呆，文而不浮，這大約也是宗璞從藝術上自然而然地接通了文化散文的優長之處。

〔註 124〕宗璞：《未解的結》，引自《宗璞文集》第一卷，第 338 頁。

　　宗璞英國歸來的四篇隨筆是一個將「文」與「學」調和的試驗，也是一個開端，之後她的散文發展的一脈就是書寫老學者，並把他們的學問和自己在與之交接中的觀察糅合成一幅幅學者寫意圖。她寫的最多的，當然首先是她的父親馮友蘭，其次就是燕南園中居住的鄰居老學者們。1985 年，宗璞的父親九十大壽，宗璞為之撰文《九十華誕會》慶賀，稍後 1986 年，她就寫下了一篇燕南園學者紀念文章《霞落燕園》。如果說前文所述的燕園草木屬於自然的循環，是校園中超脫塵俗而又生生不息的存在，增添了校園的美麗風光，那麼《霞落燕園》走進了歷史，而且是不無險惡、不無慘烈，而又試煉著人的品格與意志的當代史。燕南園裏所住多是老教授，如馮友蘭一家就是在 1952 年院系調整後，由清華園搬來。另外還有馬寅初校長、湯用彤先生、饒毓泰先生、翦伯贊先生、魏建功先生、朱光潛先生等諸多學者。這些人，許多是民國時代就學有所成的大家，許多是西南聯大的功臣，許多是懷著愛國心留在新中國的君子，也有許多經歷了文革而家破人亡，剩下的則在宗璞寫文章的當時正在燕南園裏度著老年歲月。這些老教授遍布各個學科，宗璞或許沒有那麼廣的知識面能為他們做專業性的評述和紀念，她還是那個較為年輕的家屬，以鄰居和後輩人的身份和老學者們交接，並廣泛地聽聞和記錄。

　　她寫建國初到文革的那段艱難歲月，寫下了馮定先生一句名言：「無錯不當檢討的英雄」〔註 125〕。這一句話表現出了複雜環境裏一種正直的人格，也表現出了她和老教授一樣明白的歷史態度。而更見歷史態度的是她對文革中自殺問題的書寫，她寫到饒毓泰和翦伯贊夫婦先後自殺，又說：「那時自殺的事時有所聞，記得還看過一個消息，題目是剎住自殺風，心裏著實覺得慘。」又說翦伯贊夫婦「能同心走此絕路，一生到最後還有一同赴死的知己，人世間彷彿還有一點溫馨。」〔註 126〕這慘況與學人的尊嚴、親情的對照，一方面是宗璞為代表的知識分子們對時代的見證，一方面是用人情溫暖補償不幸的邏輯，宗璞的「情的方舟」和心硬化治療的思路，不知是否也受到不幸年代里人情相濡以沫的啟發？

　　文革以後，幸存者們在燕南園度過了相對平安的晚年。其中朱光潛先生可能是和宗璞專業領域相近的緣故，宗璞和他有過約稿交接，所以著墨較多，也可以將筆觸延伸至較為專業的領域。朱光潛的學問涉及文學批評，宗璞介

〔註 125〕宗璞：《霞落燕園》，引自《宗璞文集》第一卷，第 17 頁。
〔註 126〕宗璞：《霞落燕園》，引自《宗璞文集》第一卷，第 16 頁。

紹道：「朱先生曾把文學批評分為四類，以導師自居、以法官自命、重考據和重在自己感受的印象派批評。他主張後者。這種批評不掉書袋，卻需要極高的欣賞水平，需要洞見。」〔註127〕可見朱光潛先生的學問是需要淵博和慧心並重的，那慧心轉移到生活上，就是他灑脫靈動的風度、總能發現美的眼光；而那淵博則來自於對學問的執著耕耘，即使住院臥床也還要看稿子。宗璞的觀察，見出了老學者的學問和人格是合一的，大學問需要的是一顆高尚而勤勉的學者之心。

宗璞的大學散文，在八十年代雖有記錄父親和鄰居學者的篇章，但似乎還是燕園草木的書寫更多，顯示出女作家頗具名士氣的審美生活姿態。但似乎是到了1996年前後，父親已經離去，宗璞自己也漸漸老而病，她檢視晚境而心生感慨，寫下了《人老燕園》一篇自述。大約是在這之後，風物美景的描寫不再繼續了，反而是寫出了一系列憶舊懷人的文章，講自己的長輩學人、同輩西南聯大子弟、清華校友，也講自己的青年時代，真正成為了一個「追憶逝水年華」的寫作者。

首先是宗璞的眼光越出了燕園，她想到了童年、少年時的清華和西南聯大。《那青草覆蓋的地方》（1999）寫曾經幼年時全家在清華的居所現在成了草地，對老大學時光滿懷追念；《那祥雲繚繞的地方》（2001）寫清華圖書館，除了童年記憶，更加入了青年時代就讀清華外文系時在圖書館用功的回憶。而對父親馮友蘭的紀念，更讓宗璞將筆觸延伸到了父親工作過的老清華和西南聯大，《夢回蒙自》（1994）和《漫記西南聯大和馮友蘭先生》（2007）既是對乃父的表彰，也寫到了老大學的風骨精神。宗璞的老年文字《考試失利以後》（2010）則追憶起了自己考大學和轉學的經歷，原來宗璞考大學出師不利，第一次沒考上清華而去了南開，但那時的大學還有轉學自由，故後來又再通過考試轉入清華外文系，清華子弟總算曲折地實現了清華夢。

至於懷人憶往，兩篇寫西南聯大教授的文章《煙斗上小人兒的話》（1999）和《耳讀〈朱自清日記〉》（2004）分別懷念了聞一多和朱自清，也把讀者帶回了那個西南聯大賓主談笑論學既幽默又嚴肅，國難當頭時知識分子又不懼一死以成全信念的舊日時光。老大學的風骨，宗璞這裡講到了，還會在《野葫蘆引》中講得更多。而兩位北大老教授，張岱年是哲學家，陳岱孫是經濟學家，宗璞分別有《剛毅木訥近仁》（1996～1997）和《悼念陳岱孫先生》（1998）

〔註127〕宗璞：《霞落燕園》，引自《宗璞文集》第一卷，第18頁。

兩篇長文紀念，因二人都是馮家的親戚或老友，又作為老大學那幾年少數碩果僅存或剛剛辭世的老人，在宗璞筆下以其學問和品格的高大而成為靚麗而珍稀的學院風景。還有宗璞懷念清華學長曹禺的文章《在曹禺墓前》（1999）、寫與同是西南聯大子弟的聞一多後人聞立雕夫婦交誼的《星期三的晚餐》（1992），寫清華校友、藝術家熊秉明的《向前行走》（2003），無不有一種大樹飄零之時搶救性追記的迫切感。此時，「訪舊半為鬼，驚呼熱中腸」可說是老年宗璞的真實感受，所以作為百年中國大學見證者的她，要寫懷人文章，要寫《四季流光》和《野葫蘆引》，這種人到晚年的「深情」，是對著大學精神在現代史中的曲折歷程而發的，不是比起那「泉石煙霞之癖」的清麗瀟灑，輕重不可同日而語了嗎？

四、大學風景的美趣與限度

　　宗璞晚年文章有句自白的話透露了她的愛憎判斷：「抗戰那一段體會了人的最高貴的精神、信念和堅忍；『文革』那一段閱盡了人的狠毒與可悲。」〔註128〕這個總結對她的體驗和創作來說很到位。抗戰和文革兩個時段，是宗璞生命的兩個座標，也是她一生創作生成的動力源。宗璞的一生，不曾完全告別學院，而抗戰中她以西南聯大子弟和親歷者身份，文革中她以高級知識分子後代被迫害的狀態，分別做出了自己的見證，也以一生的情感判斷和思想能力在和這二者對話。寫文革的諸如《弦上的夢》《三生石》，那是立足學院故事而向歷史和後人控訴；寫老大學的如《野葫蘆引》和諸多散文，是為了樹立一個精神高標，是飽受學院環境滋養而有了「蘭氣息、玉精神」的作者在告訴世人一個關於大學的理想、關於教育使人格養成的可能性，而和文革銜接以後，又要講出這種人格養成的願望如何失落。她的高蹈追求、批判怒火，全部和現當代史的學院狀況相關。在這樣的寫作取材中，如果說《野葫蘆引》是多年精心營構的大廈，學院小品散文的不時產出就是輕靈活潑的小粒珠玉了，它們不求全求深，只是即興而發、立此存照，庶幾也能描摹出當代學院的一鱗一爪。

　　前文已述，和父親馮友蘭的清明理性以為文不同，宗璞是一個用感興促成文思的人，在小品散文中尤其是如此。宗璞的感興，往往緣起於看到了不一般的事物，我們這裡姑且都稱之為「風景」。「風景」是需要發現的，人類審

〔註128〕宗璞：《鐵簫聲幽》，引自《紫藤蘿瀑布》，第229頁。

美能力的進步使得在人類史的某個時期開始，世間萬類成為審美對象，也就是成為「風景」。宗璞因為有情，因為熱愛美，所以她的世界裏風景無數。閒花野草，白石碧樹，樓宇碑刻，這些是風景，是她生活的日常趣味。但除了這些身邊最近的東西，她的熱情還訴諸於最遠的風景，如澳大利亞的風光和人情，如夏威夷島上的洞窟，如北美瀑布，如三峽、如西湖、如孟莊。其實宗璞雖然日常身處學院，美的眼界和趣味卻是開闊的，學院牆內玲瓏的美，名山大川遠方的美，都使得她如數家珍。一種名士的雅趣也就在其中了。而她在生活上也是當代中國作家中難得的一位名士派，她在當代的兵荒馬亂和普遍的粗糙生活中講究趣味。她寫自己和書的「孽緣」，雖「恨書」、「賣書」而終於還是「樂書」，即使雙目失明以後，也還要「耳讀」。她寫粥、寫茶、寫酒，但還寫方便麵，其中也可見一種不避世間俗物的灑脫大氣，而俗物甚至可能也因此流露出雅趣。她愛聽音樂，不拘是莫扎特、蕭邦或者丈夫所感興趣的京劇。可見這人不但有「癖」，可能「癖」還不少，那麼推測起來，她面對世界的「深情」以至「多情」，也就可能十分飽滿。

由於宗璞是這樣的人，她往往帶著審美的熱情看待事物，於是理解大學、書寫大學時，也不免輕易地就動了感情。比如對她的大學者父親，她是絕對認同和肯定的，這也就是因為動了感情，而父女之情從人倫的角度講本來無可厚非。比如她也寫到自己的摯友陳澂萊，她的寫法不重於追究好友的死亡因由（可能也確實無法查究），而是表彰好友像水仙花一樣清潔而脆弱的品質，這以花比人難道不也是一種審美先行嗎？或許陳澂萊在宗璞心中，也是美麗的人中「風景」吧。

宗璞晚年除小說外，數懷人紀念文章最多，這些被紀念的人往往也是高級知識分子，也是大學中人，而且民國老大學的師長學子尤多，堪稱老大學的活風景。她欣賞人，欣賞的往往是那些知識分子富有美感的品質，比如老學者的博學仁厚，比如朋友的知心友愛，比如文革時父親住院得到陌生工人的關心，比如一些學者對工作的執著乃至癡心……而對於和自己或是觀點相異，或是造成冒犯的人，如果此事關乎父親的名聲，那麼宗璞的怪罪也往往不留餘地。她對待朋友長者的好，因為都是情動於衷的結果，所以自然能反推到她對反感之人的動怒了。

宗璞用情感去理解體會大學和知識分子的方式，可以使她成功地建造起自己的大學神話，但這樣的方式是否也有侷限？我想我們也毋庸諱言。建國

後的知識分子改造，必定是宗璞心目中極其負面的東西，這也是她為什麼要
兩度撰文表彰韋君宜和她的《思痛錄》，因為她委屈，她的家庭和親人們都委
屈，她是以一種要控訴伸冤的心情在讀書和言說那段歷史。宗璞的《野葫蘆
引》尾聲《接引葫蘆》，是宗璞歷史控訴的總爆發，她在小說中把一種黑暗推
到極致，把那些她充滿感情愛著的角色們一個個送上死路，這或許是她經歷
體驗到的歷史，但是這樣的情緒優先的價值判斷，在我們理解、分析、學習
老大學的時候，卻也可能造成一種看似迷人的遮蔽。西南聯大的神話，燕園
的優雅風姿，固然沒有不對，但是總是女作家太大的提純，而那些歷史中的
理路沒有被照亮。如此一來，老學者是可敬的，老大學的學生們也是好的，
但這些變形的表彰拼出的圖像與其說是老大學本身，毋寧說是一個輝煌的大
學烏托邦了。這樣的問題在宗璞的學院散文裏只是若隱若現，而在之後的《野
葫蘆引》大工程裏則成了一個頗明顯的需要反思的問題了。

第二章　宗璞的精神結構：當代史中知識分子的一個樣本

第一節　受難者體驗：宗璞筆下知識分子與歷史的關係

一、作為苦難見證者的個人

　　宗璞的丈夫蔡仲德 2004 年去世之後，宗璞曾為其設計了墓碑刻字，上面寫明了丈夫是一個「人本主義者」。在蔡仲德逝世三週年的紀念文章《怎得長相依聚》中，宗璞這樣寫道：「他在病榻上的最後幾個月，想的最多的就是關於人本主義問題。如果他能多有些時日，會有正式的文章表達他的信念。但是天不祐人，他來不及了。只在為我寫的一篇短文裏提出：市場經濟、民主政治、人權觀念等幾個概念。雖然簡單，卻也清楚地表明了他的理想。」[註1] 宗璞的敘述中，可以感到的一點是她對丈夫的「人本主義」信仰的認同，覺得是值得撰文提及並紀念的一件事。其實宗璞和蔡仲德一樣，也是一個人本主義（或人道主義）的信仰者，這一點在她參與的文革後的中國文學潮流中、在她持久貫徹的基本創作品格中都有充分的展露。

　　宗璞與丈夫一致認同的「人本主義」，這信念應該說是其來有自，生成於他們共同經歷的當代史最苦難曲折的時段。查閱宗璞的年表，她於 1969 年和蔡仲德結婚於文革之中，是年宗璞 41 歲，婚後第二年，蔡仲德開始長期下放，

〔註 1〕宗璞：《怎得長相依聚——蔡仲德三週年祭》，引自宗璞：《舊事與新說：我的父親馮友蘭》，北京：新星出版社，2010 年，第 134 頁。

期間宗璞留下了寫給丈夫的幾首舊詩，表達了樸素的思念之情。對於這段婚姻，蔡仲德也曾回憶道：「『文革』中，無論是結婚前我被隔離審查，還是結婚後被打成『五一六分子』，宗璞都沒有對我失去信任，沒有離開我。」〔註2〕可以說下放的分離是他們婚姻頭四年的常態，他們經受了考驗，但這考驗的來歷，卻是已成為中國人集體的苦難年月的文革浩劫。在宗璞於文革後噴湧而出、被文學界定性為傷痕文學的最初的創作中，宗璞所不斷書寫的也是這場災難在人心、人倫、人情上的種種後果，而蔡仲德和宗璞終生認同人本主義，可以肯定也和沒有「把人當成人」的文革災難有關。知識分子們見證了集體苦難，普遍訴諸於人道主義的救贖，這在八十年代形成了一個潮流，談論人的苦難和高貴，人的獨立、自由、尊嚴，這一思路一時間在曾親歷苦難歲月的作家們那裡蔚然成風。

在人道主義的呼聲中，宗璞是早早高調表態的一位，她文革後迅速引起轟動的再出山之作，是著名的傷痕文學作品《弦上的夢》。這篇以文革後期的天安門事件為題材的作品 1978 年 6 月草成初稿，那時候這一事件尚未平反，因此《人民文學》的編輯過分謹慎，曾想要退稿，又曾採取拖延處理的策略，直到天安門事件平反，此文才刊發於當年 12 月號《人民文學》。〔註3〕從這個寫作時空來看，文革前那一向小心翼翼「不逾矩」的宗璞這次是十分大膽的。在那個言論動輒得咎的時期，為一場尚未平反的運動唱讚歌並不容易，從宗璞的這一選材和寫作，也可知道她是有不得不發的大鬱結。果然，《弦上的夢》談論文革後期的政治問題，因發出了鏗鏘高亢的控訴強音而載入史冊。

《弦上的夢》的故事、格局和主題都並不複雜。這是一個控訴四人幫的故事，善惡涇渭分明，少女梁遐是高幹子弟，幹部父親忠誠於黨卻在文革中被迫害致死，梁遐先是忍痛求生，後來漸漸覺悟，又不忘記血親之仇，最終走上了打倒四人幫為父親報仇的道路，並在小說結尾失蹤，小說似乎暗示了她的最終犧牲。《弦上的夢》對歷史的認識是有特定時代限制的，主人公們認為一切的苦難都是因為「咱們國家出了縱火犯，他們要把好人都整死，還要把幾千年的文明和幾十年的社會主義統統燒掉！」〔註4〕歷史的悲劇被歸結

〔註2〕蔡仲德：《我和宗璞》，收入《宗璞文學創作評論集》，第 397 頁。
〔註3〕此敘述參考涂光群：《宗璞的〈弦上的夢〉》，收入《宗璞文學創作評論集》。
〔註4〕宗璞：《弦上的夢》，引自《宗璞文集》第二卷，北京：華藝出版社，1996 年，第 96 頁。

於惡人篡權。而梁遐那個苦難中單純而痛快的信念：「我就信總理能對付這些王八蛋！」〔註5〕也顯示出史觀的簡單，又或許是特殊語境中對於文革癥結的書寫只能如此處理。確實，《弦上的夢》本來不是以深刻揭示歷史而見長，這不是一篇反思的文學，而是行動的文學，激動人們的熱情，為書裏的梁遐、書外的宗璞家庭和所有中國人「報仇」，是它的真正意圖。也正是因此，梁遐更是一個符號、一個象徵：青春的少女用生命來糾正四人幫的罪過，她的受難的家庭、曲折的成長、最終的捨生取義都是很有時效性的引爆點。但宗璞的藝術創造並未臉譜化，她說梁遐的形象「倒是有一個模特兒，有一個親戚，就是梁遐這樣的人。寫這個孩子還是比較真實的。」〔註6〕幹部和知識分子家庭出身的孩子怎樣處身於文革之中，宗璞是有一些體會和觀察的，因為她自己的高級知識分子家庭就處於這場風暴中受難的中心。因此，作為歷史見證者的宗璞熟悉梁遐式的叛逆、冷峭而又內心隱藏著傷口和不平的狀態，而二十幾年前筆下那個報父親屈死之仇的江玫如今變化為仍要報父母屈死之仇的梁遐，親情人倫的邏輯並未大變，似乎也預示著從前浪漫酣暢的宗璞又要回歸。

　　《弦上的夢》是宗璞的新開始，她像百花時代一樣，又一次抓住了當時中國社會的痛點，編織知識分子的生活經驗，用清暢含情的文字講了一個人道人倫的故事、弱者復仇的故事、時代悲劇的故事，這是一種對苦難歷史做見證的產物，也是一粒種子，包含著今後宗璞用半生光陰鋪展開來的種種文學可能性。諸如控訴罪人和反省歷史、女性弱勢而堅韌的力量、知識分子的高潔人格、學院的生活觀察⋯⋯都是後面要展開的。只是後續的作品較之《弦上的夢》，已不再是引領傷痕文學潮流，轟動效應和戰鬥威力減弱了，宗璞反省歷史和歎惋命運的沉鬱流為隱隱的哀痛，多數時候怨而不怒，更接近溫柔敦厚的傳統審美。而人道主義作為面對歷史的態度，作為八十年代的典型信念，在宗璞的寫作中分外飽滿地展開了，也隨著這一系列寫作成果的出現而成為宗璞提出的歷史災難後的療愈方案，難怪張抗抗要感歎宗璞道：「只有真正瞭解她這樣的知識分子，你才可知什麼叫做社會良心，也只有真正讀透她的作品，你才可知什麼叫做崇高。」〔註7〕

〔註5〕宗璞：《弦上的夢》，引自《宗璞文集》第二卷，第101頁。
〔註6〕宗璞、賀桂梅：《歷史滄桑和作家本色——宗璞訪談》，引自《宗璞研究》，第26頁。
〔註7〕張抗抗：《為誰風露立中宵》，刊於《文匯報》1990年11月19日。

二、耽誤的故事：書寫知識分子的受難

　　關於知識分子的受難故事，宗璞寫了許多。從 1979 年的《我是誰？》《三生石》開始，直寫到《熊掌》《青瑣窗下》《一牆之隔》《朱顏長好》等等，直到老年的急就章《四季流光》，對知識分子受難的講述貫穿她的後半生。而這些故事歸納起來，講述了兩種受難：尊嚴的剝奪與精力的耽誤。尊嚴的剝奪是從文革中諸多的批鬥中發現的，耽誤則屬於整整一代人，不管他們是受害還是加害，都在沒有意義的動亂中消耗了自己的青春或壯年，最終一事無成地老去。如果說在七十年代末八十年代初宗璞發洩著對於尊嚴被侮辱的痛恨，那麼到她相對平靜以後，更長久必須面對的則是一代人耽誤的故事，這有時很痛，比如她的小弟馮鍾越先被文革耽誤無法施展才華，後來治病被耽誤而早逝；有時候又只餘下惘惘的悲哀，老人們感到生命的可能性被浪費殆盡。

　　關於文革時期的批鬥的傷害，我們將在下節和「高潔」的話題一併討論，把高潔的人格追求和受辱的現實作為宗璞精神世界裏極度張力的二元。這裡我們將探討耽誤的故事，宗璞在 1981 年的《熊掌》中對此做了最初的勾畫。《熊掌》是一個關於被耽誤的良辰、關於人生的失望的故事，老學者楚秋泓和他的一家人，從階層和職業上十分肖似馮友蘭一家，都是深富學養的高級知識分子家庭。尤其是楚秋泓的學者身份、他的妻子在文革中的早逝、其子「小哥」的總工程師職務，都正像現實中馮友蘭夫婦和其子馮鍾越的鏡象。而他們一家被文革磨難、耽延的經歷，和子女因父母出身而受的牽連，也真的發生在馮家成員身上。

　　《熊掌》故事很簡單。文革後平反了的楚秋泓收到表侄贈送的熊掌，一心想等全家團聚一起享用。可全家的團聚一再被各種事故延宕，以至於幾個月後等人終於湊齊，熊掌已經腐壞了。蔡仲德曾說起妻子的寫作主題是「人總要追求理想，卻難免有種種缺憾，『人生不如意事常八九』。」〔註8〕這種在世體驗中根本性的不如意，如果更具體地分析，也可以聯想起遙遠的哈代文學關於命運無常的感受，還有轉折時代的生離死別，但到了文革之後宗璞寫作再次噴湧的時期，「不如意」似乎更明白地體現為一家一代人在歷史中的被「耽誤」。宗璞書寫知識分子家庭、圈子，寫出的一系列故事都可概括為「耽誤的故事」。而《熊掌》是這個序列中的第一個，是一個知識分子生命的小小

〔註8〕蔡仲德：《我和宗璞》，收入《宗璞文學創作評論集》，第 396 頁。

寓言，其輻射力波及之後的眾多同類書寫。

　　《熊掌》中塑造的老人楚秋泓，宗璞極力書寫他天真而弱勢的人生面向。歷盡了人世的浮沉榮辱，楚秋泓熬出了頭，終於又活到了重新被尊重的一天。那個人情所贈的熊掌，就是他生命翻盤的佐證。宗璞寫熊掌道：「這不單是衛表侄的關心，也是人生超越了一般衣食的一點嚮往。」〔註9〕由此熊掌的象徵意義遠大於它的實物本身。而楚秋泓老人尚不是被塑造為馮友蘭那樣「為天地立心，為生民立命，為往聖繼絕學，為萬世開太平」的大思想家，小說更強調的是他對人間溫情的保守固執的爭取、對人生永遠不如意的憂懼。他更「收縮」、更卑微凡俗，是宗璞筆下又一個老年的「弱者」。有一個細節很有意思，楚秋泓看著熊掌，屢次回憶起童年那微小卻不可彌合的失望。他小時候特別想放爆竹，表嫂給他買了來，他很高興，但一不小心沒拿住，來之不易的爆竹全掉進了水坑。楚秋泓心裏反反覆覆，都是這種人生嚮往被莫名剝奪的憾恨之情，最後團聚吃熊掌的心願，也被證明同樣是鏡花水月一場。

　　《熊掌》中的黑暗力量似乎來自無法把捉的無常。當兒子終於出差歸來，該是吃熊掌的時候，女兒卻突然摔折了腿，又要住院休養，然後是兒媳出差，如此反反覆覆，卻終於並不是「好事多磨」，而是老人對於人生團聚的心願終於殘破無補。其實團聚是有象徵意味的，那象徵中國人無論賢愚都扎根於心的「大團圓」心理。但當代史的歷劫經驗，讓人很難再沒有懷疑地書寫團圓故事，《熊掌》想要表達的，正是這種人生悲觀的預感。宗璞常常愛說自己一輩是「遲開而早謝」的一代人，其實歸根結底就是在說他們的永遠「被耽誤」。大好年華在運動的消耗中度過，學院知識分子不得其位不能鑽研知識，導致普遍的後天不足。這些太普遍的人生憾恨在《熊掌》中用家人團圓的時刻一再被耽擱表達了出來，宗璞此時不是病因的診斷者，她只是在書寫被耽誤的不得團圓的人們惘惘的悲哀。這是一種非常女性的、低視角的人生體悟，人生不是一個浮士德式的永遠向上追求的過程，只是盼望而失望，渴望而耽延，最終殘損地結尾。在歷史的車輪滾滾面前，誰不是在螳臂當車？弱者主題在這裡又一次凸顯，並且隱隱展露出它的來由：是大歷史的無可修正的暴力造成了人間普遍的「不如意」，那黑暗力量來自歷史處境本身，說這是因為「無常」，其實是一個並不通透的診斷，但誰能正確地言說那悲劇真正的因由呢？宗璞似乎只提供惘惘，不提供解答。

〔註9〕宗璞：《熊掌》，引自《宗璞文集》第二卷，第199頁。

　　1984 年，在弟弟馮鍾越去世兩年後，宗璞進一步寫下了《紅菱夢迹》，表達了曲折的哀思與不甘。這個童話裏病人想要開採救命的治病礦物，一再被有關部門拒絕批准，原因是上報文件沒有寫清楚繁縟的課題論證全文。對此官僚的體制，病人大哭質問：「我們的生命浪費得還不夠麼？」〔註10〕說出了一代人的心聲。其實考諸本事，宗璞的弟弟就是死於耽誤。宗璞說道：「雲山阻隔，我一直以為小弟是健康的。其實他早感不適，已去過他該去的醫療單位。區一級的說是胃下垂，縣一級的說是腎遊走。以小弟之為人，當然不會大驚小怪，驚動大家。後來在弟妹的催促下，乘工作之便到西安檢查，才做手術。如果早一年有正確的診斷和治療，小弟還可以再為祖國工作二十年！」〔註11〕《熊掌》的悲哀是低徊哀婉的，《哭小弟》的悲哀是高亢痛切的，但其因由同為一種。如果說《紅菱夢迹》作為童話，還可以憑藉仙女神龜的法力和犧牲糾正人間耽誤的悲劇，那麼在並無神力的現實人間，被耽誤者一生的悲劇真的無可補償。可是耽誤，卻是一家一代人共同的命運。

　　如果說《熊掌》是寫自己家的，那麼《青瑣窗下》的關注範圍伸展到了高校。1985 年寫作的《青瑣窗下》，實際上構成了對於 1963 年的《知音》故事的改寫，兩個故事寫的都是老教授與建國初期投身政治的年輕學生幹部的關係。如果說在《知音》中女學生幹部石青代表了歷史的價值和方向，可以「幫助」術業有專攻的老教授在政治上「進步」，成為擁有階級情感的「新人」，那麼《青瑣窗下》中的年輕學者和幹部周甲孫面臨的則是一個是非更為晦暗的世界。甲孫在建國之初也是投身政治的熱血青年，面對老師李先生的挽留，只坦誠地說：「化學抓不住我了。」〔註12〕但是經歷當代史三十年運動後，即將擔任第一副總務長的他回首往昔和面對現實，對李先生做出了另一番表白：

　　　　當時（參加革命時——引者注）也不是沒有一點猶疑。畢竟是完全不同的生活道路——可是一切美好的觀念都走在這一邊，那樣明白，無需太多考慮。現在呢，不出校園，我卻猶疑而又猶疑。事情不那麼清楚了，什麼事似乎都可以兩面說。我不敢來問意見，我知道您的意見。〔註13〕

〔註10〕宗璞：《紅菱夢迹》，引自《宗璞文集》第四卷，第 79 頁。
〔註11〕宗璞：《哭小弟》，引自《宗璞文集》第一卷，第 13 頁。
〔註12〕宗璞：《青瑣窗下》，引自《宗璞文集》第二卷，第 231 頁。
〔註13〕宗璞：《青瑣窗下》，引自《宗璞文集》第二卷，第 237 頁。

這也可看作是經歷了文革的石青新時期的表白，他們的動搖感來源於對革命實際效果的反省，來源於高校建設和學術發展的持續失敗。李先生任教的大學，後勤極其低效，文革後學術生力軍也很不足。周甲孫有化學專業研究能力，也有很強的政治和組織能力，學校任命他擔任第一副總務長，是希望他有所改革，但焉知這不是對學術生力軍精力的有一種無謂消耗和耽誤？李先生從前任教於老大學南山大學時，也當過總務長，但是他神往追憶道：「南山有發達國家的一套管理辦法，不像咱們這裡，什麼都推不動，花幾倍時間也辦不成一件事。」〔註14〕這隱隱透露出宗璞對於中國的高校體制的批判，但也是點到為止。小說終結於甲孫回房念自己異地妻子的家書中言：「無論壓在多麼重的石頭下面，一顆種子總能發芽。」而他的師母愫茵暗想：「他的妻子是學哲學的，如果是學植物的，更可信些。」〔註15〕可以看出，本該是「光明的尾巴」被愫茵的懷疑壓了下去，小說提供的是一種不甚可靠的希望，這是有分寸感的，因為宗璞的揭露、批判與反思，也只能做到如此。她是有憤慨有關切的，但到此為止，一個文學家可以發憤以抒情，但無法做得更多了。

　　《泥沼中的頭顱》也是批判社會現實的。在這個故事中，人們活在泥沼中，「頭顱」本是一個完整的人，他想要找到一把鑰匙改變這泥濘的生存環境，上下求索而不得，最終耗盡了自己的身軀而變成「頭顱」。頭顱的求索過程，就是分別去下大人、中大人、上大人衙門裏求助而不得的過程，這個過程損耗著他的身軀，可能象徵著官僚程序對人生命的損耗。頭顱為改良生活找鑰匙，被推為「一位偉大的思想家」供奉起來，又被人利用，他自己也很清醒自己的不幸：「我不是什麼家，也不是什麼長，只是一個人。要加形容詞的話，就是一個不完全的人。」〔註16〕這個小說採用的象徵主義或表現主義的手法，荒誕誇張地模擬出人間的生活，並做了諷刺鞭撻。而「耽誤／損耗」的主題仍在其中若隱若現。

　　至於到了《一牆之隔》，則批判已經化為一種固執而深婉的哀慟。1990 年，宗璞父親馮友蘭病故，1992 年宗璞寫下了這篇小說。這個小說寫了一牆之隔的兩家人，一邊是老知識分子夫妻，經歷了文革磨難，妻子白師母癌症不治即將去世；另一邊是年輕的小職員夫妻迎接他們的新生兒回家。「牆這邊討論

〔註14〕宗璞：《青瑣窗下》，引自《宗璞文集》第二卷，第 234 頁。
〔註15〕宗璞：《青瑣窗下》，引自《宗璞文集》第二卷，第 238 頁。
〔註16〕宗璞：《泥沼中的頭顱》，引自《宗璞文集》第二卷，第 243 頁。

著將來，牆那邊只有過去。」〔註17〕這個故事把文革磨難和老人死別兩個情節連接在一起，前者是宗璞說不盡的積鬱，後者可能來自父親去世的慘痛和遺憾。但是馮友蘭改革開放以來成就斐然，而這對白氏夫婦文革後馬上就是死別，並且和隔壁年輕夫婦的新生兒並置，那被耽誤而無法彌補、無法完成自己一生志業的憾恨更加鮮明突出，是宗璞把對比色差調至最大的處理手法。「耽誤的故事」的確是宗璞的又一縈心之念，這或許也和她日益的老衰有關。那對年輕夫妻世俗的人間情意，包括對金錢的嚮往和對貧窮的憂懼，都是白氏夫婦老衰之身可望而不可及的。宗璞就這樣走到了自己的老年，先後告別了慈母、愛弟和老父，她體味到的人生，已被耽誤耗盡，看著新時期的人間煙火、繁華新鮮，她其實內心有一絲惆悵的嚮往與訣別之感。

至於 1993 年的《朱顏長好》，則既是一個三角戀情，又是一個宗璞式的建國帶來天涯永隔的故事。四十年代在海外留學時，林慧亞和兩個男學生琦和瑨是三個好朋友。後來慧亞選擇了琦，卻因為琦要深造沒有立即回國，在建國後兩人永訣。慧亞嫁給了瑨，這一對知識分子夫婦在知識分子改造中被放逐到偏遠林場生活，並生下兩子。後來瑨和兩子先後意外去世，只有慧亞活下來，新時期海外探親遇到了琦的兒子小瑨，和琦年輕時一模一樣，堪稱「朱顏長好」。老去癱瘓的琦聯繫了慧亞，表達了多年後心中仍存的愛意，但兩人終於無法再續前緣，慧亞冥冥中聽到早已入土的亡夫的呼喚：「你可好？你可好？我在第二十八棵白樺樹下面——希望你高興些，希望你平安——」〔註18〕那與其說是問候，毋寧說是亡靈的哀求，慧亞終於下定決心，第二天買機票回國。

同樣是被政治劇變耽誤的愛情，慧亞和琦、瑨的三角關係，讓人聯想到《野葫蘆引·接引葫蘆》中孟靈己與未婚夫莊無因、以及後來的丈夫冷若安的關係。莊無因也是在外國深造而耽誤了婚姻，最後莊孟二人天涯永隔，又被小人離間，孟靈己終於嫁給了苦戀她的冷若安。經歷了文革後，新時期孟靈己到美國探訪親友，見到了莊無因的遺孀、自己的表姐嚴慧書。慧書坦誠相告，說無因一直把和孟靈己的定情信物帶在身邊，直到飛機失事死去。慧書把信物交還，孟靈己終於把信物扔進大海，做出了永訣的行動。當天夢裏無因像在昆明時一樣騎馬來問：「嵋，你要和我絕交嗎？」孟靈己說：「我沒

〔註17〕宗璞：《一牆之隔》，引自《宗璞文集》第二卷，第 254 頁。
〔註18〕宗璞：《朱顏長好》，引自《宗璞文集》第二卷，第 267 頁。

說，你永遠是無因哥。」〔註 19〕這些愛情都高潔而久長，但都是「此情可待成追憶，只是當時已惘然」。它們和現代中國大歷史的正面相撞，就像張愛玲在《半生緣》結尾說出那句著名的「回不去了」，其實一代中國戀人都同樣是「回不去了」。《朱顏長好》是宗璞又一次寫她心心念念了一生的愛情悲劇，這同樣也是個人被大歷史耽誤的悲劇。

三、宗璞的當代史小輓歌

在整個漫長的八十年代及其前後（1978～1993），宗璞都在穩定而不斷地寫作中短篇小說，這個寫作節奏由於後來進入《野葫蘆引》長篇的寫作，也因她的年事日高又多病苦而逐漸放緩了。和書寫西南聯大故事的《野葫蘆引》互為表裏的是，她的短篇大都在書寫當代生活，也就是西南聯大終結、共和國成立以後的故事。如果說西南聯大故事寄寓了十分高遠的大學理想，那麼當代史短故事則往往是批判的、哀婉的。但無論是寫鮮豔理想還是晦暗現實，「人本主義」都始終貫穿其間。在宗璞的寫作中，把人當作人、人本身就是目的，這一系列的人道主義話語似乎是可以自明的真理，也是她反思文革時始終的抓手。就算談論耽誤，也是從對人的浪費的角度切入的。這種一以貫之的人道精神在晚年的終篇《四季流光》再次彰顯，這個故事既是大學故事，又是一個講諸如西南聯大這樣的學校跨入當代以後的悲歡離合的故事，大學的神話在當代史中展現出悲劇的面向，接續了宗璞一直的當代史批判。

2003 年，宗璞在接受學者賀桂梅訪談時曾說起：「我一直覺得自己有一個未了的心願，不知道以後做得了做不了，因為我還有《西征記》《北歸記》沒寫完，如果能完成，我還要寫一部《鑄心記》。把你的心重新鑄造了，這就是改造思想。沒有經過這段歷史的人是不太理解的。」〔註 20〕《西征記》遲至五年後的 2008 年付梓，《北歸記》及其尾聲《接引葫蘆》則在 2018 年才最終問世，而此時的宗璞已經九十歲高齡，中間幾度到了鬼門關又返回來，正是在這樣曠日持久而又前途未卜的《野葫蘆引》創作期間，她幾乎是急不可耐的草成了一部急就章一般的「鑄心記」，這就是《四季流光》。這篇小說 2003年秋至 2004 年秋斷續寫成，2005 年 4 月 22 日斷續改定，正是向賀桂梅傾訴

〔註 19〕宗璞：《北歸記・接引葫蘆》，香港：香港中和出版有限公司，2018 年，第 440頁。

〔註 20〕宗璞、賀桂梅：《歷史滄桑和作家本色——宗璞訪談》，引自徐洪軍編著：《宗璞研究》，鄭州：河南大學出版社，2017 年，第 25 頁。

過自己的《鑄心記》寫作抱負以後。可以說，《四季流光》是宗璞老年時對於
自己知識分子改造體驗的搶救式挖掘和呈現，這篇小說最鮮明地表現出「為
歷史作證」的見證者責任意識。

　　《四季流光》很獨特，它是一個「鬼視點」故事，由一個鬼魂講了他生
前的熟人四季女兒——也就是年輕時綽號春夏秋冬的四個女老人的故事。而
這四位老人的共同點，就是她們都是宗璞本人的同輩人，是出身轉折年代的
學院的四個知識分子女性，並親身經歷了漫長的當代史悲歡。

　　用四個學院女性講當代史前三十年的改造和運動經驗，總而言之，這又
是一個關於生命的「耽誤」的故事。到了新時期，歷經坎坷的四位女性都老
了，正如春的感歎：「日子只會向好處走的，只是我們不能再活一回。」〔註
21〕《四季流光》小說前的題詞是引自《魯拜集》的兩句詩："The Wine of Life
keeps oozing drop by drop／The Leaves of Life keep falling one by one".〔註22〕
一種一切都在迅速逝去的遲暮之感籠罩全篇。是臨近鬼門關的老人在談論或
書寫往事，是一個已成新鬼的同輩人在見證她們的講述，「老」和「死」既是
宗璞的切身體驗，也是小說展開的發動力。其實這篇小說裏也不乏「元小說」
因素，例如鬼魂敘事者「我」聽到比較文學專家秋向學生講述道：「寫鬼其實
是一種嚮往，因為人總是要老的要死的。死意味著結束，可是很少有人甘心
結束，便有了鬼魂。那是很美麗的想像。」〔註23〕這其實是宗璞在講她的構
思緣由，一個在當代生活中高壽死去的鬼魂，因為留戀人間不肯散去，在這
座城市裏走走停停，有時穿牆入室，尋找他的老去的故人們。但這不只是因
為留戀生命的美，更因為一種不能瞑目的執念，歷史需要見證、講述、記錄，
尋覓故人，也就是為歷史作證。宗璞的寫鬼，也有諸多師承，如寫聊齋的蒲
松齡和寫鬼故事的伊麗莎白・波溫都是她的前輩。宗璞說寫鬼不外三種情況：
「寫鬼為了寫人，寫鬼為了寫事，寫鬼為了傳達情緒。」〔註24〕《四季流光》
可謂寫一鬼而三者俱有。那是鬼在觀察性情各異的四人，是鬼穿牆入室看到
她們的經歷和講述，是鬼的視點帶來一種生命將盡陰陽混淆的滄桑空靈。宗

〔註21〕宗璞：《四季流光》，引自宗璞：《四季流光》，南京：江蘇鳳凰文藝出版社，
　　　　2017年，第270頁。
〔註22〕宗璞：《四季流光》，引自《四季流光》，第252頁。
〔註23〕宗璞：《四季流光》，引自《四季流光》，第271頁。
〔註24〕宗璞：《打開常春藤下的百葉窗——伊麗莎白・波溫研究》，引自《宗璞文集》
　　　　第四卷，第273頁。

璞借幾個小人小事，要講一個分量巨大、無比沉重的歷史，她的小說雖為急就，但絕不潦草，還是有種嚴謹緻密的敘述效果。

在漫長的人生中，春夏秋冬四位女性各有人生的悲歡離合，但她們的悲歡，都與當代史的運動相連。少女春和同學才子扶蘇相戀，最終卻因扶蘇被發配，春接受「革命教育」而嫁給了一位將軍。思想改造讓年輕人真的全心臣服，他們愛情破裂天涯永訣而不自知，只在幾十年後歷史揭開新篇章後才在老年悵恨追悔。夏有一段學術伉儷的婚姻，當她的丈夫被打成右派，她敢於去為他端一杯水，終因劃不清界限而也被打成右派，這真是伉儷情深。但在歲月中這真情也不無波折，夏的丈夫下放後早逝，文革中一個小男孩來敲響了夏的家門，她發現來的是丈夫在鄉下和一個女人的私生子。她惋惜但寬宥了逝去的丈夫，收養了孩子，最終孩子因來歷不明被欺負而跳樓，這個節外生枝的孩子和他的故事，等於一場大夢。秋的故事和家庭，則最和宗璞本人接近。秋的父親辛校長是一位歷史學家，他解釋自己的人生目標道：「我從來就是想辦好一個大學，寫一部好的歷史理論書。以後我還是要這樣做。」〔註25〕但他的人生卻在一場場檢討和批鬥中浪費了。這一代老學者有學問、有抱負、有愛國和強國的熱忱，卻不被新政權信任，他們面對的是漫長的耽誤，更是人不成人的異化。秋老來寫道：「我從父親和他的同輩人身上看到這改造是怎麼樣一步一步將他們變為木乃伊。我也看到自己這一代人怎樣把血肉的心變成石頭的心，裝進自己的身體裏，那很沉重。」〔註26〕辛校長經歷了長期的折磨，最後是猝死。他死時正在寫著他一生精血要鑄成的那部歷史書，而書卻沒有寫完。但秋頗為驕傲地說：「這書缺個結尾，但爸爸最後一天的勞動，顯示出這書還是要照原來的樣子成長。我仔細讀了，其實書已長成了，殺不死的。」〔註27〕辛校長在最後的生命時刻做出了多年屈辱後的選擇，他還是認同了學術的獨立自由，這也是宗璞經歷當代史的諸多運動後最終的價值判斷。

如果說春夏秋和她們的家庭都是文革中的受難者，那麼冬既是受難者也是加害者。冬是辛校長的及門弟子，作為孤兒的她被辛校長夫婦當作女兒般善待。但在批鬥會上，是她最先站出來痛哭流涕控訴辛校長夫婦毒害了自己，

〔註25〕宗璞：《四季流光》，引自《四季流光》，第 274 頁。
〔註26〕宗璞：《四季流光》，引自《四季流光》，第 274 頁。
〔註27〕宗璞：《四季流光》，引自《四季流光》，第 293～294 頁。

既用知識也用溫情。後來她不斷參與對老師輩知識分子的迫害。秋說:「她的心正在逐漸凍死,變冷變硬,在『鑄心』的過程中,她是先進分子。」〔註28〕但宗璞的悲觀遠遠比這徹底,在她看來,冬就像歷史本身。她寫道:「冬患的這種病一方面遺忘,一方面編造,編造出沒有的事,好去清掃已有的事。也許歷史就多少患有這種病。」〔註29〕由此,歷史或許只是愚昧和偏誤的堆疊,即如後來人對於文革:「他們可以研究出發動『文革』的真實目的,可以研究出『文革』的災害,可是他們永遠不會體會到過來人的切身感受。他們義正辭嚴地責備這責備那,他們不知道自己離真實有多遠。」〔註30〕正是基於這樣的認識,宗璞要喚醒經歷了歷史的老人甚至亡靈,只有他們用肉身與歷史搏擊過,那是血肉的痛感,是受難的體驗,不能被後世的或許不無扭曲的白紙黑字替代。

宗璞出身於哲學之家,父親馮友蘭喜歡張載的「存吾順事,歿吾寧也。」他老年生病時更對宗璞說:「我現在是事情沒有做完,所以還要治病。等書寫完了,再生病就不必治了。」〔註31〕其實這句話很深地影響了宗璞。她後來更在晚年文章中寫下一段近乎通靈的體驗,那就是手術前的憂心之夜聽到父親魂魄的安慰:「不要怕,我做完了我要做的事,你也會的。」〔註32〕宗璞總以父親做完了他要做的事來激勵自己,馮友蘭能寫完《中國哲學史新編》,她作為女兒就能寫完《野葫蘆引》。這一家父女的生命韌性和工作熱忱是代代相傳的,所以在《野葫蘆引》已出兩卷,但離完成還任重道遠之時,宗璞無論如何也要寫《四季流光》,因為那是生命經驗的搶救。這種感受也化作了《四季流光》的結尾:目睹完四季女兒們的一生經歷和悲歡,鬼魂敘事人完成了歷史見證者的角色,它的存在意義到此為止,所以終於「坦然地四面八方散開去。」〔註33〕人來到世上,做完自己的工作,然後就可以坦然地安息,這種感情非常健康。宗璞的一生也是被耽誤的,但是她抓住了中年以至老年的時光,完成了當代知識分子普遍生命受難悲劇的見證以至控訴,那麼她的生命

〔註28〕宗璞:《四季流光》,引自《四季流光》,第282頁。
〔註29〕宗璞:《四季流光》,引自《四季流光》,第295頁。
〔註30〕宗璞:《四季流光》,引自《四季流光》,第286頁。
〔註31〕宗璞:《三松堂斷憶》,引自《宗璞文集》第一卷,第47頁。
〔註32〕宗璞:《蠟炬成灰淚始乾》,引自宗璞:《舊事與新說:我的父親馮友蘭》,北京:新星出版社,2010年,第30頁。
〔註33〕宗璞:《四季流光》,引自《四季流光》,第298頁。

意義就是完成了的，因此可以沒有遺憾。而如果說受難是知識分子的命運，怎樣在承受命運的同時有所克服和堅持，有所規避而仍然部分地自我完成，也是受難者們需要努力回答的問題。憑藉著受難經驗，宗璞首先是抓住了「人」這個支點，在把獸性還原回人性的努力裏，在人道主義的信念裏，她關心每一個個體人的悲喜，也尋找著在劫難中建設心智和人格的可行方法，這就是我們需要接著探討的宗璞精神結構的問題了。

第二節　易碎的高貴：宗璞筆下的理想人格及其限度

一、作為拯救的高潔之愛

談論宗璞，總繞不開一個標籤式的形容詞組叫「蘭氣息，玉精神」。與之相關的一系列評論，涉及其作品到人品，總的來說表達了一種共識，即宗璞的文如其人，都有一種可概括為「高潔」的特質。本文認為這既是一個共識，也是一個常識，它的成立自有其理路，它的標籤性質則又值得被我們提出來作為一個觀察宗璞的症候性角度而再次討論。現在，我們先來追述一下當代宗璞評論中這個評價的積澱過程。

李子雲的文章《淨化人的心靈》〔註34〕寫於 1981 年，似乎是最早對宗璞進行正面專門評述的文章之一。其中引了清人黃仲則的詩句「到死未消蘭氣息，他生宜護玉精神」，認為這可以借來評價宗璞筆下人物的氣質。這篇評論看重宗璞作品中的道德感，且高度評價宗璞質樸無華的語言文字，認為「這種文字與她所偏愛的那類人物，與她所追求的道德操守相得益彰」，可以「淨化人的心靈」。1990 年張抗抗的隨筆《為誰風露立中宵》〔註35〕則標題再次借用黃仲則詩，讚美宗璞道：「只有真正瞭解她這樣的知識分子，你才可知什麼叫做社會良心，也只有真正讀透她的作品，你才可知什麼叫做崇高」。1997 年侯宇燕的文章《這方園地中的馮家山水》〔註36〕則專闢一節作「白蓮花的世界」，講說宗璞的人品與文品。在她看來，宗璞的高級知識分子家庭和學養背

〔註34〕李子雲：《淨化人的心靈——讀〈宗璞小說散文選〉》，刊於《讀書》1982 年第 1 期。

〔註35〕張抗抗：《為誰風露立中宵》，刊於《文匯報》1990 年 11 月 19 日。

〔註36〕侯宇燕：《這方園地中的馮家山水——論宗璞的小說藝術》，刊於《文學評論》1997 年第 2 期。

景,讓她成長中疏離於世俗,擁有純淨的根基。接下來的 1998 年王蒙撰文題為《蘭氣息 玉精神》〔註37〕,認為「蘭氣息,玉精神」這六個字,「以此來寫宗璞其人其文,是再貼切也沒有了。」2002 年出版的《涉渡之舟》中,戴錦華闢專章《宗璞:歷劫者的本色與柔情》來做闡發:「或許,較之新時期眾多的文學作品,宗璞為數不多的作品比他人更為深情地書寫了知識分子的心路——一份無法剝奪去的心靈的傲岸,同時是一段自甘、亦不無自嘲的執著與操守。」〔註38〕這「傲岸」和「操守」中雖不無自省自嘲,但畢竟還是把一個高潔的作家心性描畫了出來。而 2003 年何西來的論文《宗璞優雅風格論》〔註39〕用「優雅」的美學範疇概括宗璞的風格特色,文中專闢一節「純淨的道德感和美感」也接續了前人對宗璞的理解。

由這番追溯我們可以看出,「高潔」作為對一系列宗璞評論的概括,表達了眾多讀者和批評家一致的宗璞直感。這高潔,時而是傲岸的崇高,是浩然之氣,時而是冰清玉潔,如蓮花之白。如果說在前文革時代的宗璞寫作中「崇高」已經存在,那麼當時是以對社會主義理想的堅持而自我改造來具體呈現的,而清潔的問題則並不存在,或者即便有也只是對齊虹式自私性格的批判。而到了文革以後,宗璞再次提筆時,則充滿對十年浩劫的控訴義憤。這時候,崇高是一種災難年代受難而堅持道德底線的精神,清潔則是面對濁惡不肯同流合污的皓皓之白。如何理解這種品質的產生和被堅持貫徹?我們應該回到宗璞文革後的「人道主義」出發點來思考。因為以人為本,以人的生存和尊嚴為本,這是一個要在個體的人身上衍生出全部在世意義的思路,而個人的極致或許就是心靈修養的極致。弱小有限的個體所能有的烏托邦,是人性的烏托邦,具體到受難的中國文人,在和古代道德秩序、傳統士大夫文化的關聯中,他們的人本理想必然導向對高貴品格的追求,也就是「蘭氣息,玉精神」。在集團政治的失序時代,被這種政治長久壓抑了的「獨立之精神,自由之思想」因其缺席而披上了一層神光,人的可能有的高大偉岸品格,人在鬥爭哲學中被壓抑的「情」的力量,紛紛成為受難的知識分子渴望抓住的拯救,在宗璞這裡,這種渴望具體表現為她在傷痕文學中對於「高潔之愛」的反覆

〔註37〕王蒙:《蘭氣息 玉精神》,刊於《時代文學》1998 年第 6 期。
〔註38〕戴錦華:《宗璞:歷劫者的本色與柔情》,收入人民文學出版社編:《宗璞文學創作評論集》,北京:人民文學出版社,2003 年,第 303 頁。
〔註39〕何西來:《宗璞優雅風格論》,收入《宗璞文學創作評論集》。

書寫。這個方面的代表作，就是 1979 年成稿的《三生石》。

　　《三生石》據研究者們估計，可能是一個自敘傳色彩頗濃厚的小說。女主人公梅菩提的身世經歷以至心路歷程，似乎都類似宗璞本人。她出身高級知識分子家庭，是大學西語系高材生，也曾積極向黨靠攏，自我改造成為共產黨員。甚至她在 1956 年百花時代寫作愛情小說《三生石》而獲罪的經歷，都與宗璞本人 1957 年發表《紅豆》被批判的經歷若合符契。無論是「三生石」或「紅豆」，都是愛情的憑證。而宗璞的微妙改寫在於，現實中的《紅豆》裏，紅豆是一個應該超越的愛情的痛苦紀念物，那愛情本身已經被革命否定了。而《三生石》中的同名小說，講述的是「一對年輕人的忠貞愛情，生死不渝，希望生生世世在一起」〔註 40〕，可以看出在這個虛構的小說的寫作裏，情的力量所向披靡，不是革命所能替換。而梅菩提的戀人方知也正是在這種唯情至上的小說影響下避免了「心硬化」。1980 年寫下這些的宗璞，經歷文革後重新認識了自己的經歷，不再完全信任《紅豆》中江玫的選擇了。對於知識分子思想改造，宗璞在《三生石》中講述道：

> 　　要知道，關心政治，是許多人多年改造的成績呵。菩提曾怎樣
> 重新裁剪自己淡泊的性格，煉鑄自己柔弱的靈魂，使之發出鬥爭的
> 火花，那真是艱苦的歷程呵。但誰也沒有想到，等待她的，竟是「敵
> 人」二字。〔註 41〕

這大約也可說得宗璞的心曲。她五十年代積極投入政治，六十年代甫一文革卻就被打為牛鬼蛇神。當張詠江這樣的小人掌權，梅菩提只能挨鬥，甚至得了乳腺癌也不能被給以徹底手術，於是她從前的革命熱情化作了深深的反諷，只有從前拋棄的「情」在信仰轟毀後通過人與人的溫情而支撐生活。正如戴錦華指出的：「在宗璞的世界中，使人們得以獲救的不是（或者說不只是）真理，而是一份真情，一段摯愛，一份相濡以沫的尋常日子。事實上，這同樣是八十年代的元話語之一，宗璞不僅是這一話語的始作俑者之一，而且她以自己獨特的個人體驗與表述，豐滿著這一話語的血肉。」〔註 42〕《三生石》中，陶慧韻的友情，方知的愛情，還有陌生病友間的關照，這些成為人間最可感

〔註 40〕宗璞：《三生石》，引自《宗璞文集》第二卷，第 320 頁。
〔註 41〕宗璞：《三生石》，引自《宗璞文集》第二卷，第 325 頁。
〔註 42〕戴錦華：《宗璞：歷劫者的本色與柔情》，收入《宗璞文學創作評論集》，第 306
　　　頁。

可依憑的事物。宗璞本人在文革中結婚，丈夫蔡仲德後來回憶說：「『文革』中，無論是結婚前我被隔離審查，還是結婚後被打成『五一六分子』，宗璞都沒有對我失去信任，沒有離開我。」〔註43〕這種患難夫妻的感情大約是宗璞文革後書寫《三生石》的本事基礎。可是《三生石》畢竟是後文革的傷痕書寫，帶有很自覺而強烈的控訴意圖。所以在小說裏情的有無和道德品質的高下是同步的。有情的那些人物，表現出偉大的愛和高潔的人格力量，哪怕受盡侮辱，也是健全完整的人，如醫生方知的正直善良，陶慧韻和梅菩提的患難與共；無情無義只講鬥爭的人，如崔珍咒罵打成右派而自盡的丈夫，是冷酷而不通人性的可悲異化者；張詠江們更是卑鄙惡毒的小人，不惜污蔑、移屍陷害梅菩提。那麼只有高潔的人是有情和重情的，而且這個情限於人與人患難與共的小範圍內。由此我們看到宗璞的明顯的收縮，那六十年代初《後門》裏的一心為公不圖私利、那《知音》裏的學生革命者搞好政治建設國家，這些人與大集體的連通感通通消失，變成亂世中兩三個高潔之人相濡以沫。情的共同體，或許在小說中是生動的，但是這樣的推衍很難在大範圍內進行，故而情很難構成一種實際的解決問題的方法。而這，或許也正是人本主義的難題之一。

當然，我們不必要求小說提供中國社會如何組織的答案，也不能要求社會完全能夠靠一種道德理想規約。宗璞的小說的正確的讀法，還是應該看作一種人性的診斷、一種批判。高潔的人們用他們廣大的愛來給那些卑鄙者以無言的譴責。高潔的愛的能力，與「心硬化」病症相對，甚至是二元對立。在這個批判裏，宗璞的意圖其實是用高潔的愛來打掉那無德無情的文革邏輯。參加紅衛兵的少女崔力對菩提坦言：「梅阿姨，我很羨慕你和方大夫，就是有很多波折，也是幸福的。我們這一代人沒有這樣的感情了。我們太實際，也太殘忍。」〔註44〕作為文革批判，高潔人格和博大之愛無疑是有效的，但當一種品格被用作武器去批判文革亂象，這種品格的潤澤和豐富也會減損，變得脆硬起來。《三生石》中高潔的主角們，只有在面對文革之惡時才那麼有力量，但如果他們進一步要進入日常生活，則生活的千頭萬緒需要更複雜而有彈性的倫理，遠不是簡單的高潔品質就能應對。所以梅菩提和方知的故事結束於他們成婚，那以後的瑣碎的日子，如果寫下去或許反而會橫生枝節、削弱批判了。而大寫的情，正因為被大寫，所以變硬，其中細膩豐厚的諸多可

〔註43〕蔡仲德：《我和宗璞》，收入《宗璞文學創作評論集》，第397頁。
〔註44〕宗璞：《三生石》，引自《宗璞文集》第二卷，第428頁。

能的層次也在流失。不過《三生石》還是成功的，甚至是宗璞最好的作品之一，那種剛剛渡劫的飽滿的反思和激情被安排得恰到好處，十分豐滿有力地表達了文革批判。

二、蓮花受玷的隱痛

與《三生石》幾乎同時，宗璞還有一些或許可稱為表現主義的文革書寫。宗璞在現實主義一脈創作中已經顯露出的思考，在她的這一類「內觀手法」的小說中更尖銳地表現了出來。1979 年的《我是誰？》據作者說是因為文革前正在看卡夫卡，受到啟發而寫的。但像卡夫卡是說它的表現手法，而這篇小說的思想內涵卻非常啟蒙主義又非常中國，甚至可以接通傳統儒家。關於這篇作品的意圖，宗璞說：「《我是誰？》想表現的，是強調要把人當成人，這是西方啟蒙運動的核心，我們需要這種啟蒙。中國講究名教，人在社會中的位置甚於一切。所謂名教就是一切都要符合它的名，也就是它的位置而忽略了人性、人權、人的本身，後來索性發展成把人當成工具。」〔註45〕這種基於人道主義信念觀察文革而帶來的強烈的「失位」之感，是《我是誰？》中精神癲狂、崩潰的根源。其實《我是誰？》除了表現手法的誇張變形之外，它的內核是非常不卡夫卡的。如果說卡夫卡是對現代性的咀嚼和批判，那麼《我是誰？》的「人」的理想是現代性啟蒙主義一脈，這是一種中國當代的痛苦。它講的是宗璞一再糾結的學院故事。韋彌和孟文起是學者夫婦，在建國的大時代從國外歸來希望建設祖國，卻在文革中被批倒批臭，而凝聚著孟文起一生心血的手稿也被當作垃圾焚毀。最終孟文起跳樓，韋彌投湖，小說寫的就是韋彌投湖前的心理活動。韋彌在校園裏蟲一般匍匐，看到了天上的雁陣：

　　忽然間，黑色的天空上出現了一個明亮的「人」字。人，是由集體排組成的，正在慢慢地飛向遠方。

　　這飄然遠去的人字在天空發著異彩，彷彿凝聚了日月的光輝。但在明亮之中有許多黑點在竄動，仔細看時，只見不少的骷髏、蛇蠍、蟲豸正在挖它、推它、咬它！它們想拆散、推翻這「人」字，再在人的光輝上踐踏、爬行——。〔註46〕

〔註45〕宗璞、施叔青：《又古典又現代——與大陸女作家宗璞對話》，引自《宗璞研究》，第 38～39 頁。
〔註46〕宗璞：《我是誰？》，引自《宗璞文集》第二卷，第 125 頁。

如果說雁陣曠遠而崇高，代表大寫的「人」的理想，那麼韋彌死前看到的，其實是無數蛇蠍蟲豸對大寫的人的啃嚙和玷污，那種我自有偉大浩然的人格追求，可是現實世界構成了對我的理想的褻瀆的痛苦，是十分知識分子的，甚至是十分屈原的。宗璞的高潔的精神追求是如此亢奮飽滿，所以她在被卑鄙的蟲蟻啃嚙時的痛苦也就更深。小說的結尾是韋彌死了，而敘述者高拔地宣稱：「然而，只要到了真正的春天，『人』總還會回到自己的土地。或者說，只有『人』回到了自己的土地，才會有真正的春天。」〔註47〕這是一個風格類似《弦上的夢》的結尾，在一片絕望中強迫表達光明的可能性，是一種非常當代文學的寫作格式。但這樣的宣言並不能彌合文本中理想與現實的斷裂。那個高遠的人字雁陣存在於天上，而人匍匐著變成了蟲豸，在天空的大寫的人與人間的受難的人之間根本不存在接通的橋樑，那個大寫的人是高潔的，但也是空洞的。在《我是誰？》中，甚至沒有《三生石》式的「情」的彌合物，沒有一條可實踐的道路通向理想，那個人的理想的高懸是純粹的批判，用來對照人間美好的失落。這種崇高而不可及的文學圖景，確實足夠高潔，但高潔的存在只是讓人感受到深深的分裂。

《我是誰？》中不存在的溝通理想之路，在之後的《蝸居》中似乎有了一些眉目，但那依然是過於崇高的凡人無法實踐的道路，那就是依靠犧牲，或用小說中的原話來講：「在黑暗中行走的人，往往需要用頭顱做燈火，只為了照亮別人的路。」〔註48〕在《蝸居》中，高尚者站出來捍衛人的尊嚴，他們因此被打入地獄、走上刑場。這是一個關於犧牲的十分高亢的言說，真正的偉大者是「願意用頭顱照亮世界」的那種人。但這樣的偉大者其實比《我是誰？》中的雁陣好不了多少，都太過高懸，因而連主人公「我」最終都只能選擇「蝸居」的旁觀，而不能追隨偉大者的隊伍。

在小說中，走向犧牲的偉大的青年宣布：「每一個人，都應該像人一樣，活在人的世界！」「總有一天，真理無需用頭顱來換取！」〔註49〕這其中已經非常發揮宗璞一貫的「教育性」書寫方式，她擅長在作品中安放榜樣和教喻。《蝸居》的為人類而犧牲的偉人序列，是昂揚的，但是也是空洞的。說它空洞或許也不準確，因為在1980年文革反思的當口，它並不空洞，但是失去了

〔註47〕宗璞：《我是誰？》，引自《宗璞文集》第二卷，第125～126頁。
〔註48〕宗璞：《蝸居》，引自《宗璞文集》第二卷，第179頁。
〔註49〕宗璞：《蝸居》，引自《宗璞文集》第二卷，第178頁。

時效性以後，裏面就變得充滿了大詞，而不能在後來的時代中激活其中的批判性了。偉大犧牲者是一種反襯，凸顯出現實中人的告密、自保、鑽營，但沒有哪個凡胎俗骨，能靠崇高的獻生獲得人間生活的方法。

在《我是誰？》（1979）和《誰是我？》（1983）中，不僅標題對舉，寫作方法、意象和表現的感受也有相通之處。比如，兩篇小說都提到白色的花的象徵。《我是誰？》中的韋彌死前，在幻覺中找到了可認同的自己——那是一朵潔白的小花。這讓她想起父母和童年的純潔美好，進而她說：「每一個孩子都是父母心上的花兒，長大成人後又都是填充世界的泥土，從這泥土上再長出鮮花來。」〔註50〕這個循環本是人類世界正常的秩序，但韋彌卻痛感自己失去了進入此秩序的資格，因為她被控訴浸透了知識的毒汁。這朵花的可望不可即，在《我是誰？》中代表韋彌因文革而失去了准入資格的那種美好生活，花兒越高潔，自我的否定越痛苦。而在《誰是我？》中，將死的主人公豐也在尋找自己，最終他在自己生活的各種關係的接縫處看到長出了一朵白蓮花，散發著純淨的光輝。豐是欣慰的，因為「他知道每一個人都生活在各種關係的接縫處。從這裡能生長出純淨的白蓮，又能得到各方的一掬清淚，這是一種境界，一種不容易達到的境界。」〔註51〕但是馬上，在花梗下，突然就爬出了一隻蟑螂。於是有了宗璞的高潔書寫中最驚心動魄的一刻：「他知道，他和他的白蓮都要回到大海裏去，化成一簇浪花，也許這一切根本就在紙上。可是一直到最後，花梗邊還爬著那蟑螂。」〔註52〕這種白蓮花的受玷之痛，也是宗璞以及這一代知識分子內心的終生之痛。雖然「紛吾既有此內美兮」，但當代史的染缸，或當代史的蟑螂，卻作為一個終生背負的污點不能抹去，這是追求高潔的知識分子最痛苦的自我坦白。

宗璞的內心雖然強大，文字雖然清和流美，但她的終生，都是一個自覺到清白靈魂已被玷污過的人。她對自我的靈魂能否保持本色，十分耿耿於懷，1978年底的童話《弔竹蘭和蠟筆盒》中弔竹蘭的話：「我不要別人給我塗什麼顏色，我要的是我自己，要的是從我自己生命裏發出來的顏色。」〔註53〕這番話也是表達了追求潔淨的本心的願望。如果心智結構與人生理解是「清白

〔註50〕宗璞：《我是誰？》，引自《宗璞文集》第二卷，第122頁。
〔註51〕宗璞：《誰是我？》，引自《宗璞文集》第二卷，第224頁。
〔註52〕宗璞：《誰是我？》，引自《宗璞文集》第二卷，第225頁。
〔註53〕宗璞：《弔竹蘭和蠟筆盒》，引自《宗璞文集》第四卷，第20頁。

靈魂已被玷污」，那麼她的追求美善的努力就無處不打上諷刺的暗影。宗璞一
再為父親馮友蘭辯護，其實也是根源於這樣的人生理解。無論是馮友蘭還是
別的知識分子，都是受玷的白蓮花，宗璞則知道在歷史裏渡劫，很多人我虧
欠是無可奈何。但她太高潔了，也太固執了，她追求美善的內心無法消化這
污穢，所以一生呼救、抗議，或者借小說寫作改寫人生。宗璞的不竭寫作的
發動機，或許也就在此吧。

　　1981 年，宗璞寫下一個幻想故事《貝葉》，這後來被她歸入童話，〔註 54〕
但和她很多別的童話都有較大差異。《貝葉》像《蝸居》一樣，也是在講一個
犧牲的故事。少女貝葉生活的村莊被吃人的龍騷擾，故每年村民都抽籤，抽
中的人作為獻給龍的祭品。貝葉自告奮勇去當祭品，龍見她帶著武器很有趣，
就和她結婚了。婚後貝葉住在海裏，生下兩個孩子，龍有十年沒有吃人，是
貝葉做了大好事。十年後，龍再次吃人，於是知道龍的軟肋的貝葉殺死了龍，
兩個孩子的頭也在廝殺中被砍下，以魚頭蝦頭代替。貝葉最後回到村莊，人
們把她和孩子們當怪物，無人感念她的勞績。最終，貝葉和孩子們在村邊自
焚死去。如果說《蝸居》的犧牲很崇高，那麼《貝葉》的犧牲很荒誕。她是偉
大的勇者，敢於為了村莊利益和龍談判。她也有博大的愛，甚至對龍感到憐
憫，善待丈夫並努力經營家庭。她的勇敢也表現在為了公義最終除掉了破戒
吃人的龍，也因此失去了自己的家和一切。她勇敢的犧牲是崇高的，但沒有
任何報答。貝葉為了村莊集體而犧牲，最後她卻只剩下孤獨的自己，帶著兩
個妖怪的孩子。那種捨己為人的、集體為大的信念，最終紛紛坍縮。經過這
個故事，宗璞從《蝸居》式的偉岸理想中退後了，她寫貝葉這樣的弱女子，寫
高亢理想的虛妄。經由這種收縮，「易碎的高貴」遭遇了凡俗的人間生活。如
果大寫的人的理想本身不免空洞和虛妄，那麼在險惡的歷史里人要怎麼處
身？宗璞關於人的「高貴」的理想，終於衍生出另一些思考。

三、人間故事：參差中的美感與悲涼

　　《米家山水》寫於 1980 年，嚴格的說它還是一個「蘭氣息，玉精神」的
故事，女畫家米蓮予和她的丈夫、古文字學專家萌的生活幾乎是不食人間煙
火的，但這個故事在溫婉的講述中，既表現了一種天真浪漫的人性善，又對
這種美善給以了反諷的安排。宗璞筆下高貴的人性在這裡和世俗的鄙陋碰撞

〔註 54〕宗璞：《給克強、振剛同志的信》，引自《宗璞文集》第四卷，第 310 頁。

了：米蓮予經歷過文革磨難終於又能畫畫了，甚至得到作為畫家出國訪問的機會。她固然想去看看心心念念的丹麥「海的女兒」，但終於覺得自己身體不好不適合出國，把機會讓給了老對頭畫家劉咸。這是一個高貴的舉動，但迎來的卻是一場黑色幽默。最終劉咸也沒能去成，因為出國機會被完全不懂繪畫的「外行」院長截走了。在我們看來，《米家山水》並不是一個控訴學院腐敗的故事，所揭露的也不是多麼駭人聽聞的黑幕。小說娓娓道來的，是米蓮予乾淨細膩的理想主義心靈，面對人間的種種參差的不適之感，這種不適之感，對於追求精神高貴的知識分子女作家宗璞，應該是很能感同身受的。院長是個小丑，但小說花費更多篇幅書寫的是米蓮予和劉咸的摩擦，和由之引出的內心憂懼。米蓮予和劉咸從學生時代就是對頭，米蓮予的第一幅獲獎作品被惡意割壞，不是劉咸幹的，但卻是劉咸那一派的追隨者幹的，劉咸最後來請米蓮予也割破他的畫作。米蓮予為此哭過，但「她其實並不是哭一幅畫，她哭的是她看見人生中的可怕的一面，那是什麼，她也說不清楚。」〔註55〕由此，米蓮予進一步展開了回憶：

> 蓮予漸漸迷糊了。童年時又是怎樣呢？不幸得很，在她還是妮妮時，班上就分了派了。她和另一個功課好的孩子，儼然是兩派的頭頭。如果妮妮得了第一，這一派的孩子走起路來都格外神氣。妮妮不愛做功課，情願爬到桑葚樹上坐一下午，吃得滿手滿嘴紫黑，有時衣服也染成桑葚的顏色。可是她為了給自己一派爭氣，總是努力爭那第一名。一次她不慎得了第二，竟有一個孩子偷偷撕破了第一名的卷子。妮妮也沒有拿出自己的卷子請那第一名撕呵。真有意思。要是星星也這樣打來打去，天上豈不只有一團漆黑了麼？人類的靈魂該升向哪裏呢？〔註56〕

因為米蓮予是這樣潔癖，對於競爭、派性等文革中有、文革前也有的恒常人性話題耐受度不高，才有了她時而糾結擔憂，時而浪漫慷慨的言行。米蓮予毫不市儈，理想主義地出讓名額，她以為她對派性和傾軋的惡劣習慣進行了超越和糾正，維護了為藝術的道德，但事實上對於人間，這些只是最小的惡，美術學院院長腐敗謀私的小小伎倆，是如此世俗，代表了晦暗的人性面向，讓米蓮予的高貴被對照而顯出了迂闊與無力。或許不只高尚的米蓮予，宗璞

〔註55〕宗璞：《米家山水》，引自《宗璞文集》第二卷，第144頁。
〔註56〕宗璞：《米家山水》，引自《宗璞文集》第二卷，第144頁。

的世界里許多的高貴者都是這樣失敗而且失望的。米蓮予得知了這一反諷的結局，她可以不理，仍在自己的小圈子裏做著和海的女兒會面的夢，但其他的人們呢？宗璞所鍾愛並引為救贖的高潔品格本身的合理性和可行性呢？宗璞的人格追求是堅定的，但她並未迴避這種追求懸得太高以後的難以施行，思考這個問題的小說或許當推 1981 年的《團聚》。

如果說《米家山水》中的米蓮予是可以獨善其身地活下去的，她還有心心相印的丈夫結成高潔之人的共同體，那麼《團聚》的故事更為殘酷。辛圖和綰雲是曾多年分離而現在終於能夠團圓的夫妻，但這麼多年以後，世態的炎涼、社會的病態已經滲透進了辛圖的靈魂，讓他的言行呈現一種向內的市儈的自我反諷，而在他旁邊的，是妻子綰雲的痛惜與無奈。綰雲和辛圖結婚十三年，終於從異地夫妻而爭取到了團聚在北京的好結局。綰雲最初不能留北京，看似是自己的選擇，因為「本來綰雲是分在北京市的，因為有人說辛圖——那時是她的朋友——的舅舅有問題，她沒有資格到邊疆，她就自告奮勇和人調換了，以證明自己的資格和勇氣。」〔註 57〕但實質上因辛圖的高級知識分子舅舅的不良親戚關係連累，她真正不能留的恰是北京。之後的很多年，辛圖為了綰雲回京每週末都在找關係、盤算著要拜訪哪些關節人物，也對自己的舅舅充滿怨言，或至少是出於利害關係不願沾惹。等到終於成功打通關係，綰雲從內蒙古調回家，發現辛圖已經被多年的奔波耗盡了理想和純真，變得處處算計、平庸而卑瑣。辛圖的十三年奮鬥，被綰雲在內心形象的稱為「一十三年的靈魂損耗」〔註 58〕。在這個故事裏，普通人對時代病症的見證就是以自己靈魂的損耗而呈現的。這篇小說讓人想起契訶夫式寫小人物的現實主義文學傳統，但或許宗璞的資源還更在於英國女作家曼斯菲爾德的節制感，以及伊麗莎白·波溫的氣氛掌控。〔註 59〕宗璞寫了週末的一天，用一件件生活瑣事的進行，像一串無聲無息的微妙人際爆破，顯露出一對夫妻的靈魂之間深深的溝壑。辛圖從一個幻想造飛機的少年，變成如今的勢利眼，其實他並不是完全不自知的。他會給綰雲講在機關工作第一天科長給他一個茶杯，於是他的大好時光在每日坐機關中，都隨著剩茶倒掉了。辛圖是扎根

〔註 57〕宗璞：《團聚》，引自《宗璞文集》第二卷，第 184 頁。
〔註 58〕宗璞：《團聚》，引自《宗璞文集》第二卷，第 188 頁。
〔註 59〕宗璞譯介過英國女作家曼斯菲爾德和伊麗莎白·波溫的小說，並分別為她們撰寫過評論文章，這是她喜歡並下過工夫的兩位作家。譯文及評論詳見《宗璞文集》第四卷。

現實的求生者，他選擇了妥協，選擇了磨掉自己的青春鋒芒，這種平庸的犧牲讓他十三年後終於掙來了家庭的團聚，他是有功於家的。但縉雲似乎更加敏感浪漫，會為此有缺憾的團圓而傷感。辛圖叫她一聲「傻瓜」，她的想法是：「她以為自己經過這麼多年的磨練，早丟失了那混沌未鑿的傻氣，一聽到這稱號，她反倒安心起來。也許她還未被鑿透，還保留了幾分眾人認為應該丟去的東西，先不必悵然若有所失罷。」〔註60〕其實縉雲是一個沒有那麼卓越的梅菩提或米蓮予，她同樣追求清潔的精神，但時代洪流裏卑微的普通人無法選擇自己的命運和生活。熱烈的愛情、純潔的青春，都抵不過世俗生活日復一日的消磨，而面對這些，縉雲並不能「躲進書齋成一統」，小說的節制含蓄後面有著很深的隱痛。

《團聚》利用折射人心的日常生活小戲劇，寫出了普通人面對時代既堅韌又妥協，既擁抱世俗的生存規則，又有一絲清醒的悲涼和坦蕩的心情。而這種心情充盈在這些承受者和見證者的生活裏。那縉雲眼中的生活瑕疵，是宗璞的「高潔」追求壓低了音調的若有若無，其間含著平視的理解與憂傷，悲憫與不甘，她深深地知道這些殘損的不得已，知道這都是被耽誤的一代人。小人物生活態度和作者描寫中各異的倫理感，互相疊加，就使得平淡的敘事下更有耐咀嚼的倫理圖景。而見證，歸根結底是宗璞的見證。當高亢的犧牲空洞了、難以為繼了，就在人間萬象中尋求普通人落地的生活，這或許千瘡百孔，但畢竟是落地的生活。人應該怎樣活著，大約還該在這些共和國歷史的平凡的經歷者們身上去尋找。微觀的凡人生活，更紮實牢靠，其間娓娓的訴說中，批判的品格其實始終在場，但已經由高亢而變得溫潤如玉，哀而不傷。

在宗璞所經歷的當代史曲折裏，一部分人們似乎是正因為高貴，所以分外易碎。高貴的精神是面對文革對知識分子尊嚴剝奪時重新在自己內心確認的一種尊嚴。時代不能給予人集體的尊嚴感、幸福感，但人心不死，還在渴望好的自我和好的生活。宗璞因此訴諸高貴的靈魂彼此的相濡以沫，如果不能從體制上得到改良，那麼人心最大的力量或許就是愛的力量、是「情的方舟」提供的歷史渡劫可能。但愛作為一種心靈的激情並不能解決一切問題，或者說只能解決很有限的問題，女性知識分子從書齋向外眺望，在愛以外感受到世態的複雜、人性的複雜，最終她只能不無誠實地承認這種高貴人格的

〔註60〕宗璞：《團聚》，引自《宗璞文集》第二卷，第196頁。

易碎，只能不斷下降到參差的人間，用世俗生活的千頭萬緒考驗白蓮花式的潔癖。高潔的限度被感知到了，那麼人要如何在歷史裏得體地求生和尊嚴地活著？這是宗璞文學必然要轉向的話題。

第三節　柔弱勝剛強：宗璞作為知識分子的在世姿態

一、以弱者的方式見證

當我們分析宗璞寫作中的崇高主題時，我們發現這樣的小說中往往崇高者之外還有一個敘事人，以他／她平凡人的眼光看崇高者的犧牲，並講述那個崇高神話。《弦上的夢》中慕容樂珺之於梁遐，或《蝸居》中的「我」之於提著頭顱照亮路途的偉大者，都是如此。可以說雖然宗璞的鬱結之氣需要轉移能量，雖然對抗歷史暴力的人格理想需要建構，所以她書寫崇高，但她在反躬自省的時刻也知道自我的限度。她是一個女人，被認為生而柔弱；她是一個知識分子文人，一個當代中國很長一段時期社會結構中的弱小者，她在共和國特定時期的身份地位天然地決定了她會習得一種弱者的立身和觀察方式。

其實這種弱者的自我確認，不只是宗璞一人的獨特之處，而是在知識分子中有一定普遍性，尤其是面對文革的時候，熬不過去而「自絕於人民」的現象是較普遍的。宗璞的女友陳澂萊也是一個，宗璞將她比作水仙，並且闡發道：

> 近聞水仙也有種種雕琢，我不願見。我喜歡它那點自然的挺拔，
>
> 只憑了葉子豎立著。它豎得直，其實很脆弱，一擺佈便要斷的。
>
> 她也是太脆弱。只是心底的那一點固執，是無與倫比了。因為
>
> 固執到不能扭曲，便只有折斷。〔註61〕

一些處於「臭老九」地位的知識分子，有著很高潔的自我期許，所以在尊嚴的剝奪面前是那麼脆弱，寧可學習屈原自殺來保存自己認定的皓皓之白，這樣的事情是文革親歷者宗璞所深知，也是她為之不平的寫作動力之一。

就這樣，宗璞作為馮友蘭的女兒和《紅豆》的作者，在文革中自身也同樣歷盡艱難，以原罪在身的知識分子家庭後代身份而見證並承受了歷史的暴

〔註61〕宗璞：《水仙辭》，引自《宗璞文集》第一卷，第6頁。

力，文革後一段時期她的寫作也是「見證者的寫作」，她要用文學為歷史災難作證，而歷史的宏大敘事已成反諷的時刻，對她來說最自然的方式就是訴諸那些經驗所及的卑弱的人物，那些女人和孩子，那些階級秩序底層的知識分子，這在她八十年代的短篇小說和童話中都有體現。《弦上的夢》中反抗和受難的主人公們，無論梁遐、慕容樂珺或小裴，都是女人甚至女孩，這樣的性別安排，讓社會秩序中弱的一方面挺身而出承擔良心和責任，是十分別致的。而在這之後，宗璞繼續寫下多篇小說和童話反覆講述弱者的故事。

我們應該記得《三生石》中的經典比喻，那是菩提和崔珍的爭論。崔珍說：「癌細胞頑強得很，在哪兒一落下來，就趕不走的。我有時倒想，我們要鬥爭，就要像癌細胞一樣頑強。」菩提的反應是：「菩提覺得心頭微震。她想起顯微鏡下癌細胞兇神惡煞的面貌，不覺又毛骨悚然。她閉上眼睛，努力尋思正常細胞的模樣，好在那善良的形象中尋找依靠的力量。」〔註62〕後來菩提見到方知，小說更這樣寫方知道：「他什麼話也沒說，只看著她，慢慢地點頭微笑。這一笑，表現出他在心中洶湧著的同情，使得他臉上本來就有的善良的神情更加善良，在燈下熠然生輝。菩提心頭忽然又是一震。這種善良的模樣不就像正常細胞嗎？正常細胞給人的感覺就是這樣的。」〔註63〕方知的形象往往就是這樣，有善良的、面帶菜色的臉，讓人想到的或許不僅僅是人間溫暖，更是那個被文革幾乎摧毀的正常價值秩序和情感秩序，是古老的「仁」的倫理傳統。宗璞把文革比喻成中國社會的癌變，所有的造反派們都是社會的癌細胞，是兇狠的，與之相對是溫良的正常細胞，這是社會延續和恢復正常的希望。但正常細胞一般的人們是亂世中的弱者、造反派專政的對象。要怎麼顯示出正常細胞的力量呢？或許就是通過「情」，藉由情的紐帶，人們方能「柔弱勝剛強」。

《三生石》是宗璞文革後最早的作品之一，處理的還是文革反思問題。但文革是社會的非正常的十年，弱者的主題在文革後仍不斷展開，人或許還是需要在常態社會中尋找自己的位置和意義。寫日常生活的，如 1980 年的《米家山水》講弱者米蓮予的高尚情操，而又讓美術學校的官僚腐敗給她的高尚意圖一種黑色幽默的結局。但米蓮予還是有地位受認可的畫家，尚有更弱者在時代裏執拗地承受與掙扎，他們面對的不是大批鬥的暴力，而是平庸

〔註62〕宗璞：《三生石》，引自《宗璞文集》第二卷，第 340 頁。
〔註63〕宗璞：《三生石》，引自《宗璞文集》第二卷，第 343 頁。

的惡。這種思考，存在於同樣寫在 1980 年的短篇小說《全息照相》。

　　《全息照相》中的沈斌是一個高校裏的小實驗員。作者介紹「出身城市貧民，學歷不過初中畢業的他，沒有師友提攜，沒有環境薰陶，能在科學的門廊上徘徊，是多麼不容易呵。高等學府裏有些人士認為實驗員的角色是低下的。對沈斌來說，他只恨自己的能力還不能填滿這一位置。」〔註64〕沈斌是個上進的弱者，他不幸患了乙型肝炎在家休養，但一心渴望工作，業餘翻譯外國科學論文，並獲得了發表。他的領導，道貌岸然的實驗主持人老高對此的評價是：「肯定有名利思想，至少是不安心實驗員工作。——到資料室去好了。」〔註65〕沈斌的人生不幸，就在於「哪怕他做的事再有意義，只要不在分內，他是沒有好報的。」〔註66〕而老高剛剛給實驗室交代過沈斌降級到資料室的安排，遇上沈斌竟還「推心置腹」地關照他其實不可能的評級提薪，讓這個實驗室領導暴露了他靈魂中的虛偽和市儈氣。《全息照相》是小人物的辛酸掙扎，把它和宗璞文革前謳歌新社會的諸如《不沉的湖》放在一起觀察，症候是耐人尋味的。《不沉的湖》的人生獻歌，是基於「只要跟黨走，只要接受黨的教育自我改造，就永遠不會下沉」的革命信仰，基於無論在哪裏都會為社會主義建設發光發熱的確信。《全息照相》中，如此純粹的熱情昂揚消失了，環境變得微妙，小人物變得動輒得咎。沈斌是富有集體主義精神的好青年，一心感到「只有長期脫離集體的人，才能體會出一個自己所屬的集體是多麼可貴；才能知道本來該自己負責的事——哪怕是掃廁所呢，由別人代勞而不要你關心時那種空虛的苦味。」〔註67〕可是這熱情向上的事業心和集體心，面臨的是老高庸俗的誤解。小說取名「全息照相」，是感歎「可什麼時候才能把人的靈魂的信息全部記錄下來，真正互相瞭解呢？」〔註68〕但其實這個主題概括還是略顯皮相。真正的質問大約是，為什麼共和國高校的體制到了此時已經不能發現和善用上進盡職的年輕人了？為什麼那在五十年代建國初曾一度昂揚的高校氣氛，異化成了僵固的官僚系統？弱者以他們的黯淡命運，見證了一種高校體制微妙的失敗。

〔註64〕宗璞：《全息攝影》，引自《宗璞文集》第二卷，第 128～129 頁。此小說刊於《北方文學》時名為「全息照相」，收入文集時改名《全息攝影》。
〔註65〕宗璞：《全息攝影》，引自《宗璞文集》第二卷，第 132 頁。
〔註66〕宗璞：《全息攝影》，引自《宗璞文集》第二卷，第 132 頁。
〔註67〕宗璞：《全息攝影》，引自《宗璞文集》第二卷，第 130 頁。
〔註68〕宗璞：《全息攝影》，引自《宗璞文集》第二卷，第 133 頁。

因為這種失敗，我們已能看清在《全息照相》的文本世界裏，沈斌能依託的僅剩他自己，或者還可以加上「無用」的母愛。沈斌的快樂曾是拿到雜誌的那個瞬間：「他哆哆嗦嗦地掀過一張張紙頁，找到自己譯的那篇文章。它有用！」〔註69〕沈斌單純上進，在小說最後敘事者也為他不平：「若是每個人所處的那一點位置，能像全息照相那祥，總是在整體中出現就好了。」〔註70〕因為生病和「不安於本職」，他被集體排擠出來，家國宏大理想失效了，他何去何從？這似乎很難回答。作品結尾處還是遵照一貫的共和國文學書寫規範，有一個略微上提的小小光明尾巴，寫他拿著發表的雜誌，迎著母親，相信有足夠的力量，困難不足道。但這結尾其實比《弦上的夢》的高亢風格要低沉得多，也更空洞而渺茫。如此，《全息照相》給了我們一個小人物在社會裏受到傷害的故事，反諷了那個充滿社論式昂揚套話的社會本身。弱者個體面對冷酷世界的文學結構，雖已含蓄得多，但仍能感受到《弦上的夢》《三生石》中類似格局的影子，只是如果是在犧牲和大愛都不能徹底的世俗人間，弱者要靠什麼立身呢？人道主義的進步性和侷限性，都在這樣的拷問之中。是因為關心個體人的限度和尊嚴，也是因為從易碎的高貴人格的輝煌中跌落出來，重新處理日常，才要書寫這類弱者的故事。但弱者並不能靠善良和同理心來拯救。只是女作家宗璞除了「一枝禿筆」，也沒有別的影響他人和時代的途徑。宗璞從這時開始深挖的「弱者的故事」，多數正是表現了這樣的無助之感，但又在沒有希望的時刻從情境中逼出一點希望的光明，弔詭的是，這光明多數時候還是來源於主人公自身的心靈品質。

二、弱者的哲學

寫出了《全息照相》的宗璞，並沒有停止對弱者命運與處境的思索。1981年11、12月間，她寫出了一篇更為精心和自我表白的小說《核桃樹的悲劇》，在其中明確探討弱者的生存，並提出「弱者的哲學」。

《核桃樹的悲劇》裏作為背景的婚戀悲劇，依然屬於宗璞的江玫齊虹天涯永隔愛情悲劇序列裏的一種。王家理和柳清漪夫妻兩人都是大學生，臨近解放，未及清漪生下女兒，王家理就赴海外留學。兩人約定三年後家理學成歸國團圓，但家理再未歸來，只在三十年後寄來一封抱歉的書信，表示願意

〔註69〕宗璞：《全息攝影》，引自《宗璞文集》第二卷，第131頁。
〔註70〕宗璞：《全息攝影》，引自《宗璞文集》第二卷，第133頁。

供女兒海外讀書。清漪和家理的故事，在那個天涯永隔故事序列中，當然是一個包含背叛的版本。如果說五十年代《紅豆》中對於齊虹的出走，江玫是傲岸的否定態度，並有著自己站在歷史必然性方向上的大確信，那麼到了《弦上的夢》，慕容樂珺出國而錯過了梁鋒，她最終是選擇學成歸來，並深深敬重、感動於梁鋒對黨的忠誠的，樂珺的高尚和政治正確，就在於她的認同革命、投奔新中國，她是無怨的。然而接下來，《我是誰？》中的知識分子夫婦雙雙學成歸國，希望建設祖國，卻在文革中先後自殺，其中深深的家國哀怨，已經有了噴湧。接下來的《核桃樹的悲劇》中，柳清漪的怨恨之情和王家理的辜負，都鮮明地展現出來。文革後的海外關係熱中，王家理寫信懺悔，但作為兩人女兒阿岫的父親，王家理並無和柳清漪重拾舊姻緣的意思，只是想資助阿岫讀書以稍稍補償。清漪面對這個提議的感想是：「費用？真可笑！難道世間的一切都可以用費用來計算麼？她覺得自己好像禁錮在海底瓶中的精靈，經過太久太痛苦的期待，反而痛恨那音信了。何況那音信是她早料到的，並不是佳音。」〔註71〕這心理表白流露出深深的怨情。在稍後，還有短篇小說《朱顏長好》講述海外留學的知識分子男女間被建國時的去留抉擇永遠隔絕掉的愛情，還有《野葫蘆引》中的主人公孟靈己和她的戀人莊無因的「江玫齊虹式」永別離。這樣的故事序列和不斷的反覆中的微調，不應簡單看作宗璞在創作的題材上自我重複。這個建國分開戀人們的「原型」模式，是她一生創作中的縈心之念，隨著時代和處境變化而有的故事變種，本身極具文化的症候性。大歷史面前的弱者們，用一生摯愛的失去作為內容見證了歷史的轉折，如此個人生活與家國變革的相撞，固然強弱不成比例，但人心人情的哀怨纏綿，卻可以想見，也已訴諸宗璞一生的文字。

和王家理的永別，是柳清漪作為一個弱者受難的開始。對於這位丈夫，清漪的態度是：「過去的都已經過去了。人欠我的不必索取，我欠人的一定償還。」〔註72〕敘事者隨即點出：「這是清漪的人生哲學。這當然是弱者的哲學，因為毫無鬥爭的色彩。」〔註73〕如果說《弦上的夢》還充滿了控訴性、對抗性，對於被認為造成了慘劇的責任者們給以寫作層面的打擊，從而成為傷痕文學的代表，那麼《核桃樹的悲劇》已經不再如此的剛脆了。就算正義

〔註71〕宗璞：《核桃樹的悲劇》，引自《宗璞文集》第二卷，第214頁。
〔註72〕宗璞：《核桃樹的悲劇》，引自《宗璞文集》第二卷，第214頁。
〔註73〕宗璞：《核桃樹的悲劇》，引自《宗璞文集》第二卷，第214頁。

伸張了，無辜者平反了，甚至可以海外探親了，但對於已經「好像一篇寫壞了的作文，燒了以後，連紙灰也撮不起來了」〔註74〕的柳清漪的一生，又能有什麼實質性的糾正呢？於是宗璞的思索，從歷史正義的層面退到了日常生活，柳清漪的不幸主要不是因為王家理的背叛，因為家理也不過是不能強求的凡人；宗璞甚至也不再訴諸歷史，訴諸所謂的「壞人」如四人幫之類，控訴的消退之後是深入骨髓的悲傷和悵惘。這時候，小人物的瑣碎的生活受難向我們打開了：因為院子裏的核桃樹總是結出豐收的果實，所以沒有教養的粗野青年日日來「鬧核桃」，讓清漪母女不得安寧。如果清漪對外宣布她的海外關係，可能騷擾者就會收斂。但是清漪本人心裏無法接受這種背叛者施與的反諷的庇護。作為解決問題的方法，核桃樹最終被清漪親手砍掉了。這核桃樹在丈夫不在、女兒插隊的日子裏，曾是孤獨而無助的清漪唯一的朋友和安慰。在清漪的想像中，核桃樹死前一直在哀求和控訴。核桃樹稱清漪為「自私的弱者」，清漪說因為核桃樹的存在和有用妨礙了她的安寧，所以不得不如此。在這樣的爭辯中，我們無意間發現另一種薄倖、另一種背叛。就像家理無法護衛自己的家所以拋棄妻女那樣，清漪無法保全作為她朋友的核桃樹，所以只能砍掉它。核桃樹對清漪說：「你無法抵抗那真正騷擾的力量，只好向沒有抵抗力的弱者動手。」這一句話說出了普遍的悲劇、普遍的弱者自保與互相辜負的必然。其實哪裏是「人欠我的不必索取，我欠人的一定償還」呢？弱者沒有實力索取，弱者償還固然是出於善的寬厚，但更經常的是他們「德過力不及」而成了負心者，成了一個歷史中卑微的也並不光輝的存在。這大約就是為什麼《核桃樹的悲劇》中柳清漪對王家理尚有怨恨，而宗璞晚年的《野葫蘆引》中，孟靈己並沒有特別怨恨莊無因。在歷史的暴力面前，個人的生離死別不是自己能夠掌握，也就真的不必計較所謂的「薄倖」了。

但弱者的韌性在《核桃樹的悲劇》中也有閃露。女兒阿岫撕掉了王家理道歉和申稱要提供補償的信，大聲說：「我們靠自己！」〔註75〕柳清漪砍掉核桃樹，還幽默地記得要繳納非許可砍樹的罰款，小說的沉重訴說中偶而也有一絲輕鬆。柳清漪母女是還達不到「柔弱勝剛強」標準的弱勢者，但對於不幸的生活至少可以做出判斷和決斷，選擇保護自己的尊嚴、自己的達觀，哪

〔註74〕宗璞：《核桃樹的悲劇》，引自《宗璞文集》第二卷，第214頁。
〔註75〕宗璞：《核桃樹的悲劇》，引自《宗璞文集》第二卷，第214頁。

怕並無現實翻盤的可能。這是宗璞在講述她的愛情賦格中十分悲劇的一曲時
所能葆有的健康了。

　　《核桃樹的悲劇》主要是長歌當哭，和此小說寫於同時稍後（1981 年 12
月成稿）的童話《石鞋》，則表達了同樣困境中對於價值的尋求，較為天真而
開朗。石鞋是山精的有魔力的鞋子。山精千百年來一直管理大山，並用石鞋
耕耘土地、採摘草藥，給艱難生活的山民一點力所能及的幫助，也因此得到
山民們的感恩。但是山精為人天真、力量有限，他的幫助都小小的，無法根
本改變山民們艱苦的生活。童話中最後一次山精下山，遇到一個摩登女郎，
她說：「我得到了我要的一切，但是我不快活，我要快活。」〔註76〕但是山精
給她鮮花後她卻鄙夷地抱怨：「給我點實際的東西吧！」〔註77〕這位摩登女郎
心想事成，比起她那些艱難生活的祖先女子們，她固然是社會中的成功者，
但也難說她就是強者。女郎的目光「總是在算計，總是在衡量，總是在窺伺
什麼」〔註78〕，和柳清漪式的弱者的哲學固然十分不同。但作為渺小的個人，
她們在歷史暴力面前的卑微地位卻可能近似，只是對此自知和不自知的區別。
山精則是一向安撫弱者的精靈，他給出了一朵沒用的鮮花，又自己解釋：「這
是一種感情」，這包含了他的立身邏輯。那些美好的、無用的、人情的東西，
讓弱者們互相扶助安慰，生活變得稍稍輕鬆。而女郎則嘲笑道：「感情本來是
太沉的東西，比石鞋還沉！」〔註79〕這就是一種無知的狂妄了，也是宗璞的
童話所要批判的。對宗璞來說，沒用的人間溫情，不能改變弱者的處境，但
畢竟是「情」，這就又回到了對「情」的方舟的信仰，只是那種對抗性的批判
力量已經聲音漸息，化作說給會心者柔軟的耳語了。

　　1982 年對宗璞來說也是悲痛之年，這年 10 月她心愛的弟弟馮鍾越癌症
醫治無效而去世。在弟弟患病、去世的前後，她寫了兩篇散文《紫藤蘿瀑布》
（1982 年 5 月 6 日成稿）和《哭小弟》（1982 年 11 月成稿），次年又寫了反
映弟弟病危的小說《誰是我？》（1983 年 2～6 月成稿）。在這些作品中，有一
種悲痛的深情，也有對弱者生命的直視和自我安撫。《紫藤蘿瀑布》中，震動
人心的是花朵柔弱卻燦爛開放的生命能量。這帶來一種啟示：

〔註76〕宗璞：《石鞋》，引自《宗璞文集》第四卷，第 41 頁。
〔註77〕宗璞：《石鞋》，引自《宗璞文集》第四卷，第 42 頁。
〔註78〕宗璞：《石鞋》，引自《宗璞文集》第四卷，第 43 頁。
〔註79〕宗璞：《石鞋》，引自《宗璞文集》第四卷，第 42 頁。

　　　　花和人都會遇到各種各樣的不幸，但生命的長河是無止境的。
　　　　我撫摸了一下那小小的紫色的花艙，那裡裝滿生命的酒釀，它張滿
　　　　了帆，在這閃光的花的河流上航行。它是萬花中的一朵，也正是由
　　　　每一個一朵，組成了萬花燦爛的流動的瀑布。〔註80〕

在弟弟的「遲開而早謝」的一生裏，在宗璞自己對於愛的永訣的耿耿不忘裏，宗璞看到了紫藤蘿瀑布，那是她給弱者的生命找到的比喻。無數的弱者們帶著生命的掙扎和能量綻開，與人生的不幸對峙，就算不一定能因此拷打出智慧來，但卻代表了生命的尊嚴、生命的韌性。歷史如果並不空洞，那不是因為有了高亢的道德強音或偉大的犧牲，而是因為有弱者們付出努力開花的生活態度。弱者的哲學就在於弱者的柔韌頑強、弱者的忍讓、和弱者一定要開花的願望，這或許比起「高潔」來，才更是宗璞找到的使生命安頓的態度。

三、天真的偉力

　　如果說宗璞八十年代的弱者書寫的序列中《全息照相》和《團聚》表達了弱者在世的生存中所受到的戕害，《核桃樹的悲劇》喊出了受難的弱者的悲鳴和人生哲學，那麼還有兩篇獨有亮色的創作寫出了弱者生存中美善的光輝，這就是《魯魯》和《紫薇童子》。雖然在《宗璞文集》中《魯魯》歸於小說序列，而《紫薇童子》編進了童話小輯，但在我們看來，兩篇故事都有一種童心的神奇與真純，都屬於富有童話氣質的小說，是寫給成年人看的童話。

　　《魯魯》寫於1980年，是宗璞文革後最早的一批創作之一，和《三生石》《心祭》等創作同時。這個小說講的是一隻狗和一家人的故事。如果對宗璞足夠瞭解，我們可以辨認出，這隻狗和它的主人一家，原型其實就是八年抗戰時期住在昆明、學習工作於西南聯大的馮友蘭一家，所以這是個未曾點明的西南聯大教授家裏的故事。〔註81〕如果說教授一家人是外來的「下江人」，魯魯則更是外來的「異邦狗」。它本來是一個逃避納粹而來中國內地避難的猶太老人的狗，老人死後由外來知識分子范家撫養。這是宗璞生命中第一次提筆想寫一個西南聯大故事，這提筆運思的一刻是耐人尋味和值得紀念的。尤

〔註80〕宗璞：《紫藤蘿瀑布》，引自《宗璞文集》第一卷，第118頁。

〔註81〕馮友蘭晚年在《三松堂自序》中講過西南聯大時期家裏曾養過一條來自猶太鄰居的狗瑪麗的事，這個瑪麗和宗璞的魯魯在外形、性格、事蹟上都有諸多契合，馮友蘭也稱其為宗璞《魯魯》的靈感來源。參見馮友蘭：《三松堂自序》，上海：東方出版中心，2016年，第111～112頁。

其是,《魯魯》(1980)就寫於表達知識分子在文革中的悲慘絕境的小說《我是誰?》(1979)成文後的一年。那文革經驗和西南聯大童年記憶的切換,暗中透露出宗璞於浩劫之後以受創的憤怒的心靈而尋找慰藉和救贖的努力。魯魯是一隻特別天真可愛的狗,它的忠誠可靠、憨態可掬,一洗《我是誰?》中人不成人的哀慟,而顯出了宗璞從童年回憶中汲取的源源不絕的生命營養。

小說的開篇是猶太老人之死,舊主人死去後魯魯繞屋三日,不飲不食不願離開。我們如果知道一點世界近代史的細節,就會知道在納粹崛起的時期,德國猶太人怎樣被隔離、被監禁、被屠戮,而他們中的一些又是怎樣在善良的中國外交官同情下,拿到去往中國逃難的簽證,被納粹剝奪盡財產後乘船到達上海,再由上海流浪逃難,一直來到昆明。小說沒有寫明,我們也很難想像魯魯是怎樣跟著它的猶太主人經歷這一切的,但它確實表現出有甚於人的重情,成為孤獨的老人唯一的伴侶。魯魯不是天堂裏來的狗,它來自苦難,在苦難裏陪伴著流浪的人類,先是猶太老人,後是從北平南渡而來的范教授一家人。在流離失所的戰爭年代,魯魯代表人與動物間的相互守候,成為真正的「情」的烏托邦,而宗璞的敘述那樣輕靈,她知道這背後的千鈞之重,但絕不提及於紙上,所以我們初讀此故事感到的是童話的天真可愛,而它的厚重是潛在的波流,不細心重讀根本無法察覺。

魯魯是一隻小動物,是比人更弱小的生命。但魯魯有些品質很偉大,它絕不僅僅是可愛,它還讓人驚奇。范家很窮,沒有足夠的錢買牛肉喂狗,魯魯的動物本能讓它嗜肉,也因此在市場上為吃肉出了洋相,讓人們哄笑中對教書先生的窮酸也不無同情。但是范家很清高,弟弟跺著腳告訴魯魯:「你要吃肉,你走吧!上山裏去,上別人家去!」〔註82〕魯魯受了責難,從此竟克服了本能,過上了「簞食瓢飲」的生活,與范家共度時艱。更後來的相處時光裏,魯魯雖也犯過錯,但忠心耿耿,有恩於范家。那是有一次姐姐一個人替媽媽給較遠的村莊裏一個病人送草藥,到夜晚也沒有回家。在家人朋友的全部出動尋找裏也有魯魯的參與,而作為一隻狗,它用嗅覺的優勢找回了睡熟在山裏半路上的姐姐。魯魯是狗,自然不知道居功,但如果沒有這只小小的動物,這大概就會變成一個家庭難以承受的悲劇了。抗戰勝利後,范家可以回北平了,卻不能帶走魯魯。於是魯魯又被送給范教授愛狗的好朋友唐伯伯。上次猶太老人是死別,這次范家與魯魯是生離。在天地玄黃的大時代,一隻

〔註82〕宗璞:《魯魯》,引自《宗璞文集》第二卷,第167頁。

小狗的失去主人真的不算什麼，可是魯魯卻較真了。它從唐家走開，花費幾個月的時間，回到西南聯大教員寄居的小村莊，去尋找原來的主人。那當然是找不到的了，因為范家已經坐上北歸的飛機，「他們飛得高高的，遺落了兒時的夥伴。」〔註83〕

在人不成人的文革災難後，宗璞很快寫出了回憶童年的虛構作品《魯魯》，時人也能讀出這背後的良苦用心。老作家孫犁就寫道：「我以為，宗璞寫動物，是用魯迅筆意。純用白描，一字不苟，情景交融，著意在感情的刻畫抒發。動物與人物，幾乎賓主不分，表面是動物的悲鳴，內含是人性的呼喊。」〔註84〕誠如孫犁所言，魯魯的天真裏，是多少年浩劫中的人們可望而不可得的人間真情，在這個層面上，魯魯作為一個生命是偉大的。

如果說《魯魯》是文革過去還不久時對人性的精神醫治，那麼另一篇童話故事《紫薇童子》寫於1983年秋「紫薇盛開之際」〔註85〕，已經是不直接對文革的反應，而是在《聊齋》式的花妖狐鬼故事中寄託著宗璞對弱小者如何歷盡辛苦而活下去的思考，可能是因為這思考有一種天真的健康，所以最後是訴諸童話，這一種既給孩子們看，又可以「也是成年人的知己」〔註86〕的文類。

《紫薇童子》講一個因小兒麻痺症而殘廢的孤兒黎奇子，這天他拄著拐杖來到居委會，在那裡，有一批為了提倡美化環境而購入的花苗正等待居民們的領養。黎奇子一個殘廢人有他獨特的思路，他選中了一株被火燒過的半殘的花苗，讓居委會的駱奶奶擔憂「那可不一定能活」〔註87〕。但花苗種下後經過兩個寒暑竟然開花了，黎奇子的夢裏，每晚都開始來訪一個紫衣童子，給無父母兄弟妻兒的他以陪伴。童子對他說：「就說兩年前吧，我身體不好，燒傷了。以為自己只有扔垃圾箱的份兒。可有人憐惜我，看重我——我也得活個樣兒出來。」〔註88〕而園子裏的紫薇樹苗花朵簇簇開放，彷彿盛滿笑意，黎奇子有朋友了。

然而霸道的鄰居老古也看到了美麗的紫薇花樹，可能因為黎奇子一個孤

〔註83〕宗璞：《魯魯》，引自《宗璞文集》第二卷，第173頁。
〔註84〕孫犁：《人的呼喊》，收入《宗璞文學創作評論集》，第6頁。
〔註85〕宗璞：《紫薇童子》，引自《宗璞文集》第四卷，第56頁。
〔註86〕宗璞：《也是成年人的知己》，引自《宗璞文集》第四卷，第303～305頁。
〔註87〕宗璞：《紫薇童子》，引自《宗璞文集》第四卷，第50頁。
〔註88〕宗璞：《紫薇童子》，引自《宗璞文集》第四卷，第53頁。

單的殘疾人好欺負，老古趁夜晚挖走了紫薇樹，種到了自己院子裏，黎奇子去論理，老古傲慢地說：「我是新添了一棵紫薇。花嘛，誰都有，你說是你的，你叫得它應！」〔註89〕可沒想到紫薇竟然回答了，它的花葉立刻紛紛掉下，只剩光禿禿的枝幹，「好像哭乾了眼淚，全身枯萎了。」〔註90〕從此老古的家裏夜夜聽見孩子的哭聲，於是老古「自己不敢要這棵花了，扔在垃圾堆上了。」〔註91〕黎奇子聽說，趕緊去垃圾堆裏找回了紫薇樹，看到紫薇樹幹撕裂燒焦，遭了大難，十分難過。他重新把花小心種好，到冬天一場大雪後，紫薇重新冒寒開花，這現象真非人類所能解釋。

　　這是一個童話故事，但它遠勝於一個童話，而是一個寓言。他講了一個弱小的殘損的人怎樣找到友情和尊嚴，終於要「活個樣兒出來」的故事。黎奇子選擇殘廢的紫薇樹苗，是選擇他自己的鏡象，他傾注在這棵樹苗上的同情和願望是痛切的，其實是投射著他自己的不甘與追求。所以紫薇的精靈和黎奇子從一開始就是知己和兄弟，不僅是同病相憐，也分享著向上的活出尊嚴的心願。殘疾者們相互扶持，相互愛，那是一個有限的然而真切的天國，不似宏大敘事中要在大地上建立天國的高亢，但是人情的相濡以沫卻實實在在，安慰到了活在災難的後果中而心有不甘或者說心存熱望的人們。弱者們的力量不大可能時刻貫通到家國天下，也不再有社會主義新人那種時刻站在歷史必然性方向上的自信，但他們的天真、他們的真情、甚至他們的苦難的共振，對於艱難時世中的人來說反而是更具體可及的安慰性力量。

　　由此，宗璞的寫作和思考，藉由公共性和私人性的受難經驗的拷問，而從剛硬而易碎的崇高歷史主體的自我想像中下降，逐漸省悟到自我的單薄、弱小、殘損、凡俗，但也在這個過程中調整了「情」的分寸，把它放在有限的弱者個體身上，讓它變成一種深沉而持續的應對世事複雜的驅動力。這樣的「情」仍然是有效的，並且它不再高蹈而空洞，而是以一種放棄報復也放棄算計的天真澄澈滋養了乾涸的人心，似乎在宗璞看來，人的尊嚴不在天上，而在他們相愛而又不甘自棄的心靈之中，那裡方有人性之善的真正有效的答案。我們閱讀過宗璞八十年代的寫作，覺得其中人道的、人本主義的邏輯是完整的、某種程度上有效的。如果確信人本身就是目的，在人的身心的生存

〔註89〕宗璞：《紫薇童子》，引自《宗璞文集》第四卷，第54頁。
〔註90〕宗璞：《紫薇童子》，引自《宗璞文集》第四卷，第54頁。
〔註91〕宗璞：《紫薇童子》，引自《宗璞文集》第四卷，第55頁。

和發展上尋找終極的價值，如果與此同時更知道歷史境遇的複雜險惡，那麼把人的個體的單薄弱勢作為在世前提，在這個基礎上尋找人道主義理想和實踐的可能，就是宗璞此時所做的。是有人會加入時代的高亢雄音，但在弱者看來，那種強大或許只是公共的幻覺。那麼自己的個人生活領域要怎麼追求改良呢？物質基礎之外，只能是主體心智的改良，是自尊、自立、不放棄希望和愛，在歷史的過程中更大程度地完成一個健全的自己。從這個意義上來說，八十年代的人道主義理想，宗璞夫婦堅持了一輩子的人道主義理想，是有真切的一面的，並不是僅僅作為意識形態話語構成而通過解構就可以處理乾淨。那有時是一種信念，人藉由此在無助之中涉渡，對不信者它是語詞，對相信者它卻仍是珍貴的，是蘆葦般的人能「柔弱勝剛強」的支撐所在。

第三章　詩與史之間：《野葫蘆引》
大學故事的講述方法

第一節　危機時刻的抉擇：南渡的詩與史

一、危機時刻的知識分子與「南渡」傳統

　　宗璞的《野葫蘆引》系列小說主體部分共有四部，分別冠名為「南渡」、「東藏」、「西征」、「北歸」，用史詩的規格去書寫西南聯大故事，或者更準確地說，是從七七事變北平淪陷到新中國成立的這 12 年間的知識分子故事。在大開大合動盪不寧的「泛四十年代」（1937～1949），中國的學院知識分子群體的人生選擇和悲歡離合是這套小說的聚焦點。

　　這段盪氣迴腸的戰時知識分子故事在宗璞心中醞釀不可謂不久，〔註 1〕而八十年代最終提筆時選擇七七事變作為開端，應該是準確地把握到了歷史的節奏的。危機時刻在盧溝橋兵變時已然到來，全面抗戰揭開序幕，而隨之而來的政府內遷、工業內遷、大學內遷、內地交通建設、文化中心南移等，〔註 2〕是已經彪炳史冊的壯麗而艱辛的事業。而我們注意到，這套書的第一

〔註 1〕宗璞在九十年代回覆評論家的通信中曾經也說：「寫一部反映抗日戰爭時學校生活的長篇小說，這想法在五十年代就有了。〔……〕我很慶幸五十年代有的想法，貯存了三十多年才動筆。確實，我這個人活到現在，才會寫出現在的《南渡記》，若是五十年代寫，肯定是另外的樣子。」見金梅、宗璞：《一腔浩氣籲蒼穹》，收入徐洪軍編著：《宗璞研究》，鄭州：河南大學出版社，2017年，第 20 頁。

〔註 2〕關於各方面的全國內遷和內地建設的概況，可參見蘇智良等編著：《去大後方——中國抗戰內遷實錄》，上海：上海人民出版社，2005 年。

部、同時也是書寫知識分子拋家別舍遷往內地繼續辦學和求學的一部，用了一個富含文化積澱意味的標題「南渡記」，這個書名的選用，含蓄凝練又意味深長，不只是指涉著空間位移的一個事件，更喚起了豐厚而曲折的民族記憶與文化感覺。

　　關於「南渡」，在西南聯大於中國戰勝強敵、內遷大學使命完成而告解散復員之日，由宗璞的父親、西南聯大哲學教授馮友蘭做了一個事後的但仍然精彩並可稱昂揚的闡發：

　　　　稽之往史，我民族若不能立足於中原、偏安江表，稱曰南渡。
　　南渡之人，未有能北返者。晉人南渡，其例一也；宋人南渡，其例
　　二也；明人南渡，其例三也。風景不殊，晉人之深悲；還我河山，
　　宋人之虛願。吾人為第四次之南渡，乃能於不十年間，收恢復之全
　　功，庾信不哀江南，杜甫喜收薊北，此其可紀念者四也。〔註3〕

馮友蘭在這則給西南聯大蓋棺定論一般的文章中將大學內遷稱為「南渡」，並在幾年後將自己戰時於雲南寫成的一些文字編為《南渡集》，這幾乎可以肯定是給了宗璞的小說命名以極大的啟發的。「南渡」在馮友蘭看來有四回，而只有這第四次南渡是有北歸的勝利的，幾乎可以說，古老的中國在抗日戰爭中改變了偏安必亡國的歷史宿命，這是馮友蘭的表彰如此昂揚的原因，也是宗璞的歷史故事中根本性的歷史敘事信心的由來，更是一個曲折跌宕的好故事，是講述歷史而自帶詩意和浪漫的方式。但須知《野葫蘆引》是事後的諸葛，在開戰的當年，南渡的典故就屢被提及，〔註4〕並且作為一部分中國人的人生選擇，其基調要沉鬱、無奈乃至悲觀得多。

　　考察抗日戰爭初期的報刊，我們會發現「南渡」的說法絕非馮氏父女所獨有，其實七七事變的混亂開端稍一沉澱，日本欲亡中國已是司馬昭之心路人皆知，中國的知識分子、中國的百姓，就都在思考個人的、國家的出路，「南渡」作為文化、作為現狀、作為預言，出現在了一些報刊之中。1938 年的上海小報上有諸如署名「叔范」的舊體詩作《與印西登快閣有懷南渡故事》

〔註3〕西南聯大《除夕副刊》主編：《聯大八年》（2 版），北京：新星出版社，2013年，第 4 頁。
〔註4〕例如馮友蘭本人抗戰初期任教於南嶽山中長沙臨時大學文學院時，也早已寫下「親知南渡事堪哀」的詩句，說明「南渡」並非勝利以後才有的冠名，這一沉鬱心情伴隨了馮友蘭抗戰流徙的過程始末。此詩可參見馮友蘭：《三松堂自序》，上海：東方出版中心，2016 年，第 102 頁。

中云：「前朝隱痛說其亡，家祭何年水閣荒，詞客東來剛孟夏，中原北望又斜陽。」〔註5〕這是提到前朝興亡舊事以影射當下的懷古傷今詩。1939年小報上更有名為《南渡痛語》的文章，談論讀辛稼軒《南渡錄》的感慨：「自靖康元年至紹興二十六年止，凡所記述，無不驚心駭目，蔑以加已！以古證今，更有人間何世之感」〔註6〕。講宋朝偏安的詩史與當下對照，謂之「以古證今」，可見此時普通文化人的一般心情。當然，沒那麼有文化的老百姓也自有他們的「南渡」，1938年小報上一個時事觀察《一個矛盾的現象——國外僑胞回國，內地同胞南渡》〔註7〕中說到了中國百姓大量出國往南洋去的現象，作者認為這是缺乏政治意識的國民在逃避責任，予以批評勸導。由此可知，「南渡」的不只是「衣冠」們，還有求生的普通人，「南渡」作為逃跑的雅稱，其一點不浪漫的本義倒是一個不容忽視的戰時現象。

懷古傷今而有南渡的憂思，這是抗戰爆發時國人普遍惘惘的恐懼。《南渡記》也沒有忘記交待這樣的「民心」，小說開頭寫澹臺勉告訴連襟孟弗之一首聽來的民謠是：「往南往南再往南，從來不見北人還，腥風血雨豔陽天」〔註8〕。今天的讀者發現，這是一句讖語，輻射到了非常廣的未來時段，宗璞寫史的「預敘」筆法可謂驚心動魄。其中「從來不見北人還」是彼時民心深深的悲觀，亡國的陰影開篇即已投下。百姓的恐懼已見上述，那麼知識分子作為更淵博敏感的民族一份子，又有怎樣的心理狀態？可作為《南渡記》描寫的事實參證的，有史學家陳寅恪的詩篇。

陳寅恪在七七事變的當口正任教於北平清華大學，抗戰爆發後父親陳三立憂憤絕食而亡，陳寅恪本人又面臨右眼視網膜脫落而急需治療的關口。因為不願意被日本人利用，陳寅恪放棄治療，於1937年11月3日攜家人南下，暫時任教於長沙臨時大學和其遷昆明後成立的西南聯合大學，開始了「南渡」和「偏安」的歲月。在西南聯大，陳寅恪開設的課程有「晉南北朝史」、「晉南北朝隋唐史研究」、「佛教翻譯文學」三門課，在他帶往蒙自途中被竊的手稿裏有一本《世說新語注》，〔註9〕我們由此可以見出他對魏晉時代明顯的興趣，

〔註5〕叔范：《與印西登快閣有懷南渡故事》，刊於《社會日報》1938.6.7。
〔註6〕醉荬：《南渡痛語》，刊於《正報》1939.4.1。
〔註7〕挺英：《一個矛盾的現象》，刊於《立報》1938.4.22。
〔註8〕宗璞：《南渡記》，北京：人民文學出版社，2014年，第5頁。
〔註9〕本文對陳寅恪在西南聯大期間基本情況的論述參考了袁國友：《陳寅恪任教西南聯大的基本史實考說》，《學術探索》2017年第11期。

這除了陳氏要研究「不古不今之學」的抱負和史料的限制以外，還應該有他特殊的時代感受和類比思維，總覺得中國當時又到了魏晉那樣的時期，又一次面臨衣冠南渡、新亭對泣的處境。1938 年，陳寅恪在蒙自寫下了著名的詩句：「南渡自應思往事，北歸端恐待來生」（《蒙自南湖》）〔註 10〕，這成為一個對於讀書人普遍感受的著名表達。同年的七七事變紀念日，陳寅恪再次寫下了「南朝一段興亡影，江漢流哀永不磨」（《七月七日蒙自作》）〔註 11〕的詩句，南朝的悲劇如同一面鏡子，時時提醒著陳寅恪中國險惡的前途。陳寅恪的歷史興亡感和憂患感是很強的，在成都期間，他也兩度為到訪杜甫草堂而賦詩，應該是接通了杜甫當年的亂離流亡之感，就連日本終於投降而可以北歸了，陳寅恪的表達仍然是援引史事並摻雜著身世之痛：「降書夕到醒方知，何幸今生見此時。聞訊杜陵歡至泣，還家賀監病彌衰。國仇已雪南遷恥，家祭難忘北定詩。念往憂來無限感，喜心題句又成悲。」（《乙酉八月十一日晨起聞日本乞降喜賦》）〔註 12〕陳寅恪的體驗和抒發，更將中國歷史上南渡的老傳統和抗戰時期的當下感受聯通了起來。可以說，陳寅恪感受生活和時代的方式總是以古證今的，一個事件總是被通過類比於之前的歷史闡釋而獲得意義，在古老的中國大地上，沒有一件新的事物不是化在了傳統裏，這大約就是史家對歷史的認知模式吧。而宗璞在《野葫蘆引》裏，也正是在通過西南聯大故事認知和表現中國的知識分子的本質，更進一步甚至可說是中國民族精神的某些面相。知識分子的意義是通過西南聯大歷史而得到理解的，這一理解又是在當代的發言，針對著當代史新時期的問題。這樣看來，宗璞寫史以知今日，正像陳寅恪經營「詩史」詩一樣的邏輯，不過陳氏多用古典，宗璞則用今典，並以小說寫史。

　　七七事變前夜的北平城，其實已經危機四伏。1931 年 9 月 18 日，日本入侵並隨後佔領東三省，其後華北形勢已一天天危如累卵。正如《南渡記》開篇所介紹的：「《塘沽停戰協定》實際承認長城為中日邊界。《何梅協定》又撤駐河北的中國軍隊，停止河北省的反日運動。日本與漢奸們鼓譟的『華北自治運動』更是要使華北投入日軍的懷抱。」〔註 13〕據馮友蘭後來回憶：「當

〔註 10〕陳寅恪：《陳寅恪集·詩集：附唐篔詩存》（3 版），北京：生活·讀書·新知三聯書店，2015 年，第 24 頁。
〔註 11〕《陳寅恪集·詩集：附唐篔詩存》（3 版），第 24 頁。
〔註 12〕《陳寅恪集·詩集：附唐篔詩存》（3 版），第 49 頁。
〔註 13〕《南渡記》，第 3 頁。

時有人建議說,想要用國防力量保護北京,那顯然是不行的。不如宣布北京為不設防城市,專靠北京的文物古蹟,招攬世界遊人,依靠國際輿論,保護北京。」〔註14〕在我們的後涉眼光看來,這個策略顯然是無效的,但卻得到了當時南京政府事實上的默許,所以盧溝橋的炮火是遲早的事。但三十年代的文化城北平又在戰爭蓄而未發的情況下享用著相對的安寧和文化繁榮。此處是京派學院知識分子的大本營,而七七事變前北平的大學教授是很有錢的。《南渡記》開篇正是用一種民俗學的工筆寫到了知識分子生活的安逸富足。那些家住大宅院或高校教師住宅區的詩書之家,宗璞寫他們的家僕、三餐、衣飾、婚儀,無不極盡清貴與雍容,這在他們隨情節發展流徙雲南以後都再也無法維持下去。治學的教授、理家的賢妻、天真的兒女、癡情的戀人,都似乎沉浸在自己人生的各樣經營裏,直到盧溝橋的槍聲終結了這些小寫的日常生活,而把大歷史的暴力突入北平人家。

　　《南渡記》故事第一個濃墨重彩地書寫的是一場婚禮。明侖大學青年助教衛葑和大家小姐凌雪妍的婚禮在 1937 年 7 月 7 日舉行。婚禮和愛情本是最個人的事情,但個人生命的小小儀式卻被置入了中國大歷史的危機時刻,個人悲歡和家國厄運迅速衝撞並銜接,這無疑是文學家寫史的筆法。在這場婚禮的參加者中,衛葑的地下黨幹部身份隱而未發,凌雪妍和她的家庭則都是養尊處優而少涉政治的上層人。凌雪妍對衛葑的浪漫之愛或許也是五四個性解放發明的新式愛情之一種吧,衛葑則帶著對時局的憂心而與婚禮暗自格格不入。據我們考證,這個危機時刻的婚禮書寫是有原型的,那就是馮友蘭當年主婚的清華教師任之恭和陶葆楷的婚禮。馮友蘭的回憶是:「(七七事變後——引者按)過了幾天,我在城內歐美同學會參加任之恭的結婚典禮,禮畢吃了飯以後,得到消息,說西直門關了。清華的人都不能回去,新夫婦在清華預備的新房也不能用了。」〔註15〕對照小說與史料,我們發現,小說在演繹過程中把七七後過了幾天的婚禮挪到了七七事變當天下午,並鋪展開了小說中主婚人莊卣辰的演講等,這樣的改動使得故事增強了戲劇性,大歷史和個人婚戀的衝撞力道更勁。莊卣辰的主婚講話先是說:「今天是個了不起的日子。〔……〕從今天起,我看見中國人在辦一件事了,這是一件大事——把強敵打出去!」〔註16〕這之後才

〔註14〕《三松堂自序》,第 99 頁。
〔註15〕《三松堂自序》,第 99～100 頁。
〔註16〕《南渡記》,第 29 頁。

是對新婚夫婦的祝福。可以看出婚姻的開端也是抗戰的開端、歷史新一頁的開端，危機時刻到來，知識分子們已悄無聲息地歸入國族共同的苦難和抗爭的命運中。

1937 年 7 月 29 日，北平淪陷。《南渡記》寫了盧溝橋上開戰之時主人公們的欣喜讚歎，大都認為只要打就有希望，然而到 28 日夜裏孟家夫婦聽到的軍隊經過的聲音，第二天方知是宋哲元部撤退。小說寫道：「弗之永遠不會忘記七月二十九日清晨北平城內的淒涼。好像眼看著一頭振鬣張鬃、猛毅髮鬆緊張到神經末梢的巨獸正要奮勇迎戰，忽然癱倒在地，每一個活生生的細胞都冷了僵了，等人任意宰割，弗之自己也是這細胞中的一個。」〔註 17〕在宗璞的表現裏淪陷的北平人是悲痛的。而歷史上此日的《吳宓日記》寫著：「企孫電告，因張自忠軍及石友三保安隊等倒戈，我軍大敗，宋等已於昨夜退走保定。城中已另有政治組織云云。一夕之間，全局盡翻，轉喜為悲。不特為實事上之大損失，抑目為道德精神上之大失敗。益歎人不能亡我，而我能自亡也！」〔註 18〕感受和《南渡記》演繹的類似，而更指出北平淪陷還是因為中國軍隊內部的問題，仍是未盡力一戰即敗。而朱自清於 1939 年以事後追憶寫出了《北平淪陷那一天》，敘述到戰而未敗時「我們眼睛忙著看號外，耳朵忙著聽電話，可是忙得高興極了。」〔註 19〕這也是為中國能打而高興。及至敘及 29 日淪陷，朱自清寫道：「可是別灰心！瞧昨兒個大家那麼焦急的盼望勝利的消息，那麼熱烈的接受勝利的消息，可見北平的人心是不死的。只要人心不死，最後的勝利終久是咱們的！」〔註 20〕朱自清於西南聯大寫此回憶，需要提供昂揚的信心。但綜合來看，宗璞的小說和吳宓、朱自清的紀實是大體一致的，只要中國軍隊還在打，就是可喜的事，所譴責的總是軍隊的腐敗內訌和指揮的失策苟全。

對於實際的打仗，知識分子大多是有心無力的，但中國人的民族立場多數是堅定的，於是在危機降臨之際才有那麼多知識階層選擇「南渡」。據相關研究顯示，七七事變後北平人口中減少幅度最大的是青年學生，減少了 2 萬

〔註 17〕《南渡記》，第 73～74 頁。

〔註 18〕吳宓：《吳宓日記》第 6 冊，北京：生活·讀書·新知三聯書店，1999 年，第181 頁。

〔註 19〕朱自清：《朱自清全集》第 4 卷，南京：江蘇教育出版社，1998 年，第 403頁。

〔註 20〕《朱自清全集》第 4 卷，第 404 頁。

人，減幅達 25%。〔註 21〕另外，七七事變後「尤以 21～30 歲年齡段的人數在九、十月間減少最多。這主要是城內以男性為主的青壯年不願做亡國奴，或有組織或自發地離開，或隨校南遷，或到北平郊區和抗日根據地等抗戰前線參加抗日救國的活動。」〔註 22〕青年和學生離開了，有的去前線打仗，有的去後方求學。能去後方求學，是國民政府有計劃地內遷大學的結果。大學內遷，走的既有學生，當然也有老師，文化人士的「南渡」是政府的安排號召，是「抗戰建國」的總體戰策略中的一部分。在這樣的歷史事實下，宗璞對危機時刻之抉擇的表現，就主要分為知識分子南渡和留平人士打掃殘局並且抗爭／沉淪這兩條線了。

二、小說內外的教授家庭南渡

隨著北平的淪陷，北平高校遲早會由日本人接收，無論是小說裏的明侖大學，或現實中的清華、北大等校，要想賡續學脈都必須南遷。明侖大學／北大清華南開先是遷到長沙，稍晚搬遷至昆明安頓下來，學生和教師隨之陸續南渡。在小說裏，明侖校長秦巽衡開最後一次校務會議安排了南遷事宜，由周森然等留守北平處理後續接收事，由莊卣辰自願到天津接洽同事們的南渡旅行和儀器書籍的南遷。

《野葫蘆引》中，莊卣辰作為孟弗之好友、莊家和孟家作為「通家之好」，給與的篇幅是很多的。而《南渡記》開篇所述莊卣辰作為傑出物理學家在明侖的較高地位、他參加衛葑凌雪妍婚禮並主婚的情節安排、他的往天津接洽學校南遷事宜……這些情節擺在一起，都讓人朦朧地看到了真實歷史中物理學家葉企孫的影子。葉企孫和莊卣辰故事的虛實交錯，是《南渡記》乃至整個《野葫蘆引》中點到為止但卻意味深長的詩史激蕩。

我們不妨先看看葉企孫，他在當時是清華大學理學院院長，學術貢獻地位聲望都極高。七七事變時那場婚禮的主角任之恭晚年回憶道：「盧溝橋事變爆發後，靠葉先生的男工友駕車，把我送到西直門，進北京城後，我與陶葆檉女士結婚」〔註 23〕。而稍後的 1937 年 9 月，葉企孫抵達天津，準備乘船南下卻不幸染病，於是滯留天津住院治療。這時候，他的一位得意門生、清華

〔註 21〕謝蔭明、陳靜：《淪陷時期的北平社會》，北京：北京出版社，2015 年，第 22 頁。

〔註 22〕《淪陷時期的北平社會》，第 21 頁。

〔註 23〕任之恭：《懷念葉企孫老師》，刊於《物理》，1992 年第 8 期。

物理系助教熊大縝照料了他。這期間清華在天津設立臨時辦事處幫助師生南下並照管清華在津財產，就是靠葉企孫領導而由熊大縝協助。而更傳奇的是，熊大縝這時決定棄教從戎，後來為建立冀中抗日根據地做出了重要貢獻。1938年 4 月初，熊大縝派人到天津請求葉企孫幫助，為冀中介紹技術人員並購買軍用物資，葉企孫毫不猶豫答應了。這是葉熊二人這一段交往始末。但不幸的是在冀中根據地 1939 年的鋤奸運動中，熊大縝被指控為國民黨特務而遭逮捕，嚴刑之下「供」出葉企孫是國民黨 C.C.特務，後來熊被處死。之後雖然熊又被平反，但這一事件仍導致文革期間葉被逮捕監禁長達一年之久，也使得葉企孫出獄後不久即去世。〔註 24〕可以玩味的是，葉企孫欣賞和幫助革命學生熊大縝，莊卣辰器重和支持地下黨員學生衛葑。而無論葉企孫還是莊卣辰，都有一種學者的天真或者說純淨。葉企孫一生未參加黨派，1948 年底也拒絕隨國民黨赴臺。解放後他堅持學術獨立、民主辦學、教授治校的工作方法及辦學方針，這些也和當時的政治要求有距離。葉企孫的光榮和悲劇十分著名而典型，或許宗璞在「野葫蘆」的世界裏給這個故事化妝造型了一番，作為對父親馮友蘭當年同事的祭奠吧。而小說中的衛葑雖未被懷疑為特務，但他的地下黨員朋友李宇明卻在整風運動中跳崖自裁，似有熊大縝的一點影子。而衛葑在建國後的文革浩劫中用生命向黨「死諫」，也像熊大縝一樣，一生忠實於進步的事業卻不得善終。葉企孫的結局是悲劇，莊卣辰則在天地玄黃的 1948 年移居英國安心物理學，過完了專心學術的一生，這未嘗不是宗璞對葉的同情和對歷史的不滿的表達。而葉企孫終生未娶，宗璞筆下的莊卣辰卻有妻子兒女，兒子莊無因更是小說女主人公孟靈己近乎完美的戀人，這其中是否也有宗璞對這位學者的一點溫情呢？在真實世界中不幸的葉企孫，卻在「野葫蘆」的世界裏得到了家人、學術和相對的安寧，這是小說家對現實有意味的偏移。

在學校領導層討論南遷事宜之時，這次遷徙的意義已經由孟弗之的議論點出：「好在中國地方大，到危急時候，衣冠南渡，偏安江左，總能抵擋一陣。」〔註 25〕但與當年的南渡世家不同，當弗之到圖書館聽得館員的感歎：「孟先生！我們收拾了有什麼用！現在還能運出去？等於給日本人整理。」弗之的

〔註 24〕這些信息來自劉克選、胡昇華：《葉企孫的貢獻與悲劇》，刊於《自然辯證法通訊》，1989 年第 3 期。

〔註 25〕《南渡記》，第 78 頁。

反應是幾乎喊了出來：「我們會回來！」〔註26〕南渡的悽愴、北歸的執念，北平淪陷後普通人的人心不死，都在小說的描寫中展現出來。至於清華南遷的實際情況，馮友蘭的回憶可以展現事實與氛圍：「實行南遷的辦法是，發出通知，叫教師和學生於暑假後開學時，在長沙集合，學校遷到長沙。教授們去的，學校發給路費，其餘的人自想辦法前往。在北京，留下一個庶務科主任，應付一些小事，能應付多久就應付多久。決定以後，南遷的人和留守的人，都痛哭而別。」〔註27〕小說內外，北平學院知識分子對南渡的態度是比較一致的。

　　小說裏莊卣辰去天津的意思，是接應南渡的清華教師們。在事變以後，平津大學師生確實陸續南下，一些走得早的去了長沙參與長沙臨時大學的籌建和任課，如陳寅恪一家〔註28〕。走的更晚的則直接到昆明加入西南聯合大學。《南渡記》中孟弗之的原型馮友蘭，是和清華物理教授吳有訓一道隻身南下長沙的，〔註29〕後來學校遷滇後，長沙的師生再次西遷，〔註30〕而馮、吳的家眷們才南渡到昆明去會合。馮家的情況，或可參考《南渡記》的情形，雖經過一些加工和虛構，但大致不差，是經天津乘船到香港，再從香港乘船到安南（即今越南），再乘火車到昆明／蒙自。吳有訓之子吳再生也回憶道：「母親攜我們四個孩子歷盡艱辛，直到1938年才通過天津乘海輪赴香港，然後經越南海防進入雲南到昆明。」〔註31〕另外，還有如楊武之一家人也是由楊武之隻身先往長沙，學校決定遷昆後楊武之又到安徽接家人一道，輾轉經香港

〔註26〕《南渡記》，第79頁。

〔註27〕《三松堂自序》，第101頁。

〔註28〕1937年11月3日，陳三立的「七七」剛過，陳寅恪一家人一道離北平由天津乘船去往長沙，後來學校再遷昆明後，一家人先到香港暫住，後來陳寅恪隻身赴蒙自任教，妻子唐篔因心臟病攜三個女兒留滯香港。參見陳流求、陳小彭、陳美延著：《也同歡樂也同愁：憶父親陳寅恪母親唐篔》，北京：生活·讀書·新知三聯書店，2010年，第三、四章。

〔註29〕小說裏則是孟弗之、莊卣辰一起結伴離開北平，孟弗之去長沙，莊卣辰去天津。另外，馮友蘭和吳有訓在北平淪陷後一起在清華園巡過夜。由這些可以猜測，莊卣辰的來源除葉企孫外，可能也混合了同是物理系教授的吳有訓的影子。

〔註30〕馮友蘭1938年2月16日乘汽車離南嶽赴昆明，同行有朱自清、陳岱孫、湯用彤、錢穆、羅皚嵐等十餘人。參見蔡仲德編：《馮友蘭先生年譜長編》（上），北京：中華書局，2014年，第271頁。

〔註31〕吳再生：《晚風習習憶親情——懷念父親吳有訓》，收入宗璞、熊秉明編：《永遠的清華園》，北京：北京大學出版社，2013年，第192頁。

到安南再到昆明。〔註 32〕由此可知，聯大教授家庭的南渡路線有很多共同點，往天津、經香港、安南等地是多數人的路線選擇。另外值得一提的是長沙臨大遷昆的時候，一部分學生和少數老師成立了湘黔滇步行團，走路「長征」到了昆明。這是一個壯舉，但不是馮家的經驗，故宗璞以教授家庭為焦點、以馮家經歷為本事的小說並未描述。

據馮友蘭年譜，馮夫人任載坤是和朱自清夫人陳竹隱一道攜子女來蒙自的。〔註 33〕不過據《朱自清年譜》則結伴的家庭更多，說的是：「竹隱和孫國華夫人、王化成夫人、馮友蘭夫人、周作仁夫人等結伴動身南下」〔註 34〕。而到了小說《南渡記》裏，則變成了這三家人：孟弗之家、莊卣辰家、李漣家的妻眷和子女。孟家和真實中的馮家是一直很像的，莊家妻眷或許屬於無中生有的虛構，歷史系教授李漣的妻眷則也看不出和朱自清家庭的對應性。李漣的學術方向、外表和性格都不太像朱自清，李漣之妻金士珍篤信神魔之道，舉動比較粗魯，也不太像音樂美術修養都頗高的陳竹隱。另外值得一提的是，在安南孟家失竊了兩件行李，一件是裝換洗衣物的箱子，另一件是孟靈己裝紀念物的小箱子。孟家衣物失竊事小，但孟靈己的箱子裏有莊無因在香港購得、贈送給她的螢火蟲手鐲，那是孟莊故事中第一個小小的信物。在這之後，整個野葫蘆引中好幾次安排了類似的事故：在昆明，莊家兄妹和孟家姐弟去訪農王廟而未至，後來嵋、瑋、無因、大士四人出遊，欲遊陽宗海也未至，再後來莊無因孟靈己訂婚後，無因在出國的海輪上寫給嵋的情書也沒有能到嵋手中，最後的結局，則是莊孟二人天涯永隔，各自重新結婚。宗璞的草灰蛇線不可謂不長，在《南渡記》中，青梅竹馬的莊孟二人似乎已經埋伏了無法團圓的結局了。

三、書寫淪陷北平的抗爭與沉淪

前文已述，北平的淪陷日期是 1937 年 7 月 29 日，這之後不多時，日軍就接管了校園，小說裏先是孟弗之等教授南下，約一年後他們的妻眷很多也追隨而去。而在淪陷之後尚未南下的知識分子們，和各種原因沒有南下的知識分子們，也經歷著各種各樣的困難，在這一過程中有人持續抗爭，

〔註 32〕楊振漢：《父親的回憶》，收入《永遠的清華園》，第 152～155 頁。
〔註 33〕參見《馮友蘭先生年譜長編》（上），第 276 頁。
〔註 34〕姜建、吳為公：《朱自清年譜》，北京：光明日報出版社，第 176 頁。

有人一步步沉淪。

　　孟家和他們的親戚澹臺家,是一直在抗爭的家庭。孟弗之去南邊辦學,澹臺勉則作為國家的技術官員,受命到武漢探討南方的電業,兩位家長都走了,留下了兩家的妻眷們。淪陷地區的學校面臨的境遇是殘酷的,在清華大學中,日本人把學校主體改造成了傷兵醫院,但又在校園中犯下諸多惡行,比如把教師住宅的一部分改為軍妓館,又在工字廳前舉行比賽,評比軍犬咬殺中國平民哪隻更兇猛等等。如此種種,清華教授溫德的報告和清華校長梅貽琦的描述等等已經不少。〔註35〕至於北大,早期雖有留平的周作人等起到了一些保護校產的作用,但也終被褻瀆。偽北京大學稍後成立,而原北大校長蔣夢麟的《西潮》中描述過北大文學院的地下室已被改造為恐怖的地牢,其中被上刑虐待的男女學生不計其數。〔註36〕至於南開,則校園已經被日本人的飛機轟炸夷為平地。組成西南聯大的北大、清華、南開是如此,其他的學校也處境堪憂,於是各大學紛紛南下或西遷,另有一些教會學校因為不歸中國政府指揮,則尚在北平苦苦支撐,如燕京大學等。至於中小學校,也是備受衝擊和屈辱。《南渡記》寫到澹臺瑋所在的中學換教科書並在歷史書上寫「一九三一年九月十八日日軍經中國人民邀請,不辭辛苦遠涉重洋而來協助成立滿洲國,建設王道樂土」〔註37〕,並增加日語課和日本督學,也是真實的歷史細節。對這一切,澹臺瑋的反應是激烈的,在香粟斜街的大家庭焚燒敏感書刊時小說這樣寫瑋:「他是在極正規的教育下長大的,深愛家庭、社會和自己的祖國。祖國在他心目中是至高無上的,而他卻不得不目視這樣的焚燒,不得不參加這樣的對親愛的古老的北平城的祭奠,不得不忍受對他自己和祖國尊嚴的踐踏!」〔註38〕因此,瑋後來在上學路上拒絕向日本兵鞠躬,終於輟學在家。瑋的性格剛強愛國,這也為他後來作為明侖學生參軍報國埋下了伏筆。而姐姐澹臺玹則經歷了思想的變化。七七事變時,玹子還是一個一心想和男友麥保羅去外國飯店跳舞的少女,但日軍佔領北平後,她在街上被日本軍隊驚嚇,並被刺破了外套,也激發出了對侵略者的仇恨,意識到做

〔註35〕日本對清華的罪惡行徑,可參見朱育和、陳兆玲編《日軍鐵蹄下的清華園》,北京:清華大學出版社,1995年。其中收錄了《溫德報告》《溫德日記》、梅貽琦《抗戰中之清華》等文獻。

〔註36〕蔣夢麟:《西潮》,天津:天津教育出版社,2008年,第211～212頁。

〔註37〕《南渡記》,第136～137頁。

〔註38〕《南渡記》,第87頁。

亡國奴的不幸。最終，呂絳初帶著玹子先行南下去照顧意外摔傷的滄臺勉，之後的 1938 年夏天，呂碧初也帶著剩下的孩子們即瑋、峨、嵋、合子和莊、李兩家一道奔赴雲南。

北平的孟與滄臺大家庭要南渡，面臨一個大問題：呂絳初呂碧初二人的父親呂清非老人走不了。呂老太爺的刻畫，我們認為大致有兩個原型，一個是宗璞的外祖父任芝銘，一個是北平淪陷後絕食殉國的老詩人陳三立。任芝銘生於 1869 年，是河南新蔡人，也是清末舉人、中國近代民主革命家。他於 1907 年加入中國同盟會，和呂清非一樣有著辛亥元老的身份，也有強烈的愛國和強國心願。同時正如呂清非是孟弗之的岳父，任芝銘也是馮友蘭的岳父。但抗戰開始後，任芝銘是去了河南新鄉，任豫北師管區司令部參議，直接參與抗戰。1938 年春，他又調任十三軍後方留守處主任，住鎮平縣賈宋鎮。他利用這個職務之便，多次回新蔡動員大批進步青年去延安參加革命。1939 年秋任芝銘回到新蔡，以董事長的身份親自領導自己創辦的「今是中學」。可以看出，任芝銘地位作風頗合於呂清非，但他報國有門，不似呂清非那樣面對日本侵略而以衰老之身空自歎恨。

呂老太爺生平類似任芝銘，但他的詩情和殉難，又都肖似陳寅恪的父親、清末民初著名詩人陳三立。陳三立 1853 年生，1937 年已是 84 歲高齡。而小說中北平淪陷前後呂清非自言已 76 歲〔註 39〕，年齡介於任芝銘和陳三立之間。據《陳三立年譜》：「五月廿九日，盧溝橋事變作，平津尋淪陷，公憂憤無已，疾發而拒不服藥。日寇以公聲望可用，游說百端，公皆嚴詞拒之。」〔註 40〕是年農曆八月初十，陳三立拒食拒藥而死，家人皆大慟。陳三立的「七七」之後便是兒子陳寅恪的出走南渡。而小說中呂老太爺的差別在於，是把家人成功送走之後，老人才受到漢奸繆東惠的游說。呂老人是堅決不任偽職的，但日本人隨後惡毒地發來聘書，讓呂老人出任維持會委員，並不管老人反對而申言「三天內見報」。終於，呂老人服下了自己偷偷積存的安眠藥，以死做了無聲的拒絕和抗議。他去世時家人大都南渡，身邊陪伴的只有續弦妻子趙蓮秀和本家後生呂貴堂父女。在功名和家庭關係上，呂清非是任芝銘的投影，

〔註 39〕小說中呂清非的原話是：「我今年七十六歲，能親眼看見中國兵抵抗外侮，死也瞑目。只蓮秀陪著就行了。」見《南渡記》，第 53 頁。
〔註 40〕馬衛中，董俊玨：《陳三立年譜》，蘇州：蘇州大學出版社，2010 年，第 530 頁。

在氣節和結局上,則類似於陳三立。在《南渡記》裏,這一個關於犧牲的故事是一個盪氣迴腸的高潮,是一曲民族堅貞感情的讚歌,定下了「南渡」故事雖不無沉鬱但也慷慨悲壯的情感基調。《野葫蘆引》在描寫抗戰中的知識分子時,「民族大義」是始終的精神指引。

其實在歷史上北平淪陷後的知識界,捨生取義或抗志不屈的讀書人並不少。比如錢玄同就從此閉門清修以全名節,並曾寄書周作人對其進行規勸;何其鞏任北平的中國大學校長期間艱難辦學,抵抗奴化教育;文化人藍公武也曾試圖「殺家殉國」,後來因反日而受盡酷刑卻不屈服。〔註41〕此外,特別是在留平的北大人中,史學家孟森因為被日本人搶走了珍貴的《俄蒙界線圖》竟被氣死;決心「誓餓死不失節」的繆金源年紀輕輕,卻守節不任偽大學教職,最後窮困以死。為此北大教授羅常培曾讚美道:「留平的諸人中有一老一少最值得懷念:年老的是孟心史(孟森),年少的是繆金源同學。」〔註42〕讀書人而有氣節者可謂眾矣。而在小說中,如果說呂老太爺的犧牲讓我們讀到了北平市民與日偽政權作鬥爭的高潮時刻,那麼凌京堯家的故事則更為沉重,這個故事又分為教授凌京堯和其女兒凌雪妍兩條線索。

要說凌京堯的原型是誰,人們第一個想到的自然會是周作人。不過周作人的落水原因複雜曖昧,凌京堯的原因則要清楚明快些。凌京堯是個懶散的二流教授,卻娶了一位富貴人家的女子岳衡芬,生活也算富裕安樂。七七事變後他的老友孟弗之勸他南下,他的新女婿衛葑亦勸他南下,可他始終猶豫不決。這個時候,他的岳家一脈親友的態度起了反面作用,首先是妻子衡芬的數落,說他若南渡是盡了國民責任卻放棄了為夫為父的責任,他的親戚繆東惠的投敵色彩日漸鮮明,更向他陳說:「像我們這樣的人,走,有兩不可,不走,有三大利。」〔註43〕凌京堯就這麼模模糊糊,被繆東惠委派籌辦一次戲曲晚會。戲曲是他終生的愛好,可晚會快要辦好了他才知道這是迎接日本皇軍的歡迎晚會,他已經走到了一個很曖昧的位置,本該清醒起來,懸崖勒馬。但是他還是沒有南下,直到有一天日本人找上了門來。日本人先禮後兵,在請他出任「華北文藝聯合會主席」遭拒絕後立刻逮捕了他,對他施加了各

〔註41〕錢玄同、何其鞏、藍公武的故事參考覃仕勇:《隱忍與抗爭:抗戰中的北平文化界》,北京:北京時代華文書局,2015年,第一章。

〔註42〕羅常培:《七七事變後北大的殘局》,引自肖衛編:《北大歲月》,海拉爾:內蒙古文化出版社,2001年,第243頁。

〔註43〕《南渡記》,第109頁。

種酷刑。凌京堯終究是懦弱的，他曾想絕食而死，但日本人把他帶到了飢餓的狼狗群前。他知道自己的拒絕會導致被惡狗咬死的命運，這種死亡太可怕了，終於使他放棄掙扎，妥協投敵。宗璞的小說所描述的凌京堯墮落，原因是他的一些看似問題不大的弱點，比如懶散、貪圖舒適、懦弱、立場昏聵等等，再加上親人的不好的影響。在和平年代，這樣的懦弱者算不得惡人，但戰爭使得一切都殘酷起來，不能南渡保全氣節，就是死或投敵。呂清非／陳三立死了，凌京堯沒有勇氣去死，所以只得成為一個漢奸。

凌京堯似乎是一個沒有那麼卓越的周作人，兩人都不能說就是壞人，但兩人最後都以文化界重要人物的地位而落水。周作人的妻子羽太信子本人就是日本人，他還有許多日本朋友，可以推測日本的家人朋友在周的落水一事上必定是起了不好的作用的，這點和凌京堯相似。周作人這一時期有句口占叫「我醉欲眠眠不得，兒啼婦語鬧哄哄」，可能就是自白自己在家人面前的煩悶的。但周作人還有一個現實原因是因為窮。錢理群曾提到一個觀察，周作人這輩子似乎任何時期都在缺錢，雖然他收入不算低了。這是周作人之謎的一個方面，但他確實反覆對外界說起家中的老小都需要他養活，這是他的現實壓力。在周作人走向深淵的過程中，他不是沒有遇到過同行和朋友好意的規勸，如郭沫若寫過《國難聲中懷知堂》的文章，表達了左翼人士的期待；胡適曾給周作人寄過一封信，勸道：「天南萬里豈不太辛苦？只為智者識得重與輕。」也是勸他南下。周作人則回答：「我謝謝你很厚的情意，可惜我行腳卻不能做到，並不是出了家特別忙，因為庵裏住的好些老小。」可見家累一直是周氏對外的藉口。另外，對於中國軍事能力的絕望、對於南京蔣介石政府的不滿和不認同也可能是他參加汪偽政府的一個原因。對於周作人來說，文化的中國或許並不在於蔣政府的統治，所以看到汪精衛也是中國人，他或許會覺得汪偽政權說得過去。但 1939 年元旦遇刺使得周作人突然間有了性命之憂，雖然對於刺殺他的勢力和動機為何，始終眾說紛紜，但周作人是在這一刻徹底變得懦弱了，這年初遇刺後不久，他就接受了偽北大圖書館館長的職務，這是他的第一份偽職。這個偽職沒有太高地位和危害，但周作人是一旦落水，就破罐子破摔，一步步走向更高更有害的官職，並在此過程中一點點異化、背叛了自己的光榮過去。〔註44〕由此，宗璞的凌京堯故事看似是影射

〔註44〕本文對周作人的理解主要參考錢理群：《周作人傳》，北京：華文出版社，2013年，第八章。也參考了高遠東、姜濤的課堂講授和相關論述。

著周作人，但其實近於形似而神不似。周作人的複雜和豐富，甚至周作人的卓越和深思、對民族歷史文化的深深理解和獨特看法，都不是凌京堯所能望其項背。二人只能說在懦弱和貪圖安逸上有一些類似，在思想上則不是一種程度。

凌京堯沉淪了，但他的女兒沒有。凌雪妍出身富貴之家，從小養尊處優，但這時並沒有認同父親的選擇。在得知父親附逆的真相後，她得到出走的丈夫衛葑的同志們的幫助，脫離家庭出走並登啟事斷絕了與凌京堯的父女關係。雪妍可能是《野葫蘆引》中最有真純之氣的一個角色，她的愛情真摯而動人，她的選擇是由她的愛情所引導，衛葑在她看來在從事正義的、值得她信賴的事業，這是她勇氣的來源。一個北平女學生被愛情啟蒙著，拋棄舊家進而萬里尋夫，這個動人的故事在《東藏記》中進一步展開，凌雪妍最終經歷艱難而和衛葑再次見面，並在昆明渡完了短暫一生中不可謂不幸福的日子。凌雪妍出走被安排在《南渡記》尾聲處，給了南渡故事光明的了局，以及對未來無窮的希望和期待。

到此為止，宗璞的小說《南渡記》在詩與史的互相參照中，對中國文化中淵源深厚的「南渡」主題做了一次當代演繹，這個南渡故事寫在文革後的1980年代，是在重新發現傳統文化的年代向民國乃至更古遠的中國致意，也是對老大學知識分子人格的重新張揚。危機時刻他們多數人以民族大義的準繩權衡自己的行動，歷盡艱難而保護、培植著抗戰建國的精英人才，因此是民族的忠誠兒女，值得後人銘記。我們對《南渡記》的詩與史的對讀，正是要照亮宗璞蘊藏在歷史故事背後的價值與寄託，呈現出小說生成的因緣與厚重的根基。

第二節　學人風采的追懷或發明：戰時教授的詩與史

一、《野葫蘆引》裏的教授傳奇

　　《野葫蘆引》中尤其是第二部《東藏記》，寫戰時昆明的校園故事，接續《南渡記》的情節發展，給與了南渡而來的教授們及其家庭以頗為詳盡傳神的刻畫。這些刻畫可以說往往都有所本，從當年的西南聯大教師群體中此取一鱗彼取一爪，而將詩史調和、提純出了戰時教授的傳奇形象。這可以說是大學神話的重頭戲，又與史事時而同步、時而辯證，充滿微妙的分寸感，其

書寫方式和背後宗璞的意圖值得好好咀摸。現在我們就來探討這一系列的問題。

討論《野葫蘆引》的學者形象，我們不妨從最為濃墨重彩刻畫的主人公教授孟弗之說起。明侖大學歷史系教授孟弗之，是宗璞小說中的主人公之一，是孟家的家長和赫赫有名的歷史學家。對照孟弗之的行狀和歷史中的馮友蘭，有諸多歷史細節可以證明宗璞在塑造這位學者時大量參照了自己的父親的經歷和性情，可以說他是馮友蘭在小說中經過提純的化身，他的人格和學養的雙重完美，彷彿宗璞要在「野葫蘆」的小世界中為乃父辯護、留存的重要一筆。孟弗之和馮友蘭一樣，既是傑出學者，也是優秀教育家。馮友蘭在西南聯大期間一直是文學院院長。清華大學的傳統是教授治校，政由教授會議出，西南聯大時期沿用此辦法，小說中的明侖大學也是如此。孟弗之一直列身教授會議成員中，小說中也可以看到他多次參與學校的決策。孟弗之在明侖大學南遷初期，還擔任教務長一職，後來終於辭去，由其同事、生物化學教授蕭子蔚接替，子蔚對弗之感慨：「各種職務偏找上你，有人想幹呢，偏撈不著。」弗之的回答是：「世事往往如此——我們只是竭盡綿薄而已。」〔註45〕這小說中的描述，使我們看到了一個大公無私的盛德君子孟弗之，他有「太上立德」的氣概，故而大事會自動找他擔當。他的名字諧音「孟夫子」，大約也是有意指稱他身上所養的「浩然之氣」吧。或許對於現實中的馮友蘭，此種內聖而自然外王的狀態，也是他的人生理想形態。孟弗之和馮友蘭的大相通處，也就在他們都講究「事功」。孟弗之曾對妻子呂碧初坦言：「我的抱負是學問與事功並進，除了做學問，還要辦教育，所以這些年在行政事務上花了時間，到昆明辭掉好了。」〔註46〕這話讓我們聯想到馮友蘭的回憶錄中的自白。那是他留學歸來尚在中州大學的時候，他對校長坦言他要在事功和學問方面二選一：

> 我剛從國外回來，不能不考慮我的前途。有兩個前途可以供我選擇：一個是事功，一個是學術。我在事功方面，抱負並不大，我只想辦一個很好的大學。中州大學是我們一起辦起來的，我很願意把辦好中州大學作為我的事業。但是我要有一種能夠指揮全局的權力，明確地說，就是我想當教務主任。如果你不同意，我就要走學

〔註45〕《東藏記》，第2頁。
〔註46〕《南渡記》，第250頁。

術研究那一條路，我需要到一個學術文化的中心去，我就要離開開

封了。〔註47〕

這番溝通最後的結果是馮氏並未得到職位，他果然離開了中州大學，從此去
了北京。如果說孟弗之和馮友蘭在「辦教育」的事功追求上是一致的，那麼
小說中的孟弗之是盛德之人自然能者多勞，馮友蘭則是積極主動地去爭取，
還有可能求而不得，這其中微妙的差別大約就是詩的營造與生活的實際之間
的縫隙吧。

　　事實上，要考察虛構的孟弗之和真實的馮友蘭之間的微妙調整，還有很
多例子。呂碧初自白心事的段落有言：「倒是亮祖早就說過，三妹一家太矯情。
『這幫教授讀進去的書比大炮還硬！』」〔註48〕亮祖即嚴亮祖，是弗之的軍人
連襟，三妹一家就是孟家。連長女孟離己也分析嚴家和孟家的關係道：「可能
是爹爹自鳴清高，不願受人恩惠。」〔註49〕只有次女孟靈己覺得父親值得敬
重。孟弗之如此的嚴於律己，兩袖清風，不倚靠自己有權有錢的軍人和官員
親戚，這是小說中一再鋪陳的。雲南當地的土司仰慕學問，邀請孟弗之做客
小住一年，弗之以教師職責在身而拒絕，來訪的土司信使看了孟家清貧的境
況道：「我們沒有讀過孟先生的書，只知道要尊敬有學問的人。今天到府上看
見你們的生活，心裏甚是難過。」〔註50〕孟弗之在貧窮的生活裏堅持治學育
人，妻子碧初訴說道：「他寫文章，一支筆上上下下飛快挪動，我看著都累得
慌。我總說慢點好不好，何必趕得這樣緊！他說簡直來不及寫下自己的思想，
得快點啊，不知道敵人給我們留多少時間。看秦校長和蕭先生的意思，遲早
還要弗之分擔學校的事。學校培育千萬人才，是大事，他不會怕麻煩不管的，
可人的精力有限。」〔註51〕孟弗之的身上，有馮友蘭立身和文章中最光明浩
蕩的一面，但我們也不難發現，真實的馮友蘭更為複雜。比如孟弗之沒有加
入黨派，但馮友蘭在抗戰之際於1939年第二次加入了國民黨〔註52〕，後來還
曾捉刀代筆，起草以聯大區黨部名義致蔣介石信，提出對國內形勢之意見，

〔註47〕馮友蘭：《三松堂自序》，上海：東方出版中心，2016年，第64～65頁。
〔註48〕《東藏記》，第45頁。
〔註49〕《東藏記》，第9頁。
〔註50〕《東藏記》，第176頁。
〔註51〕《東藏記》，第46頁。
〔註52〕參見《馮友蘭先生年譜長編》（上）的記載：「蔣（即蔣夢麟——引者注）要
　　　　求聯大及三校負責人之未入國民黨者先行加入。先生即於此時第二次加入國
　　　　民黨。」第302頁。

要求立憲。據說馮氏的文采斐然也讓蔣介石為之淚下。〔註53〕時移世易，馮友蘭抗戰期間複雜的活動也容易成為後人議論是非的淵藪，這是本文無力也無意深究的。但有此一原型對照，孟弗之的形象中有宗璞的多少寄託也更易明瞭。孟弗之和馮友蘭都主掌過戰時明侖大學／西南聯大的修身課，這屬於國民黨政府的規定動作。對於馮友蘭的主講，學生確有不以為然的言論，而孟弗之在小說中接受這門課的教學任務，則屬於費力不討好卻也義不容辭。面對校長秦巽衡想請他來鎮講臺而又為難於委屈了這位大學者的矛盾心情，弗之坦然地接受了下來，並說：「同學對這門課有一種看法，認為是國民黨強化思想的課，誰教效果也是一樣的。不過，我來試試未嘗不可，不然怎麼交代。無非是你亂你的，我講我的，沉得住氣就行。」〔註54〕如此一來，孟弗之不傍富貴親戚，不參與政黨，只是堅定站在民族大義立場上，給學生以教育，且以文章針砭時弊，而又能在需要時忍辱負重，真是鐵骨錚錚的學者了。宗璞的這個人物，不該僅僅理解為祭奠父親的產物，他還代表著理想中的大學精神，代表著勾連傳統的書生本色，而又試圖以這種姿態進入和面對紛紜變幻的戰時中國。

其實，在宗璞的《野葫蘆引》小說世界裏，孟弗之並不孤獨，他的人格來自於明侖大學這個知識人的卓越共同體。明侖大學學者們的品質裏，有一種浸透著真純之氣的「癡」，在蕭子蔚、江昉、白禮文、莊卣辰等人身上都有許多體現。應該說明的是，這種「癡」也是世人對於西南聯大教授的普遍印象。小說中生物化學教授蕭子蔚給學生們講治學精神，以石刻藝術家要雕鑿一座達到藝術高峰的石像，因過於小心而把魁星的筆尖鑿掉了，因此跳崖投湖而死的故事教導學生：「我們從事科學工作，也要盡力不斷地追求，縱然完美可能是永遠達不到的，但是我們的精神體現在我們的努力之中。」〔註55〕如果說這是科學家的追求極致，那麼人文學教授江昉和白禮文，則自有真純可愛之處。江昉很大程度上是聞一多的化身，子蔚和弗之曾對他有過議論：

（蕭子蔚──引者注）因說：「對江昉先生也有議論，說他學魯迅，又學得不像。」

「豈有此理！」弗之大聲說，隨即克制，放低了聲音，「春晔的

〔註53〕《馮友蘭先生年譜長編》（上），第378頁。
〔註54〕《東藏記》，第230頁。
〔註55〕《東藏記》，第151頁。

性格我很瞭解,他絕沒有一點軟骨頭,這確實像魯迅。但他不想學
誰,他是一派天真爛漫。其實我不贊成魯迅的許多罵人文章,太苛
刻了。」〔註56〕

這是孟弗之眼中的江昉。而「好罵人」的白禮文的看法,也是一種佐證:
「江昉更是小兒科,什麼不失赤子之心,童心未泯,就是沒有長大,不成熟
嘛。」〔註57〕江昉的詩人的純真,由此一正一反地烘托了出來。《東藏記》裏
中文系的教員錢明經為了晉升教授去打點關係,先後拜訪了李漣、江昉、白
禮文。錢明經的精明和江昉的詩人氣質互相對照,是宗璞做得有趣的文章。
江昉在拜訪中時而和錢明經對話,時而又沉浸於自己的研究的世界。錢明經
不斷揣摩江昉心思,順著發議論,但仍有抓不住江昉那跳躍的思路的時候。
但江昉是真誠的,他會肯定錢明經的才華,給他指點,也會坦誠的表現他對
錢明經帶來的好香煙的喜愛,江昉正道直行,內心磊落,正像他所愛、他的
原型聞一多同樣愛好的屈原。這個書齋中的正直知識分子,將在故事發展到
後來處有更多的表現,那將是他的也是時代的悲喜劇。

而白禮文是一個優點和缺點同樣明顯的學者。他的性格來源,可能很大
部分屬於西南聯大教授劉文典。白禮文精於古文字學而好罵人,操著他略顯
油滑的四川方言,在小說裏的教員群體中形成了自己獨特的小氣氛。錢明經
來訪的整個過程中,白禮文並未喝酒,卻彷彿始終繚繞著一種醉意,他自說
自話,把同事們包括來訪的錢明經挨個數落一番。校園裏傳播著他有四大愛
好:雲南火腿、雲南煙土、罵人、跑警報。〔註58〕而他聽如不聽,處之泰然。
這真是我行我素、落拓不羈的狂士了。其實白禮文不僅「狂」,更重要的是他
的「癡」。因為去土司處做客而曠課了一年之久,白禮文終於被明侖大學辭退,
弗之惜才,特地來看望。小說這樣寫白禮文:「他正寫大字,一個破碗裏裝著
半碗墨汁。一支粗筆上下翻動,一時寫完,自己『哎呀!哎呀!』讚歎了半
天,並不覺有人進來,舉著字要去掛在牆上,才看見弗之。」〔註59〕弗之勸

〔註56〕《南渡記》,第249頁。

〔註57〕《東藏記》,第122頁。

〔註58〕至少愛雲腿、愛煙土、好罵人三項都是西南聯大教授劉文典的真實寫照,參
　　　　見何兆武口述,文靖執筆:《上學記》,北京:人民文學出版社,2016年,第
　　　　118頁。而關於跑警報,西南聯大故事中流傳著劉文典奚落沈從文沒學問不
　　　　配跑警報的段子,不知是否也是宗璞的此一種玩笑致敬的靈感來源?

〔註59〕《東藏記》,第231頁。

他要戒煙、守紀律，說如能這樣則「聘任不成問題」。白禮文不答，拿起破筆
寫了幾句：

> 曲曲彎彎字，奇奇怪怪人。花萼出雲霞，妙境不可論。此中有
> 真意，明白自在身。

寫到這裡白禮文停下思索，於是孟弗之替他續了兩句：

> 若謂能割捨，豈是白禮文！〔註60〕

一時兩人心中對白禮文的心志和去留抉擇都有了數。據馮友蘭年譜，馮友蘭
確實曾向朱自清表達了對於「叔雅」即劉文典被解聘的不滿，但又不得不聽
從聞一多的主張。〔註61〕從《東藏記》中對此事的演繹看來，劉文典式的恃
才不羈顯然是一種得到欣賞的態度。白禮文對於古文字學的癡心戀念，正是
包含著學者對學問苦心孤詣的執著，這是值得尊重的。而正因為他有對學問
的深情，有才能，他才有底氣和自信去「狂」。白禮文對誰都敢罵，全不在乎
世俗，這反而是他的天真處。一所大學如一泊湖，水深能容，才會有這樣的
僻才存身的空間。從這個角度來說，白禮文的離去是可惜的，白禮文的故事
是真正的老大學故事序列中不可缺的一種。

　　至於孟弗之的好友，物理系教授莊卣辰，則作為一個科學家表現了另一
種純粹而無私的品質。在《南渡記》的開頭，和孟弗之討論著時局的莊卣辰
「臉上總有一種天真的神情」〔註62〕經歷了七七事變的亂局，學校要遷移，
這時的莊卣辰自告奮勇去天津接應，弗之贊同道：「只要卣辰把心思從實驗上
借回來，再複雜的事也能辦。」〔註63〕果然經過辦理在天津的轉運事務，莊
卣辰也關注起微觀世界之外的宏觀世界了，甚至開始定期開講座給學生分析
戰局。在昆明不斷的空襲中，莊卣辰為了守護學校的珍貴儀器而不跑警報，
結果趕上敵機轟炸校舍，半截身子被埋在土中。小說寫道：「人們跑過來時，
見莊先生如一尊泥像，立在廢墟上，眼淚將臉上泥土沖開兩條小溝。莊先生
在哭！人們最初以為他是嚇的，很快明白了他哭是因為高興，為光柵的平安
而高興！」〔註64〕科學家為了實驗設備竟然置生死於不顧，莊卣辰顯然也有
他的「癡」處。

〔註60〕《東藏記》，第 231 頁。
〔註61〕《馮友蘭先生年譜長編》（上），第 375 頁。
〔註62〕《南渡記》，第 5 頁。
〔註63〕《南渡記》，第 82 頁。
〔註64〕《東藏記》，第 71 頁。

　　《東藏記》的標題，實際上就是指戰火之中知識分子「東躲西藏」的意思。明侖大學師生「南渡」是一種躲藏，躲開淪陷北平城和那裡的日軍；在昆明跑警報也是一種屈辱的躲藏，且不無驚險和傷亡。小說結尾雲南邊境告急，甚至有了明侖大學再度遷校的議論，這所大學一躲再躲，幾無立錐之地，而校長秦巽衡終於立言道：「我們也許搬走，也許留下，也許會和敵人周旋。前途還不能確定，更加艱苦是必然的，可是我知道，不論發生什麼事，我們——我們決不投降！」〔註65〕這是明侖大學師生的心聲。這樣的不平勢能淤積在篇末，從而順引出了第三部《西征記》——學生從軍抗戰的鏗鏘之音。總的來說，明侖大學師生在昆明和前線的故事，是一個完整的以「聯大八年」為本事的戰時校園故事。宗璞用小說呈現這一切，正是用虛構的比擬的方式言說歷史現場，其中詩與史的對照、借用、改寫，都有很多值得玩味之處。

二、史事與神話的關聯和辯證

　　前文已述，西南聯大教師的形象大都帶著傳奇般的學者神采，在一年又一年的拉開距離和不斷追憶中，他們早已成為某種神話般的存在。這些大學故事中離歷史現場相對較近的讀物是1946年出版的《聯大八年》〔註66〕，這本刊物由學生社團「除夕社」主編，成書於學生運動的風起雲湧之中，固然罩著一層左翼民主運動色彩，但其中也有珍貴的聯大教授印象記，為一百多位教授畫下了當場的文字素描。這些學生形容老師的短文，品藻人物的要點在於教學、研究、生活和對學生運動的態度等方面，其側重點和宗璞的眼光確有差異。《聯大八年・教授介紹》比之宗璞的小說家言，顯得樸素、平實，雖風趣卻沒有那麼多學問的浪漫。但應該理解，宗璞的浪漫的學術人物刻畫，至少應該算是有意地且積極地營構神話。同是聯大神話，如果說汪曾祺回憶西南聯大的散文體現著一種勾連古典的文人趣味，清雅而有情，那麼宗璞筆下學者的癡心與純粹中則有更為整體而宏大的考慮。孟弗之曾說：「如果我們的文化不斷絕，我們就不會滅亡」〔註67〕，可見聯大學人「盡倫與盡職」地堅守學術工作是要為危亡中的民族有所保存，這最有力地加固了這個神話的合理性。西南聯大／明侖大學的學人們，正像曾經孔子聲稱的那樣：「天之將

〔註65〕《東藏記》，第356頁。
〔註66〕西南聯大《除夕副刊》主編：《聯大八年》（2版），北京：新星出版社，2013年。
〔註67〕《東藏記》，第173頁。

喪斯文也，後死者不得與於斯文也；天之未喪斯文也，匡人其如予何？」如果天要亡華夏，則讀書人的死就是命運，如果天不是要亡華夏，敵人又奈讀書人何？或許在馮友蘭這樣的人看來，學統、道統都繫於西南聯大為代表的知識人一身了，他們是有這樣的自尊自信，所以可以剛毅堅卓，神采飛揚。

　　但教授傳奇也不僅僅是風雅。戰時昆明的學者們雖然的確有志於學，但這個動亂的時代也的確不是治學的好環境。他們在這裡要克服的諸多困難之一是生計問題。孟家的鄰居、中文系的錢明經是比較精明善於生財的少數人之一。他在研究甲骨文之餘還能做古董家具生意、跑滇緬路，過得相對寬裕。戰時雲南地區跑滇緬路似乎是個潮流，老師學生以及社會人士以此生財的很多，寫於當時的聯大校園生活小說《未央歌》也有述及。那是一個名叫宋捷軍的聯大學生，半路開小差去滇緬路做生意，最後退學了。他固然因此而致富，但《未央歌》中其他聯大學生們都因此看不起他。《東藏記》中也借著白禮文之口揶揄既跑滇緬路，又為升教授奔波的錢明經：「你是要當教授？哈哈，教授有啥子好當？我看你還是跑跑滇緬路，賺幾個錢。這錢好賺呀，是個人就行！」〔註68〕可見當時人們對跑滇緬路掙錢的典型態度。畢竟大家心裏有數，在戰時中國，這是走私，是發國難財，更別說有時走私的還是煙土。

　　但錢明經這樣有經濟頭腦的學者只是少數，多數教授家庭都不寬裕，而且由於通貨膨脹正在變得越來越窮。《東藏記》結尾處，教授李漣之女李之薇考取了明侖大學社會學系，家裏想簡單慶祝，沒想到僅有的錢全買了菜而家裏斷米了，於是之薇只好去孟家求米。而尊為明侖大學領導核心的秦巽衡、孟弗之、蕭子蔚三人下館子想吃一碗鴨架湯，竟還因為所食簡單而被跑堂輕視。為了生計，教授們賣字刻章，知識分子家庭的主婦們一起做了糕點出售。這些小說都寫到了，在聯大歷史上也都有本事應證〔註69〕，同時在小說內外，戰時的知識分子們都不僅為自己掙錢補貼家用，還多次舉辦義賣活動，勞動所得捐給困難學生和軍隊。西南聯大常委梅貽琦的夫人韓詠華曾在戰時昆明家庭入不敷出的情況下，和別的教授夫人相約自做糕點販賣，這就是當年昆明城有名的「定勝糕」，取名中包含必勝的意思。韓詠華晚年回憶文章提到過

〔註68〕《東藏記》，第 123 頁。
〔註69〕教授刻章出售，如聞一多等人，可參見浦江清：《聞一多教授金石潤例》，收入西南聯合大學北京校友會編：《笳吹弦誦情彌切》，北京：中國文史出版社，1988 年，第 95 頁。出售書法，如沈從文等人，可參見吳世勇：《沈從文年譜》，天津：天津人民出版社，2006 年，第 235～236 頁。

這段往事〔註70〕，這大約是《東藏記》中相關情節的來源。小說中呂碧初、金士珍、鄭惠紛三人一起製作糕點售賣，後來凌雪妍也一度加入。這幾位知識女性既補貼了家用，也算是為自己找了個工作，所以雖販夫走卒之業而自信不失尊嚴。她們的做法，大約也算是給雲南的舊習俗吹來一陣新風，雖然後來也有如孟離己私下的反對，但總的來說在昆明口碑尚可。但孟弗之賣字，就很快觸到了生活的尷尬處。原來呂碧初家遠親的青年女子呂香閣在昆明開了咖啡廳和舞場，竟想到前來求字，並且說的是：「其實就是有舊的，寫壞了的，有幾個字就好」〔註71〕，而且申言「只管開價」〔註72〕。對此，澹臺玹事後評論道：「其實字也不是不可以賣，藝術家也賣畫。不過三姨父賣字，呂香閣買字，這世界也太奇怪了。」〔註73〕這個細節很生動地展示了戰時後方生態。本分過日子的知識階層正越來越窮，而與此同時庸俗的暴發戶們盆滿缽滿，到了一定程度則是附庸風雅。呂香閣不懂字，甚至也不尊重字，只想著舞廳門庭好看，弗之的字若給她也真有些可惜，然而她卻有錢。孟弗之是高雅趣味的文人，然而因為貧窮卻留不住自己最心愛的硯臺。其實豈止如此，呂碧初到昆明以後為了家用也次第賣盡了首飾，包括她最心愛的傳家寶翡翠飾物。戰時日常生活中微妙的殘酷，已經一點點滲透到大學師生處了。

經過多年苦熬，抗戰終於勝利。但這以後師生都並未一味沉浸於勝利之中。小說內外，師長們都在憂慮著接下來的問題，那就是國內的局勢和內戰的臨近。江昉、莊卣辰、蕭子蔚、李漣、孟弗之都有自己的看法，或傾向中共，或傾向國民黨，或追求自由民主的第三條道路，政治態度有分歧，而學生們多數都以學潮的方式反對內戰，主要又是在進步學生組織下反對國民黨。可能是由於當代大陸的寫作環境，宗璞對於學者的政治立場的書寫很有分寸，某些地方非常含蓄。哪怕是看重國民黨的莊卣辰、最終選擇去臺灣的李漣和校長秦巽衡，都沒有特別高調的政治發言，並且小說突出了他們的學術、教育專業性。但如小說中左派的社會學教授劉仰澤人格不高修養有缺的含蓄描寫，或許表達了宗璞的認識：政治選擇和人格修養並無必然聯繫。這大概也

〔註70〕韓詠華：《同甘共苦四十年——記我所瞭解的梅貽琦》，收入西南聯合大學北京校友會編：《笳吹弦誦在春城》，昆明：雲南人民出版社、北京：北京大學出版社，1986年，第51～65頁。

〔註71〕《西征記》，第27頁。

〔註72〕《西征記》，第28頁。

〔註73〕《西征記》，第28頁。

是經過了當代史的一波三折的聯大老人們較為普遍的看法。舉例來說，何兆武新世紀出版的口述史《上學記》中對於當時的左派進步學者吳晗的不以為然，也是同樣的邏輯。〔註74〕

　　何兆武對於吳晗的批評集中於私德，而他的政治選擇即公德則暫時懸置。其實私德與公德相平行的品評思路是「文革」後逐漸形成的一種方法，用以借政學分立曲折地表達價值判斷。我們考諸《聯大八年》，則當時完全不是如此。書中「歷史回顧」部分的前言不無驕傲地寫道：「人們喜歡說：『聯大造運動。』運動雖然不是聯大造的，但是因為環境的特殊，聯大往往走在運動的前面。」〔註75〕這樣的開章明志很能說明當時學生的普遍思想傾向。而列為全書第二篇文章、僅後於馮友蘭所撰聯大紀念碑文的《八年來的回憶與感想》則是進步教授聞一多的談話記錄，並且體現出鮮明的愛國進步傾向，和全書收錄時側重的學生活動、民主運動、五四紀念等話題聲息相通。而死難的聞一多的大篇幅紀念在此書中已經展開，「聯大教授」欄目中與聞一多之死相關的有三篇文章，沒有任何教授或校領導能比肩這樣的書寫篇幅。而政治上進步與否也是對《聯大八年·教授介紹》中102位教授的重要衡量標準。這裡以「一二·一」運動中教授的態度的記錄為例，試來呈現一下1946年學生眼裏的聯大教授：

　　　　去年「一二·一」後，學校宣布復課，而同學還沒有決定復課的時候，錢先生（錢端升——引者注）走上講臺，看了看學生，說了一聲：「人不夠，今天不上。」就揚長而去。弄得那些對「上課」很感興趣的學生啼笑皆非。〔註76〕

　　　　在「一二·一」罷課中，教授勸同學復課的時候，馮友蘭先生說了一大篇道理，還夾雜了些威脅的話要同學上課，金岳霖先生向來是對同學的事漠不關心的，那一次對主張不復課的同學冷嘲了幾句，但是馮先生（馮文潛——引者注）在那時並沒有表示意見。〔註77〕

　　　　他（曾昭掄——引者注）擅長分析時事，所寫的時評，比之我國某些專家毫無愧色，近年來從事民主運動不遺餘力。〔註78〕

〔註74〕《上學記》，第152～155頁。
〔註75〕《聯大八年》，第1頁。
〔註76〕《聯大八年》，錢端升介紹，第204頁。
〔註77〕《聯大八年》，馮文潛介紹，第206頁。
〔註78〕《聯大八年》，曾昭掄介紹，第210頁。

在「一二•一」罷課中他(唐蘭——引者注)力勸同學復課,曾有一句「名言」:「不忍不教而誅之。」大家才知道他是很頑強地為統治者說話的,並不如他平時表現得那樣「瀟灑」。〔註79〕

聞先生(聞家駟——引者注)是聞一多先生的令弟,在罷課中,曾參加過要求懲辦關李的遊行,後來「一二•一」死難四同學出殯,他也在行列中。〔註80〕

「一二•一」運動結尾的時候,學校當局規勸,壓迫學生復課,姚先生(姚從吾——引者注)也很高興的來了,但是當和歷史系同學講話的時候,大家才發現他對於「一二•一」運動的前後經過毫無所知,有心人放出的中傷的謠言倒聽了不少。〔註81〕

對「一二•一」學生愛國運動,白英先生極端同情。〔註82〕

「一二•一」運動完結時,他(趙鳳喈——引者注)曾很威風的把藝術股的顏料等物,「掃蕩」乾淨。事後他對教授們說起這件事,得意愉快之情,還溢於言表。〔註83〕

馬先生(馬大猷——引者注)在「一二•一」運動中曾經被打,然而他卻說:造謠是人類的天性。〔註84〕

「一二•一」伊始,傅先生(傅斯年——引者注)趕來昆明,首先對關麟徵說:「從前我們是朋友,現在我們是仇敵。你殺死我的學生比殺死我的兒女還痛心。」然而事隔數日景況全非,經過與黨團方面同學多方接觸之後,他似乎斷定「一二•一」是有黨派作背景,於是一方面對教授下工夫,一方面對同學施壓力。〔註85〕

如上文字作於聯大勝利復員前後,由多位同學匿名創作後整理而成,是聯大學生眼中的聯大教授。由於《聯大八年》的進步色彩,這些介紹中對教授對「一二•一」運動的態度是作為其政治表現而鮮明褒貶的,關心政治的

〔註79〕 《聯大八年》,唐蘭介紹,第218頁。
〔註80〕 《聯大八年》,聞家駟介紹,第221頁。
〔註81〕 《聯大八年》,姚從吾介紹,第221頁。
〔註82〕 《聯大八年》,白英介紹,第228頁。
〔註83〕 《聯大八年》,趙鳳喈介紹,第233頁。
〔註84〕 《聯大八年》,馬大猷介紹,第239頁。
〔註85〕 《聯大八年》,傅斯年介紹,第240頁。

「進步教授」被表揚，而學術能力不錯但反對罷課的教授則被批判。「一二・一」運動期間，由於政府給與校方的壓力，聯大校方確實希望盡早促成學生復課，這大約是諸多教授在罷課問題上與學生產生張力的原因之一，這在代理校長的傅斯年的行狀記錄上尤其可以體現。而進步學生對於罷課是非的毫無迴旋餘地的判斷，是學生民主運動的成功所必需的，是歷史現場的表態，但「運動」的群體性和簡單粗暴傾向已經顯現。《聯大八年・教授介紹》中對一些名家難得的「非議」，也是歷史上聯大言說中少有的貶詞，這在學術風采的浪漫回顧之外，是特定時期較為特殊的聯大風貌之另一面，這也是我們得窺教授傳奇和史事之間張力的一個難得的窗口。而值得注意的另一點是，「一二・一」運動在建國到「文革」的時段中幾乎以點概全地代替或代表了西南聯大校史，是論證共產黨的勝利和解放戰爭期間國統區人心向背的重要一環，這一如此重要的學生運動，宗璞在無論《西征記》還是《北歸記》中卻都沒有充分書寫，《西征記》只是寫到聞一多替身江昉的遇刺，《北歸記》對學生運動雖涉及但也不做重點描摹。這種原料的重大剪裁本身也很能說明宗璞的態度。《野葫蘆引》之突出教授們「學問」與「精神」的美感，和學生運動反對政府、追問教授政治立場的敘事，可能代表了當代史前三十年和後四十年之間的某種斷裂，這樣的斷裂中宗璞的選擇，的確有其自身不說也罷卻仍舊要說的創傷經驗在其中。而「學問」還是「政治」，也是西南聯大言說史中長期存在、需要說者表態的一個二元結構了。

三、書寫學人風采的意圖

戰時後方教授生活，是《野葫蘆引》中精彩而珍貴的書寫。在中國現當代小說中，表現學院和知識分子的寫作成績並不十分卓著。五四新文學固然充滿了對知識新青年及其生活的書寫，但年輕的新文學家們往往滑入個性解放和愛與性的苦悶等主題，他們的學養尚淺，表現大知識分子的生活往往有浮光掠影的遺憾。後來縱有校園文學如《未央歌》者，也主要關注學生，有濃鬱的青春敘事色彩。錢鍾書的《圍城》作為與西南聯大生活遙相交接的知識分子小說，又在不斷的反諷中表達了冷峻的批判立場，或許是偏頗的深刻，但難說同情與溫情。左翼文學鍾情於革命和勞動人民，表現知識分子往往是批判、改造的對象，也算半部大學故事的名作《青春之歌》，也只以是否接受共產黨進步觀念而投身革命來臧否知識分子。學院生活的精微分寸感，楊沫

固然沒有足夠的學養來把握，而錢鍾書的文學方式，則注目的永遠是反面的生活，這作為反諷藝術造詣精深，但作為大學故事的立言，也總不免遺憾。所以宗璞《野葫蘆引》的意義由此彰顯。這個正面的「大學故事」，因為作者的家學濡染而更有可能對學院中人知根知底，同時宗璞溫雅的「蘭氣息、玉精神」，也讓她比錢鍾書更願意嘗試「同情之理解」。這樣一來，就有了《東藏記》中詳盡而迷人的明侖大學教師群像。而值得玩味的是，宗璞的虛構之作《野葫蘆引》也好，諸多聯大教師和老學生的回憶紀實文章也好，除了少數點到了消極現象，其他大多數都給與了作為知識分子群體的明侖大學／西南聯大教師作為學者相當的浪漫色彩，欣賞追念之情溢於言表，因而「聯大教授」倒是個西南聯大書寫中「詩」與「史」的評判較為一致的話題，或者說除去聯大學人本身的「器宇軒昂」外，所有的相關言說都不約而同的有意給他們一層神話的光芒，這是一種一致的青睞，但背後的原因恐怕往往在於知識分子言說者普遍對於戰時中國科學和文化存續的憂心，而由此對於潛心治學的聯大學人心懷感佩。

　　和宗璞《野葫蘆引》同時起筆於八十年代的西南聯大回憶和神話營構文章，最有名的是汪曾祺的系列散文。汪曾祺曾就讀於西南聯大中文系，申明：「我在報考申請書上填了西南聯大，只是聽說過這三所大學，尤其是北大的學風是很自由的，學生上課、考試，都很隨便，可以弔兒郎當。我就是衝著弔兒郎當來的。」〔註86〕汪曾祺一再強調的西南聯大的「自由」，也表現在它的教師隊伍的兼容並包上。無論是狂狷的劉文典，還是謹小慎微的朱自清，無論是左派的吳晗，還是「戰國策」派的雷海宗、國民黨的聯大區黨部負責人陳雪屏，都可以一同共事。而汪氏西南聯大神話的迷人處之一，就在於這些「學者寫意圖」中往往具有的潛心研究、真純大雅的精神氣。諸如那個鍾情林徽因的單身教授金岳霖養鬥雞的故事，或熱愛《紅樓夢》的吳宓為了維護林黛玉的住地形象而不願讓飯館取名「瀟湘館」的故事，表達的都是一種兼雜著名士氣與天真氣的學者風采，這種氣質和汪曾祺身上「士大夫」式的審美品位正相吻合，聯大神話在汪曾祺處是和文人的花鳥蟲魚、市井傳奇相併列的，這是聯大故事的一個面向，但似乎也可說是把西南聯大「說小了」。其實也不必苛責，因為汪曾祺本意不在宏大的家國敘事，只看他的聯大神話全

〔註86〕汪曾祺：《七載雲煙》，收入汪曾祺著，徐強選編：《笳吹弦誦有餘音》，揚州：廣陵書社，2017年，第261頁。

是散篇的小文章，不似宗璞的《野葫蘆引》鴻篇巨製，就知道汪曾祺的抱負不在整體全面的聯大故事建構，而只在於一幅幅吉光片羽的小畫，當然因為他有才，而小文章又成了規模，所以也形成了自成一體的聯大想像。而比汪曾祺更加正襟危坐，要畫出聯大的整體風貌和繁複肌理的，是寫作長篇大學故事的宗璞。她的大學故事，當然也要把西南聯大那群風貌各異而卓然不群的教師學者做重點刻畫了。

宗璞對學人風采的書寫，看似是對前賢的追懷，可事實上也有一種「發明」大學精神的傾向。或許在交織著革命與啟蒙的中國的二十世紀百年中，中國大學的精神始終是一個不斷流變的東西，並無固定本質，反而需充分歷史化。正如八十年代彷彿對五四的一次回歸，新時期的大學追求也彷彿對民國老大學精神的重新回歸和發揚。但八十年代是借了五四的招牌解放思想，要解決文革後中國現實問題的。宗璞為代表的歷史老人，尤其是西南聯大故人們，他們在當代史新時期對老大學的招魂其實是在追懷的面具下暗含著對於共和國前一時段的大學問題進行針砭，且已經處在當代中國新左派與自由主義思想論爭的格局中。這種對老大學制度、精神、成績的援引，不言自明地比襯出了文革結束後的諸多問題，而西南聯大的自由主義知識分子的遺產也給「告別革命」提供了一定資源。這樣看來，《聯大八年‧教授介紹》中的教授畫像和《野葫蘆引》中的學人風采之差異，就很好理解了，因其都是借了教授的言行去達到自己的意圖。《聯大八年》屬於聯大「民主堡壘」的文化風氣的產物，是宣傳進步的、鬥爭的，是革命本位的。《野葫蘆引》則是大學本位，師嚴道尊，師生一道追求學問。正像八十年代的《笳吹弦誦情彌切》〔註87〕中，原西南聯大古典文學助教吳曉玲回憶羅庸、魏建功的文章充滿古典學問的文采和興致，原西南聯大學生而後成為北大教授的語言學家朱德熙回憶唐蘭、王力文章中反覆強調非功利的純粹的學術癡心一樣，新時期被文革摧毀了的學術和文化需要一些榜樣和精神資源來進行重建。《東藏記》1993年問世，正參與了這個學術和文化「造神」的潮流，和諸如陳寅恪故事、吳宓故事、汪曾祺的西南聯大故事等一道，成為一個新的時代迷戀的文化「遠方」和此時的學院中人嚮往並願意固守的精神高地。

不過，八九十年代對於老大學風骨的追摩，其實也有更具體人際因素。

〔註87〕西南聯合大學北京校友會編：《笳吹弦誦情彌切》，北京：中國文史出版社，1988年。

在 1930～1940 年代畢業於或任教於老大學的前輩學者們此時多還健在，只是已入老年。這批人的學術根基打在解放前，解放後因為種種歷史原因沒能很好地表現，現在則成了賡續學脈的關鍵。學者陳平原對他們有一個觀察：「改革開放以後，他們在學術上『重新煥發青春』。這不是比喻，是寫實。這些老先生，無論做人還是治學，一下子回到了三四十年代。注意，不是回到強調思想改造的五六十年代，而是回到最初接受學術訓練的 30 年代。」而這批人對後學的影響部分在於他們晚年對年輕一輩的言傳身教：「80 年代的研究生培養，接近於師徒傳授，不正規，但學問人生一起來，也自有好處。老先生晚年重新煥發青春，讓弟子們得以賡續 30 年代學術傳統。而這些 80 年代的研究生，後來大都成為各個專業領域的頂樑柱。這你就能明白，為什麼我們能較快地完成學術轉型；還有，為什麼進入 90 年代，學界有一種相當普遍的懷舊情緒；甚至連學術史研究成為時尚，也與這有關。」〔註88〕諸如中文系的王瑤、林庚，哲學系的馮友蘭、洪謙，歷史系的鄧廣銘等人，作為文革後幸存並廣招門徒的老學者，其自身的修養與魅力也正給了研究生們關於「民國大師」的想像基礎，這種追摩和仰慕流播民間，便是「大師熱」的一個最初來源。宗璞是馮友蘭的女兒、當年學術人物和她家往往都有交往，她耳濡目染記下的聯大故事，雖然不能具體地談學論道，但精神和風骨是可見的。就這樣，在 1930～1940 年代對 1980～1990 年代的學術的隔代遺傳中，在新時期人普遍的對知識、精神、學問的仰慕中，大學神話勃然而興。宗璞則在此一浪潮中挖掘出民國大學的記憶和自己多年的體悟，完成了以《野葫蘆引》系列又尤其是其中的《東藏記》為主的戰時教授傳奇，這是學人風采的追懷，也是新時期對老大學精神的重新發明。

第三節　作為「詩教」的戰爭書寫：學生從軍的詩與史

一、作為「詩教」的犧牲與成長故事

詩與史的參差與互證，是一個古老的理論話題。如果以宗璞的《野葫蘆

〔註88〕陳平原、查建英：《陳平原訪談：關於八十年代》，刊於《社會科學論壇》，2005年第 6 期。

引》為磨刀石，可以生發出詩史辯證的豐富理論空間。這一點學界已有一定的研究成果，比如已有論者一再分析宗璞富有歷史感的小說中虛實的張力〔註89〕，以及其寫作所依託的個人經驗的史學乃至民俗學價值〔註90〕。但這些研究比較側重考察虛構文本的編織中歷史作為素材的參與乃至兩者間的縫隙，而較少涉及書寫歷史詩性的方法與意圖。這方面，引入美國學者海登‧懷特的元史學思考，或許可以提供一種新的理解。

懷特的元史學研究特別重視「轉義（tropic）」〔註91〕的作用。「轉義」有一種協調的功效，它使得話語在我們所陌生的經驗領域和我們能夠理解的經驗之間進行協調，我們能理解一種經驗是因為我們發現了足以馴化經驗的話語秩序。具體到歷史編纂學中，將世界敘述為可理解的「故事」的過程既離不開邏輯思維，卻也更是一個詩性的過程，「轉義」的修辭和思維方式在其中起了重要作用。在這個意義上，歷史書寫和小說寫作本質相同。〔註92〕對於包括歷史敘事在內的一切敘事中「轉義」的使用的發現，打破了文學與史學寫作的界限。由此理解宗璞的創作，整個《野葫蘆引》都可以看作詩性濃厚的歷史書寫。《南渡記》中主人公孟弗之給孩子們講過一個民間傳說，傳說裏有個小村莊，那裡每一個野葫蘆都是一個小孩子的替身，孩子被殺死，野葫蘆不壞。在宗璞描寫的這段西南聯大故事裏，明侖大學是西南聯大的替身，《野葫蘆引》故事是真實歷史的替身，一個野葫蘆／小說家言，裏面曲曲折折地裝下了一個宇宙／一段現代中國歷史。一切都是「轉義」的修辭，宗璞由此把現代史變成了小說的形式，而其本質上仍然是寫史。而在《西征記》中，歷史教授孟弗之在給女兒孟靈己的家書中感歎道：「我們讀的歷史，都是寫的歷史，和真實是有距離的，能測量出有多遠就好了。你們在創造歷史，能留下你們創造的真實，又要多少鬥爭。」〔註93〕孟弗之的話，是一個歷史學家對「元史學」的思考，放在《野葫蘆引》中，也和盤托出了這種意圖寫史的文學的難題。究竟歷史的真實要如何把握呢？比起考證和編織汗牛充棟的西南聯大史料，《野葫蘆引》另闢了蹊徑。

〔註89〕徐岱：《史與詩的張力：論宗璞和她的〈野葫蘆引〉》，刊於《文藝理論研究》，2003 年第 2 期。

〔註90〕潘向黎：《〈野葫蘆引〉如何還原歷史？》，刊於《南方文壇》，2012 年第 6 期。

〔註91〕據海登‧懷特的理論，「轉義」包括隱喻、換喻、提喻、反諷，這些也是詩歌寫作的方法。

〔註92〕以上理論主要概括和轉述自美國學者海登‧懷特著，董立河譯：《話語的轉義──文化批評文集》，鄭州，北京：大象出版社，北京出版社，2011 年。

〔註93〕宗璞：《西征記》，北京：人民文學出版社，2014 年，第 62～63 頁。

不再是嚴格追求「回到歷史現場」去擁抱史實的可靠性，宗璞的小說依靠的是一種胸中鬱勃之氣，以西南聯大老人的身心修養和歷史閱歷獲得難能可貴的主體認知，以「詩」的方式寫史，不拘泥於考據而得其風神。孟靈己式的創造歷史的聯大學生，其胸中次第恐怕只有少數屬於此知識分子共同體的親歷者才能窺知。宗璞的衰年變法，正是靠這種歷史親歷者的獨特心智結構而得以成功。《野葫蘆引》如果體貼到了一些歷史幽深的隱秘，也正有賴於此。

　　作為詩化的歷史，《野葫蘆引》的寫作方法像一切史著一樣是轉義的，但作為小說又是「虛構」的。它講述歷史的意圖則可以概括為「詩教」。「詩教」作為中國古代詩學、政治和教育的一個共同傳統，起源於孔子對《詩經》的論說。《詩》是六藝之首，《禮記·經解》託言孔子道：「其為人也溫柔敦厚，《詩》教也。」西南聯大文學教授朱自清的《詩言志辨》中有專章研究「詩教」，代表了聯大學術共同體對於「詩教」的基本認識。「詩教」在其發生期主要不是文學概念，而是關乎諷諫政治和士人教養。朱自清講解「溫柔敦厚」時指出，詩教「『以《詩》辭美刺諷諭以教人』；美刺諷諭不離乎政治，所謂『《詩》依違諷諫，不切指事情』，就指美刺諷諭而言。」〔註94〕可見溫柔敦厚是一種特定的向君主進言諷諫的言說方式，其中也見性情。而《詩》作為六藝之首也是當時貴族知識分子的教養。正如《論語·陽貨》中孔子所言：「小子何莫學夫詩？詩可以興，可以觀，可以群，可以怨。邇之事父，遠之事君；多識於鳥獸草木之名。」「詩」是一種教育，而又是一種主要訴諸情感的教育，所謂「興於詩，立於禮，成於樂」，它提供的是一種感興。有研究者更指出：「對於朱自清的審美理想，如果以明確的概念加以界說，這就是：溫柔敦厚。」〔註95〕朱自清是如此，他的同事馮友蘭作為後來被追認的新儒家也有類似氣質。言志而兼美刺的文章，馮友蘭相當拿手。這或許也是為什麼其女宗璞的《野葫蘆引》中，父親的化身是諧音「孟夫子」的教授孟弗之。儒家人倫與人情的美感是《西征記》的底色，它的青年從軍書寫作為「詩教」，一方面以詩意的筆法動人的感興，一方面把一種高尚醇厚的情操傳染給讀者。而如果對現代史的敘述可以溫柔敦厚，收政治的勸百諷一

〔註94〕朱自清：《詩言志辨·詩教》，引自《朱自清全集》第六卷，南京：江蘇教育
　　　　出版社，1996 年，第 253～254 頁。
〔註95〕吳周文：《詩教理想與人格理想的互融──論朱自清散文的美學風格》，刊於
　　　　《文學評論》，1993 年第 3 期。

之效，那又是貫通整個《野葫蘆引》的苦心孤詣，不侷限於一本《西征記》。

在講述抗戰時期後方大學生從軍而有「詩教」品格的《西征記》中，從軍學生澹臺瑋和孟靈已是最耀眼的主角。宗璞「用人物統領材料」〔註96〕，圍繞兩位主角的生命進程，諸多戰時滇西抗戰的故事被編織起來，無論是在結構小說的功能上，還是在情節的重要性上，兩位學生都十分重要。雖然澹臺瑋是走向死，孟靈已是走向更新的生。一致報國而命運迥異的兩人，其抗戰經歷可以分別用「英雄悲劇」和「成長歷險」兩個情節模式來概括。

英雄澹臺瑋的故事和結局，在紛繁複雜的《野葫蘆引》中顯得異常單純。這種單純表現在他的經歷和性格上，這些成就了一個極度詩意提純的書生從戎故事。《西征記》開頭澹臺瑋的出場，始於他向老師蕭子蔚通告自己投筆從軍的決定。他的決心交待得非常樸素：那是他的「本分」。這決心乾淨利落地勾勒出一個高尚的青年心靈。然而，澹臺瑋故事和小說中其他人物不一樣處，還在於預敘敘事寫法的使用。在現代小說中「預敘」相對少見。所謂「預敘」即是預先寫出以後發生的事，而澹臺瑋故事中第一個典型的預敘來自他和戀人殷大士的離別。當這對戀人登上反向行駛的兩輛車，離別終於降臨，緊接著小說令人不安地寫瑋：「他想再看一看大士，可是他沒有看見她。他從此再也沒有看見她。」〔註97〕初讀之際我們會浮想聯翩：是兩人戀情有變，大士另有所愛嗎？但看到小說第五章，我們就知道瑋會戰死。如果我們帶著後見之明重讀全書，會發現類似的暗示比比皆是。這種寫法其實是對中國古典小說如《紅樓夢》敘事技巧的繼承，所謂「草灰蛇線，伏脈千里」。《野葫蘆引》借鑒了這樣的寫法，四部書開頭設有序曲，對全書故事予以概括。第四支曲子「招魂雲區」是寫「西征」之事的，其中寫道：「五彩筆換了回日戈，壯也書生！把招魂兩字寫天庭。孤魂萬里，怎破得瘴癘霧濃。摧心肝捨了青春景，明月蘆花無影蹤。莽天涯何處是歸程？」〔註98〕這是《西征記》中報國英雄命運的判詞了。而在小說開頭，在中文系老師江昉的《楚辭》課上，作者更以《九歌‧國殤》一詩奠定了《西征記》裏詩意的英雄想像。江昉說人死精神不死，國家民族就靠這點精神。〔註99〕這是明侖大學進步教授對學生的愛國教

〔註96〕《西征記》，第 327 頁。
〔註97〕《西征記》，第 40 頁。
〔註98〕《西征記》，書前扉頁。
〔註99〕《西征記》，第 12～13 頁。

育，接下來瑋將會以生命代價實踐這首詩和這種教誨。小說中還有多處預敘式的細節，如瑋出發前到姐姐澹臺玹處看望阿難，突然看著阿難想：「如果我死了，你會記得我麼？」〔註100〕又對三姨媽呂碧初開玩笑說：「如果我負了傷，就去找嵋。」〔註101〕這些話都一一成讖。

　　亞里士多德的理論曾描述了西方經典悲劇的模式，其中我們可以提出來一點：悲劇通過引起人的「恐懼」和「憐憫」來達到「淨化」作用。而在西方古典悲劇理論中，悲劇又往往是對災難中的英雄／神祇之不幸的表現。澹臺瑋的悲劇，在這個意義上有種西方古典悲劇的韻味：他是一個英雄，他的故事是悲慘和盪氣迴腸的。具體到小說中，宗璞先是安排了澹臺瑋和逃避兵役的學生蔣文長的對照，之後瑋戰鬥負傷時，又安排了小人哈察明對他進行「逃兵」的污蔑。在高貴與卑陋之間，宗璞造成了一種情感的不平之勢，也正是在小人和腐敗社會的反襯下，瑋才有了一種別樣的崇高，而他的悲壯「淨化」了我們的靈魂，這也是「詩教」的題中之意。澹臺瑋之死是《西征記》中濃墨重彩的一筆，是一首極度抒情、哀情的輓歌。瑋負傷後昏睡的夢裏，聽到了戀人殷大士的「我等你」，聽到了犧牲的小戰士福留的「我等你」，生的願望和死的休息，各自在將他拉扯，當一路走來的死之預感豁然貫通，他自知命運已在宣布他的必死。最終，戰士念著「祈禱和平」溘然長往，但宗璞寫在之前作為死的預告文本的《看那小草聽那小草》說了更耐人尋味的話。這篇短文是福留在召喚瑋，展現了高黎貢山戰場上死後魂魄們的世界。福留死了，瑋說：「福留，你做了很了不起的事，人們會記住你。」福留則說：「許多人做了許多了不起的事。誰會一一記住他們？」〔註102〕於是在福留「我是高黎貢山上的一棵草」的回聲中，瑋說出了「我是昆明的一棵草——北平的一棵草」。〔註103〕在這絕對的人與草的平等中，宗璞表達了某種「天地不仁」式的感喟。這讓人想起西南聯大參軍詩人穆旦的獻詩《森林之魅》的結尾：「沒有人知道歷史曾在此走過，／留下了英靈化入樹幹而滋生。」〔註104〕無論對瑋，還是對穆旦筆下胡康河上的白骨，英雄的壯舉最終都會湮滅於自然的循環，但萬

〔註100〕《西征記》，第 10 頁。
〔註101〕《西征記》，第 35 頁。「嵋」是孟靈己小字。
〔註102〕《西征記》，第 128 頁。
〔註103〕《西征記》，第 129 頁。
〔註104〕穆旦：《穆旦詩文集（增訂本）》第一冊，北京：人民文學出版社，2013 年，第 140 頁。

類生長卻正有賴於英雄的骨血與精神的滋養。澹臺瑋式的熱血青年為了國家獻出青春生命，也堪稱表率。《西征記》用最濃鬱的詩意激發讀者的愛國熱忱，對那湮沒的學生從軍往事也是鄭重的祭奠。

和澹臺瑋的故事不同，小說中另一個參軍學生孟靈己活了下來，她的故事可稱為成長小說或教育小說〔註105〕。在巴赫金的長文《教育小說及其在現實主義歷史中的意義》中，成長小說被分為五類，其中他認為最重要的一類是「人的成長與歷史的形成不可分割地聯繫在一起。〔……〕這類小說中，人的成長帶有另一種性質。這已不是他的私事。他與世界一同成長，他自身反映著世界本身的歷史成長。」〔註106〕巴赫金的描述對於我們認識孟靈己的成長故事頗有啟發，因為這是一個大時代的少女成人故事，時代的動盪、國族的前途確實構成了孟靈己生活重要轉變的契機。而她也在投身時代風暴的過程中，經歷了戰火中的「成人禮」。

和瑋一樣，孟靈己也不在被徵調的大四學生之列，但是憑著愛國的「熱情」和「本分」，她自願從軍，此舉被昆明的報紙當做愛國軼事廣為宣傳。考諸史料，當年女子從軍較為少見，故令人格外注意，〔註107〕也體現出學生愛國不分男女；但同時女子從軍又被認為八卦意義大於實際意義，人們豔談的是「木蘭從軍」這樣的戰地雅事，但卻又都暗暗懷疑她們真能起什麼作用。戰地醫院中嚴穎書的心理可能是大家共有：「照穎書的想法，嵋這樣的人屬於『錦上添花』一類，現在需要的是『雪中送炭』。」〔註108〕而孟靈己的故事，就是一個「無用」的女學生在戰爭中找尋自己的位置和價值，形成一個更成熟的新主體的女性成長故事。

孟靈己在戰地醫院的第一份工作是會計，但她無法勝任工作的諸多是非，於是穎書好心把她安排到資料室。在這裡，她利用自己出色的文字能力整理資料，翻譯文稿，將一切打理得有條不紊。通過和墳場看守老戰的交往，孟靈己開始接觸更廣大戰時中國的現實。小說由孟靈己和丁醫生幫老戰恢復記

〔註105〕成長小說和教育小說是同一個德語詞 Bildungsroman 的兩種不同譯法。
〔註106〕〔俄羅斯〕巴赫金著，白春仁、曉河譯：《小說理論》，石家莊：河北教育出版社，1998 年，第 232～233 頁。
〔註107〕女學生從軍者較少，但也屢有事例，如 1938 年《良友》畫報第 134 期刊登組圖《氣壯河山：廣西桂林國女學生出發抗敵》，反映了抗戰初期女學生從軍事蹟。
〔註108〕《西征記》，第 53 頁。

憶的書寫，觸及了滇緬公路艱難修路與之後無奈毀路的過程。接下來，在奔赴前線時孟靈己遭遇泥石流，被傣族姑娘阿露所救，進而由城市而接觸到了中國鄉土的戰時環境。在這裡，阿露供給她食物並為她療傷。接下來兩人救回一位負傷的飛行員本杰明・潘恩，但又因醫治無效死去。老戰為國修路卻無法挽回妻兒俱亡的遭遇，阿露和本杰明・潘恩相愛，都熱烈地希望活下去，卻最終死別，表哥澹臺瑋一腔報國熱情卻負傷死去，而在如此艱難境遇下，戰地醫院卻仍然暗藏貪污腐敗，凡此種種，讓孟靈己進一步意識到了人世的複雜和戰爭的殘酷。戰爭的殘酷原來並非人的「熱情」和「善良」就能解救，這個女學生漸漸懂事了。她在戰時的艱難鬥爭中增長了閱歷，變得更加成熟穩重。抗戰勝利後學生運動在明侖大學風起雲湧，然而「孟靈己遠不如以前活躍，專心研究數學。她似乎對人生有了看法，認為激情是很表面的東西，願意多作思考。」〔註109〕此時，孟靈己先於同齡人經過了戰場生活，早熟的她已然意識到僅憑學生激情成不了事這一事實。

　　同是處身戰時大後方雲南的女青年，孟靈己和她母親的遠親呂香閣十分不同。孟靈己看到了社會的陰暗，所以更加擇善固執，這也是她的家庭和西南聯大／明侖大學師生的多數性格。歷史讓她成長，她吞咽下晦暗的閱歷，選擇堅持自己的原則和初衷。而呂香閣則信奉「人往高處走」，一再依附有用於己的男性，到昆明開了咖啡館、跳舞場，到滇緬公路走私煙土玉器，並終於憑藉美貌和孟家「親戚」的招牌嫁給了瓮裏土司，掙到了地位和財富。在小說中，呂香閣是一個反面參照，宗璞真正認同的還是知識分子女性善良明慧的性情操守。孟靈己這樣雅正而懂事的女性知識分子，是抗戰時代知識女青年的另一種成人可能。時代並不因勝利而減少了險惡，要應對它需要更有韌性和彈性的心智。孟靈己活了下來，她並不一定達到成長小說裏「新人」的完成度，只是比起被喚醒而激進的林道靜們，她的成長保有一種接續中國傳統倫理和審美的正面意義，她不是「革命的」，宗璞的書寫或許正是在「革命新人」以外為知識女性尋找一種人格態度。時代教會了孟靈己這類知識女性辯證法，包括革命的辯證法，而死亡也教會她們明白了人的限度，知道事有兩端，人有極限，不卑不亢地靜候前途。

　　然而，孟靈己的成人，是一種美好而缺乏歷史遠景的人格，帶著後見之明的我們知道她有受難的一生——她並不是時代的成功者，這種固執的擇善

〔註109〕《西征記》，第278頁。

和受難的命運，使宗璞的詩教也充滿無解的困惑，那教人向善的文學，為何最終無法給出人生安頓的答案呢？

二、書寫戰時後方大學內外

除了主人公們的歷險和成長，《野葫蘆引》更是一個大學故事，書中的大學師生群像亦值得關注。託名「明侖大學」的戰時後方最高學府，就是國立西南聯合大學尤其是其中清華大學的影射。宗璞是清華和西南聯大教授馮友蘭的女兒，馮家在抗戰時期主要生活、學習、工作於西南聯大，馮友蘭是聯大哲學教授和文學院院長，長子馮鍾遼是聯大學生，後來確有作為學生參軍任譯員的經歷〔註110〕，宗璞是聯大附中學生。由此可知，宗璞寫聯大故事，有親身經驗和諸多人證提供素材。明侖大學的師生，很多人都有真實歷史人物的風神。而《野葫蘆引》中的核心大學託名「明侖大學」，其用意也不難揣測：因為宗璞要寫的是小說不是回憶錄，所以其間的小說家言不可太過落實，如稱「西南聯大」，勢必會有如史家之實錄的要求，而託名虛構，不重史料考據而得其風神，是小說家更擅長的方式，也在歷史的不便言說之處有伸縮曲折的自由。作為小說，《野葫蘆引》的寫史抱負確實被學者讚賞，陳平原立言道：「鹿橋的小說側重『青春想像』，汪曾祺的散文更多『文人情趣』，宗璞呢，我以為頗具『史家意識』──其系列長篇立意高遠，氣魄宏大。」〔註111〕以詩的方式寫史，對讀者進行「詩教」，正是《野葫蘆引》的特點。

《西征記》中寫明侖大學的徵兵與民主運動，給了我們觀察宗璞的大學故事中詩史辯證的好案例。小說開始於1944年昆明的冬雪中，這時全面抗戰已進行了七年，雲南的中國軍隊也進入了遠征緬甸的反攻階段。此時美軍來華作戰，急需翻譯和能使用先進武器的高素質人才，這使得戰爭初期為保護建國精英力量而免於徵召的學生階層也被納入兵源範圍，蔣介石提出了動員口號：「一寸山河一寸血，十萬青年十萬軍」，並在1944年10月24日發表《告知識青年從軍書》。接受蔣介石的訓令，後方各大學開始了徵兵，這些是小說中明侖大學從軍動員活動的背景。

〔註110〕見《西征記‧後記》，宗璞寫道：「《西征記》有一個書外總提調，就是我的胞兄馮忠遼。一九四三年，他是西南聯大機械系二年級學生，志願參加遠征軍，任翻譯官。如果沒有他的親身經歷和不厭其煩的講述，我寫不出《西征記》這本書。」引自《西征記》，第328頁。

〔註111〕陳平原：《宗璞的「過去式」》，刊於《文匯報》2011年8月9日。

"This is your war!" 明侖大學的壁報上這樣寫道,這也就是瑋和嵋所相信的「本分」的由來,因為滇西被日軍侵凌,昆明由後方一躍而為前線。時在成都的前西南聯大教授吳宓在日記中寫著:「恐昆明將陷敵,而聯大或解散也。」〔註112〕可見情況危急,當兵參戰成了每個人分內的事。宗璞為此在小說中敘寫了從軍的澹臺瑋、冷若安和逃避兵役的蔣文長、欒必飛的態度分歧。蔣文長不想參軍,對人稱自己英文糟糕,去了不起作用;而欒必飛更加聰明,不停地在二三年級轉系,這樣就永遠到不了四年級,而不到四年級就不用畢業,就可以不擔當服兵役的責任。蔣、欒二人自私自利,卻又自我標榜為清高。對此,瑋的評價是:「『清高』是個好詞,可是他要有個界限。若是取消了社會責任感,就是自私的代名詞。」〔註113〕今天的讀者或許不能一下就理解,拒絕參軍為什麼就是「清高」。這其實源於真實歷史上學生與執政黨、共產黨之間的政治關聯,當初的西南聯大,是一個政治性濃厚,師生立場錯綜複雜的高校,投射到小說中,明侖大學也仍有此特徵,我們不妨考察一下。

宗璞筆下的明侖大學學生晏不來是一個進步分子,他在與孟弗之的對話中提及進步教授江昉對學生從軍的支持態度:「江先生鼓勵學生從軍,受到有些進步學生的批評,說這是幫助腐敗的政府。江先生對這樣的批評不以為然。可是,據說這種批評是有來頭的。」〔註114〕原來江昉對學生的勸說是:「政府雖然腐敗,國難是大家的。」〔註115〕這個歷史細節不可謂不真實。這次學生徵兵發生在 1944 年冬,明侖大學的原型西南聯大這時民主運動呼聲日高,學生中也確有共產黨活動分子。共產黨的活動是一個讓國民政府頭疼的問題,1944 年底一次聯大常務委員會議上,梅貽琦就有這樣的報告記錄在案:「教育部聞校內發現奸黨傳單、標語,並有局部集會,望隨時電告詳情並加意防範密電令」。〔註116〕從兩年後勝利時的紀念刊《聯大八年》中,我們也可以感受到即將復員的西南聯大學生鮮明的政治性,此書從政治立場、與政府關係、對學生運動的態度等方面對聯大教授大加臧否。可見面對從軍令,學生並不

〔註112〕 吳宓:《吳宓日記》第 9 冊,北京:生活・讀書・新知三聯書店,1999 年,第 371 頁。
〔註113〕 《西征記》,第 33～34 頁。
〔註114〕 《西征記》,第 25 頁。
〔註115〕 《西征記》,第 4 頁。
〔註116〕 北京大學、清華大學、南開大學、雲南師範大學編:《國立西南聯合大學史料・二、會議記錄卷》,昆明:雲南教育出版社,1998 年,第 357 頁。

是一張政治的白紙，從軍與否也不盡然是出於民族大義的衡量。拒絕從軍，可能是拒絕與國民黨系統勾連，這正是說「清高」的真正原因。

　　歷史上的西南聯大，從皖南事變後國民黨實行「消極抗日，積極反共」的政策起，很多學生就對國民黨充滿牴觸。這也是為什麼西南聯大要向國民政府爭取參軍學生為「國防軍」，也即爭取是國家而非黨派的軍隊〔註117〕。而關於國民黨吸收學生參軍的政治用心，聯大從軍學生蔣大宗就提到，國民黨軍隊曾自動扣除軍餉的一小部分，名目是「黨費」，相當於把學生軍自動歸為黨員，此舉曾遭到抵制。〔註118〕可見進入軍隊的學生們不管主觀意願如何，都不免攪進政治的渾水。而這渾水帶給青年的貽害是長期的，甚至在新中國的政治運動中，以「敘永班」為代表的聯大從軍青年還被扣上「美蔣特務」的帽子。這樣看來，澹臺瑋從「社會責任感」出發不贊同「清高」，既是高覺悟，也是一種理想主義者的天真。

　　為了鼓勵學生從軍，明侖大學當局採取了強硬的制度性推動，具體是這樣一條規定：大四男生如不服從征調，將不予畢業。〔註119〕對學校這種態度，學生們各有感想：「有的人說，能有機會直接為抗戰出點兒力，以後勝利了也心安；有人說，正不想念書呢，到叢林裏打仗多浪漫；可也有人不想去。也有閒話，說校長和先生們是向上面邀功。」〔註120〕雖有如此議論，小說中許多師生在從軍問題上卻是言行一致。教授家庭中，就有孟靈己、李之薇這樣的女孩要求從軍。總的來說，《西征記》雖也涉及大學政治，但主要是對歷史的詩化和提純，而這提純又主要是曉以民族大義。在民族大義的旗幟下，蠢蠢欲動的內部力量和利益紛爭都被暫時掩蓋，小說主要以高亢的愛國壯劇模式講述了戰爭，這是對讀者的「詩教」陶冶，但也是對歷史事實的選擇性編織。對此小說家言，我們固然不應苛求，但是與「民族大義」的論述邏輯相比，歷史有什麼更繁複的理路？這可能是幫助我們更好理解歷史、也理解《西征記》用意的探問。

〔註117〕1944 年 12 月 5 日聯大教授會議決定建議「此次知識青年純粹為國防軍，不參加黨派活動」，參見蔡仲德編撰：《馮友蘭先生年譜長編》（上），北京：中華書局，2014 年，第 393 頁。

〔註118〕參見蔣大宗：《打出叢林區，進軍密支那》，《國立西南聯合大學八百學子從軍回憶》，第 43 頁。

〔註119〕《西征記》，第 5 頁。

〔註120〕《西征記》，第 4 頁。

　　目前學界對西南聯大學生從軍的研究已有一些，〔註121〕一般認為聯大有三次（有論者分四次）〔註122〕從軍熱潮，這一從軍熱潮得到多數教員的支持。教育學系主任陳雪屏是國民黨聯大區黨部負責人，早在1942年底就有文章《論學生服兵役》〔註123〕主張學生從軍。此文比1944年初蔣介石訓勉從軍學生和年底發表《告知識青年從軍書》要早。梅貽琦校長也早在1943年就做過動員工作。據學生回憶，他公布完從軍優待方案後直白地說：「我希望同學參加。但我不得不對同學們說，這工作是艱苦的，而且是有危險的。如果同學們經過仔細考慮後，認為自己的身體可以，不怕危險，那麼到教務處去報名。我認為你是聯大的好學生。」〔註124〕這是校方的最高表態，可看出是近人情而不虛誇的，在戰時動員中很難得。1943年秋，馮友蘭的兒子馮鍾遼報名參軍，馮友蘭參加了動員演講，據載「演講後先生在門外見有大字報勸學生對報名從軍應慎重考慮，先生將大字報撕去，說『我懷疑寫這大字報的是不是中國人』。」〔註125〕

　　但這是1943年的情境，到了1944年底，情況又有不同。國民黨政府的腐敗和獨裁越來越不得人心，學生不願因參軍而被政治綁架。據西南聯大總務長鄭天挺日記1944年11月22、24日載，從軍征集令公布之初應者寥寥，聯大校方還開校務會議商議擴大軍訓。〔註126〕到29日聯大舉行教師演講鼓動從軍：「首月涵，次端升、芝生、枚蓀、一多、召亭，立論雖不同，而主張從軍則一。」這之後才有了「登記從軍者紛紛不絕」，超出政府預期人數的結果。〔註127〕動員演講中聞一多鼓吹參軍是民主力量把「兵權」拿過來，壯大民主勢力。〔註128〕這個主張在學生進入國民黨軍隊系統後迅速幻滅，腐敗的軍隊並不是幾滴無權勢的新鮮血液可以挽救的。〔註129〕更多的師生沒有聞一多那

〔註121〕參見聞黎明：《關於西南聯合大學戰時從軍運動的考察》，刊於《抗日戰爭研究》2010年第3期。聞黎明：《西南聯合大學的中國青年遠征軍》，刊於《日本侵華史研究》2014年第1卷。

〔註122〕如聞黎明的觀點，見《關於西南聯合大學戰時從軍運動的考察》。

〔註123〕陳雪屏：《論學生服兵役》，刊於《當代評論》1942年第三卷第4期。

〔註124〕程耀德：《一篇日記——梅校長動員我們當通譯》，《國立西南聯合大學八百學子從軍回憶》，第26頁。

〔註125〕《馮友蘭先生年譜長編》（上），第379頁。

〔註126〕鄭天挺：《鄭天挺西南聯大日記》，北京：中華書局，2018年，第959頁。

〔註127〕《鄭天挺西南聯大日記》，第962頁。

〔註128〕參見聞黎明：《關於西南聯合大學戰時從軍運動的考察》中的相關敘述。

〔註129〕參見西南聯大《除夕副刊》主編：《聯大八年》（2版），其中的《從軍生活》一節有親歷學生軍的回憶，北京：新星出版社，2013年，第124～151頁。

種詩人的天真，他們用各種曲曲折折的方法表達著他們的思考和諫言。如潘光旦在一次演說中不僅動員學生，更含蓄地向政府進言。一方面主張抗戰建國相互關聯不可割裂，準備著「建國」的青年應為「抗戰」出力，一面又說：

> 近代軍事的成敗利鈍，有賴於前方將士用命與配備充足者可能只是一小半，而有賴於大後方的生活條理的整飭者可能的是一大半。生產的維持，消耗的限制，抗戰意志的統一，以至於全部政治的清明與部分之間的調協無間——都是所謂後方生活條理的重要部分。換言之，我們一面要建立新軍，同時我們必須建立一番新的經濟與新的政治來和它配合，建立前者既然是知識青年的職責，建立後者必然的是我們壯年人以至於老年人的任務了。〔註130〕

政府的腐敗和不作為、中國社會的失調，是同樣對抗戰有害的事情。和潘光旦看法相同的聯大教師不在少數，特別是在從軍同學返校訴說國民黨軍隊腐敗以後。鄭天挺日記載：「（從軍學生回校後歡迎會上——引者注）發言者甚多，皆表示不滿，所舉軍隊走私侵蝕及軍人嫖賭諸事實令人髮指，而馭眾之無理無法無計劃。」〔註131〕而一些教授積極支持自己的子女從軍，但得知真相後很感痛心，《聯大八年》載：「前次知識青年從軍，劉先生送了自己的孩子去入營。可是後來在歡迎從軍同學返昆席上，劉先生致詞，當他說到這批青年人所受到政府的待遇時，眼淚不禁奪眶而去。」〔註132〕西南聯大師生在「參軍」問題上的複雜態度於此可見一斑。從軍幫助書生們發現了國家社會更大的黑暗，從此民主運動沛然莫之能禦。初版於1946年的《聯大八年》如是描述這一過程：

> 在這個時期中尤其重大的是青年從軍和譯員微調，使許多從未離開學府宮牆的同學，鑽進了中國現社會最陰暗的一面，讓大家深深感到對於國民切身的利害，不能漠視，於是激昂的喊出民主的口號，國是宣言，五四遊行，雙十節紀念，都是這個口號下矚目的表現，到今天，「民主堡壘」的名號，不但能夠保持，而且有所光大。〔註133〕

〔註130〕 潘光旦：《論知識青年從軍》，引自潘光旦：《自由之路》，北京：群言出版社，2014年，第197～198頁。

〔註131〕 《鄭天挺西南聯大日記》，第1070頁。

〔註132〕 《聯大八年》，第206頁。

〔註133〕 《聯大八年》，第55頁。

　　正是應和著這樣的聯大往事，《西征記》沒有以中國戰勝日本收尾，而是還寫出了長長的第七章。在這一章中，抗戰勝利後的從軍學生們回到課堂，但並沒有一味沉浸於勝利之中，而是思考著接下來的政局走向，在進步學生組織下以學潮的方式反對內戰。至於教授們更是紛紛為內戰的迫近感到憂慮，他們或傾向國共中的某一方，或希望走中間道路，政治態度明顯有分歧。在這樣的情況下，《西征記》濃墨重彩地寫了嚴亮祖將軍的「死諫」。同樣作為軍人，瑋的死是一首盪氣迴腸的詩，而嚴亮祖的自我犧牲卻並不能挽回歷史的走勢，「中國人不打中國人」的「死諫」其實並無效果。應該說，宗璞對嚴亮祖之死的虛構，在內戰的殘酷現實中，又建構了一種壯烈哀傷的「詩教」，超越了黨派利益的「獻生」代價無可計量，但卻在我們講述歷史時給了事件一種血肉的痛感與高貴，這其實是文學教化人心作用的凸顯，《西征記》裏澹臺瑋和嚴亮祖的死亡，有悲劇的「淨化」作用，也是大學故事的題中之意。

　　不知是否是虛構的嚴亮祖的死，換回了聞一多化身的江昉的生。在歷史真實中，聞一多作為進步教授和民主運動的精神領袖被國民黨特務暗殺，而江昉則在暗殺來臨時由植物學家周弼替他擋下子彈，最後周弼慘死，江昉幸存。這詩與史的對照，顯出了宗璞對聞一多之死的惋惜，歷史中的死者在小說中被救了下來，作為民主運動的精神領袖攜家人去了延安。這個講述老大學的「詩教」故事，的確有一種面對歷史的溫柔敦厚之情。

三、人情之美的詩與史

　　值得注意的是，書寫西南聯大故事的小說，常常都在刻畫一種符合知識分子趣味的人情之美，鹿橋書寫「青春神話」的《未央歌》是如此，《野葫蘆引》也是如此。當初戰時後方高校文化也有類似的審美追求。西南聯大哲學教授馮友蘭於戰火中的 1943 年就寫下了《論風流》一篇關於魏晉風度的妙文。可能因為戰時大學內遷在中國知識分子眼裏是接續古代傳統的又一場「南渡」，所以一時懷古思今的詩文遍地開花，陳寅恪的感歎「南渡自應思往事，北歸端恐待來生」成為一個公共的感受。而對於馮氏父女的寫作心態，已有研究者指出：「按馮友蘭對於南渡歷史的論斷，古之南渡『未有能北返者』，而吾人之第四次南渡成功北返，改變了歷史的宿命，也改變了南渡文學敘事的悲情傳統。這樣昂揚的情緒與歷史意識也成為其女宗璞《野葫蘆引》寫作

的倫理意識和美學原則。」〔註134〕南渡及由此勾連出的魏晉風度，作為應對國事衰微的人格方式，也包含對北歸的後涉認知，在後人的西南聯大追念中成為熱點話題。南渡深刻影響了當時學院知識分子的行為方式，北歸又給了後人講述歷史的昂揚情緒。而宗璞的青年從軍書寫就扎根於此。

西南聯大地處「雲南王」龍雲治下的昆明，不在中央駐紮的陪都重慶，相對重慶高校，它「山高皇帝遠」，比較「自由」。聯大有一門全校公共課「大一國文」，由中文系教授楊振聲帶領一個班子編纂教材和設計課程。他們的大一國文教科書，把民族文化經典作為一種愛國教育傳授給聯大所有一年級新生，其中有許多篇目特別強調淵雅俊逸的傳統人格之美。諸如《論語》侍坐章、《世說新語》經典段落的入選，都有人格養成的潛移默化作用，這不只是語文教育，更是美育。可以想見，飽受薰染的聯大學生，書寫校園故事必然不同凡響。

在這樣的視野裏，我們或許較能理解《西征記》中突出的人情美的描寫。宗璞寫這些泛著神光的英雄兒女們，處處是自己的胸懷寄託和對西南聯大精神的追撫。馮友蘭《論風流》裏有一個說法：真風流者當有「深情」和「玄心」，所以真風流者「有情而無我」，即是說他們的哀樂不在於一己的禍福得失，而是從天或道的觀點化解了無常之哀，達到「忘情」。宗璞的戰爭故事或許還不能達到這樣的「忘情」，但其中的清和流美，確實可稱「有情而無我」，有戰時後方文人所理解的魏晉風度。小說開頭寫大學教職工的貧窮，以及在這樣的處境下教育部要給學校管理者發特殊津貼，而孟弗之以「不患寡而患不均」為由拒絕了，並參與到教授們賣字賣印章的行列中。雲南戰事進行中，教育界更是組織義賣，捐飛機、捐棉衣支持前方。這種種都是西南聯大歷史上的真事，宗璞有意鋪排，表達了她對教育界人情美的認同。這些知識分子在她筆下並不侷限於個人悲歡，而是有更大的愛與關切。自此心境而觀戰時百態，哪怕對民間小人物的命運也十分同情，小說結尾宗璞寫到女僕青環來請教碧初自己的婚姻大事，兩個追求者柴發利和苦留都是忠厚之人，而碧初告之以「身安」與「心安」的差別，青環如有所悟，最終放棄財富選擇了真正愛慕的苦留，這主僕二人的問答與抉擇，都可謂不俗。宗璞的詩意安排，關切到了學院內外的世界，具有深厚的同情心，故事人物多數行

〔註134〕陳慶妃：《「南渡」文學敘事的三種範式──由〈野葫蘆引〉〈巨流河〉〈桑青與桃紅〉談起》，刊於《文學評論》，2018 年第 4 期。

為也深合中國古典倫理的「仁」和「義」。這些戰火中善良的可貴,正如嚴穎書評選先進醫護人員時的感慨:「幾句表揚算什麼,哪裏能見出這些人的心。」〔註135〕

但不得不提的還是歷史上的從軍學生、記者們一線的觀察。有一個隨軍記者名呂德潤,復旦大學畢業,1944年任重慶大公報記者,26歲赴緬甸戰地採訪。他雖不是聯大學生軍,但和他們學養、年齡、立場相似,我們不妨看看他在前線的一些觀察。1945年初中印公路通車典禮時,呂德潤在現場問中國民工:「你們為抗戰出了力,當官的有沒有給你們什麼好處?」而民工們的反應是:「他們一時不懂這話什麼意思,像很驚異。我目不轉睛地看著他們,他們都搖頭了:『沒有這回事呀。』」而更讓呂德潤痛心的是:「幾個美國兵從車上丟下許多東西,他們歡天喜地爭搶。這幾個大人像小孩子似地爭奪起來。」而隨後通車典禮的娛樂節目中,一個八九歲的中國馬戲班小孩連著表演了四個雜技節目以後,更發生了這樣的事情:「這孩子顯然已經吃不消了,眼淚快流出來了,兩隻小膀子在發抖,聲調裏帶著哭腔。來賓中有人看不下去了。『不要讓這個小孩演了!』『Enough!Enough!』可是那個中年人仍然獰笑著逼他再來。連吃醉了酒的美國兵也把頭低下去不忍再看了。」呂德潤議論道:「這個殘酷的表演破壞了許多中外來賓的心情。我真不知道這個節目是什麼意思?是讓盟友們看看中國對兒童的折磨嗎?我真不希望再用這個表演『歡迎』以後的車隊。」〔註136〕這個年輕的知識分子記者的觀察,豐富而鮮活地呈現出了中國官方戰時對民間的殘酷掠奪和不人道統治,以及中國人的愚昧和求生,和這一切展現在盟國軍人面前時他們的震驚,還有他們身旁中國知識分子的尷尬與恥辱。

宗璞也不能迴避戰時中國的腐敗問題,對腐敗問題的關注具體體現在小說中戰地醫院的書寫上。院長陳大富和其心腹小陳貪污醫用物資,造成了許多戰士藥物不足死去。經過穎書和洪上尉的努力,最終貪污者被繩之以法。而陳大富一家人收養孤兒過多確實入不敷出的拮据也讓人同情,體現出複雜的戰時百態。但宗璞這樣的寫法,或許還是用「人情美」改寫生活的結果,她

〔註135〕《西征記》,第176~177頁。
〔註136〕呂德潤:《首批隨車隊到昆明》,原載1945年2月12日重慶《大公報》,轉引自《軍用密碼發出的緬北戰訊》,昆明:雲南人民出版社,2015年,第196~200頁。

不忍心照搬更為晦暗的現實。而在從軍學生回憶錄中，不止一個學生軍提到
戰時物資供應部門的腐敗。比如這則回憶：

> 傳聞都說，戰地服務團是個貪污集團。它所使用的大量永久性
> 的生活用品，如床、被褥、蚊帳等都由區部採購，發往各招待所；
> 而食品都由招待所採購，可從中做手腳、拿回扣。李維時和我對於
> 貪污一竅不通，認真對待一切物品的收發。李還派我協助總務人員
> 監督食堂的採購。我們這種認真的態度堵塞了貪污的漏洞，可能引
> 起某些人的忌恨，影響到我們工作的調動。〔註137〕

　　可見在現實中，發生的可能不是貪污者被處罰，而是天真正義的學生揭
發貪污而被嫉恨、調動。貪污是中國在戰時普遍的弊病，而正直的翻譯官維
護祖國尊嚴、糾正歪風邪氣的努力幾乎是沒有效果的，還會引起美軍的不滿、
中國貪污者的嫉恨。而因為中美實力懸殊，種族歧視確實嚴重存在，美軍欺
辱中國士兵，到了中國鄉鎮騷擾中國百姓的事件層出不窮。因此學生軍們也
分外渴望奮鬥自強，為中國爭一口氣。在這樣的戰爭和國族實際面前，宗璞
卻大膽地寫下阿露和本杰明・潘恩的純潔愛情故事，寫美國軍人對著勞苦民
夫們用中文高喊「光榮」以表敬意，這也是極度理想化的人情美的展現，固
然不是絕不可能，但其中提純了多少雜蕪的現實也可想而知。只是宗璞作為
歷史親歷者，或許並非純出於迂闊天真，而是執拗地追求著她心中的西南聯
大精神和對人情的審美判斷。

　　甚至《西征記》的高潮、澹臺瑋的犧牲，也是一種和從軍學生實況頗有
出入的美化。曾任西南聯大學生翻譯官的許淵沖在回憶錄《聯大人九歌》中
也談到學生參軍，他給學生的態度分出了「自然境界」、「功利境界」、「道德
境界」、「天地境界」幾種〔註138〕，這其實是馮友蘭當年的人生境界哲學的諧
用，但許淵沖自我坦白他是在自然、功利、道德境界中徘徊，說明了聯大學
生軍思想的複雜性。1944年鄭天挺日記中也曾載：「有學生二人來，謂學校使
學生參加通譯工作為不當，以其無理更無禮，深責之。」〔註139〕參軍翻譯官
犧牲很少，而1944～1945年間的西南聯大常務委員會會議記錄中，卻有多位

〔註137〕楊先鍵：《兩年翻譯生涯履行國民外交》，引自西南聯大1944級編：《國立西
　　　　南聯合大學八百學子從軍回憶》（內部刊行），2003年，第22頁。
〔註138〕具體論述參見許淵沖：《聯大人九歌》，昆明：雲南人民出版社，2008年，第
　　　　277頁。
〔註139〕《鄭天挺西南聯大日記》，第787頁。

學生因逃避兵役而被開除學籍。〔註140〕聯大 1944 年底擴大軍訓後,甚至受到重慶政府的猜忌,「以為將生大問題,囑月涵先生慎重將事。」〔註141〕可見瑋的形象是一種高度詩意的提純,而歷史中的翻譯官們就算恪盡職守,也和國民黨、美軍有矛盾,前線危險,復員後出路艱難,這些「雜質」都是詩一般的澹臺瑋迴避了的,他英雄早夭,未經歷人生和國家更多的險惡,僅僅是把聯大學生軍最英勇明亮的部分寫成了一首性格與命運的詩。

宗璞對人情美的祈盼,甚至延及她書寫敵軍日本人。《西征記》塑造了一個日本逃兵吉野,他反感戰爭,私自脫離隊伍,最終被中國軍隊發現,成為戰俘。他對中美軍人的自白是:

> 「我從頭就懷疑這次戰爭的意義,無論加上多少好的詞彙,都不能掩飾我們是侵略者。佔據了別人的土地,要在別人的家裏死守,沒有援助,只有死守,守的不是自己的家——」吉野的話忽然中斷了,他沒有說出「所以我逃跑。」〔註142〕

考諸史料,不能說吉野這樣的日本兵就不存在,只是數量肯定不會多。抓住吉野的冷若安和布林頓對他的看法是:「仇恨是可以化解的,但那必須是在正義伸張之後。」〔註143〕這種大道理固然符合馮友蘭認為的「美人格」中必須含有的超越性,只是這個視角或許不能起到任何接地氣的效用。抗戰中的學生譯員們,對日軍自然另有看法。在從軍學生回憶中,除了日本兵濫殺平民、掠奪中國資源財富的諸多惡行以外,也有對日軍之勇敢的提及。只是戰爭雙方必定你死我活,只有在宗璞的大學故事裏,敵人才能超越國族利害得到一絲對手國家的同情,雖然這同情之後當然還是中國本位的敘事立場。而在對史實的瞭解和詩意加工後,宗璞講述了一個以人性之善為主旨的青年從軍故事,它今天仍然可以引起有識者的共感,並將那遙遠年代裏的西南聯大精神傳承下去。

《西征記》中一切對於善的詩意書寫,都是一種戰爭「詩教」。澹臺瑋的部分是一個關於犧牲的故事,宗璞從一個戰爭中的翻譯官死亡中,體悟出了為國犧牲的崇高意義。孟靈己的成長則是一個青年知識分子人生態度、政治

〔註140〕 《國立西南聯合大學史料・二、會議記錄卷》,第 336、338、359 等頁。
〔註141〕 《鄭天挺西南聯大日記》,第 968 頁。
〔註142〕 《西征記》,第 252 頁。
〔註143〕 《西征記》,第 253 頁。

態度長成的故事。她的經歷把她教養成了一個更懂得生死之重,更警惕盲目的政治熱情的人,這種經驗能注入人物,或許在本事層面靠的不僅是宗璞在西南聯大附中的經歷和思考,而更是後來在當代史中一場場政治運動的苦澀閱歷。至於明侖大學故事與西南聯大本事的對照,則更見出小說「詩教」的立意所在:濾淨了國民黨以招兵控制青年的用心,濾淨了美國軍人的種族歧視,濾淨了學生對從軍優待的衡估,濾淨了翻譯官普遍的戰後生計問題,這個大學生從軍故事反覆回到「民族大義」,是提純了的詩。而對人情之美的強調,建立的是一個大學故事中善的烏托邦,《西征記》中好人尚應接不暇,就算是有呂香閣、哈察明這樣的小人,也並不足以用人性陰暗面推翻小說主基調。只是如果對照史料,這個人情烏托邦的確是對現實很大的改動,或許這也在某種程度上暗示了西南聯大的當下意義:它是一個歷史中的樂園,正因為歷史永遠過去,它才作為失去的樂園越發耀眼,它的意義在於樹立了一種人格理想,它實際上提供了一種審美詩教。

第四節　歧路與悲歌:北歸的詩與史

　　宗璞的《野葫蘆引》系列第四卷《北歸記》,講述了 1940 年代國共內戰中的北平明侖大學的故事——這是一所真事隱去而託名虛構的大學,其原型主要是從西南聯大復員後的清華大學。在「大局未定,天地玄黃」的 1940 年代後期,北平學院知識分子的生活是耐人尋味的。對中國共產黨來說,平津等地的學生運動為進步力量開闢了第二戰場,大大宣傳了中共的主張,推動了對革命的擁護,促進了最後的全國解放的到來。學生富有革命性和歷史正當性的抗議運動,以及在學生運動的進行中學院教師知識分子的政治立場和人生選擇,也同樣是中國一代知識分子重要的過往。在後期轉紅的西南聯大,已有了不少教師同情左翼力量,現在學校復員,學生運動繼續,更多的教師也投向了左翼陣營。而那些學院派的知識分子們或追求進步,或歧路彷徨,或立場保守,都經歷著程度不同的思想鬥爭,最終在 1949 年北平解放的時刻,人們有了留平或再度出走的不同選擇,影響到建國後知識分子的不同生命境遇,也影響了共和國的文化教育事業。

　　這些歷史過程在《北歸記》中均有程度不一的藝術表現,而在小說的這種歷史的再現/發明背後,我們可以看到作者宗璞本人的立場和判斷,更可

以看到「革命」和「學院」兩種不同力量的博弈。宗璞作為清華教授馮友蘭的女兒，作為在後來經受磨難的高級知識分子家庭後代，其立場是鮮明的、尖銳的。但這是小說家言，代表的是個體面對大時代作見證的「詩史」的邏輯，也可以說是歷史的一種觀察角度。而本文要做的，除了梳理宗璞的邏輯外，更要加入其他同時代人的所見所感，力圖把歷史的複雜性做一種還原，從而在詩的純粹與史的駁雜的對照中看到小說生成的肌理。進一步，如能在不同知識分子群體和立場的辯證中理解詩與史，那麼或許對我們理解宗璞文學的特殊抱負，以及這一抱負面對時代構造的展開與得失，都不無啟發，這大約也是「詩史」的經營者渴望被後世閱讀的方式吧。

一、小說內外學生運動的兩重面孔

　　1946 年夏天西南聯大復員回到平津。復員以後立即面對的問題，是學生的安置、教學和生活設施的建設、新學期能否順利復課等。國民黨的「甄審政策」引起了北平滯留學生的不滿，他們和內遷大學復員回平學生會合，學生運動的力量壯大了起來。客觀地說，學運力量和中共有著精神和組織上千絲萬縷的聯繫。有些學生運動組織者、參與者就是中共的地下工作者，作為「職業學生」活動在校園中發展勢力。〔註 144〕

　　北平內戰時期規模和影響較大的學生運動，大約有六次。《北歸記》對其中的兩次都有所涉及，分別是「反飢餓，反內戰」的「五二〇」罷課大遊行，以及北平各校反對「八一九」大逮捕的鬥爭。考諸史料我們發現，在內戰時期的多數人看來，學生運動是積極的、正義的、有效的。無論是當初的校園師生和社會各界寫下的表態和議論文字，還是八十年代以來老大學學生、老教授家屬們的回憶文字，大都把學生運動看作國統區反蔣第二戰場，並肯定了學生們追求民主、自由的熱情。《聯大八年》紀念冊在總結西南聯大時可以不無驕傲地宣稱「聯大造運動」，進步教授李廣田的後人更自豪地回憶「八一九」反搜捕鬥爭道：「這時父親和另幾位教授在『陪同』反動軍警一起搜查學生宿舍，反動軍警哪裏知道，此時的李廣田已經是地下黨的成員，黨指示他，以教授身份出面，『團結知識分子，保護學生，不能讓反動

〔註 144〕相關回憶文章可參見項子明：《回憶北大地下黨的一段組織史》，高紅十：《宋汝棻：淪陷區「北京大學」地下黨支部書記》等文，收入北京大學校友會編：《北大歲月：1946～1949 的記憶》，北京：北京大學出版社，2013 年。

派抓走一個人』。」〔註145〕就連當時的北京大學校長胡適、清華大學校長梅貽琦面對「八一九」大逮捕，也一起致信政府稱：「若用軍警入校，則適、琦極以為不可行，行之必致學校陷入長期紛亂，無法收拾，政府威信掃地，國內則平日支持政府者必轉而反對政府，國外輿論亦必一致攻擊政府。」〔註146〕從胡、梅校長的「姑息」學生運動，以及進步教授的掩護學生，已可看出在當時知識分子的傾向性了。這也難怪，在物價飛漲、時局動盪的二次內戰時期，學生們反飢餓、反內戰、反逮捕、反美扶日的主張無論如何都是正確的，也是能戳中多數中國民眾內心渴望的。

但宗璞的《北歸記》在學生運動這一問題上，似乎別有幽懷。在《西征記》結尾她已有所鋪墊，那就是抗戰勝利後學生主人公孟靈己的態度：「孟靈己遠不如以前活躍，專心研究數學。她似乎對人生有了看法，認為激情是很表面的東西，願意多作思考。」〔註147〕孟靈己曾作為護士參軍親歷滇西一戰的生離死別。現在學生上街遊行，是最需要巨大的激情的集體行動。為什麼「激情是很表面的東西」呢？我們要關注《野葫蘆引》學院本位的思想理路。

《北歸記》中寫了在 1948 年的頻繁罷課運動中明侖大學一部分師生特殊的態度。一次罷課將至，孟靈己看告示時遇見冷若安，兩人都是數學系青年教師，冷若安表示要去上課，孟靈己說道：「你不覺得這樣做和集體的行為差得太遠嗎？」冷若安說：「我只是覺得上課很重要。學生不能上課，好像有點委屈。我並不願意成為集體的對立面。」〔註148〕隨後在家裏，孟靈己和弟弟、明侖學生孟合己談話時問：「你覺得不上課可惜？」合子道：「當然，當然可惜。每一門課的每一堂課的內容都是連接的。前幾次罷課以後，老師為了省時間，跳了一些，就有跟不上的感覺。不過，這是小事，爭取民主，打倒腐敗專制的政府是大事，我覺得罷課還是必要的。」合子的話是希望求知的青年的時代表態，體現出「罷課」不只是一種戰鬥方式，還是一種犧牲。學生運動本身就是憑藉有知識有覺悟的青年發動的，建國也需要有知識的建設者。而

〔註145〕 李岫：《清華園印象》，收入宗璞、熊秉明編：《永遠的清華園》，北京：北京大學出版社，2013 年，第 383 頁。

〔註146〕 胡適、梅貽琦：《胡適、梅貽琦關於拘捕學生事給朱家驊電文（1948 年 8 月）》，收入清華大學校史研究室編：《清華大學史料選編·第四卷：解放戰爭時期的清華大學（1946～1948）》，北京：清華大學出版社，1994 年，第 590 頁。

〔註147〕 《西征記》，北京：人民文學出版社，2014 年，第 278 頁。

〔註148〕 《北歸記·接引葫蘆》，香港：香港中和出版有限公司，2018 年，第 303 頁。

小說中一個學生運動的積極組織者季雅嫻熱衷運動，根本不想上課學習，也可見宗璞微妙的褒貶。

但《北歸記》接下來的情節發展把問題變尖銳了。第二天罷課開始，兩個學生喬杰和「蝌蚪」仍然去上了他們很喜歡的老師柯慎危的數學課，這樣一來，他們和其他上課同學被膳委會禁止在食堂用餐。膳委會的說法是：「破壞罷課，就是破壞民主運動，他可以到別處去吃飯。」學校覺得膳委會不妥，校領導們討論後，「大多數人認為飯團不准和自己意見不同的人吃飯是不對的。罷課這樣頻繁，學生想要學習，也可以理解。爭取民主最好少用罷課的方式。」〔註 149〕這個意思由孟弗之起草布告宣布後，「同學們圍著看，很快便有一些大字報反對這個布告，還攻擊孟弗之，說校務會議是被人操縱。」〔註 150〕

其實，《北歸記》和其他一些歷史參與者、見證者的不同角度與不同觀感，並不完全是閱歷的差異，還有在當時、以後的立場和選擇。馮友蘭在四十年代並不算進步色彩突出的那類教授，和聞一多、朱自清、李廣田等比起來，馮氏多了很多與國民黨高層尤其是蔣介石本人的過從。馮家的交往和政治態度必然影響到宗璞。宗璞當初也曾參加過南開大學紀念聞一多的社團活動，並在會後寫了紀念詩歌，但她在內戰時期的一些創作還是頗有對時代主題的游離之感。宗璞不是學生運動風口浪尖上的參加者，反而在解放後交出的畢業論文裏討論著英國作家哈代文學中的天命無常。她不完全是《紅豆》中那個成長為革命新人的江玫，而是此時段一直在學院、愛學院、後來又寫學院的教授之女。宗璞認為學校本分是教和學，學生運動的集體狂熱和專斷暴力、革命的服從要求和一致行動，這些都是常態的學院難以完全認同的。在宗璞這裡，她的不適之感最終是變成了對學運幹部的品質瑕疵的刻畫描寫而表達了出來，當然她從《紅豆》中的投入集體而新生，到《野葫蘆引》裏「激情是很表面的東西」的說法，中間起作用的必然有共和國前三十年思想改造和文革的心理創傷。

學生運動少不了學生地下黨員的組織領導，《野葫蘆引》中除季雅嫻、朱偉智等復員大學學生黨員之外，更有一個傳奇而複雜的地下黨員衛蓉貫穿全書。《南渡記》中七七事變的時候，衛蓉就是明侖大學助教和共產黨地下工作

〔註 149〕　《北歸記·接引葫蘆》，第 311 頁。
〔註 150〕　《北歸記·接引葫蘆》，第 312 頁。

者，在之後的全部四卷書和尾聲中，衛萯有兩段浪漫傳奇的婚姻，先後是和大家小姐凌雪妍、澹臺玹。和凌雪妍的婚姻是為了替組織發展上層社會關係，後來兩人到了戰時昆明後方，雙雙入明侖大學任教，這種家庭和社會關係對衛萯的地下活動也是一種掩護。凌雪妍意外去世後衛萯被召回延安，抗戰勝利後又迎娶了替他照顧他和雪妍兒子的澹臺玹。其實地下黨員的婚戀選擇往往被決定於他們隱蔽自己暗中活動的需要，一篇對抗戰前地下黨的研究提到由於白區租住房屋需要有鋪保和家眷，「中共決定實施機關家庭化，要求黨員以各種掩護身份組合成『家庭』，以住機關的形式掩護機關運作。」但是這篇研究同時指出：因白區資產階級家庭生活方式與共產黨員革命意識的矛盾，「中共在推行『革命夫妻』的過程中就存在一種實踐與理念之間的緊張感。黨員既要應對外在的白區環境，又要受到內部的革命理念規範。例如在日常生活方面，『革命夫妻』日常生活行為需要符合居家夫妻的社會角色，不能表現得革命色彩過於濃厚，同時不能將居家夫妻的浪漫行為帶入機關工作，並要時刻警惕『小資產階級浪漫性』與『自由主義』。」〔註151〕如由此而看衛萯，則頗有意味。衛萯的兩任妻子在結婚時都不是黨員而是貴家小姐，衛萯對澹臺玹吐露的心聲是：「我永遠不能把全身心交給一位同志」，而「你代表著一種生活，一種充滿人情的生活。」〔註152〕中共要求克服的那個小資產階級浪漫主義，包含它的溫情、嚮往自由，都正是衛萯永遠沒有真正克服掉的。他是「愛所不信的，卻信所不愛的」一個矛盾的革命人，終生沒有完成自我改造。如果從革命的本位看，無論學生運動還是地下黨員，都是推進中國獲得革命新生的一種途徑，是建立新中國的方法，而這個方法的基本要求就是參與者服從組織，做黨和革命的螺絲釘。這如果是為了正義高遠的事業，那是應該的。但知識分子卻有更多的思想和複雜性，比如人倫與人情，比如尊重人格和嚮往精神世界的自由。這使得他們不能認同完全的螺絲釘的命運，於是在建國後更受難於越來越嚴厲的思想改造運動。衛萯的一生，就是知識分子鬧革命的典型的悲喜劇。

二、進步教授的光榮與坎坷

　　《野葫蘆引》從 1985 年《南渡記》開筆到 2018 年《北歸記·接引葫蘆》

〔註151〕 李里：《「革命夫妻」：中共白區機關家庭化中的黨員角色探析（1927～1934）》，刊於《中共黨史研究》2019 年第 11 期。此文雖為抗戰前時段地下黨員家庭研究，但也可看出共產黨對地下黨員的一些基本要求。
〔註152〕 《北歸記·接引葫蘆》，第 47～48 頁。

初版付梓，寫作歷時 33 年，而正傳的故事時間跨度也從 1937～1949 年有 12
年光陰，在這 12 年親歷的時光裏，宗璞從 9 歲的小孩長成 21 歲的青年，她
在抗戰之初相對模糊的童年記憶也不同於建國之時的那個女大學生的看法和
態度。《北歸記》可以說既表達了青年宗璞的記憶和立場，也是幾十年共和國
閱歷疊加而成的複雜圖像，青年的革命豪情和晚歲的歷史憂懼，加上見證者
的悲情、憤怒與控訴，是《北歸記·接引葫蘆》分外複雜的原因。這一切在此
書的教授描寫中體現得最為充分，這些教授們有些還閃耀著真實歷史人物的
風神，比較明顯的是小說中的江昉和歷史中的聞一多，小說中的孟弗之和歷
史中的馮友蘭。當然，索隱派的考據對應並不是我們的目的，本文的分析更
希望以群體對群體，把歷史中激進的或學院派的教授群與小說中的不同人物
做一個對讀和互相照亮。

　　進步教授中最進步的典型，無疑是死後被毛澤東加冕為一個知識分子神
話的聞一多和朱自清。聞一多抗戰時期在西南聯大任教，目睹了政府的腐敗
無能和社會的疾苦，態度日益左傾。他本就性情偏於浪漫、激昂、真率，從
「何妨一下樓主人」到「民主鬥士」的轉變主要是激於公憤，他作為教授對
自己的本職工作和公共介入的矛盾也不是沒有考量。但聞一多身在動亂的大
時代，最終他這樣對著西南聯大即將復員的師生表態：

　　　　這兩年來，同學們對於學術研究比較冷淡，確是事實，但人們
　　因此而悲觀，卻是過慮。政治問題誠然是暫時的事，而學術研究是
　　一個長期的工作。有些人主張不應該為了暫時的工作而荒廢了永久
　　的事業，初聽這說法很有道理，但是暫時的難關通不過，怎能達到
　　那永久的階段呢？而且政治上了軌道，局勢一安定下來，大家自然
　　會回到學術裏來的。

　　　　這年頭愈是年青的，愈能識大體，博學多能的中年人反而只會
　　挑剔小節，正當青年們昂起頭來做人的時候，中年人卻在黑暗的淫
　　威面前屈膝了。究竟是誰應該向誰學習？〔註153〕

在非常時期，聞一多表達的態度是暫時犧牲學術以加入青年們的民主鬥爭，
為學術培植長久的和平的土壤。這態度是激進的，聞一多以此為行動準則，
就有了他在西南聯大後期的一系列色彩鮮明地針砭時弊的演講以及最後的

〔註153〕聞一多談話，際畿筆記：《八年來的回憶與感想》，收入西南聯大《除夕副刊》
　　　　主編：《聯大八年》（2 版），北京：新星出版社，2013 年，第 11 頁。

遇刺身亡。聞一多之死及其後持續不斷的全國紀念，可謂極盡哀榮，這和他的公眾精神領袖地位是符合的。聞一多的外籍好友、西南聯大的白英教授在追念文章中記下了一則細節，在聞氏遇刺中為保護父親而負傷的聞一多之子告訴人們，「兇手在向他開槍之前，站在對面說：『我們一定得打你，要不我們活不了，可我們不打死你。往後，你好了，報我們的仇得啦！』」〔註154〕這究竟是傳說還是事實，別無旁證。但無論真實還是虛構，它都是很能反映當年的人心所向的：國民黨特務也可能對自己執行的任務並不真正認同。

聞一多被刺死兩年後，也就是 1948 年，他的同事和好友朱自清胃病不治而亦英年早逝。朱自清生前為清華中文系主任，也是一流的學者和受人尊敬愛戴的新文學家。他死後，他的同事、清華中文系進步教授李廣田寫下深情的悼文，其中說道：「在朱先生，由於他的至情，由於他一貫的認真精神，他就自然地接近真理，擁抱真理。〔……〕事實上他比青年人的道路走得更其踏實。因為他的變化既非一步跨過，也非趑趄不前，走三步退兩步，而是虛心自省，一步一個腳印地走上去的。他並沒有參加什麼暴風雨一樣的行動，然而他對於這類行動總是全力支持的，最少也是在不知不覺中發生力量的，除了擔心青年人有所犧牲外，他可以說並無什麼顧慮。他也沒有什麼激昂慷慨的言論，然而就在他那些老老實實的講演與文字中，真理已一再地放了光，而且將一直發光下去。」〔註155〕在李廣田看來，朱自清還是一個學者，他支持正義的事業，但不是聞一多那樣慷慨陳詞，而是像內斂的書生一樣從道理上講通了真理，從對青年的關愛和作為知識分子發言上體現了真理。其實朱自清死前所寫的那些報刊文章正是這樣的作風，革命的鋒芒掩藏在對於詞義來歷的博學考辨之中，不是戰鬥檄文，但確實是針砭性的文章。對於朱自清，有研究者中肯地提到：「置身於北平的學院空間中，沒有具體的生產鬥爭知識，朱自清自然也缺乏革命的、階級論的認識裝置」，因此他的思想還是一個學者能有的。「他對『人民性』的理解，還是更多與雅俗共賞的文化理想相關，針對知識分子自身意識狀況的開放。『人民』只是作為普通人、常人看待，沒有

〔註154〕〔英〕白英：《聞一多印象記》，收入西南聯合大學北京校友會編：《笳吹弦誦情彌切》，北京：中國文史出版社，1988 年，第 94 頁。

〔註155〕李廣田：《最完整的人格——悼朱佩弦先生》，收入《笳吹弦誦情彌切》，第 79 頁。

理解其內在的政治意涵。」〔註 156〕至於吳晗當年的悼文〔註 157〕提到朱自清常常接受他的拜訪請求，在一些爭求民主或反戰的學界聯合申明上簽字，則似乎也該看做激於知識分子的正義感和對時局的不滿。

　　無論聞一多還是朱自清，都是西南聯大文科教授，他們的本職工作還在學術，對革命的理解也不能等同於共產黨員。追求民主、自由的大學教授，其思想資源可能多來自對歐美資本主義國家的政治和文化知識的積累。真正讓這兩個教授在死後成為了知識分子榜樣的無疑是毛澤東在《別了，司徒雷登》中的表彰：

> 　　我們中國人是有骨氣的。許多曾經是自由主義者或民主個人主義者的人們，在美國帝國主義者及其走狗國民黨反動派面前站起來了。聞一多拍案而起，橫眉怒對國民黨的手槍，寧可倒下去，不願屈服。朱自清一身重病，寧可餓死，不領美國的「救濟糧」。〔……〕我們應當寫聞一多頌，寫朱自清頌，他們表現了我們民族的英雄氣概。〔註 158〕

對毛澤東如此的「蓋棺定論」，錢理群議論道：「這是將革命話語與民族主義話語相統一（結合）的成功努力；正是通過對聞一多、朱自清的歌頌，毛澤東（及他所領導的中國共產黨人）更高地舉起了民族主義的大旗，並因此而爭取了不少的自由主義知識分子。」〔註 159〕可見在天地玄黃的時刻，毛澤東極為高妙地進行了一次對學院知識分子的統戰，聞一多與朱自清的死也因此被光榮地加冕，但或許未嘗不可以說，這是一種革命對學院人行止的闡釋與使用。很多年裏共和國的知識界對朱自清、聞一多之死的闡發一直延續著毛澤東鋪設的軌道，也正因此，作為內戰親歷者和見過聞、朱的後輩人，宗璞在《野葫蘆引》中的曲筆可謂別有幽懷，少見地背離了已成公論的說法。

　　《野葫蘆引》中最光輝的左派教授是明侖大學中文系教授江昉。他在昆明的言行基本等同於聞一多，也研究並講授《楚辭》，熱愛屈原的九歌仙境，

〔註 156〕姜濤：《「打開一條生路」的另外路徑——以朱自清對 1940 年代新文藝的接受為線索》，刊於《中國現代文學研究叢刊》，2019 年第 10 期。

〔註 157〕吳晗：《關於朱自清不領美國「救濟糧」》，收入《笳吹弦誦情彌切》，第 87 頁。

〔註 158〕毛澤東：《別了，司徒雷登》，收入毛澤東：《毛澤東選集》第四卷，北京：人民出版社，1991 年，第 1495～1496 頁。

〔註 159〕錢理群：《1948：天地玄黃》，濟南：山東教育出版社，1998 年，160 頁。

也在抗戰後內戰山雨欲來的時刻走上演講臺,大聲控訴政府的腐敗。但差別在於,聞一多遇刺身亡,江昉同樣遇刺,卻被一位年輕同事擋下了子彈而得以幸存。明侖的中共組織認為江昉不再適宜於待在昆明了,於是將他們全家一起送到了延安,江昉在那裡成了黨員,他仍舊是全國人心中的民主精神領袖,但在解放區進行了嚴厲的思想改造。解放後,江昉以其威望和能力,被中共安排做了明侖大學的新校長。孟弗之和他相見,自然而然地問江校長是否會入住校長住地圓甀,沒想到江昉說:「我不會住在圓甀。如果是你,你也不會的,我們不能脫離群眾。我們從舊社會出來的知識分子,時時刻刻要注意改造自己,脫離群眾不利於思想改造。」〔註160〕和明侖原來的領導孟弗之、蕭子蔚相比,江昉很先進。但隨著情節發展,不只是學院派的孟弗之必須面對諸多嚴厲的檢討,就連已經改造得分外先進的江昉也有其磨難的命運。江昉是個黨員,服從組織決定;但江昉又是個講人情的詩人,這在新時代與黨的領導產生了碰撞。反右擴大化後明侖大學開始劃右派,江昉不忍看到諸多不錯的年輕人劃為右派,上書中央直陳了反對意見,卻因此被劃為右派並撤銷職務。江昉憤不可遏,終於來到鐵軌邊迎向火車而「自絕於人民」。《野葫蘆引》是詩,用悲愴的詩的邏輯辯證了毛澤東話語對知識分子精神品格的建構。聞一多無法復活,所以江昉的命運是否屬於他,誰也不能設想。但還有一個遙遠的參照:據說毛澤東建國後談起魯迅曾說,魯迅若活到建國後,要麼閉嘴,要麼坐牢。〔註161〕這種說法讓人聯想起魯迅的讖語:「待到偉大的人物成為化石,人們都稱他偉人時,他已經變了傀儡了。」〔註162〕聞一多／江昉的故事,可能是一個實例。在進步教授們的刻畫上,《野葫蘆引》的詩與史的關係變得複雜和微妙,在相同中有相異,在表層的表彰下有潛藏的暗流,可謂機關密布,用繁複的虛構表達了歷史老人在時代中的涉險經歷和見證並講述的願望。

三、學院派教授的歧路悲歌

在 1940 年代學院知識分子群體格局中,我們今天熟悉的文化上左翼和自

〔註160〕《北歸記・接引葫蘆》,第 360 頁。

〔註161〕參見錢理群:《遠行以後:魯迅接受史的一種描述:1936～2001》,貴陽:貴州教育出版社,2004 年,第 117 頁。

〔註162〕魯迅:《華蓋集續編・無花的薔薇》,收入魯迅:《魯迅全集》第 3 卷,北京:人民文學出版社,2005 年,第 272 頁。

由主義的分野已經比較明顯。上一節我們講的進步教授，其進步性應當就是對「左翼」的認同和助力，那麼循此思路，我們現在應當討論的是信仰文化上的自由主義的教授群體了。不過在當初二次內戰的中國，非進步教授群體的複雜性並不能用「自由主義」這個大筐妥帖收納，但鑒於《野葫蘆引》中的教授群體大多是身心繫於學院的，正如明侖校長秦巽衡的總結：「我們這一群人，每個人或許都有些缺點，但總體上都是一致的，都有著為教育的拳拳之心。我們在這裡辦學校，不是要憑藉辦學校得到什麼，辦學校本身就是目的。」〔註163〕所以，或許用「學院派」來指代這些學術和教育本位的知識分子要更為恰當。

　　小說中明侖大學的立校和教育原則，在復員後的開學典禮上，孟弗之已經交代清楚了：

> 　　秦校長用指南針來形容我們的工作方向，真是再恰當不過。
> 我們的工作照著這個方向是不會變的，而我們這一群人，就是為了做好這項工作，就是為建設祖國文化、發揚學術、培養青年來到這個世上。這個指南針是我們學校的指南針，也是我們生命的指南針。我回到校園中，看見許多松樹、柏樹，還是我們離開時的那些樹，現在依然青翠，長得更高大了。也有一些當時很茂盛的小樹，現在卻已經不見了。希望同學們不要浮躁，不要急功近利，都像松柏一樣，紮實地、有耐性地穩步成長，成為參天大樹，成為棟樑之才。〔註164〕

以孟弗之為代表的明侖學院派教授們認為教育是長期的事業，急功近利看一時效果和影響力，不是大學的正途。但這是在內戰中的宣言，面對的是正被學生運動反覆動員著的學生們，這些年輕人有的希望努力做到弗之所言，但也有人議論：「先生們太保守，怎麼不談一點國家大事？」〔註165〕

　　但其實大學教授也不是不關心國家大事。內戰時期，談論民主是中國知識分子的熱門話題，而這種談論往往既結合本身的專業知識，又有著對當下時弊的針砭，孟弗之是如此，他的原型馮友蘭也不例外。歷史上的1946年7月下旬馮友蘭一家返回北平。稍事休整後，他舉辦了學術演講《中國哲學與民主政

〔註163〕　《北歸記・接引葫蘆》，第205頁。
〔註164〕　《北歸記・接引葫蘆》，第138頁。
〔註165〕　《北歸記・接引葫蘆》，第138頁。

治》。這篇演講稱：「民主政治的必要條件是：第一要有『人是人』的觀感，即人有獨立人格、自由意志，彼此平等，不以任何人為工具；第二要對一切事物都有多元論的看法，不必使其整齊劃一；第三要有超越感，即要站在一切不同之上而有超越之觀感，彼此互忍相讓；第四要有幽默感，凡事成功不易，不成功就『一笑了之』。」〔註166〕我們可以看到，人格獨立、意志自由、多元兼容、超越相讓，都不是中共的典型主張，而是較有自由主義傾向的。但馮友蘭內戰時期還有種種思考和舉動，也可見其態度。先是1946年時「國民黨北平市黨部主任委員吳鑄人來訪，希望以後多幫忙，先生以即將赴美答之。」〔註167〕之後1947年中共節節勝利，全國眼看要解放了，有人勸馮氏長住美國，馮氏則表示不願當「白俄」，3月初回到中國。〔註168〕再後來馮氏回家得知，夫人任載坤的二姐任銳隨著延安軍代表來京，到過馮家並說：「你們可以到延安去，現在延安、北京之間，常有飛機來往，如果你們決定去。全家都可以坐飛機去。」馮家商量後則決定在北京等解放，馮表明態度是：「無論什麼黨派當權，只要它把中國治理好，我都擁護。」〔註169〕到1948年6月，馮友蘭更寫出談大學教育的重要文章《論大學教育》。這些事實似乎表明，馮不願跟國民黨太近，不願離開中國大陸，不願離開北平學院，他大概對自己從事的中國大學教育事業看得較重，也有信心不受「改朝換代」的干擾而繼續把工作做下去。至於他的《論大學教育》這個文本，則可以和《野葫蘆引》互相參證。

《論大學教育》首先指出，大學「有兩重作用：一方面它是教育機關，一方面它又是研究機關」，因此它對於人類社會所負的任務是「繼往開來」〔註170〕。我們可以看出，「繼往開來」似乎是馮氏「闡舊邦以輔新命」的學術抱負在教育領域的類推，大學也因此是他看重的事業之一。馮氏發揮道：「一事不知，大學之恥」，「一個大學對它所在的那個時代所有的知識，都應該有人知道」〔註171〕。更重要的是由此而推導出來的大學的獨立性：「現在世界的學問越進

〔註166〕蔡仲德編：《馮友蘭先生年譜長編》（上），北京：中華書局，2014年，第446～447頁。
〔註167〕《馮友蘭先生年譜長編》（上），第447頁。
〔註168〕《馮友蘭先生年譜長編》（上），第461頁。
〔註169〕《馮友蘭先生年譜長編》（上），第461～462頁。
〔註170〕馮友蘭：《論大學教育》，收入《清華大學史料選編·第四卷：解放戰爭時期的清華大學（1946～1948）》，第220頁。
〔註171〕馮友蘭：《論大學教育》，收入《清華大學史料選編·第四卷：解放戰爭時期的清華大學（1946～1948）》，第220頁。

步，分工越精細，對於任何一種學問，只有研究那一種學問的人有發言權，別人實在說來不能對專門知識發言，因為他沒有資格。〔……〕所以國家應該給他們研究的自由。因此，一個大學也可說是獨立的，『自行繼續』的團體。所謂『自行』就是一個大學內部的新陳代謝，應該由它自己決定、支配，也就是由它自己談論、批評，別人不能管。」〔註172〕《野葫蘆引》裏的明侖大學領導班子，顯然是認同這樣的大學理想的。以學術教育為本位的學院派和自由主義理想那剪不斷理還亂的關係，可能也是因為他們分享著人格或「校格」上這樣類似的認識。這也就是為什麼宗璞不能完全認同解放後的新大學。

　　馮友蘭在《論大學教育》中還指出：「大學不是職業學校，不只在訓練職業人才。職業學校訓練出來的人，按理說一定有事情做〔……〕而大學就不同，它訓練出來的人自然有些是做事的，而大多數是沒有事情可做。」那為什麼要有大學教授不實用的知識呢？這是因為「人類所有的知識學問對於人生的作用，有的很容易看出來，有的短時間甚至永遠看不出來。就世俗說有些學問是有用的，有些學問就沒用；可是一個大學就應該特別著重這些學問，因為有用的學問已有職業學校及工廠去做了。『紅』的、有出路的學問大學應該研究；而『冷僻』的、沒有出路的學問，大學更應該研究。它所研究的不應問對『吃飯』、『穿衣』有什麼用處，因為人類不只是吃飯穿衣就夠了。」〔註173〕也是因此，《野葫蘆引》裏明侖大學拒絕了與職業學校合併，也拒絕了教育部對大學使用統一教材的要求。孟弗之也聲明：「大學培養出來的人，應該有理想有熱情，能夠獨立地判斷是非，而不被人驅使。」〔註174〕馮友蘭的主張和《野葫蘆引》的大學旨趣，是如此的若合符契。

　　馮氏父女的大學認識，抽象的來看是正確的，甚至是深刻的，但歷史總有具體的語境。宗璞寫於新世紀的《北歸記》，是在新時期的中國社會中為1940年代的老大學精神招魂，或者說在文革後發明一種應需而生的「大學神話」。而馮友蘭的大學主張則是西南聯大九年實踐的產物，但放在國共內戰的語境裏既無法被國民黨的主張和制度收編，也無法被共產黨的理論和實踐認同，可以說這也是個「文化建國」的烏托邦了。只是在當初的平津學院裏，「文化

〔註172〕馮友蘭：《論大學教育》，收入《清華大學史料選編·第四卷：解放戰爭時期的清華大學（1946～1948）》，第221頁。

〔註173〕馮友蘭：《論大學教育》，收入《清華大學史料選編·第四卷：解放戰爭時期的清華大學（1946～1948）》，第221頁。

〔註174〕《北歸記·接引葫蘆》，第206頁。

建國」絕非一二人的主張，而是學院派很多人的理想。《北歸記》中孟弗之的最後一課以宋史證今培植學生的文化和政治理想，可以視為學院派文化育人、建國的努力。其中孟弗之在北平圍城之際的宋史課，可謂學院知識人在教育學生的同時也表達態度。弗之在課上講了宋朝發達的文明，也講了皇權制度下岳飛被賜死、蘇軾烏臺詩案的悲劇，最後總結道：「我們到了民國時期，好不容易推翻了兩千年的帝制，可是我們還沒有得到真正的民主，怎麼對得起我們這個沒有皇帝的國家？我們需要真正的民主，不要皇帝，也不要沒有皇帝名義的獨裁者。」〔註175〕這是《北歸記》的曲終告白，也是宗璞用一生的閱歷替父親擬想的答辭。人文學者往往是本能地嚮往「獨立之精神，自由之思想」的，對政治的態度可能充滿書生氣，在內戰的現實面前表達高遠的理想，但介入和有效對話的能力不一定足，這事實上是普遍的困境。孟弗之的學術育人努力是理想主義的，比他的原型馮友蘭更為飽滿單純，但宗璞在《野葫蘆引》正傳末尾的這一光輝塑造，其實暗含歷史親歷者和親人面對事實與人情的不忍之心。馮友蘭不曾說的，她讓孟弗之來說，這種想像性的糾正對照歷史現實，反而有種輓歌稍縱即逝的蒼涼美。至於這些知識分子是否有能力和經驗參與現代集團政治，則不在詩的邏輯考慮之內。

為了和這些「詩」的邏輯進一步對照，我們想引述北大教授沈從文及其圈子和左翼文學力量的論爭作為「史」的事實參證。沈從文抗戰時期由好友楊振聲引薦進入西南聯大，復員後任北京大學教授，並在內戰時的平津地區進行文學活動，除自己頻繁寫稿外還主持或參與編輯了幾個平津文藝刊物。這些刊物大多有著京派色彩，他的朋友如朱光潛、馮至，以及他提攜的袁可嘉、穆旦、鄭敏等人都頻繁發文，形成了一個「後期京派」的小圈子。沈從文從自己半生流浪、參軍又從文的切身經驗和判斷出發反對政治和戰爭，但他對政治的理解基本是看作權術傾軋和黨派鬥爭，又稱戰爭為「民族自殺」的行為，無差別反對國民黨、共產黨甚至第三條路線，而主張通過學院專門家的美育和文化教育培養民眾心智以完成建國。也是因此，他認為文學是建國中舉足輕重的手段，因而積極從事文學事業。沈從文及其圈子的文學觀，來自學院知識分子的趣味，且接受了西方現代主義藝術的薰陶，和左翼當時以毛澤東「講話」為指南針的文藝齟齬，這導致了二者十分激烈的論爭。〔註176〕

〔註175〕《北歸記‧接引葫蘆》，第336頁。
〔註176〕這方面較好的前研究，可參考錢理群：《1948：天地玄黃》，濟南：山東教育

舉個例子，可看 1947 年刊於左翼文藝刊物《泥土》上初犢的文章《文藝騙子沈從文和他的集團》〔註 177〕。

沈從文 1947 年 3 月 22 日在天津《益世報·文學週刊》刊文《新廢郵存底》，論述道：「詩必須是詩，征服讀者不是強迫性而近於自然皈依。詩可以為『民主』為『社會主義』或任何高尚人生理想作宣傳，但是否是一首好詩，還在那個作品本身。」〔註 178〕這段話被一個筆名「初犢」左翼青年摘出了「詩征服讀者不是強迫性而近於自然皈依」一句，不管上下文地展開了攻擊。初犢責難道：「對於一個有意無意將靈魂和藝術出賣給統治階級，製造大批的謊話和毒藥去麻醉和毒害他人精神的文藝騙子，一種宏大的雄厚的充滿生命力和戰鬥意志的歌聲，必然會具有『強迫性』，而且是具有巨大的『強迫性』的。」隨後，初犢對他所謂「沈從文集團」的年輕作家如穆旦、袁可嘉、鄭敏、李瑛等人一一進行了攻擊。這是兩種完全不同的文學信念的牴牾，初犢對左翼文學的宣傳性和強大說服力／強迫力進行了肯定。這個強迫力，其實在袁可嘉的詩論兼政論裏，正是「感傷」的典型，因它不符合袁可嘉式「詩的民主」的多元和諧。只是我們還要看到一點，沈從文是北大教授，穆旦、袁可嘉、鄭敏、李瑛等人都是畢業或在讀於西南聯大或復員大學，在宗璞的故事裏，他們就是那些學院裏勤學的好學生的同類人。

沈從文的悲劇，是文學家看不清「歷史必然性」的悲劇，在天地玄黃的 1948 年，大局漸漸有了眉目，沈從文堅持己見並越發孤立。隨著論爭加劇，左翼領袖文人郭沫若寫出了檄文《斥反動文藝》，點名痛罵沈從文，這成了壓垮沈氏的最後一根稻草。他終於神經到了崩潰邊緣，給妻子張兆和寫下了這樣的悲聲：「給我不太痛苦的休息，不用醒，就好了，我說的全無人明白。沒有一個朋友肯明白敢明白我並不瘋。大家都支吾開去，都怕參預。這算什麼，人總得休息，自己收拾自己有什麼不妥？學哲學的王遜也不理解，才真是把我當了瘋子。我看許多人都在參預謀害，有熱鬧看。」〔註 179〕他覺得自己的文學抱負和建國理想沒有人理解，更沒有人支持。1949 年春，沈從文自殺未

出版社，1998 年。
〔註 177〕初犢：《文藝騙子沈從文和他的集團》，刊於《泥土》，1947 年第 4 期。
〔註 178〕沈從文：《致灼人先生二函》，收入沈從文：《沈從文全集》第 17 卷，太原：北嶽文藝出版社，2002 年，第 436 頁。
〔註 179〕《張兆和致沈從文　暨　沈從文批語·覆張兆和》，《沈從文全集》第 19 卷，第 9 頁。

遂，永遠離開了北京大學教職，封筆轉入了文物研究工作。

　　與此同時，解放軍已經和平解放了北平，接管了北大清華等高校。胡適、梅貽琦兩位校長離平遠走，在清華，人們推舉馮友蘭暫時領導學校，臨時接替梅校長的工作。《北歸記》結尾也有類似的情節，孟弗之接替秦巽衡，在家裏開會商討學校的前途，1949 年初大雪紛紛，小說裏的眾多人物聚散離合，在一片白茫茫雪景中散去，等待未知的前途。只是馮友蘭的故事並沒有完，中共接管清華後他於 1949 年 4 月 24 日在《清華校友通訊》解放後第一期上發表文章《解放期中之清華》，在歷史現場講述了清華的新時期開端。文章以昂揚的調子講述道：

> 　　自三十七年校慶後，一年以來，中國的革命運動，逐漸達到最高潮。本校在這個過程中，也得到了解放，而成為人民的清華，這是本校的一段新歷史。〔註 180〕

> 　　卅八年一月十日，北平軍事管制委員會文化接管委員會主任委員錢俊瑞同志及教育部長張宗麟同志來校正式接管，於是日下午二時，在大禮堂宣布清華為人民的大學，在全中國解放中，清華是首先被解放的國立大學，在全中國的解放中‧人民政府宣布一個正規大學為人民的大學，清華是第一個，這是清華的莫大光榮。〔註 181〕

新的時代來了，馮友蘭講述歷史的聲音也為之一變，對於新政權，留在大陸的他無疑是積極的、肯合作的。畢竟這個偌大的校園裏，誰也不能未卜先知，瞭解那解放以後的大學歷史裏跌宕起伏的坎坷故事。或許只有經歷了一切的老年宗璞，在《北歸記》結尾可以寫下那通透了一切悲歡離合、艱難苦恨的輓歌：「民主聲高人心屬，嘩啦啦大廈成灰土，十字路口左右顧，去留自有數。總不改初心要把新人樹。大人物萬歲聲中指新途，又怎知新途荊棘路。榛莽一窩窩，深淵一處處。紅通通烈火掩映煉丹爐，灰濛濛大海迷失了藍橋柱。霧沉沉，路漫漫，難行步，知後事，且走進那接引葫蘆。」〔註 182〕

〔註 180〕 馮友蘭：《解放期中之清華》，收入《清華大學史料選編‧第四卷：解放戰爭時期的清華大學（1946～1948)》，第 85 頁。

〔註 181〕 馮友蘭：《解放期中之清華》，收入《清華大學史料選編‧第四卷：解放戰爭時期的清華大學（1946～1948)》，第 86 頁。

〔註 182〕 《北歸記‧接引葫蘆》，第 346 頁。

第四章　盡倫與盡職：《野葫蘆引》
大學故事的倫理意圖

第一節　「盡倫與盡職」：從抗戰到內戰的大學倫理

一、作為戰時大學倫理的「盡倫與盡職」

　　在《野葫蘆引》的第二部《東藏記》中，明侖大學教授孟弗之面對畢業學生有這樣的叮囑：「任何時候，我們要做的，最主要的就是盡倫盡職。盡倫就是作為國家民族的一分子所應該做到的，盡職就是你的職業要求你做到的。才有大小，運有好壞，而盡倫盡職是每個人都應該努力去做的。」〔註1〕這是小說中給出的「盡倫與盡職」的直接宣講與界定。人倫和人職，立足點都在於「人」的個體行為，是戰時後方學院給學生提出的修養標準，但這一修養又不僅僅是解決個體處世方法問題。在一切為了抗戰建國的年代，「盡倫盡職」自有從一人一校到家國天下的推衍考慮：「我們要變鄉下人為城里人，變落後為先進，就必須實現現代化。這就需要大家盡倫盡職，貢獻聰明才智，貢獻學得的知識技能。只有這樣，我們才能保證抗戰勝利，將來才能保證建國成功。」〔註2〕

　　通觀《野葫蘆引》全書，「盡倫與盡職」的道德理想確實到處可見，成為

〔註1〕宗璞：《東藏記》，北京：人民文學出版社，2014年，第172頁。
〔註2〕《東藏記》，第172～173頁。

這個大學故事中必不可少的精神指引。但是「盡倫與盡職」絕非宗璞的首先發明，其最初的適用範圍也不只針對學院。這一道德理想最初是宗璞父親馮友蘭所提出，最初見於他 1942 年出版的《新原人》一書。馮氏「貞元六書」主要寫於戰火紛飛的抗戰年代，六本書涉及從世界本體到中國前途、從處事法則到人生境界的多方面問題，是一套成體系的大書。《新原人》在其中是專講人生境界問題的，這接續了馮友蘭早年留學時代就關心的人生意義問題，是他在「貞下起元」的年代對「人」的集中思考。馮友蘭在書前序言中說道：「『為天地立心，為生民立命，為往聖繼絕學，為萬世開太平』，此哲學家所應自期許者也。況我國家民族，值貞元之會，當絕續之交，通天人之際，達古今之變，明內聖外王之道者，豈可不盡所欲言，以為我國家致太平，我億兆安身立命之用乎？雖不能至，心嚮往之。非曰能之，願學焉。」〔註3〕可以看出，無論是《新原人》還是整個「貞元六書」，都絕非書齋裏的「純學術」。通過哲學而在戰亂年代「明內聖外王之道」，以求有益於抗戰建國，這始終是當初馮氏著書立說的背後心情。那麼《新原人》中可以一切適用的「盡倫與盡職」道德理想，針對的也是國家的危機時刻具有普遍性的立人問題，宗璞在寫西南聯大故事的小說中嫁接過來作為大學的倫理，也就十分自然了。但既然「盡倫與盡職」有其充分展開過的理論本源，那麼我們在將其作為特定大學倫理分析以前，考察《新原人》中的本來論述，對於這一倫理的理解闡發也就必不可少了。

《新原人》是討論人生意義的書，首先提出的一個概念是「覺解」。「人做某事，瞭解某事是怎樣一回事，此是瞭解，此是解；他於做某事時，自覺其是做某事，此是自覺，此是覺。〔……〕人是有覺解底東西，或有較高程度覺解底東西。」〔註4〕進一步的，馮友蘭認為覺解的高低左右著人的境界和人生的意義，覺解越高，境界也越高。人的境界可分四種，從低到高分別是：自然境界、功利境界、道德境界、天地境界。自然境界的覺解極低，可以說是不著不察，一片混沌；功利境界有一定覺解，一切行為為了自己的「利」；道德境界則知有社會，人在社會中，所以要「行義」，也就是為公不為私；天地境界則更進一步，他還知有天，行為是「事天」的。而「盡倫與盡職」則是道德境界的行事準則。人在社會中，社會性是人的性，故其盡性必依賴於社會。關

〔註 3〕馮友蘭：《三松堂自序》，上海：東方出版中心，2016 年，第 283 頁。
〔註 4〕馮友蘭：《貞元六書·新原人》，北京：中華書局，2014 年，第 570 頁。

於「倫」和「職」，馮友蘭這樣說：「人與人的社會底關係，謂之人倫。」「人在社會中，必居某種位分。〔……〕因其在社會所處底位分不同，人對於社會所應做底事亦不同。其所應做底不同底事，即是其職。」〔註5〕在道德境界中的人是行義的，也就是說他們依據「應該」怎樣而盡倫盡職，「只是成就一個是而已」，且「於求『成就一個是』時，他可以不顧毀譽，不顧刑賞。」〔註6〕

馮友蘭的「盡倫盡職」，也可以說是抗戰建國的道德，因為它在戰爭年代下強調「應該做什麼」。他說道：「人於盡某倫，盡某職時，什麼事應該做，並不是很難知底。這可說是他的良知所知。不過於道心和人慾衝突的時候，人亦常找些似是而非底理由，以證明他所應該做底事，是不應該做底，他所不應該做底事，是應該做底。」〔註7〕這樣說似乎很抽象，但馮友蘭舉例為證道：「一個愛國家民族底人，於國家民族危難之時，他所注意者，是他自己如何盡倫盡職，而不是如何指責他的國家民族的弱點，以為他自己謝責的地步。」〔註8〕我們可以引申開去，抗戰建國的年代，盡倫盡職有時可能就是從軍，宗璞的小說中，明侖大學徵兵之時，澹臺瑋等人為了施行自己的「本分」而參軍入伍，但也有蔣文長、欒必飛等人逃避兵役，並且可能還相當「清高」，指責國民黨軍隊腐敗，參軍會折損自己的人品。這樣對比看來，誰是道德境界的所居者，誰是找「似是而非的理由」逃避人倫人職，也就相當清楚了。馮友蘭《新原人》中的舉例為證，似乎也可以看出面對國難馮氏自己的政治與倫理選擇。

在馮友蘭關於道德境界「盡倫與盡職」的闡釋中，他認為「凡道德底行為，都必與盡倫與盡職有關。」〔註9〕也就是說，這個理論雖有抗戰烽火為語境，但適用範圍應該是普遍的人，不論什麼社會形態和階級位置。但是當宗璞在大學故事中提出這一道德理想時，它的語境是教授對畢業學生的寄語，這成為一個學院的倫理，適用範圍似乎更為收縮了。但這樣的收縮，在小說中表現得相當自然、得體，並無嫁接過程中的內涵置換或扭曲之感。在我們看來，這主要是因為「盡倫盡職」本身就是到 1942 年為止，西南聯大哲學教授馮友蘭的著書立說內容，它雖然表述上抽象而普遍，但實際本來就產生於

〔註 5〕《貞元六書・新原人》，第 658～659 頁。
〔註 6〕《貞元六書・新原人》，第 669 頁。
〔註 7〕《貞元六書・新原人》，第 717 頁。
〔註 8〕《貞元六書・新原人》，第 671 頁。
〔註 9〕《貞元六書・新原人》，第 659 頁。

戰時學院，很可能也本來就是教授馮友蘭對學子的一種教育和期待，所以宗璞的挪用其實相當順暢，並非空降一個外來道德。也是因此，我們想用「盡倫盡職」來總稱《野葫蘆引》故事中的「大學倫理」。也就是說，「盡倫盡職」主要是一個產生於學院，由大學文科教授創立並給與讀書人階層的倫理教養，它接通著中國古代儒家知識分子的家國責任意識，又是抗戰年代對西南聯大為首的學生的倫理要求，並接通了建國和現代化的國族大目標。《野葫蘆引》多年後書寫戰時內遷大學故事，也真的處處是用人物和情節詮釋了「盡倫盡職」的大學倫理教養。

《野葫蘆引》的第一部《南渡記》，開始於七七事變時刻的北平城。小說細緻的寫了幾個知識分子或文化名流大家庭，包括小說核心的孟弗之家、他的岳父呂清非家、連襟澹臺勉家，以及周邊的如莊卣辰家、凌京堯家，還有孟家親戚、明侖大學物理系高材生衛葑的新婚。抗戰前夜的北平大學教授階層，生活得養尊處優、花團錦簇，但一旦戰爭來臨，絕大多數這樣的家庭都拋棄了原來的優渥生活，教授們攜家人南渡，保存中國的讀書種子，青年們或南下求學，或參加地下黨、戰地服務團等組織，紛紛為抗戰出力。宗璞一篇文章回憶了當時馮友蘭為代表的知識分子階層態度：

> 在那戰火紛飛的年月，學生常有流動。有的人一腔熱血，要上前線；有的人追求真理，奔赴延安。父親對此的一貫態度還是一九三七年抗戰前在清華時引用《左傳》的那幾句話：「不有居者，誰守社稷？不有行者，誰捍牧圉？」奔赴國難或在校讀書都是神聖的職責，可無論做什麼都要做好。〔註10〕

宗璞的描述，顯示了戰時青年的多樣選擇，也就是說「盡倫盡職」的具體方式是多種多樣的，關鍵是「無論做什麼都要做好」。《野葫蘆引》中孟弗之對學生說：「如果我們的文化不斷絕，我們就不會滅亡。從這個意義上講，讀書也是救國。抗戰需要許多實際工作，如果不想再讀書，認真地做救亡工作，那也是很重要的。我覺得去延安也是可以的，建國的道路是可以探討的。」〔註11〕江昉也應和了這種觀念，他告誡學生：「抗戰的道路還很長，也許必要的時候，我們都得上前線。不過在學校一天，就要好好學習，認真

〔註10〕宗璞：《夢回蒙自》，引自宗璞：《舊事與新說：我的父親馮友蘭》，北京：新星出版社，2010年，第7頁。
〔註11〕《東藏記》，第173頁。

讀書。」〔註12〕於是在《野葫蘆引》中，固然有青年如衛葑去了延安，吳家
穀去了戰地服務團，但也有莊無因等人鑽研學術，這些都是盡倫盡職。《南
渡記》裏瑋瑋問衛葑是不是要離平打日本，衛葑就說：「不一定拿槍才是打
日本鬼子，每個人做好自己的工作就是打日本鬼子。譬如你們還該好好念
書。」〔註13〕可以看出，盡倫盡職是包容力很強的倫理方案，因抗戰建國
什麼都需要。明侖大學南遷，在敵人飛機轟炸中辦學，知識分子含辛茹苦教
與學，這也是盡倫盡職。

　　所謂「盡倫」，民族戰爭時期中國最大的人倫必然是國族層面的，人首先
是「中國人」，「氣節」的履行尤其被看重，這也是南渡的最大理由，因為留在
淪陷區不可避免和敵偽政權發生關聯。在這樣的人倫現實面前，《南渡記》中
有呂清非老人拒絕出任偽職而不惜以一死報國的倫理選擇，《西征記》有澹臺
瑋為了自己的「本分」而不惜戰死沙場的壯烈悲劇。呂清非和澹臺瑋，無疑
是道德境界的兩位楷模。同時我們也應該看到，呂清非和澹臺瑋的犧牲的故
事，是小說中最飽滿酣暢的敘述部分。因為為國捐軀的正當性無以復加，他
們的決斷也偉大、也痛快、也單純。當一個人在倫理上感到自己居於絕對正
當的一方時，只要他有勇氣，那麼他的行動是可以非常肯定沒有懷疑的，「盡
倫與盡職」在這時其實是容易的。馮友蘭所說的「良知」如果顯而易見，那麼
道德的完成可以比較明朗。問題是，並不是任何時候「良知」的判斷都沒有
分歧，在《野葫蘆引》中也是如此。抗戰時期保家衛國的倫理很明顯、很單
純，然而一旦抗戰勝利結束，則中國內部的分歧馬上被推上前臺，在國共內
戰的年代，時代的當事人們馬上面臨一系列的猶疑甚至弔詭，什麼才是道德
的、正義的、善的？如何才是「盡倫盡職」？不同的人群馬上將有不同的回
答。

二、抗戰勝利以後：「盡倫與盡職」倫理的異變

　　在《東藏記》和《西征記》中，宗璞兩次寫到了富有中國士大夫氣的「隱
居」問題。第一次是《東藏記》中孟弗之的連襟嚴亮祖出征在即，來孟家拜
訪，二人及弗之妻碧初的對話：

　　　　弗之有些累了，在一個樹墩上坐了，說：「在這裡隱居倒不錯。」

〔註12〕《東藏記》，第173頁。
〔註13〕宗璞：《南渡記》，北京：人民文學出版社，2014年，第92頁。

（嚴亮祖說：──引者注）「我可不是隱居的人，一聽說能夠復職打
仗，我才又活過來了。」碧初歎道：「弗之能是嗎，我看也未必。」
弗之道：「是知我者。」〔註14〕

第二次說及歸隱，是抗戰勝利而社會依舊動盪，內戰在即，敘事者從旁寫弗
之的心情：

在這樣的社會裏，最好的辦法是逍遙世外，詩酒自娛。可是，
這絕不是孟樾孟弗之的做法。他不會慷慨激昂地進行鬥爭，卻也不
會緘口不言。〔註15〕

兩次提歸隱的話，結論是無論抗戰還是內戰，都不是歸隱的時代；無論弗之
還是亮祖，都不是歸隱的人。「歸隱」在傳統中國文化中屬於道家的處世法，
那是一種「棄倫棄職」以「全身養性」的態度。學者孟弗之做不到，軍人嚴
亮祖更做不到。《野葫蘆引》的抗戰勝利轉入內戰的開端和關節性情節，正
是嚴亮祖將軍的「死諫」。和之前的呂清非、澹臺瑋一樣，嚴亮祖的自殺也
是偉大的，也是為了中國的國家利益。他以一死以倡明「中國人不打中國人」
的道理，也是為了超越黨派利益的民族國家。他是中國人，他是手握兵權的
國民黨軍大將，這個自我犧牲的諫言也是「盡倫盡職」。但是嚴亮祖的死卻
也有比之呂清非、澹臺瑋不那麼單純的地方。後二者之死是全體中國人都表
彰的，評價上沒有歧義。嚴亮祖的死，卻是十分微妙。他代表千萬中國人諫
言，其義舉卻不能見諸報端，報紙上對此的統一說法是：「抗日將領嚴亮祖
心臟病突發，不幸逝世。」〔註16〕亮祖死因被禁止擴散，他的死固然重於泰
山，但對於時局影響很小。《北歸記》中，嚴穎書、嚴慧書兄妹來到北平，
左翼方面開座談會紀念嚴亮祖之死，但仍不起實際作用。在紀念會上，左派
學者劉仰澤發言道：「嚴將軍是愛國抗日將領，他用一死來呼籲停止內戰，
是很可敬的。但是，是誰要打內戰？要停止內戰，還是要找清根源，大家協
商才能有收穫。」〔註17〕劉仰澤的矛頭直指國民黨。而後來弗之的弟弟、外
交家孟樺又議論道：「八月間，北平這邊紀念嚴亮祖將軍，影響是好的。可
是，在共產黨那邊實在影響不大。他們也應該有人出來，呼喚自己的一方放

〔註14〕《東藏記》，第 289 頁。
〔註15〕宗璞：《西征記》，北京：人民文學出版社，2014 年，第 304 頁。
〔註16〕《西征記》，第 286 頁。
〔註17〕宗璞：《北歸記·接引葫蘆》，香港：香港中和出版有限公司，2018 年，第 126
　　　頁。

下武器。」〔註18〕可見，當初在內戰的中國，人們的立場和觀點各種各樣，不打內戰是掛在檯面上的共識，但實際上由於不同階級和黨派的利益，內戰不可能停下，更不可能因為有軍人崇高的獻生而感天動地迎來和平。

其實嚴亮祖之死，只是抗戰勝利後一系列黨派力量紛爭的一個序幕。在一次次的暗殺、大小戰鬥、學生遊行之後，中國在抗戰中相對統一在「抗戰建國」口號下的人群分裂開來，左翼力量和保守力量的矛盾再也不能調和。在北歸復員後的明侖大學中，這也可以清楚地看到。前面說過，「盡倫盡職」是一個具有高度包容力的倫理原則，在馮友蘭的原意中，它適用於世上任何一種道德的行為。在宗璞的設計中，「盡倫盡職」固然是抗戰年代明侖大學教授對學生的告誡，但延伸到抗戰勝利以後的政治環境變遷中，這一倫理的內核也在發生著異變。怎樣的「倫」？怎樣的「職」？這人倫、人職的具體內涵在學院教授和進步學生勢力那裡，可以有完全不同的解讀。他們具體的爭論焦點，或許可以用「大學何為？」這一問題來概括。

《北歸記》中，孟樾一家乘飛機返回戰勝以後的北平城後，參與籌劃明侖大學開學事宜，面對記者的採訪問題「今年秋天能不能開學上課？」弗之回答：「一定能，一定能上課。」並強調：「站著也要上課。在昆明，我們在墳地裏都上課，在炸彈坑裏也上課。」〔註19〕弗之這樣的大學老師的道德，就是要教學、要上課。當初他們南渡昆明，也是為了教育，為了保存中華文化，培養抗戰建國的人才。這時候北歸成功了，他們的心情是這樣的：「秦校長和孟弗之等幾位先生坐在臺上，心中都很不平靜，他們又可以在這片土地上施展才能，提高已有的教學程度，建設新的系科，把有品德、有才識的年輕人一批一批送到國家的各個崗位。」〔註20〕對於先生們，他們的愛國熱忱表現在「發揚學術，培養青年，使我們的國家在艱苦的抗戰勝利之後，能夠真正的強盛起來」〔註21〕，這樣去做，就是教授們的「盡倫與盡職」。

《野葫蘆引》裏有一個學術青年莊無因，入學以來一直沉浸在物理學的世界裏，也真的天資聰穎、成績斐然。在天地玄黃的時刻，他的看法是：「我以為我的所學是對國家有用的，一些人在爭取德先生，也要有人爭取賽先生。

〔註18〕《北歸記‧接引葫蘆》，第132頁。
〔註19〕《北歸記‧接引葫蘆》，第86頁。
〔註20〕《北歸記‧接引葫蘆》，第137頁。
〔註21〕《北歸記‧接引葫蘆》，第138頁。

只有科學和教育能夠救中國，沒有起碼的教育，民主也是一個空話。」〔註22〕可以看出，莊無因是和教授們有著共識的學院青年，但他的意見也遭到了其他學生的質疑。莊無因演講，要大家把學習看作上大學第一位的事，卻馬上有新生起來反駁：「莊無因學長的講話很好，給我很多啟發。可是有一點是我不能接受的，就是太強調讀書了。我們在大學的這幾年裏，除了讀書還有許許多多社會活動，那都是學生的責任。我們不管，誰來做呢？」〔註23〕對此，莊無因坦然地說：「我想每個人可以有自己的看法，也可以各行其是。各種事情都有人做，不是很好嗎？」〔註24〕莊無因的思路，看重的自然是自由與包容，但在那個學生運動風起雲湧的大時代，這顯然是一個異音。《野葫蘆引》對於學生們所追求的民主有非常不同的看法。有一個和莊無因一樣熱愛學習的學生喬杰，當眾多學生一起罷課，他卻想求知，所以去了課堂。這樣一來，學生運動家們認為他破壞罷課，不讓他在食堂用餐，喬杰很困惑地對同學說出了自己的看法：「少數應該服從多數，多數也應該容忍少數。這才是民主。」〔註25〕這就涉及到了學院倫理與革命倫理的差異。雖然在一定程度上，這兩種倫理都可以用「盡倫與盡職」來描述，但是學院崇尚人的自由獨立和多樣化發展，首先是把每個人都當成人，革命倫理卻要求集體為上，統一思想進行鬥爭。學院的「倫」是師生、同學，可以多聞闕疑教學相長，「職」是學習和研究；革命的「倫」是同志、組織，要求少數服從多數，團結一心，「職」是為了創造新社會而鬥爭，包括遊行和武裝鬥爭。學院似乎是要更看重個體生命的發展可能性一些，這話在抗戰勝利後孟弗之的反思裏有所應證。他說道：「人不只要盡倫盡職，還要有作為一個個人的權利，國共雙方的爭論在於要建立什麼樣的國，而少關注組成國的人。」〔註26〕宗璞對民主的闡釋「多數也需容忍少數」也是一個重視個體的調和方法，只是在國共內戰、學生運動的時代裏，這樣的道理恐怕是無法踐行的。

在一所學院裏，教師和學生的本分本來就應該是教與學。在《野葫蘆引》裏，核心教授成員們已經紛紛否定了傳統文人「詩酒自娛」的超然清高態度，他們的「事功」就是辦一所好大學培養人才，但偏偏內戰的中國仍舊「安不

〔註22〕《北歸記‧接引葫蘆》，第 145 頁。
〔註23〕《北歸記‧接引葫蘆》，第 181～182 頁。
〔註24〕《北歸記‧接引葫蘆》，第 182 頁。
〔註25〕《北歸記‧接引葫蘆》，第 311 頁。
〔註26〕《西征記》，第 305 頁。

下一張平靜的書桌」，有才無命、生不逢時的一代知識分子們，在《北歸記·接引葫蘆》中走過了壯志難酬的悲情一生，而當年那些風口浪尖上的學生運動家們，不只命運同樣多舛，也在宗璞作為高級知識分子後代的眼中暴露了自身存在的眾多問題。這些問題的存在，是放在人本位的視角、人情人倫的視角而昭然若揭的，下面我們將進一步討論《野葫蘆引》中的人倫、人職與人情。

三、學院風潮中的人倫、人職與人情

　　我們已經知道，宗璞是極其擅長寫人情、也重視人情的作家。在《野葫蘆引》之前的諸多中短篇小說中，已經可以看出這樣的特色。《野葫蘆引》在敘事中也不乏此類特色，也就是說學院與革命兩套倫理孰是孰非，在宗璞這裡很大程度上是用「情」的有無與真偽來蘊涵其臧否的。同樣是知識分子，學院型和革命型表現出的是兩種全然不同的人倫、人職與人情態度。

　　熟悉宗璞的讀者應該都還記得，這位女作家當年是因為百花時代中的小說創作《紅豆》而一炮走紅的。在《紅豆》中，那個給予女主人公江玫姐姐般的關心指點，引導她拋棄舊我走向革命的學生運動幹部名叫蕭素。在《北歸記》中也出現了和蕭素同樣身份、位置的學生幹部季雅嫻，但宗璞對二者的態度迥乎不同。在 1956 年，她熱情讚美了蕭素的革命精神與高尚人格，而《北歸記》中的季雅嫻，則固然也是學生革命幹部，但顯得那麼冷酷，讓人想起宗璞反思文革的《三生石》中提出的病症：心硬化。

　　復員後的明侖大學有許多社團和活動，季雅嫻是一個社團活動家，心思不在學習。她的同屋孟靈己在從軍經歷中有了一種滄桑悲觀的心情，復員後埋頭數學。季雅嫻和朱偉智讓她參加社團，她覺得沒有時間。後來季雅嫻問她是否去參加民校，孟靈己爽快答應了。季雅嫻很驚訝，說：「我原來以為你不會有時間，沒有說這事。其實，我認為你很應該去，可以接近群眾。」孟靈己笑著說：「是啊，民校需要教師，教師也需要民眾。對不對？」季雅嫻笑道：「有進步。」〔註27〕其實通觀全書，我們大致可以理解以孟靈己的性格，她之所以願意教民校，不是因為對革命很信仰，而是因為一種傳統中國式的「不忍人之心」，或者說一種對於底層的人道主義關心。但這一點季雅嫻是不會理解的，而她在不理解之餘說一個「有進步」，顯得頗為居高臨下，可能是自認

〔註27〕《北歸記·接引葫蘆》，第 177 頁。

為革命真理掌握在手，習慣了啟蒙者、革命先進分子的地位吧。季雅嫻確實不如蕭素可愛。而更不可愛的例子還在後面。

《北歸記》寫到了明侖大學參加五二〇罷課運動，由季雅嫻、朱偉智、李之薇等學運幹部組織。運動前夜李之薇母親金士珍突然吐血，以至於之薇陷入了兩難境地。最終，之薇和父親商量母親應該送醫院，自己還是去參加了罷課遊行，但是遲到了，被季雅嫻質問：「你怎麼才來？」如果說這還可能是因為季雅嫻不熟悉李之薇的家庭負擔，那麼當之薇結束罷課後回家，發現自己錯過了母親的彌留之際，因此傷心不已時，校園裏的熟人聞之都很難過，只有季雅嫻悄悄議論：「李太太走得不是時候，攪亂了五二〇運動的影響。」〔註28〕另外還有季雅嫻同舍監李芙的爭執。李芙面對學生運動說了一句：「學校就是教和學，不上課還算什麼學校。」沒想到季雅嫻拿政治來壓人：「李老師，你好像是三青團的負責人，說話自然是有色彩的。我以為學校是自由的園地，黨派應該退出學校，請少發言。」李芙回敬道：「要說黨派退出學校，我舉雙手贊成。」〔註29〕其實季雅嫻也很政治，癥結只是三青團和共產黨的政見對立，季雅嫻要求政治退出校園，其實忘了自己正是這「政治」的一種，這至少是不太講理的。季雅嫻之鬧革命，固然可以說是有「公德」的，但她的「私德」實在不能說好。在五六十年代，革命者也可能被塑造成蕭素、盧嘉川那樣的偉岸形象。在新世紀的《北歸記》中，宗璞卻用上了一些諷刺的辣筆，把季雅嫻這樣的人物創造了出來。此人在《接引葫蘆》中與學運幹部朱偉智結婚，後來在文革中更出賣、檢舉了自己的丈夫。如果說夫婦是人倫之大端，那麼季雅嫻倒真是一個由盡革命之倫與職而發展為事實上「棄倫棄職」的典型。

大學何為？《北歸記》中的學院隊列已然分裂。教授們渴望著教書育人，但學生多數在大時代中已經無心問學。弗之感歎道：「學生運動這樣轟轟烈烈，罷課成了平常事，教師們實在是很難盡責，既是學校就要教，就要學，不然成什麼學校。我們只能以保護學生為原則，儘量維持學校秩序。」〔註30〕弗之的態度，可能就是馮友蘭所謂「憑良知」，他有一個教師的本分，所以做出這樣的抉擇。他閱世已深，可以獨行其道，篤定不疑，只是對時局深深地歎

〔註28〕《北歸記·接引葫蘆》，第 234 頁。
〔註29〕《北歸記·接引葫蘆》，第 312～313 頁。
〔註30〕《北歸記·接引葫蘆》，第 235 頁。

息。但年輕的學術人們更多的卻是困惑，青年數學教師冷若安就說出了他的疑惑：「我只是覺得上課很重要。學生不能上課，好像有點委屈。我並不願意成為集體的對立面。」又自我評論道：「我們對於政治不夠瞭解，說起來我們都有些呆氣。」〔註31〕在天地玄黃的時刻，是「政治」還是「學術」，兩難的岔路已經呼之欲出。應該說，學院的迅速轉紅是大勢所趨，如果有理想，革命可能本來也並非洪水猛獸，但對於革命不容商量不容懷疑的組織要求，西南聯大／明侖大學中直接或間接受美國式科研訓練的學院人，已經習慣了自由、獨立的學術人格，對此粗暴的力量還是非常惶惑。不過在《野葫蘆引》裏，他們沉潛於學術、論學求道的純粹品格、對於學問和教育的一往情深，相比於革命的暴力，還是一種可資參考的別樣的倫理。宗璞的筆帶臧否，或褒或貶，已經十分清楚。

如果說革命、學術工作都有「人倫」、「人職」的方面，那麼踐行這樣的倫與職，必然會有「人情」的塑造或感發在其中。而宗璞本人的所有寫作都表明，她恰恰是特別在乎「情」的作家，這不止於她的文革書寫中「情的方舟」的特色安排，在老大學故事的講述中，發揚怎樣的「人情」也被她大力關注。《野葫蘆引》的抗戰部分，學院人靠他們純而又純的學術癡心工作著，靠他們盡倫盡職抗戰建國的倫理生活著，生活已經極其窮苦，但大學中人不改器宇軒昂的學人本色。可以說，這種大學倫理在這時是成功的。但是面對抗戰勝利後內戰的爆發、校園的迅速轉紅，「盡倫盡職」在一些人那裡內涵似乎也發生了轉移，盡革命的、公德的倫與職，似乎比學術倫理和學術工作更為重要。但在這樣的分裂年代，游移於革命倫理之外的學院人們，如冷若安、孟靈己，都紛紛陷入了苦悶之中。應該說他們至少是本性善良的人，或者用馮友蘭的標準即「有良知」的人，但是冷若安面對罷課彷徨不定，孟靈己面對和未婚夫莊無因的長期離散也十分煎熬。並且可以說，發生在孟靈己身上的愛的錯過、愛和家庭責任的反向拉扯，可能都是宗璞真切的心結。為什麼「敢叫日月換新天」的革命，要附帶著那麼多的犧牲和悲劇呢？這是一個問題。如果說這個問題只是因為冷、孟等人知識分子的小資產階級溫情劣習在起作用，是因為他們需要自我改造以融入新社會，那諸如季雅嫻這樣的革命弄潮兒，為何也並不是那麼光明可愛，反而處處體現出「心硬化」的做派呢？

或許，一種倫理在它行得健康之時，它是順乎人情的，人們也感到一種

〔註31〕《北歸記‧接引葫蘆》，第 303 頁。

被安頓的快樂。無論是學術生活中兢兢業業的學者，還是唱著「解放區的天是晴朗的天」的人們，他們雖然倫理規範不同，但都在一種尚還健康的倫理中獲得了人情的歡愉。但行的不健康的人倫，會傷害到人的感情。當新時代來臨，革命倫理強行在學校裏推廣之時，江昉、孟弗之們艱苦的自我改造就開始了。但是這些真誠地自我檢討改造過的學者們，卻紛紛不得善終，留下了後人無數的眼淚和歎息。「盡倫與盡職」，終究在時代進程中變異、解體，文革中的校園既沒有像樣的倫、也沒有像樣的職，陷入了動亂。《野葫蘆引》製造了美好的大學理想，又在末卷中將它打得粉碎。文革後，出國訪問的當年的從軍學生冷若安和孟靈己有過一次討論，孟靈己問：「如果再有戰爭，你還會去從軍嗎？」結果是冷、孟二人都一致說不會。孟靈己說：「因為當時要保衛的是祖國，是家園，那是很直接的。至於反法西斯這個目標很神聖，可是離我們是比較遠的。」冷若安道：「你的意思是說，現在的國家不能喚起人的熱情？」〔註 32〕這是一句無解的問話，或者說更是一聲歎息。西南聯大／明侖大學的學生們當初帶著對祖國的愛的感情而求學，他們決定從軍，是人情而不是「反法西斯」的主義在激勵他們行動。而當代史的閱歷中，這個逐漸僵硬的「主義」及其相應的倫理帶來了人倫人職的失落。面對這樣的人生經驗，老學生們彼此詢問，餘下的是無盡的悵惘之情。

第二節　學術與政治之間：《野葫蘆引》中教授的倫理抉擇

一、怎樣的「學」：境界修持與學問用世

「學」這個概念，即使是作為「學問」、「學術」而言，在不同的時空和境遇中的具體內核也可能差異很大。我們這裡問「怎樣的『學』」，具體落實在《野葫蘆引》的原型西南聯大以至復員後的平津高校時空之中，也就是說是四十年代中國戰火中的「學問」。此一時之學問與學術，當然有其諸多淵源，它接續晚清五四以至二三十年代的中國學術發展程度，在持續不斷的西學東漸以及傳統學術自我更新中，其中一部分發展成為了後世有口皆碑的西南聯大的大學專業化現代學術。

〔註 32〕《北歸記·接引葫蘆》，第 433 頁。

　　西南聯大作為一所大學，科系設置較為齊全，無論是自然科學還是人文社科，都有可觀的專業人才從事學習和研究。學科不同，其具體的學術倫理同中有異，都和自己學科的性質和淵源，以及其在戰時中國發揮的效用、其與政治的關係密不可分。西南聯大教授群以留學美國的學術人口比例最大，對於自然科學家來說，他們的學術根基多來自美國教育，專業化程度高，與政治關係不那麼密切，如果其教授願意議政，如化學教授曾昭掄等人，那是他們學術工作之外的個人行為。也就是說，自然科學家可能學術與政治分得相對較開，這一點轉化到書寫西南聯大故事的《野葫蘆引》當中，也有相似的情況。但是，人文社科教授，尤其是與中國古典學術淵源有自的人文學者，其學術與政治的聯動性則是一個值得關注的問題。學者陳平原在觀察中國現代學術之建立時描述了一個現象：「以中國文化為研究對象的人文學者，其職業特徵本就傾向於守護精神，抵抗流俗與時尚，在對待傳統中國的態度上，必然與信仰進步、講求效率的科學家群體有很大差異。」〔註 33〕由此，對於「學」的理解，人文學者當然不會拘泥於嫁接自歐美的「科學」這一層面，本國的傳統文化，在現代學術的建立中不可忽略。

　　然而，如果言及傳統文化中的「學」，那麼其內涵和現代學術的韋伯式定位自會大相徑庭。與學科的分立和專業化的追求不同，傳統中國的「學」有「學為政本」、「學而優則仕」等等傳統，更不要說與「格物致知」貫通起來而又同樣重要的「正心誠意」和「修齊治平」了。在謝泳的觀察裏，西南聯大教授群固然在價值觀、學術方法、政治傾向上有十足的美國作風，但「西南聯大知識分子群的另一個特點是，雖然他們多數有留學歐美的經歷，但在倫理道德層面卻明顯留有儒家文化的色彩，可以說在專業和政治意識上傾向西方，而在生活的層面上還是中國化的。這個特徵使他們成為當時的道德楷模和精神領袖。」〔註 34〕在西南聯大校歌中唱的是：「千秋恥，終當雪。中興業，須人傑。便一成三戶，壯懷難折。多難殷憂新國運，動心忍性希前哲。」培養「人傑」是為了「中興業」，「動心忍性」是為了多難興邦，把一己的學術學問連接到天下興亡、民族復興，這正是戰爭年代西南聯大精神的最佳詮釋，是

〔註 33〕陳平原：《中國現代學術之建立》，北京：北京大學出版社，2010 年，第 13 頁。

〔註 34〕謝泳：《西南聯大與中國現代知識分子》（2 版），福州：福建教育出版社，2016 年，第 11 頁。

師生們九年間剛毅堅卓馳而不息的根由。而如此的學通家國，一方面是十足的儒家，一方面也讓人不禁自然而然想到了馮友蘭一生的追求之一：「闡舊邦以輔新命」。舊邦新命的達成，正有賴於從中國傳統學術文化中「接著說」。

　　研究中國哲學史的馮友蘭，其戰爭年代的「貞元六書」中事實上已經有對「學」的專門論述，他把「學」指向了「學養」，放在《新原人》的人生境界哲學中論述。在馮友蘭那裡，真正的「學問」對人是一種養育，對達到更高的人生境界是一種門徑，這樣的「學」就迥然不同於「科學」或歐西韋伯式學術。人活著要有意義，需要不斷提高自己的境界，而「如欲有道德境界或天地境界，則人需自覺地用一種工夫。」「此說的一種工夫，有兩部分。一部分底工夫，是求對於宇宙人生底覺解。」〔註 35〕「人對於宇宙人生底覺解，可使人得到道德境界或天地境界。此所謂另一部分工夫者，亦不過是常注意不忘記此等覺解而已。」〔註 36〕前文已述，「覺解」是指對事物的瞭解和行動時的自覺。「人的覺解，使他到某種境界，他的用敬，可使他常住於某種境界。」〔註 37〕所謂「學養」，是既「學」又「養」：既是求覺解以達到某境界，也是自我修養保持此境界，其方法有兩條。既要有陸王的「先立乎其大者」，但陸王可能空疏，所以還要有程朱的「心外求理」，但程朱可能支離，則又需陸王的工夫來彌補。

　　由上所述，我們可以發現馮友蘭那裡的「學」不是西方意義上的「科學」和「學術」，而是在他看來更根本的學問即「哲學」。所謂「為學日益，為道日損」，科學學術是前者，馮友蘭的「覺解」之學是後者。這一般實用知識和哲學根本知識的關係，用馮氏的話說就是：「人求天地境界，不必知眾理的內容。但人無論在天地境界或道德境界，都必實行各種道德底事。實行各種道德底事，則必須知各種道德底事的理的內容。」〔註 38〕人生根本是求「覺解」，那麼在馮友蘭哲學裏，科學技術這樣的「學」又擺在那裡呢？他這樣說道：「人若為盡倫盡職而講求知識技術，其講求亦是道德行為，其人的境界亦是道德境界。人若為事天贊化而講求知識技術，其講求亦有超道德底意義，其人的境界，亦是天地境界。」〔註 39〕所以說，哲學是「道」，具體科學學術是「術」，

〔註 35〕《貞元六書‧新原人》，第 703 頁。
〔註 36〕《貞元六書‧新原人》，第 704 頁。
〔註 37〕《貞元六書‧新原人》，第 716 頁。
〔註 38〕《貞元六書‧新原人》，第 717 頁。
〔註 39〕《貞元六書‧新原人》，第 720 頁。

而哲學這樣的根本學養是為了更有意義地做人，是為了提高人的境界的。而人無論在哪種境界，為了生存發展，具體的知識技術仍舊必不可少。無論如何，「求覺解」是西南聯大哲學教授自己信仰、也對聯大學生一再宣講的根本性的立身和學問之道。

　　不過，「學」這個話題討論起來畢竟有諸多不同的層次。馮友蘭之「學養」，是從個人生命基本修為的層面說的，是基於一種「立人」的關懷。現代大學的學術模式裏，教育固然是重要的功能，但在修身養性之外建設各科各係的專業化學術，從事知識生產，可能是更為常規和普遍的內容。如果說現代學術中「為學」和「為人」已然分立，那麼西南聯大文科學者的人格與學問多數均達到了較高水平，其中教授們做人處世依憑的儒家修養可以說起了很大作用。國身通一，天下興亡匹夫有責，在戰爭的年代，對「人」和「邦國」俱有深情的知識分子，不可能不在專業領域以外更有現實的關懷。陳平原觀察現代中國學術人的看法是：「不管是否以『通儒』自許，大學者一般都不會將視野封閉在講臺或書齋，也不可能沒有獨立的政治見解，差別在於發為文章或壓在紙背。」〔註40〕如果說在現代社會裏，在個人基本人倫修養的基礎上，從事專業研究或參與現實政治活動都是更為具體的「事功」選擇，那麼知識分子在「政」與「學」之間的選擇可以豐富多樣，馮友蘭給出的最高理想是「內聖外王」，既有高明的境界和修養而又立下偉大事功。而這事功既可以是學術科研、是教育，也可以是政治。如此，既不該以「純學術」更高貴而自我標榜，也不一定應該只表彰革命而看不起書齋裏的鑽研精神。只是，是那個決定了人「境界」與人生意義的根本性自我修為，在決定著從政或治學的意義能有多大。《野葫蘆引》裏面的教授學者們面對戰爭年代「學術」與「政治」的歧途，也做出了各自的選擇，從而在大時代造成了多樣的悲喜人生。宗璞的刻畫，應該說還是有當事人和親歷者的豐厚歷史感的，學問家們的用世抉擇，既是政治也是倫理，在馮友蘭人生哲學的底色之上，《野葫蘆引》把「大學倫理」、學術尊嚴和歷史的悲劇意識糅合錘鍊，譜寫了一齣學院的壯劇或者悲歌。

二、左派學人的「介入」和學院派的「在崗」

　　《野葫蘆引》描寫的戰爭年代，多數學者固然是以民族國家為重而一直

〔註40〕《中國現代學術之建立》，第 15 頁。

抗敵的，但在此之外國共紛爭的蠢蠢欲動，也讓他們在抗戰旗號下有了諸多不同的站隊。抗戰勝利結束，民族矛盾一朝解決，則內部矛盾馬上激化，具體到明侖大學，則有的教授站進了左翼陣營，有的教授堅持著學院人的工作，以這兩種選擇的學者為當時最主要的兩派。

進步教授陣營裏，最突出的是江昉。江昉是個詩人，被孟弗之評價為「絕沒有一點軟骨頭」、「是一派天真爛漫」〔註41〕。其實關於「隱居」這個話題，不只孟弗之和嚴亮祖，江昉也提起過。那是弗之居住在龍尾村時，在案邊寫了一首邵康節詩：「山下千林花太俗，山上一支看不足。春風正在此山間，菖蒲自蘸清溪綠。」〔註42〕江昉來看了說：「這意境很好，可是這樣的亂世，誰做得到？」弗之認為保留一點這樣的境界挺好，江昉質疑這是不是會導致自私自利。弗之微笑道：「我想你也盼著有一天能夠得到純粹的清靜，好遨遊九歌仙境之中。」江昉的回答是：「你看透我了。」〔註43〕這是一個以詩人聞一多為原型的人物，赤子心腸、剛強正義，為了自己心中的理想中國而毫不猶豫地參加到了左翼的陣營。弗之向江昉訴說自己受到進步、保守兩方面的夾擊，江昉說：「我只有來自一方面的批評，自由多了。我要做到想說什麼就說什麼，這叫不自由毋寧死啊！」〔註44〕江昉的骨頭真是最硬的，只是這世上詩人以其赤誠的理想主義而介入政治，大約從來是悲劇居多的。在真實的歷史上，聞一多死於內戰前夜國民黨特務的暗殺，他的死轟轟烈烈，引發了西南聯大師生以至全國民眾的憤怒和哀悼。聞一多殉了自己的家國和人道理想，也揭示了國民政府的殘忍反動，其實從道德境界要求盡倫盡職的層面來看，他是死得其所的。但江昉在暗殺來臨之際被植物學家周弼擋下子彈而救了下來，在這之後，明侖大學的共產黨組織認為他不宜再待在昆明了。學生地下黨員何曼說：「復員以後的民主運動需要領袖，以您在群眾中的威信，您不能放棄自己的責任。」敘事人從旁描述道：「何曼的口氣代表一種力量，再沒有討論的餘地。」〔註45〕於是在政治的作用力下，江昉隨家人奔赴延安而去。新中國成立以後，明侖大學原校長秦巽衡赴臺，江昉成為新的校長。此時的江昉已經變了許多，他對弗之反覆強調思想改造和接近群眾的重要性，讓老

〔註41〕宗璞：《南渡記》，北京：人民文學出版社，2014年，第249頁。
〔註42〕《東藏記》，第181頁。
〔註43〕《東藏記》，第213頁。
〔註44〕《東藏記》，第213頁。
〔註45〕《西征記》，第304頁。

友弗之頗為驚訝。但江校長再怎麼自我改造，他那耿介不阿的硬骨頭都在妨礙他成為一個政治人、一個黨的螺絲釘。在反右運動中，江昉為了保護明侖大學大量被劃為右派的青年教師，上書中央陳情並諫言，於是被指控為右派並撤銷校長職務。江昉憤怒地走出會場來到校園邊的鐵道旁，他像千百年前的屈原自沉一樣，迎面跑向火車，終於落得「自絕於人民」的下場。聞一多即便活到新中國，也不過是一個江昉而已——宗璞的改寫和行文，至此已竭盡了控訴和悲愴的歷史意識。

江昉悲劇的癥結何在？也可能是他的本性並不適合介入政治。江昉想要盡倫盡職，而且他是有很高的人倫人職理想的，同時還有赤誠的熱情。江昉所希望的，無非是一個健康的、強大的、讓人擁有「美好生活」的新國家，他愛國，那個國本來不是政權所能規定，他愛祖國的文化、山河、人民、藝術，那是歷經千百年積澱的深厚文明土地。當他反對國民黨時，也不過是覺得腐敗黑暗的壞政府必須反對而已，那其實是孟子式的「浩然之氣」與「不忍人之心」在指引他行動，或者說，他身上有過多的馮友蘭強調的「良知」。憑良知做事，就是盡倫盡職，但盡倫盡職不問個人利益，而政治追求的是集團、階級、黨派利益，這二者有時相合，有時又南轅北轍。馮友蘭在《新原人》中曾盛讚「惻隱之心」，他說：「行義底人，於行義時，不但求別人的利，而且對於別人，有一種痛癢相關的情感。此等人即是所謂仁人。」〔註46〕江昉是這樣的仁人，卻不是成功的政治人。政治生活必然的權謀機詐，江昉是行不好的，道理可能很滑稽，是因為他光明磊落慣了。他能成為學生和國人信仰的精神領袖是因為此，他不適合搞政治也是因為此。但江昉的不幸在於他甚至沒有選擇的餘地，國共之間劍拔弩張，他反對了國民黨，就必須歸於共產黨，孟弗之比他小心，雖同情左翼但對兩邊都有批評，艱難保持著自己的獨立性，江昉則在他的赤子熱情裏雖不自覺但也別無選擇地走到了左翼陣營。他自己不以為不幸，直到他的死呈露出來，作為宗璞精心安排的歷史改寫和諷刺悲劇。

江昉不幸，號稱「江昉第二」的明侖社會學系左派教授劉仰澤命運則有不同。江昉是一個有理想和熱情，更有難能可貴的一點「惻隱之心」的人，劉仰澤要放在這個層面比較則遠不如。劉仰澤倒是一個還做得不錯的「政治人」，他可以做政治的「留聲機」，可以加入組織為了黨派利益而爭求。《北歸記》中的劉仰澤出場，始於他在重慶向弗之抱怨政府不派飛機接教授回北平，

〔註46〕《貞元六書·新原人》，第 665 頁。

政府沒有善待教授。劉仰澤的談吐，常常是斤斤計較的、開粗俗玩笑的、具有尖銳攻擊性的，在雲南訪問少數民族部落時，他更是面對拿起大刀的部落首領而不自覺往地上一跪。宗璞的春秋筆法，至少是在說從性情和私德上，劉仰澤水平不高。劉仰澤這個角色，如果用馮友蘭的人生境界標準衡量一下，他大約就是功利境界中人吧，而較之江昉，他實在是「德不厚」而沒有太深厚的做人根基，宗璞對其評價是低的。

左派學者中唯一一個活到《接引葫蘆》終篇的是中文系的晏不來。晏不來從學生時代就一向是個左派，關心民生疾苦，帶著中學孩子們排練話劇《青鳥》以義演支持抗戰，後來畢業留校成為中文系老師。晏不來是黨員，但和季雅嫻完全不同，他是一個很有人情味的人。解放後孟靈己和冷若安成婚，但隨後冷若安被打成右派，而孟靈己正在爭取入黨。要入黨，則必須和自己的右派丈夫劃清界限。孟靈己心中痛苦，來找自己的中學老師晏不來傾訴。晏不來講道理道：「一個黨必須有一致的看法，才能成為一體。要一致就會傷害個人。入黨必須改造自己，每個人都要改造。至於群眾──尤其是現在有若安的問題，對你一定是有影響的。我想，黨是先鋒隊，不一定每個人都去做那個先鋒。」〔註47〕最終，孟靈己接受此建議而放棄了入黨。如果說江昉太天真耿介，劉仰澤太寡淡卑瑣，那倒是晏不來以一個通達而不失人情的「人」的修為而做了一個還不錯的政治人。晏不來也宣傳主義、搞地下運動、處理黨發布的工作任務，但晏不來對孟靈己的勸說可謂敦厚而明理。他是政治的參與者，但對政治的殘酷性看得很清，沒有江昉的理想主義，而又有超出政治的人情的一面。在《野葫蘆引》的曲折推進中，穩健而有德行的左翼學人晏不來幸存了下來，直到終篇。

左派學人介入政治，經歷命運雖各有不同，但綜合起來很能見出學院人進入政治生活的難題和可能性。值得注意的是，江昉、晏不來都是中文系老師，劉仰澤也屬社會學系，也就是說他們大都是人文社科學者。其實《野葫蘆引》裏還有諸多自然科學家，如總是「一臉天真的神情」的物理學家莊卣辰、品行端正的生物學家蕭子蔚、以梁明時和柯慎危等人為代表的作風特立獨行的數學系教師們，這些人，再加上歷史學家李漣，都沒有搞政治或反對搞政治，而在學院裏安心研究，也算是他們的盡倫與盡職。

莊卣辰是一個專心科研的物理學家，視學術為生命，在昆明的轟炸中不顧自己性命保護物理實驗儀器。小說中的莊卣辰經常「一臉天真的表情」，也

〔註47〕《北歸記·接引葫蘆》，第 387 頁。

是經過了北平淪陷後幫學校接洽南渡事宜的歷練，他才顯得更為幹練一些。莊卣辰也關心國家大事，在昆明曾多次開講座，借助自己的英國妻子所得的英國大使館時事消息，在明侖大學為同學分析世界戰爭局勢。但莊卣辰不從政，他們北歸後，在逐漸轉紅的校園裏，一些學生因為他有英國太太而不信任他，莊卣辰最終在 1948 年做出決定，為了安心物理學研究，攜妻子女兒一道離開大陸定居英國。莊卣辰的兒子莊無因，和乃父十分相似，也是物理學天才而一心學術，最終因為留學而錯過了一生摯愛，留在國外搞研究，成為世人尊敬的傑出學者。

蕭子蔚的才能較之莊卣辰更廣，他不只在植物學領域裏是權威，辦起校務也是一把好手，人評價為「足智多謀」。蕭子蔚和江昉一樣是一個有很高道德的人，不只是他小心善待並試圖糾正暗戀自己的學生孟離己，存心善良。在婚戀態度上，他心愛的女歌唱家鄭惠杬不巧剛結婚，戰時離婚不便，兩人相望相等待著過了八年抗戰，始終發乎情止乎禮，充分尊重了人倫道德。戰後兩人終於得以合法成婚，不久鄭惠杬卻因為生活的貧苦、營養不良、唱歌過於盡心用力而在一場表演中心力衰竭而早夭。蕭子蔚欣賞這樣盡心做自己本分工作的女子，倒是很可見他自己的志氣和職業道德觀念。他也曾教導學生要在學術工作中追求完美和極致，那是他的工作信條，也是他盡倫盡職的方式——做好科學家的本職工作。蕭子蔚很高潔，文革中他先是被發配掃地勞動，後來紅衛兵們開始感興趣於他「風流」的感情故事。子蔚為了尊重自己和保護心愛的亡妻不被玷污，選擇了服毒自殺的方式自我了斷，這樣保守了秘密，或許也是他的「義無再辱」吧。

數學系的同仁們，因為孟靈己後來也在其中的緣故，全書第四部著墨較多。梁明時這一形象的塑造可能參考了華羅庚，也是因小兒麻痺症而左手殘廢卻取得了驚人成就的數學家。數學系還有個怪人教師柯慎危，專注於思考學術問題，呈現出一幅不修邊幅、特立獨行的形象。《北歸記》中寫柯慎危到任後，梁明時去上課，發現柯也出現在了自己的課堂上。面對梁的詢問，柯慎危稱自己正是來聽梁明時上課的，梁明時當即表示歡迎。柯慎危聽過大半節課有事早退，「嵋注意到，他出門前向梁先生鞠了一躬，但梁先生沒有看到。」〔註48〕這樣的一心求知心無雜念的胸懷，同行間的尊重與切磋，不需多作鋪展，簡單白描已能見出老大學的風骨。在一個一心為了學術的團隊裏，人們不太在乎世俗的資歷

〔註48〕《北歸記・接引葫蘆》，第 149 頁。

和輩份，面子觀念也很淡薄，而這正是學術生活可能較之「政治」更少世故的地方。如江昉者適應了這種生活，政治的確是他們的難題。

面對北平解放在即，宗璞寫了明侖大學的兩個人奔赴臺灣，一個是歷史教授李漣，一個是校長秦巽衡。校長赴臺，是因為明侖大學屬國民政府的公立大學，秦校長需要離開大陸以對國府有所交代，他屬於職位所限不能不走的人。秦校長領導明侖大學多年，帶領學校熬過了抗戰歲月，他有一段告白是：「我們這一群人，每個人或許都有些缺點，但總體上都是一致的，都有著為國家為教育的拳拳之心。我們在這裡辦學校，不是要憑藉辦學校得到什麼，辦好學校本身就是目的。」〔註49〕其實秦校長像他的原型梅貽琦校長一樣是一個真正負責任的教育家，他不是政客，和平年代大約也不會面對這樣的黨派站隊問題，學術或教育本位的校長為政治買單，是一樁天地玄黃時刻的無奈事。至於李漣，他反對的是學生運動，認為學生本來本分是讀書，現在卻幫助共產黨倒國民黨。李漣的政治立場是如此，但作為一個研究歷史學的專門家，他並沒有參與任何一方的政治活動，只是在解放前夕去了臺灣。

《北歸記》的最後，秦校長第二次南渡離去，教授會推選出了孟弗之暫時領導學校，等待共產黨的接收。孟弗之這個政治上不左不右之人，沒有秦校長那樣的「污點」，也能憑威望和品德主持局面，自是轉折時代一所大學臨時過渡的最佳領導人選。但孟弗之的政治態度，可能是《野葫蘆引》中最複雜的，其中既有馮友蘭的原型支撐，也不無對馮友蘭道路的反思，怎麼理解這個人物的學術與政治？這是我們接下來要討論的問題。

三、以學為政的可能性：孟弗之的道路

《野葫蘆引》的主人公孟樾孟弗之，是一個貫穿全書的重要人物。作為明侖大學的歷史教授和學校領導層的核心人物之一，他為人處世的信念大致有兩方面：一是愛國，二是堅持學院中知識分子的獨立和自由。

在《野葫蘆引》戰火紛飛的小說時空中，愛國主義精神是正面人物群所共同分享，《南渡記》中有孟弗之一段自白：「我其實是個懦弱的人，從不敢任性，總希望自己有益於家庭、社會，有益於他人，雖然我不一定做到。我永遠不能灑脫，所以十分敬佩那堅貞執著的秉性，如那些野葫蘆。」〔註50〕希

〔註49〕《北歸記・接引葫蘆》，第 205 頁。
〔註50〕《南渡記》，第 42 頁。

望有益於他人和集體，這是「為公」的道德境界的體現。「從不敢任性」可以參照詩人學者江昉的言行而得到應證。孟弗之並不浪漫，他是一個求真的史家，兢兢業業治學，盡倫盡職為人。至於作為高級知識分子和學校領導層一員所不能迴避的政治立場問題，弗之始終的態度是獨立自由地作為知識分子關心時政、發言諷諫。

抗戰勝利以後，孟弗之和蕭子蔚有一段關於「自由」的談話。那是弗之剛剛拿到自己新印論文集樣書，發現其中關涉當下政治的兩篇重要文章被抽掉了，這時恰好子蔚來訪，弗之對他感慨道：「其實，我們只需要一個安靜的學術環境，能夠自由地發表自己的見解，又不弄槍弄刀。有那麼可怕嗎？」〔註51〕兩人遂由言論、出版自由說到「自由」這個話題，弗之引用了康德論啟蒙的一個觀點：

> 他（康德──引者注）說，啟蒙就是使人類脫離自己所加於自己的不成熟狀態。又說，必須永遠有公開運用自己理性的自由，並且唯有它才能帶來人類的啟蒙。〔註52〕

「啟蒙」這件事，從來就是知識分子和大學的工作，是學者的責任或倫理之一。而弗之認同康德的話，啟蒙就是能公開自由地運用自己的理性，獨立思考和做出判斷。在孟、蕭等大學教授看來，自由根源於人性的本能需要，只有能夠自由思考和行動，人才是盡心盡性不悖於人性的真人。在《北歸記》中他更進一步闡發道：「大學培養出來的人，應該有理想有熱情，能夠獨立地判斷是非，而不被人驅使。我們培養的是人，不是工具。大學不只是教育機構，還是學術機構，它的任務是繼往開來，傳授知識並且創造知識。國家的命脈在於此。」〔註53〕弗之的人生經營，也是學術，也有政治，但學術是本源，政治批評從這個源頭生發出來，可能也就是傳統中國所謂「學為政本」的思路吧，是學院中人在「自由」的立身信仰下著書立說，知識人議政，以求有益於國家民族。

也是因此，弗之沒有黨派，不投向國共任何一方。《南渡記》抗戰伊始，弗之收到共產黨呼籲建立抗日民族統一戰線的傳單，他這樣說：「現政府如同家庭之長子，負擔著實際責任，考慮問題要全面，且有多方掣肘。在我們這

〔註51〕《西征記》，第 307 頁。
〔註52〕《西征記》，第 307 頁。
〔註53〕《北歸記‧接引葫蘆》，第 206 頁。

多年積貧積弱的情況下，制定決策是不容易的。共產黨如同家庭之幼子，包袱少，常常是目光敏銳的。他們應該這樣做。」〔註54〕後來人家說他左傾，他坦然道：「無論左右，我是以國家民族為重的。我希望國家獨立富強，社會平等合理。社會主義若能做到，有何不可。」〔註55〕可以看出，他一直在國共的狹縫之間進行著自己的表態，哪怕因此左派右派俱攻擊他。弗之的選擇，基於他學院教授的「人職」。他對學校的本分的認識是：「學校是傳授知識發揚學術的地方，我從無意在學校搞政治。學校應包容各種主義，又獨立於主義之外，這是我們多年來共同的看法。」〔註56〕

　　弗之的言行，深合馮友蘭對於「道德境界」的論述。他所求的從來不是自己的利益，所以往往接納的都是一些吃力不討好的事情。在昆明時，明侖大學要開政府規定的修身課宣傳黨義，這是有色彩的工作，弗之不是國民黨員，但在學校左右為難之際毅然應允了這個任務；在內戰的北平，共產黨學生幹部被國民黨政府搜捕，有兩個學生幹部先後到孟家避難。弗之講修身課不是因為他右，庇護地下黨員不是因為他左，這些都是因為他是明侖大學教師，他愛護大學、愛護學生。大學有困難、學生受威脅，他在「惻隱之心」的判斷下要做這些事，這些正是公而無私的仁人義舉。

　　弗之認為學校不該搞政治，但他的史學學術並不是純學術，反而借古諷今，字裏行間充滿現實關懷。弗之在昆明寫關於宋朝冗員的史學論文，對國民黨統治的時弊不無針砭。江昉來看望，說他口氣太溫和，弗之苦笑道：「已經受到盯梢了。你知道我這個人素來是不尖銳的，可總是遇到這樣那樣的麻煩。進步的人說我落後，保守的人說我激進，好像前後都有人擋著。」〔註57〕但弗之的學術，並不是康有為式的「經術文飾政治」，他反覆強調歷史學需要「客觀」的品格。明侖大學北歸復員後，弗之提出一項史學研究計劃：「近一百年是中國歷史大變革的時間，歷史材料很多，可是還沒有好好整理，也沒有一個看法得到公認。我們需要對百年史做專門的研究，用史家的精神，客觀公正，不要偏見，認真搜集資料，編寫這一段歷史。」〔註58〕科學的、「客觀公正的」——這些都是學術的道德，是學術本位的主張。但我們要注意，

〔註54〕《南渡記》，第49頁。
〔註55〕《南渡記》，第248頁。
〔註56〕《南渡記》，第248頁。
〔註57〕《東藏記》，第213頁。
〔註58〕《北歸記·接引葫蘆》，第207頁。

弗之的倡議,是要研究「近一百年」的中國歷史。做學問的人們自己知道,言說現當代史是最難的,因為離得太近,一者當局者迷,二者歷史尚未過去,因此禁忌遍布,有很多地方可能是秉筆直書就要犯忌的。歷史學實際上從不只是史料學,它更涉及如何評價的問題,臧否人物、議論事件,如果關涉當代,就很容易由學術而滑入政治的言說。康有為的學術為政治服務,對於學院派來說顯然是不可取的,但人文學術研究往往會長成一種政治態度則毋庸諱言。孟弗之這樣的倫理選擇,處身學術與政治之間,我們或可稱之為「以學為政」吧。

　　《北歸記》的末尾,解放軍兵臨北平城下,城郊的明侖大學校園裏已經隱隱可以聽到炮火之聲。在這樣的環境下,孟弗之給學生們上了北平解放前最後的一課。這堂課上,他舉到岳飛被賜死、蘇軾被羅織罪名而有烏臺詩案的事例,證明了君主專制的害處。最後他說:「我們到了民國時期,好不容易推翻了兩千年的帝制,可是我們還沒有得到真正的民主,怎麼對得起我們這個沒有皇帝的國家?我們需要真正的民主,不要皇帝,也不要沒有皇帝名義的獨裁者。」〔註 59〕以學為政,沒有提出一種黨派的具體政見,但是在學術研究的話題裏蘊含了政治的關懷和家國的憂思,這是學院本位的知識分子的本分。本來「知識分子」在西方就是用來命名一種行為的概念,當一群人以所學而站出來挺身抗暴的時候,他們就成了知識分子。所以,知識分子在國家政治和倫理生活中自有其功能性。弗之學養深厚,以他的所學在天地玄黃的時刻爭一國的「自由」和「民主」,正是盡到了自己的人倫與人職。當然,隨著《北歸記》及其所書寫的一個時代的終結和新時代的到來,弗之的選擇,在他生活的土地上,也成了一個過去了的昔日烏托邦。

第三節　「成人」的可能性:《野葫蘆引》中青年的倫理抉擇

一、青年學術人之長成

　　我們已經講到,西南聯大／明侖大學雖然建制上屬於現代大學,但構成其教學團隊的師輩知識分子有一種接續傳統儒家的政治關懷,所以「學術與

〔註 59〕《北歸記‧接引葫蘆》,第 336 頁。

政治」的討論在這裡，必須放入現代中國學術之確立和發展的脈絡中來看。
傳統中國的書生議政作風，和馬克斯·韋伯所談論的專業化時代的學術倫理，
二者各有其發生的國族和文化語境，無法並置評判。比如韋伯強調的學術倫
理之一就是教師不能在講臺上扮演先知和群眾鼓動者，不能鼓動學生們加入
政治團體並且行動。西南聯大／明侖大學的教師們雖然已經很強調本職工作
是知識的生產和傳播，有了現代西方大學的大致眉目，但是教師們並不能完
全做到不在講臺上談政治。諸如聞一多的民主運動精神領袖面目，就有鮮明
的政治鼓動性，也確實被共產黨的宣傳所利用。在西南聯大「民主堡壘」的
政治現實面前，如果我們重溫一下韋伯對於他理想中的現代學院師生間的學
術授受關係，或許是一個充滿張力但不無參考意義的別樣範例。

　　韋伯談論專業化學術對於個人實際生命的積極貢獻時，舉出了三點：

> 　　首先，當然，學問讓我們得到關於技術的知識，好讓我們通過
> 計算，支配我們的生活、支配外在事物以及人的行為。〔……〕其次，
> 學問能夠給我們〔……〕思想的方法、思考的工具和訓練。〔……〕
> 不過，幸運地，學問的貢獻並非僅止於此。我們〔做教師的〕還可
> 以幫助各位得到第三項好處：清明（Klarheit）。〔……〕只要我們瞭
> 解我們的任務（這點在此必須預設在先），我們可以強迫個人、或至
> 少我們可以幫助個人，讓他對自己的行為的終極意義，提供一套交
> 待。〔註60〕

如果說馮友蘭的「學養」讓修習者獲得的是更多的覺解和進入更高人生境界
的可能性，那麼韋伯的「學術」就是讓從事者獲得了以清明的理性理解和決
斷自己的行為選擇的可能性。並且，馮友蘭人生境界提升所需要的是哲學的
根本性知識即「覺解」，而韋伯的清明的理性的獲得和隨之而來的責任與自由，
則是可以通過修習具體的自然科學、人文社科知識達成的。總而言之，東方
和西方、傳統和現代，對於「學」的意義都有著從個人安身立命層面給出的
積極回答。《野葫蘆引》中的學術青年們，無一例外從事自然科學的研究，在
理解他們的精神世界時，韋伯所說的科學研究帶來的「清明的理性」可能是
一個重要的參考向度。而如果說西南聯大教師輩知識分子大多既有歐美留學
經驗，又有傳統文化尤其是儒家的根基，可謂中西新舊的合璧，那麼西南聯

〔註60〕〔德〕馬克斯·韋伯著，錢永祥等譯：《學術與政治》，桂林：廣西師範大學
　　　　出版社，2010 年，第 186～187 頁。

大學生輩知識分子，則從聯大學習到的是現代大學科系體制和培養方案產生出來的人格與學養，離現代大學帶來的韋伯式學術理想應該說更近些。而書寫這樣的學術青年故事的《野葫蘆引》，其中人物要「盡倫盡職」，對於自己處境和選擇的理性和清明的認識也必不可少。

　　《野葫蘆引》中的學術青年們，都有自己做出此種選擇的原由。孟家兩姐妹孟離己和孟靈己，似乎較傾向於以學術為人生的庇護或排遣；莊無因、澹臺瑋、冷若安有很高的天賦，都是曾渴望過獻生學術的知識青年；孟合己則又有差異，他是為了祖國強大而投身學術，在他看來這和投身學運一樣是為國出力。

　　第一個走上學術道路的是孟家大女兒孟離己。她有一個隱痛的童年，又暗戀上了一個不可能的男性。孟離己出場時孤僻、彆扭、愛生氣，是一個很難相處更難理解的少女。她的第一次對世界的熱望來自於愛，她愛上了她父親年輕而瀟灑的同事、明侖大學生物學教授蕭子蔚。孟離己的愛，正如她自己不幸言中的那樣，是一次「強求」。她追隨蕭先生的路，在明侖大學念了生物系，但蕭子蔚並不以為她特別，也早已身陷與歌唱家柳夫人鄭惠杬的苦戀，自然不能回應。但孟離己的脾氣是奇特的，造成的經歷就更奇特，她因為失戀而隨意自我託付，與好人和俗人仉欣雷匆忙訂婚，卻被車禍奪去了未婚夫性命。到此為止，她的心中充滿失望和負罪之情，離開昆明來到點蒼山植物站，以投身植物學研究平復創傷的內心。另外，之前蕭子蔚對孟離己的告誡是：「要為你的國，你的家和你自己爭榮耀！這榮耀不是名和利，而是你的能力的表現，你整個人的完成，還有你和眾生萬物的相通和理解。」〔註61〕很難說這樣的期盼是否也是孟離己在學術上全力以赴的一重砝碼。學術不只止痛，還是證明自己價值的一種途徑。於是，孟離己確實在盡職地工作，但她或許沒有想到，她從這時起直到文革中死去都是守在了點蒼山上。

　　如果說姐姐孟離己是為了一己的愛情失敗而下了研究學術的決斷，那麼妹妹孟靈己專研數學，則來自更大的失望和疲憊。孟靈己甫一入學，就遇上1944年底明侖大學徵兵。抗戰已有七年，孟靈己渴望戰勝，覺得為抗戰出力是更大的本分，於是毅然從軍。她當了護士，經歷了戰爭中的諸多生離死別，也看到了中國落後和腐敗的現實，尤其是她的表哥澹臺瑋的戰死對她刺激極大。由生到死的輕易、戰時國家的亂象，都讓她快速成熟並變得悲觀。在這

〔註61〕《東藏記》，第 162 頁。

一切以後，明侖大學學生民主運動風潮更盛，而她的表現卻是：「孟靈己遠不如以前活躍，專心研究數學。她似乎對人生有了看法，認為激情是很表面的東西，願意多作思考。」〔註62〕激情破產了，則學術理性或可代替，所以求學問。孟家姐妹二人殊途同歸，都走向了學術，但她們能否彼此理解對方的感受，卻很難說。孟靈己當護士時去點蒼山看過孟離己，看到姐姐的生活世界是：「這裡離戰爭似乎很遙遠，簡直是和人間都有距離。〔……〕床前小几上擺了全家的照片，那是峨和人間的聯繫。」〔註63〕對此，孟靈己問：「姐姐，你和這些植物在一起，不覺得寂寞嗎？」孟離己吃了一驚答道：「怎麼會。這些花朵、葉片、枝條都是有生命的，好像是朋友，越研究對它們越瞭解。」〔註64〕孟離己此時的生活，真彷彿洞中一日，不管世上是否已千年，姐妹二人精神上已經不在同一個世界。

　　孟靈己經歷戰火後即將復員回昆明時，「她給姐姐寫了一封信，報告她已回昆明。姐姐還是在那些花裏嗎？峨覺得自己變了許多，閱歷讓她的精神世界變得又豐富又貧乏。她沒有給姐姐寫這些，在花裏的峨感受是不一樣的。」〔註65〕孟離己的失望，是一己的，包含她第一次熱愛和寄望於人間事物執著不已而竟然失敗的傷心；孟靈己的失望，是為了她所看到的一切，其中又主要是戰爭災難，也包含著人情冷暖。孟離己對於感情的傷心，最終在她和吳家縠較為美滿的婚姻中得到了一定的醫治，但她已經情迷於植物學，仍然耕耘不已。如果說孟離己經歷了酸甜苦辣的青春歲月而逐漸看懂看清了一些生活，她可以選擇學術為其終生事業，也可以理性而獨特地安頓自己的婚姻，是一種學院頭腦訓練帶來的「清明」，但是這個學術青年對於戰時中國的政治是疏離的，那麼孟靈己面對自己參軍帶來的對家國和人性人情的知識，其實更有一種看透了的清明的悲觀。學院訓練出來的總是「理性人」，理性的人審時度勢做出自己的選擇，可能不一定是凱歌猛進的理想帶來的熱情工作，而是一種角力過後的妥協和自我安頓。革命是需要熱情的，這熱情帶來鬥爭和行動；學術固然也需要熱情，但更需要「清明的理性」，需要合理地做人做事。孟家姐妹的學術之路，不無陳寅恪所謂「不為無益之事，何以遣有涯之生」

〔註62〕《西征記》，第278頁。
〔註63〕《西征記》，第70頁。
〔註64〕《西征記》，第70頁。
〔註65〕《西征記》，第257頁。

的歎息之感，但那更是她們在和生活的博弈中仍保存著專注和信念的工作選擇。

　　至於物理學天才青年莊無因，則做研究的心情和孟家姐妹迥然不同，他是真的愛科研，愛真理，他對好友澹臺瑋的自白是：「物理世界真是神秘的世界，無窮的變化，無窮的謎。通過物理，他和她的家增加了瞭解，尤其對父親，便是玳拉和無採也更親近許多，他也不懂是怎麼回事。」〔註66〕莊無因有個物理學教授父親，從小傳承家學，自有其對科學研究的極大好感。他是一個喪母的少年，有著時常是憂鬱的心境，物理學的奇妙，是安撫也是寄託。可以看出無因的學術道路仍有很大程度基於人情人倫的方面，如果在一個學術小共同體內，親人好友同事互相激勵啟發，一起求科學進步，那也是戰火歲月中中國的一種希望。而無因內心對人情的珍惜，最多地表現在他和孟靈己的愛情上。

　　孟靈己和莊無因的愛情故事，是貫穿整個《野葫蘆引》的重要情節，也是《北歸記》中最大的亮色，隨後也帶來了最大的悵惘之情。無因在抗戰時期本來就有機會出國深造，但他拒絕了，根據情節推斷，應該很大程度上是為了不和孟靈己分別。抗戰勝利後，無因終於要出國尋求心心念念的「賽先生」了。莊、孟此時定下婚約，在離別前夕海誓山盟，度過了一段纏綿悱惻的戀人時光。然而我們要知道，此時此地是內戰的中國，這個莊無因無疑就是1956年宗璞曾寫下過的那個物理學生齊虹的重塑。在當年那個齊虹的生命中，只有音樂和物理是可愛的，只有戀人江玫是可愛的，餘下的一切他都憎恨。但齊虹也是一個憂鬱的學術天才啊。可以說，理想戀人的人設多年後基本沒有大變，宗璞當年用學運政治抹黑他，現在又用科學求真精神加冕他，她心中的滄桑變化已經昭然若揭。只是，學術天才青年難道始終只能生活在對純粹精神的、智力的營造的一片癡心之中嗎？或許在宗璞審美的眼光裏，這樣「為學術而學術」的態度未嘗不是一種美，莊無因可為其代表。但是莊、孟這對戀人生活的世界不是平安樂土，而是動盪聚變中的二十世紀四十年代末。莊無因走了，後來一次次買票求孟靈己出國來深造，以便兩人團聚和成婚。孟靈己面對的，則是家中老父小弟和自己都剛剛失去了一家主母，她不得不承擔起女主人和照料者的角色。孟靈己要盡為人女兒的人倫，就不能實現與無因團聚的人情，她是兩難的，但她認為要為了他人，要不自私，也要不給

〔註66〕《東藏記》，第199～200頁。

無因添拖累，於是沒有出國。解放後音信斷了幾年，終於由呂香閣離間使得兩人永訣。「為學術而學術」的有理想的青年們，出國保住了自己的學術，但失去了一生摯愛，世界真不是光滑的平面。

至於有志於學術卻從軍戰死的澹臺瑋，則更是一首哀婉的長歌。澹臺瑋和莊無因這對好友，天賦都極高，待人接物都極有風儀，愛情都極動人，卻都沒能心想事成獲得幸福。那個《東藏記》中世界尚還年輕的時刻，莊無因和孟靈己，澹臺瑋和殷大士，四人蕩舟湖上一起唱起黃自譜寫的名歌《本事》的時刻，真是青春愛情至美的夢幻，是他們紛紛成人和離散前一個天真的至福時刻，是《野葫蘆引》最終被證明異常殘酷的世界裏一個只能迢迢仰望的烏托邦。至於孟靈己後來的丈夫冷若安，同樣是學術天才，卻比起莊無因有更多的苦痛經歷。冷若安可以說是被明侖大學「收留」的人，在這裡，一無所有的他有了數學學術安身立命，有了事業的成功、眾人的尊重、才華的多面施展，以及最來之不易的妻子孟靈己。但冷若安建國後很快因為身世成謎和參加遠征軍被調查，加之他發言強調學術，終於被打成右派，下放勞動。冷若安是莊無因的鏡象，同樣是有才華，一個在國外取得矚目成就，一個在國內被耽誤了一輩子。

而孟家的三弟孟合己和其他人都不同，他最小，是北平學生運動的熱心人。那時，孟合己很多同學的心願是去解放區，所以他在是否考大學這件事上很彷徨。父親孟弗之勸說道：「抗戰勝利，我們的民族得到了獨立和自由，這是從最基本的意義上講的，國家的前途還是很艱難的。從個人來講，我們要爭取個人的自由，人沒有自由是不能稱其為人的，但是要爭取這一切，都離不開科學。你應該學習，你不是要造飛機嗎？你不上學飛機誰來造，國家的科學誰來提高。我們的國家就永遠這樣落後嗎？」〔註67〕最終，孟合己上了大學並成為了一名飛機製造工程專家，建國後畢業被分配到東北重工業基地。孟合己一輩子都是有正義感的好人，這「正義感」或許也是來自「良知」或「清明」吧。文革時批鬥飛機製造所所長，孟合己不跟從批鬥而為所長說話，被打成了殘廢。文革後他以殘疾之身堅持工作，造出飛機，卻又過早因癌症不治而逝世。那個從小在昆明看日機轟炸而發憤要造飛機的小孩，長大後為了祖國富強而學術，總算不無瘡孔地實現了理想。

《野葫蘆引》中選擇學術的青年人數眾多，作者給他們的是讚美更是同

〔註67〕《北歸記・接引葫蘆》，第 252 頁。

情。我們注意到，這些學術青年沒有一個活得太好的，大部分是留在國內撞碎在了大歷史的劫難期，唯有出國幹出成績的莊無因幸免，但又因飛機墜毀意外逝世。學術不能安身立命嗎？也是，也不是。一所大學如明侖大學，提供了一種教養，使得其學生們能自由的運用理性選擇自己的事業和人生，這就是啟蒙的神話、大學的神話、學術的神話。之所以說是「神話」，是因為在大歷史的運行期內，沒有高懸於歷史過程以外的學院烏托邦可以供其中青年自由發展和決斷。韋伯所謂「清明的理性」明顯是就常態社會來說的，而在一個劇烈變動的歷史時期，學院和學術也不正常，比如頻繁的學生罷課，比如主導了學校氛圍的政黨政治流行。《野葫蘆引》把每一個學術青年和他們的故事都寫得很入情入理，他們努力成長著，一心想隨著戰勝的中國一起成長成為新的人，正所謂「總不改初心要把新人樹」〔註68〕。「樹新人」是大學的本職工作，但新人要怎樣融入社會而被接受、而起作用，真是天命和人事的雙重作用了。《野葫蘆引》的學術青年們盡了人事，長大了，但或許歷史本身成為了他們的天花板。

二、愛與信之間：左派的歧路

在《野葫蘆引》中出身學院而投身左翼進步事業的知識分子中，以明侖大學物理系高材生衛葑的形象最為突出和豐富。面對學術與政治的歧途，《南渡記》中他的自白是：「在我二十五年的人生歲月中，有兩次完全忘我，幾乎達到神聖的境界。一次便是在遊行中感到的。這麼多擁有青春和未來的年輕人，融匯成無與倫比的力量！」〔註69〕「至於另一次神聖的感覺，是在和莊先生做完那實驗時感到的。〔……〕現在物理離我越來越遠了。如果沒有國家的獨立，也談不到科學的發展。在這個世界上，我們首先得有生存的權利！」〔註70〕衛葑本是很優秀的學術人，是因為時代的亂局使得他要從事政治，投身北平學生地下工作。弗之對此評價道：「他能力很強，愛國心熱，只是以後學問上要受影響。」〔註71〕弗之和衛葑，在大時代自有相異的人生選擇，從呂清非老人和弗之的談話中，我們或許能理解到衛葑棄學從政的原因和動力：「總得有人把精力花在政治上，不然國家民族的命運誰來掌握？老實說，我

〔註68〕《北歸記・接引葫蘆》，第346頁。
〔註69〕《南渡記》，第121頁。
〔註70〕《南渡記》，第122頁。
〔註71〕《南渡記》，第69頁。

年輕時，是恥於做一個潛心研究的學者的。這話和你說不合適，你們學校絕大部分都是踏實的學者。無論國家怎樣危難，這份寶貴的力量在，國家就有希望。」〔註72〕可以說呂清非認為學術與政治工作各自有其合理性，而他和衛萸選擇的是政治。孟弗之從事學術，也總有對於後輩衛萸的敬重和支持。衛萸從事政治割捨小家，也總是弗之一家人和其他親友們幫他料理家務。這樣的衛萸，讓人很容易想到宗璞六十年代短篇小說《知音》中的學生幹部石青，只是從石青到衛萸的改寫，已經由一齣昂揚的學院革命讚歌轉向了更多的悖論與更多的尷尬。

　　學術需要獨立精神，革命需要的卻是服從組織領導，只有這樣才能萬眾一心，把政治搞好。衛萸可以說是始終忠誠於黨的典型，但這並不是沒有痛苦的。他和第一任妻子凌雪妍的婚姻其實並非基於愛情，雖然兩人真心相愛，但結婚是衛萸的上級決定的。領導認為衛萸「需要加強上層關係，可以考慮這樣的婚姻。」〔註73〕這樣才有了衛凌二人的婚姻。結婚的那天正是 1937 年 7 月 7 日，七七事變爆發，衛萸的地下黨工作變得忙碌又危險。衛萸稍後得到組織上對他工作的安排是離開北平到延安去，情況緊急，他只能和愛妻不告而別。衛萸內心對雪妍的告白是：「我們是夫妻，我們是一體。我們彼此恰是找對了的那一半，一點沒有錯。但我不能全屬於你，我沒有這個權利。我只能離開你，讓你丟失丈夫，讓你孤獨，讓你哭泣！我必須這樣做，因為我們生在這樣的時代！」〔註74〕衛萸未曾寄出的家書深情款款，也寫到了進入組織以後內心的變化和矛盾，還有對於自己不能全屬於自己、亦不能全屬於愛人的深深遺憾。那種讓他加入革命的純真的愛國熱情，後來「在許多具體的鬥爭中減少多了。」〔註75〕衛萸是個值得深究的革命人，後來在他的同志們中，「有人為衛萸做了總結：他信他所不愛的，而愛他所不信的。〔……〕既然做不到信自己所愛的，就要努力去愛自己所信的。這就叫改造主觀世界。這是一條漫長的路，也許終生無法走完。」〔註76〕衛萸愛的，始終是書香世家而門第高貴的女子如凌雪妍、澹臺玹，他愛那種浪漫豐潤的心靈之美，那些代表了高雅美好生活的女子衣飾和風姿，愛那種接通傳統的人情溫暖的生活。

〔註72〕《南渡記》，第 69〜70 頁。
〔註73〕《南渡記》，第 106 頁。
〔註74〕《南渡記》，第 119 頁。
〔註75〕《南渡記》，第 121 頁。
〔註76〕《東藏記》，第 335 頁。

這或許是因為他搞革命以前是精英知識分子出身，在明侖大學的生活、和孟弗之一家的親戚關係，都給了他上層精英的教養。當他懷著革命信仰去往聖地延安，他在盡心工作之餘感到的是一種微妙的不適應。

　　在延安，教養相似的知識分子們互相組成了友誼的小圈子，其中也有人抱怨：「我來這裡是要貢獻自己的知識，不想這裡並不尊重知識。」〔註77〕衛葑的感受是：「他也認為不尊重知識是不對的，但這一點遲早要改變。難得的是這裡有一致的理想，除了打倒日本帝國主義的近目標，還有建設人人平等的社會主義的遠目標。他的物理學做不到這些，他還要再看看。」〔註78〕延安的革命鬥爭中的殘酷，在衛凌夫婦終於輾轉定居昆明後跟著傳了過來。衛葑接到延安來人消息，他和雪妍共同的好友、革命學生幹部李宇明跳崖自殺了。兩人十分震驚，都不明白，但「他們所說的不明白的內容並不盡同。衛葑不明白的是革命隊伍內部何以這樣殘酷。雪妍不明白世上怎麼總是有人在傷害別人，也總是有人受到傷害。」〔註79〕雪妍是人道的、知識分子的不平，衛葑則是革命人既受傷害，又似乎一旦「抉心自食」就會發現自己也屬於這種殘酷行列的惶惑。其實衛葑真的有其殘酷之處。他的妻子凌雪妍生下了兒子衛凌難，卻在洗衣服時不慎落水死去，不久為了工作衛葑被召回延安。他無法帶著幼子上路，就把孩子託付給了自願照料阿難的、尚未婚嫁的大家小姐澹臺玹。澹臺玹帶孩子耽誤著自己的婚嫁，最後衛葑在抗戰勝利後向她求婚，有了第二次婚姻。很難設想，如果凌雪妍地下有知，她會不會覺得自己一生都在被丈夫辜負。那當初愛得那樣熱烈柔情、纏綿悱惻的一對青年男女，面對生活的歷練（又主要是革命的需要）卻迅速放棄了人倫和情分。凌雪妍拋棄娘家優裕的生活，萬里尋夫歷盡艱辛，等到終於團圓也確實和衛葑幸福生活過一陣，但誰想到幸福如此短暫，深情的丈夫在她死後卻必須馬不停蹄擁抱革命的生活。小布爾喬亞的溫情，果然在革命裏是沒有位置的。衛葑為了革命付出了一生的全部努力，但是與此同時，他的愛人們、親友們始終在為他的行為和選擇買單。衛葑忠誠於黨一生未變，但總是留下情愛的、家庭的爛攤子，讓愛他的人去付那個代價。這不是因為他冷酷，更不是因為他自私，他是心繫天下的有理想的革命幹部啊。但革命的偉大理想，在《野葫蘆

〔註77〕《東藏記》，第128頁。
〔註78〕《東藏記》，第128～129頁。
〔註79〕《東藏記》，第275頁。

引》中卻直接間接造成了一次次的不得已的辜負和尷尬，宗璞有意為之，表達的是她對於革命深深的疑惑和不能信任。

《南渡記》開篇不久寫到衛葑的第一次婚禮，用了意味深長的預敘寫法道：「衛葑後來總帶了一種溫柔痛惜的心情回想這婚禮，覺得它像自己的一生一樣不倫不類。」〔註80〕這個「不倫不類」很戳要害，衛葑不是好丈夫，他背叛了一生奉獻他的凌雪妍，後來在文革中又離開了澹臺玹去履行黨員的死諫。他不是好父親，阿難的成長中他始終缺席，澹臺小葑和衛小玹也在很小就失去了父親。他也不是好學生，莊卣辰對他期望極高，他卻半路出家，學術一事無成。那麼，他是好革命者麼？他愛而不信信而不愛的糾結，他面對的革命的殘酷性，讓他的革命生涯也很難評價。衛葑讓人想起中共一個早期領導人瞿秋白，都是學養太高的知識分子，過慣了精緻高雅充滿人情和趣味的生活，革命了卻不能完全擁抱革命，總有幾句「多餘的話」欲言又止。

與衛葑比起來，他的兩位愛人凌雪妍和澹臺玹則顯得單純明快得多。衛葑向澹臺玹求婚後，面對孟靈己的擔心，玹子說：「其實我懂什麼？我只是覺得有他這樣人參加的事業，一定會成功。」〔註81〕面對前男友麥保羅「你思想跟得上嗎？」的詢問，玹子說：「女人是這樣的動物，情感可以幫助思想。」〔註82〕澹臺玹的話道出了這兩位女性共同的邏輯：無論凌雪妍或是澹臺玹，都是養尊處優的大家小姐，僅僅是為了愛情所以認同、參與革命。如果說孟家姐妹投入學術是學院人理性使然，那麼雪妍和玹子是《野葫蘆引》中最重情最深情的兩位，為了愛她們可以克服難以想像的困難，雪妍抗戰中可以萬里尋夫，玹子在文革中可以帶著一兒一女逃出國境，最後去往美國定居。但是革命的「主義」她們懂嗎？可能看過一些讀物，但歸根結底是愛情幫助了思想，愛人即正義。

《野葫蘆引》中的左派青年，除了衛葑外，還有嚴穎書、李之薇這對戀人。嚴穎書是嚴亮祖將軍之子，明侖大學歷史系畢業生。在學校裏，或許是受到國民黨將領家庭的影響，他加入的是三青團。比起諸如《聯大八年》等左翼進步傾向鮮明的聯大回憶錄中對三青團的指責，《野葫蘆引》中的三青團，顯得僅僅是一個學生政黨組織，宗璞對之沒有過多的貶詞。這或許是《野葫

〔註80〕《南渡記》，第 29 頁。
〔註81〕《北歸記‧接引葫蘆》，第 52 頁。
〔註82〕《北歸記‧接引葫蘆》，第 105 頁。

蘆引》整體基調吧，正如弗之的表白：「我確實同情共產主義的理想。現在，我倒覺得國民黨的理想也有可取之處。兩方面都有理想，都可以同情。」〔註83〕那麼三青團也可以同情。但是畢業進入部隊醫療系統工作的穎書是苦悶的，他對衛葑傾訴道：「我不是一個細緻人，可也不是石頭人，我想離開，又不知往哪裏去。再一想，還得打日本呢。總得湊合著堅持下去。」衛葑回答：「我們都有一個理想，有的完整，有的不完整，總希望世間能有公平。現成的公平是沒有的，只能自己去創造了。」〔註84〕於是衛葑給了有「不完整」理想的嚴穎書一些共產黨進步讀物，嚴穎書一步一步走向革命，最後加入了共產黨。他的女友李之薇和他志同道合，兩人最終走到一起的時候，李之薇正在北平復員後的明侖大學裏組織學生運動。嚴、李二人在湖邊小坐談心，小說寫道：「穎書忽然想起多年前他和衛葑在昆明翠湖邊的討論，當時談話不多，可是憑藉衛葑借給他的一些書，他早已認為真要有一個健康的社會，要靠共產黨。不由得說：『看來，我們應該走衛葑的路。』他一手握住之薇的手，一手攬著她的肩，他們是志同道合、心心相印的。」〔註85〕嚴穎書和李之薇這樣的革命夫妻，在天地玄黃的時代意氣風發，要走革命的路。他們是沒有猶豫的，這正因為他們介入革命沒有衛葑深，衛葑的難題，他們尚未觸及。

但還有一個青年人孟合己更為敏銳。孟合己進入明侖大學後在民主運動的浪潮中要求進步，加入了民主青年同盟。小說寫民青組織委員向孟合己講解，加入民青要樹立幾個觀點：唯物觀點、群眾觀點、組織觀點、勞動觀點。其中組織觀點就是個人要服從組織，兩人由此對話道：

　　　　合子想了一下問道：「如果組織有了錯誤怎麼辦？」

　　　　組織委員一怔，他覺得那是不可思議的，但他沒有說不可能，

　　而是說：「真是組織犯錯誤，到時候總會有辦法的。」

　　　　合子也想了想，說：「還有上級組織呢。」兩人都很安心。〔註86〕

其實孟合己抓住了一個重要問題：組織如果有了錯誤怎麼辦？這或許就是宗璞所認為的革命中存在的根本問題，也是文革中衛葑死諫的內容。黨如果犯了錯誤，需要一套有效的自查糾錯機制，而在個人崇拜的時代，最高領導人

〔註83〕《北歸記·接引葫蘆》，第133頁。
〔註84〕《東藏記》，第328頁。
〔註85〕《北歸記·接引葫蘆》，第120頁。
〔註86〕《北歸記·接引葫蘆》，第277頁。

如果犯錯，就不存在糾正的可能。只是衛葑的絕命書，在亂世之中又究竟有哪個有心人會有暇認真對待呢？

《野葫蘆引》展現的歷史圖景是豐富而統一的。在戰爭年代的非常態社會裏，不只學術青年面臨成人的難題，左翼青年投身革命，也不一定就能擁有正當而明快的生活。如季雅嫻那樣的心硬化者當然並不能代表全部左派，但那些有信仰有愛憎的正面的人物們，無論走向學術或政治，都過得坎坷而磨難。學術道德在亂世不能施行，革命道德在革命的進程中也遠非完美，青年學生出身學院，他們共同分享著知識和教養，這讓他們在學術中充滿非功利的工作信仰，在革命中也有家國天下的整體關切和對於人心人情的需求。「盡倫與盡職」是無論學術工作還是革命工作中都該做到的，但實踐起來又談何容易。因為世界不是一個道德的世界，世上的人們並非都濡染過馮友蘭所謂「道德境界」的崇高風範。在那些實際事務的處理上，在政黨利益的較量上，心懷道德和家國的知識分子怎樣才能盡量實現自己的生命可能性，並為世界留下正面的遺產呢？《野葫蘆引》給出了一種悲涼的歷史圖景，或許從反面給予了讀者以人生抉擇中的告誡。

結　語

　　《野葫蘆引》第一部《南渡記》開篇不久講了一個小故事，〔註1〕也可以說是一個「元小說」。故事是這樣的：有一個遙遠地方的小村莊，村子裏有一片葫蘆林，長出的野葫蘆很可愛，村裏因此有個習俗：每出生一個小孩，就讓他在葫蘆林裏面認一個葫蘆，貼上自己的名字，葫蘆就代表他。後來有一天，敵人打進了小村莊，燒殺搶掠無惡不作。他們看到了這些葫蘆和上面的名字，問清了原因，就惡毒地殺死了認葫蘆的小孩們。之後，他們又想砍葫蘆來用，沒想到這些葫蘆刀砍不壞，火燒也不壞，最後敵人把葫蘆扔進了河水，水面上浮起一片孩子的哭喊，葫蘆漂遠了。

　　這個故事在情節推動上沒有太大意義，但卻指涉了《野葫蘆引》的小說詩學，那就是以「替身」為媒介勾連往返於詩與史之間。《野葫蘆引》的人物和情節都是真實歷史的替身，在對本事的改寫與保存之間，詩和史的張力與共振得到了呈現。但「野葫蘆」的小說詩學還有文體之外更大的意義，那就是處理人心與歷史的關係。正如村裏的葫蘆是孩子們的化身，孩子可以殺死，葫蘆不壞，並且還會發出控訴的哭喊；對於宗璞來說，小說《野葫蘆引》是現實中西南聯大歷史的化身，歷史可以消逝，歷史中人可以死去，但是記錄歷史和臧否人物的小說家言就像一個「野葫蘆」一樣留存下來，代表了歷史老人的見證，也代表她進行講述、讚美和控訴，這樣歷史就不會被忘記，歷史中人心的掙扎和有情，也得到了一個藝術的固定。

　　我們已經提到過，在講述民國老大學方面，八十年代中期開筆的《野葫

〔註1〕《南渡記》，第40～41頁。

蘆引》並不孤獨，新時期以來這似乎是一個很長遠的潮流，並甚至在當下中國愈演愈烈。開始是經歷過文革的老知識分子為民國的學術和學院文化傳統招魂，繼而是「告別革命」的浪潮中以老大學的尤其是自由主義遺產為資源去反省革命，到後來商業的、消費主義的大潮強勢崛起，「老大學」、「大師熱」、「民國熱」成為了中國社會供審美和消費的文化時尚，滿足當下國人對於「雅文化」歆羨的但也在理解上不無錯位的心態，也成為中產階級標榜自我不凡趣味的風雅商品。大學故事在傳播和被消費的過程中固然被抽換了筋骨、磨圓了棱角，但是也該知道，商品化的大學故事固然馴良，但那個源頭在於八十年代的對老大學念念不忘的講述和祭奠卻並非不是嚴肅的、尖銳的、批判的。高校管理體制在建國後經歷了重大變革，這其中的得失十分複雜，但如宗璞這樣親歷的知識分子自有其看法。說大師和大學是民國才有的財富，這固然是一種警策但又很不準確的「神話」，但對建國後高校教育和科研體制上的一些遺憾的凸顯，也自非無的放矢。為什麼八十年代的文史哲專業大學生們能夠獲得有效學術訓練的途徑還是受教於諸如馮友蘭、鄧廣銘、林庚、王瑤等民國的老學者？為什麼他們接受的學術傳統是 1930～1940 年代的？雖然並不該否定五六十年代培養出的一代學者的承上啟下作用，但建國後的頭三十年在人文學術建設上確實還是較為薄弱。而既然在學院裏有這樣的學術跨代傳播狀況，那麼與此同時在文化領域應運而生的，就是前述所說的「大學神話」，這其中的關聯和共振，這自毋庸諱言。

　　《野葫蘆引》的「向歷史訴說」，是基於見證者的責任和願望。詩與史之間的騰挪趨避，暗含的是人心、人情、人倫的判斷。這也就是我們要使用「詩史對照」作為研究方法的原因：研究本體和替身之間的微妙差別，也就是呈現從歷史真實到人心顯影之間的豐富空間。而通過這種折射後的顯影，一種飽滿的倫理感也在其中。大學倫理在四十年代的西南聯大現場，是豐富而多元的，而經過了漫長的當代史歲月後，宗璞八九十年代以來的重新講述／建構，固然有其所本，但已經在西南聯大倫理的基礎上大量摻進了新時期的大學想像中神話化了的一些品格，也有著變化了的具體時代上下文。「盡倫與盡職」源自馮友蘭哲學，是西南聯大學術爭鳴中的一脈，宗璞將它接過來，變成了在新時期面對歷史而選擇生存姿態的一種資源。應該說，「盡倫與盡職」作為個體人的道德，和宗璞的人本主義的思維方式是暗相吻合的，都是在個體身上找到意義和自我實現。這個思想，在集團政治的歷史困境中，在八十

年代人道主義再出發中，是一個應對歷史境遇的可能方案，是老大學立人遺產的一次嫁接，是有意義的。而這個意義的獲得，需要依託的是宗璞漫長的當代史閱歷。只有在經歷了歷史對人的一系列磨難和拷問以後，才知道「獨立之精神，自由之思想」的珍貴，才會尋找人的尊嚴與合理的在世姿態，這才有了對馮友蘭人生境界哲學的取用。

　　知識分子處身歷史中，現代中國大學更扎根於革命與建設的二十世紀中國歷史。作為精神勞作的高地，大學是敏感的思想試驗場，其中的知識分子們更以肉身擔負種種來自問題與主義的詰難、來自戰爭與革命的刺激、來自社會大變革造就的制度和氛圍的滲透。但既然政權更迭之外，移風易俗也同樣是革命的題中之義，那麼大學的生活方式和文化理想如何應對革命的變革？大學的小傳統如何在更迭了的時代和社會中固執或轉化？大學能不能為社會的各行各業輸送有效的知識人口和思想？這都是從知識分子的盡倫盡職而推衍到國計民生層面的大事，也是學校作為新學說和新生活的試驗場的價值所在。那麼為了達成這種功能，除了個人的倫理規約，「兼容並包」或「容忍與自由」對大學這一機構的行為指向也同樣重要。大學的理想、大學的神話，都需要站在這種宏觀社會運轉的視野上觀察，《野葫蘆引》故事的開闊背景也正是由此而獲得。只是宗璞作為歷史中歷劫的個人，最終能做的還是用一己的、一家的肉身承擔時代變革，《野葫蘆引》有一個細膩而綿長的個體人的視角，這固然是人道主義的關切，但也是以人的限度來試圖理解歷史的方式，始於追憶童年烽火，繼而含情地重構了大學中的生活經驗，終於是以歷史的控訴而收尾。《野葫蘆引》以獨立自由的個體為本位、為目的，它從這個角度做到了一次完整的歷史呈現／建構。它滿懷深情的同時或許有所遮蔽，但這種見與不見都很真實，也值得追問下去。而如果從詩與史的對照中建立一個歷史經驗的腳手架，我們或許可以上下穿梭，從而更深刻地理解小說中的虛構之所本、寄託之所在，也看到個人體驗與群體命運之間的複雜關聯。如此，個體「心史」和大歷史的聯動也就會呈現出複雜而具體的肌理來。

參考文獻

一、報刊

1. 《國文月刊》。
2. 《文聚》。
3. 《當代評論》。
4. 《今日評論》。
5. 《社會日報》。
6. 《正報》。
7. 《立報》。
8. 《大公報》。
9. 《泥土》。
10. 《人民日報》。
11. 《光明日報》。
12. 《人民文學》。

二、研究書籍

1. 〔俄羅斯〕巴赫金著，白春仁、曉河譯：《小說理論》，石家莊：河北教育出版社，1998 年。
2. 北京大學、清華大學、南開大學、雲南師範大學編：《國立西南聯合大學史料》（全六卷），昆明：雲南教育出版社，1998 年。
3. 北京大學校友會編：《北大歲月：1946～1949 的記憶》，北京：北京大學出版社，2013 年。
4. 蔡仲德編：《馮友蘭先生年譜長編》（上、下），北京：中華書局，2014 年。

5. 陳福田編：《西南聯大英文課》，北京：中譯出版社，2017 年。

6. 陳來：《馮友蘭的倫理思想》，北京：生活·讀書·新知三聯書店，2018年。

7. 陳流求、陳小彭、陳美延著：《也同歡樂也同愁：憶父親陳寅恪母親唐篔》，北京：生活·讀書·新知三聯書店，2010 年。

8. 陳平原：《當代中國人文觀察》（增訂本），北京：北京大學出版社，2010年。

9. 陳平原：《中國現代學術之建立》，北京：北京大學出版社，2010 年。

10. 陳平原：《讀書的「風景」：大學生活之春花秋月》，北京：北京大學出版社，2012 年。

11. 陳平原：《老北大的故事》（修訂本），北京：北京大學出版社，2015 年。

12. 陳平原：《抗戰烽火中的中國大學》，北京：北京大學出版社，2015 年。

13. 陳平原：《大學何為》（3 版，修訂本），北京：北京大學出版社，2016 年。

14. 陳平原：《大學有精神》（2 版，修訂本），北京：北京大學出版社，2016年。

15. 陳平原：《大學新語》，北京：北京大學出版社，2016 年。

16. 陳平原、夏曉虹編：《北大舊事》，北京：生活·讀書·新知三聯書店，1998 年。

17. 陳徒手：《人有病　天知否》，北京：生活·讀書·新知三聯書店，2013年。

18. 陳徒手：《故國人民有所思》，北京：生活·讀書·新知三聯書店，2013年。

19. 陳寅恪：《陳寅恪集·詩集：附唐篔詩存》（3 版），北京：生活·讀書·新知三聯書店，2015 年。

20. 陳寅恪：《陳寅恪集·元白詩箋證稿》（3 版），北京：生活·讀書·新知三聯書店，2015 年。

21. 大一國文編纂委員會編：《西南聯大國文課》，南京：譯林出版社，2015年。

22. 戴錦華：《涉渡之舟：新時期中國女性寫作與女性文化》，西安：陝西人民教育出版社，2002 年。

23. 戴錦華：《隱形書寫：90 年代中國文化研究》，北京：北京大學出版社，2018 年。

24. 杜運燮、張同道編選：《西南聯大現代詩鈔》，北京：中國文學出版社，1997 年。

25. 馮友蘭：《南渡集》，北京：中華書局，2017 年。

26. 馮友蘭：《三松堂自序》，上海：東方出版中心，2016 年。

27. 馮友蘭：《我與西南聯大》，北京：石油工業出版社，2018 年。

28. 馮友蘭：《貞元六書》（上、下），北京：中華書局，2014 年。

29. 馮友蘭著，涂又光譯：《中國哲學簡史》，北京：北京大學出版社，2013 年。

30. 馮友蘭等著：《聯大教授》，北京：新星出版社，2010 年。

31. 馮至：《馮至全集》，石家莊：河北教育出版社，1999 年。

32. 〔美〕海登・懷特著，董立河譯：《話語的轉義——文化批評文集》，鄭州，北京：大象出版社，北京出版社，2011 年。

33. 〔美〕海登・懷特著，陳新譯，彭剛校：《元史學：十九世紀歐洲的歷史想像》，南京：譯林出版社，2004 年。

34. 何炳棣：《讀史閱世六十年》，北京：中華書局，2012 年。

35. 何兆武口述，文靖執筆：《上學記》，北京：人民文學出版社，2016 年。

36. 賀桂梅：《「新啟蒙」知識檔案：80 年代中國文化研究》，北京：北京大學出版社，2010 年。

37. 季培剛編注：《楊振聲編年事輯初稿》，濟南：黃河出版社，2007 年。

38. 姜建、吳為公著：《朱自清年譜》，北京：光明日報出版社，2010 年。

39. 蔣夢麟：《西潮》，天津：天津教育出版社，2008 年。

40. 〔美〕柯文著，杜繼東譯：《歷史三調——作為事件、經歷和神話的義和團》，北京：社會科學文獻出版社，2015 年。

41. 李光榮編選：《西南聯大文學作品選》，北京：人民文學出版社，2011 年。

42. 李澤厚：《中國近代思想史論》，北京：生活・讀書・新知三聯書店，2008 年。

43. 李宗剛編：《炮聲與絃歌——國統區校園文學文獻史料集》，北京：人民出版社，2014 年。

44. 魯迅：《魯迅全集》，北京：人民文學出版社，2005 年。

45. 鹿橋：《未央歌》（中國現代文學補遺書系·小說卷八），濟南：明天出版社，1990 年。

46. 陸鍵東：《陳寅恪的最後 20 年》，北京：生活·讀書·新知三聯書店，1995 年。

47. 呂德潤：《軍用密碼發出的緬北戰訊》，昆明：雲南人民出版社，2015 年。

48. 〔德〕馬克斯·韋伯著，錢永祥等譯：《學術與政治》，桂林：廣西師範大學出版社，2010 年。

49. 馬衛中，董俊珏：《陳三立年譜》，蘇州：蘇州大學出版社，2010 年。

50. 毛澤東：《毛澤東選集》，北京：人民出版社，1991 年。

51. 梅貽琦：《梅貽琦西南聯大日記》，北京：中華書局，2018 年。

52. 穆旦：《穆旦詩文集》（增訂本），北京：人民文學出版社，2013 年。

53. 潘光旦：《自由之路》，北京：群言出版社，2014 年。

54. 齊邦媛：《巨流河》，北京：生活·讀書·新知三聯書店，2011 年。

55. 錢理群：《遠行以後：魯迅接受史的一種描述：1936～2001》，貴陽：貴州教育出版社，2004 年。

56. 錢理群：《周作人傳》，北京：華文出版社，2013 年。

57. 錢理群：《1948：天地玄黃》，濟南：山東教育出版社，1998 年。

58. 錢理群、黃子平、陳平原：《二十世紀中國文學三人談·漫說文化》，北京：北京大學出版社，2004 年。

59. 錢穆：《八十憶雙親　師友雜憶》，北京：生活·讀書·新知三聯書店，2012 年。

60. 錢鍾書：《圍城》，北京：生活·讀書·新知三聯書店，2002 年。

61. 覃仕勇：《隱忍與抗爭：抗戰中的北平文化界》，北京：北京時代華文書局，2015 年。

62. 清華大學校史研究室編：《清華大學史料選編·第四卷：解放戰爭時期的清華大學（1946～1948）》，北京：清華大學出版社，1994 年。

63. 人民文學出版社編：《宗璞文學創作評論集》，北京：人民文學出版社，2003 年。

64. 沈從文：《沈從文全集》（修訂版），太原：北嶽文藝出版社，2009 年。

65. 蘇智良等編著：《去大後方——中國抗戰內遷實錄》，上海：上海人民出版社，2005 年。

66. 譚伯英著：《血路》，昆明：雲南人民出版社，2002 年。

67. 汪曾祺著，劉濤評：《汪曾祺論沈從文》，揚州：廣陵書社，2016 年。

68. 汪曾祺著，徐強選編：《笳吹弦誦有餘音》，揚州：廣陵書社，2017 年。

69. 韋君宜：《思痛錄》（增訂紀念版），北京：人民文學出版社，2012 年。

70. 吳宓：《吳宓日記》（第 6～10 冊），北京：生活・讀書・新知三聯書店，1999 年。

71. 吳世勇：《沈從文年譜》，天津：天津人民出版社，2006 年。

72. 西南聯大 1944 級編：《國立西南聯合大學八百學子從軍回憶錄》（內部刊行），2003 年。

73. 西南聯大《除夕副刊》主編：《聯大八年》（2 版），北京：新星出版社，2013 年。

74. 西南聯合大學北京校友會編：《笳吹弦誦在春城》，昆明：雲南人民出版社、北京：北京大學出版社，1986 年。

75. 西南聯合大學北京校友會編：《笳吹弦誦情彌切》，北京：中國文史出版社，1988 年。

76. 西南聯合大學北京校友會編：《國立西南聯合大學校史》（修訂版），北京：北京大學出版社，2006 年。

77. 《西南聯合大學敘永分校建校五十週年紀念集》，（內部刊行），1993 年。

78. 謝萌明、陳靜：《淪陷時期的北平社會》，北京：北京出版社，2015 年。

79. 謝泳：《西南聯大與現代中國知識分子》，福州：福建教育出版社，2016 年。

80. 徐洪軍編著：《宗璞研究》，鄭州：河南大學出版社，2017 年。

81. 徐康編著：《青春永在：1946～1948 北平學生運動風雲錄》，北京：北京出版社，2004 年。

82. 徐平：《費孝通評傳》，北京：民族出版社，2009 年。

83. 許淵沖：《聯大人九歌》，昆明：雲南人民出版社，2008 年。

84. 許淵沖：《續憶逝水年華》，武漢：湖北人民出版社，2008 年。

85. 許淵沖：《追憶逝水年華——從西南聯大到巴黎大學》，北京：生活・讀書・新知三聯書店，1996 年。

86. 楊沫：《青春之歌》，北京：人民文學出版社，1960 年。

87. 姚丹：《西南聯大歷史情境中的文學活動》，桂林：廣西師範大學出版社，2000 年。

88. 易彬：《穆旦年譜》，北京：中國社會科學出版社，2010 年。

89. 〔美〕易社強著，饒佳榮譯：《戰爭與革命中的西南聯大》，北京：九州出版社，2012 年。

90. 樂黛雲：《四院‧沙灘‧未名湖》，2 版（修訂本），北京：北京大學出版社，2018 年。

91. 岳南：《南渡北歸‧南渡》《南渡北歸‧北歸》《南渡北歸‧別離》，長沙：湖南文藝出版社，2011 年。

92. 查建英：《八十年代訪談錄》，北京：生活‧讀書‧新知三聯書店，2006 年。

93. 張曼菱：《西南聯大行思錄》，北京：生活‧讀書‧新知三聯書店，2013 年。

94. 張新穎：《沈從文的前半生》，上海：上海三聯書店，2018 年。

95. 張中行：《負暄瑣話》，哈爾濱：黑龍江人民出版社，1986 年。

96. 趙瑞蕻：《離亂絃歌憶舊遊》，武漢：湖北人民出版社，2008 年。

97. 鄭家棟、陳鵬編：《追憶馮友蘭》，北京：社會科學文獻出版社，2002 年。

98. 鄭家棟、陳鵬編：《解析馮友蘭》，北京：社會科學文獻出版社，2002 年。

99. 鄭天挺：《鄭天挺西南聯大日記》（上、下），北京：中華書局，2018 年。

100. 朱育和、陳兆玲編《日軍鐵蹄下的清華園》，北京：清華大學出版社，1995 年。

101. 朱自清：《朱自清全集》，南京：江蘇教育出版社，1998 年。

102. 宗璞：《告別閱讀》，北京：作家出版社，2007 年。

103. 宗璞：《舊事與新說──我的父親馮友蘭》，北京：新星出版社，2010 年。

104. 宗璞：《書當快意》，杭州：浙江文藝出版社，2015 年。

105. 宗璞：《四季流光》，南京：江蘇鳳凰文藝出版社，2017 年。

106. 宗璞：《野葫蘆引》系列：

《南渡記》（1987 初版），北京：人民文學出版社，2014 年。

《東藏記》（1993 初版），北京：人民文學出版社，2014 年。

《西征記》（2008 初版），北京：人民文學出版社，2014 年。

《北歸記》（大陸 2018 初版），北京：人民文學出版社，2018 年。

《北歸記・接引葫蘆》（香港 2018 初版），香港：香港中和出版有限公司，2018 年。

107. 宗璞：《雲在青天》，杭州：浙江文藝出版社，2015 年。

108. 宗璞：《紫藤蘿瀑布》，南京：江蘇鳳凰文藝出版社，2016 年。

109. 宗璞：《宗璞文集》全四卷，北京：華藝出版社，1996 年。

110. 宗璞：《宗璞自述》，鄭州：大象出版社，2005 年。

111. 宗璞、熊秉明編：《永遠的清華園》，北京：北京大學出版社，2013 年。

三、研究論文

1. 陳平原：《波詭雲譎的追憶、闡釋與重構——解讀「五四」言說史》，《讀書》，2009 年第 9 期。

2. 陳平原：《大學故事的魅力與陷阱——以北大、復旦、中大為中心》，《書城》，2016 年第 10 期。

3. 陳平原：《宗璞「過去式」》，刊於《文匯報》2011 年 8 月 9 日。

4. 陳平原、查建英：《陳平原訪談：關於八十年代》，刊於《社會科學論壇》，2005 年第 6 期。

5. 陳慶妃：《「南渡」文學敘事的三種範式——由〈野葫蘆引〉〈巨流河〉〈桑青與桃紅〉談起》，《文學評論》，2018 年第 4 期。

6. 樊迎春：《書齋內外的小氣候——宗璞的家、父親與小說》，《文藝爭鳴》，2018 年第 8 期。

7. 姜濤：《「打開一條生路」的另外路徑——以朱自清對 1940 年代新文藝的接受為線索》，刊於《中國現代文學研究叢刊》，2019 年第 10 期。

8. 李光榮：《沈從文在西南聯大》，《新文學史料》，2013 年第 2 期。

9. 李里：《「革命夫妻」：中共白區機關家庭化中的黨員角色探析（1927～1934）》，《中共黨史研究》2019 年第 11 期。

10. 聞黎明：《關於西南聯合大學戰時從軍運動的考察》，《抗日戰爭研究》2010 年第 3 期。

11. 聞黎明：《西南聯合大學的中國青年遠征軍》，《日本侵華史研究》2014 年第 1 卷。

12. 楊紹軍：《西南聯大文學作品研究現狀和趨勢》，《學術界》，2018 年第 12 期。

13. 袁國友：《陳寅恪任教西南聯大的基本史實考說》，《學術探索》2017 年第 11 期。

四、西南聯大相關言說文本初版時間表

1. 〔選集〕杜運燮、張同道編選：《西南聯大現代詩鈔》，北京：中國文學出版社，1997 年

2. 〔選集〕李光榮編選：《西南聯大文學作品選》，北京：人民文學出版社，2011 年。

3. 〔1945 完稿〕鹿橋：《未央歌》（中國現代文學補遺書系・小說卷八），濟南：明天出版社，1990 年。

4. 〔1946 初版〕西南聯大《除夕副刊》主編：《聯大八年》（2 版），北京：新星出版社，2013 年。

5. 〔1947 初版〕錢鍾書：《圍城》，北京：生活・讀書・新知三聯書店，2002 年。

6. 〔1947 英文版 "Tides from the West" 初版〕蔣夢麟：《西潮》，昆明：雲南人民出版社，2016 年。

7. 〔1983 初版〕錢穆：《八十憶雙親　師友雜憶》，北京：生活・讀書・新知三聯書店，2012 年。

8. 〔1986 初版〕西南聯合大學北京校友會編：《笳吹弦誦在春城》，昆明：雲南人民出版社、北京：北京大學出版社，1986 年。

9. 〔1987 初版〕宗璞：《南渡記》，北京：人民文學出版社，2014 年。

10. 〔1988 初版〕西南聯合大學北京校友會編：《笳吹弦誦情彌切》，北京：中國文史出版社，1988 年。

11. 〔1980～1990 年代陸續寫成的回憶昆明散文收入此集〕汪曾祺著，徐強選編：《笳吹弦誦有餘音》，揚州：廣陵書社，2017 年。

12. 〔1993 初版〕《西南聯合大學敘永分校建校五十週年紀念集》，（內部刊行），1993 年。

13. 〔1993 初版〕宗璞：《東藏記》，北京：人民文學出版社，2014 年。

14. 〔1996 初版〕許淵沖：《追憶逝水年華——從西南聯大到巴黎大學》，北

京：生活・讀書・新知三聯書店，1996 年。

15. 〔1998 英文版初版〕〔美〕易社強著，饒佳榮譯：《戰爭與革命中的西南聯大》，北京：九州出版社，2012 年。

16. 〔2000 初版〕趙瑞蕻：《離亂絃歌憶舊遊》，武漢：湖北人民出版社，2008 年。

17. 〔2003 初版〕西南聯大 1944 級編：《國立西南聯合大學八百學子從軍回憶錄》（內部刊行），2003 年。

18. 〔2004 初版〕何炳棣：《讀史閱世六十年》，北京：中華書局，2012 年。

19. 〔2006 初版〕何兆武口述，文靖執筆：《上學記》，北京：人民文學出版社，2016 年。

20. 〔2008 初版〕宗璞：《西征記》，北京：人民文學出版社，2014 年。

21. 〔2008 初版〕許淵沖：《續憶逝水年華》，武漢：湖北人民出版社，2008 年。

22. 〔2008 初版〕許淵沖：《聯大人九歌》，昆明：雲南人民出版社，2008 年。

23. 〔2009 初版〕齊邦媛：《巨流河》〔註1〕，北京：生活・讀書・新知三聯書店，2011 年。

24. 〔2011 初版〕岳南：《南渡北歸・南渡》《南渡北歸・北歸》《南渡北歸・別離》，長沙：湖南文藝出版社，2011 年。

25. 〔2013 初版〕張曼菱：《西南聯大行思錄》，北京：生活・讀書・新知三聯書店，2013 年。

26. 〔2018 初版〕宗璞：《北歸記・接引葫蘆》，香港：香港中和出版有限公司，2018 年。

〔註 1〕此書雖非談論西南聯大，但對於戰時後方學校如南開中學、武漢大學的回憶，也有重要參照價值。

後　記

　　在博士論文的正文中我已經說起,我的研究有幾個主要關切的維度,大約是知識分子、大學、歷史與虛構(詩與史),這些也是我一路走來逐漸形成的問題線索,對我來說都是生命中的真問題。我想作為人文學術,不關切「人」的學問是不大可能的,我在不斷推進對於研究對象的理解的同時,自己也爬坡上坎,獲得了自我心智的成長。為此,我永遠不後悔並且要感激我的研究工作。

　　研究的開端或許要從我對知識分子的興趣說起。記得錢理群先生曾說過,理解中國現當代的問題有兩條路,一是知識分子,二是農民。我顯然走了前一條路,研究西南聯大學院知識分子,對於我這樣讀了二十幾年書的「老學生」,當然是很有「生活」的了。十一年來處在燕園,我也天然地感受到大學的魅力。碩士的時候,我研究四十年代廢名,那是一個新文學而兼及知識分子的研究,我摸索著廢名這個頗為特殊的樣本,也得到了一點 1940 年代戰時知識分子的實感。後來我博士一年級拿著這個論文參加了華東師範大學思勉研究院的知識分子問題研討班,更對知識分子有興趣。另外,我作為文學青年本是比較洋氣的,但到了博士時代卻意外對王瑤先生發生了理解的興趣,在博士一年級下了一陣工夫,又童言無忌地要通過王先生研究所謂「科學的文學史如何可能」這種比較難的話題,結局是寫出了一份粗淺的思想草稿,但在這個過程中卻試到了一點知識分子研究的水深水淺。我發現一個要緊的方面是,現當代史中的知識分子不完全是思想深不深刻、著作偉不偉大的問題,而主要是在二十世紀的歷史境遇中,他們不斷面對戰爭、動盪、政權更迭、政治運動,往往是處在風暴中心極受影響的一群人。廢名的上書、王瑤

的檢討、馮友蘭的複雜經歷，本身都是必須不斷放回歷史情境中、人事關係中、他們自己的思想信念與現實政治的衝撞中才能較好理解的問題。這是一座大山，我記得王風老師對我的這種興趣也有過一個提醒，即研究學術與政治的人必須真的懂一點政治，而我那個文藝青年飄飄灑灑的感性狀態可能是不太能進入情境的。後來我繼續就我所能地關注知識分子問題，也對自我進行了力所能及的改造，尤其是看到一些思想運動的史料，對歷史的感想複雜而具體了許多，到今天我覺得自己終於知道為什麼錢先生認為知識分子研究是認識現當代中國的一條通路了，那確實堂奧幽深，鑽進去面對的很多都是「真問題」，讓年輕學術人如我也在辨別具體個人「一生真偽」的某些時刻理解了更複雜的人倫和人事。

對知識分子的興趣和對老大學的興趣在我決定博士論文的方向時是匯流在一起的。我的博士導師陳平原先生關注大學，是從民國老大學那裡追究得失，為今天的高校提供借鑒和理想的，而西南聯大故事真是中國現代大學故事中很美麗的一個。歷史中的知識分子，具體情境是很多的，就我來說，我很願意從西南聯大的入口進入這個問題，八年抗戰學院知識分子吃了很多苦，但一直很有精氣神，甚至是有一絲「器宇軒昂」的人格美，因為抗戰的國族是非是很單純的，聯大知識分子們愛國愛校、癡心學術，雖也有些坑坑窪窪的人事問題，但總的來說風氣相對較好，這是一個好故事。平原師囑我多瞭解內遷大學的各種情況，一時我讀了流行的不流行的很多「大學故事」類讀物，覺得自己可以做一個「聯大言說史」，捋一捋從建校以來至今對西南聯大的各種言說。應該說這是一個可行的研究，但導師卻並不同意，而是一再囑咐我重視《野葫蘆引》這個小說系列。那時候是 2018 年底，《野葫蘆引》的第四部《北歸記・接引葫蘆》剛剛在香港出版，大陸這邊並沒有賣，我永遠感謝導師把這本書送給了我，我之前讀過前三部，後來讀了新出的這部，我要誠實地說讀到《接引葫蘆》非常震撼，甚至是痛苦。這個尾聲寫得很粗，宗璞可能已經來不及多做展開，但是很慘烈、很憤怒，你很難想像一個歷史老人到快九十歲高齡了心中仍有那麼重的憤怒，而她講的是王瑤所處的時代、馮友蘭所處的時代，她自己也是時代的親歷者和受難者。雖然後來我一再為自己畫出和宗璞的界限，相對化她的憤怒，反思她的或許有些簡單的歷史直觀，但是我真的被《接引葫蘆》這個尾聲打動了，並且籍由此理解了《野葫蘆引》西南聯大故事的真正意義所在。那是通透了一切歷史災難的老人要用筆描摹

出一個遠去的烏托邦，一個衰世中的美學和倫理燈塔，知識分子的光榮、知識分子的受難，這二者的混合你說是自戀自傷也行，但是哪個人完全不自戀自傷呢？長歌當哭，是因為見證了二十世紀中國知識分子的一路走來，歷史中的亡靈們因為有這個人還在寫，所以顯影了。我突然覺悟到，我如果通過《野葫蘆引》研究西南聯大故事，那麼當代史的知識分子底色從來就沒有離開過我，這也就是《野葫蘆引》的複雜和力量所在。

　　有了完整成套的《野葫蘆引》，我開始調整我的研究了，想選一個小一些的題目，但是輻射出比較大的問題，最終經過開題時的一翻試錯，和導師對宗璞研究的信任與支持，我做了現在這個選題。本來文學感覺我是可以的，但是深入地讀了一些歷史上下文和當事人敘述，我才發現原始的文學感覺的單薄。我想作品都是從歷史境遇中生長出來的，有具體的針對性和問題感，我們只有把它不斷還原到它生成的脈絡中去，才能說獲得了一點真正的共情力和理解力，也因此才能獲得文學史家的俯瞰文學地形圖的資格。我自己讀宗璞，也讀和她的敘述相關的史料、別人的敘述，我其實不願意輕易繳械投降把價值判斷的權力出讓給宗璞，但讀得久了，還是會不由自主地多認同一點她人道主義的、高潔而悲情的世界觀和歷史觀，那是她的時代和生活環境給與她的，我充分理解和尊重其合理性，但我並不是宗璞啊。

　　這個問題再往前問一步，就該抵達我現在仍未化解的困惑了：我的政治意識長成了嗎？我的立場決定了嗎？我應該在左派和自由主義大撕裂的今日世界也站個隊嗎？我想如果不是進入這個研究，我可能還會度過很長時間政治立場上無憂無慮一團和氣的日子。但現在我依然不能說自己是左派還是右派，甚至也不知能否以左右框架理解變化了的今日世界。我很困難的是，我讀的史料讓我知道建國後知識分子的一些遭遇，但又總疑惑知識分子能代表中國嗎？我所淺嘗輒止的農民或平民百姓在歷史中又如何呢？我出身小康之家，但父母祖上都是農民或平民，也就是說我的祖輩們以近乎底層的身份度過了當代史很長一段時期，這些人家的文革記憶和知識分子是很不同的，我也和父母聊起過。百姓的文革記憶讓我有了一點相對化知識分子文革受難的意識，我知道知識分子積累的憤怒，但我也瞭解老百姓要把日子好好過下去的堅韌、寬容乃至善忘，如果我要跟親人講知識分子的受難故事，他們會聆聽，但也會講給我百姓的求生與自顧，而我覺得這一切都是同樣真實的。宗璞肯定屬於「告別革命」潮流中綿長表態的一位，只是她門第高貴，我研究

她卻始終警醒著我自己的生活位置。我現在除了認同人情人倫之外沒有更多的政治宣言要表，但也知道人道主義的簡單和抽象，所以我能是什麼，能信仰什麼，這仍不免是深深的困惑。

在我的自我站位的困惑中，我常常想起姜濤老師的建議，那就是學術研究不一定是一個政治立場的表態，而是應以闡述清楚研究對象的情況為本職，韋伯式學術「清明的理性」也就是一種「可以幫助個人，讓他對自己的行為的終極意義，提供一套交待」的東西，那麼應該做的是分析問題而不是拿出立場，我在具體的寫作中也努力想要做到。只是，在閱讀了當代學界的現當代文學研究的大量著作以後，我見過許多立場鮮明的著述，而立場往往會和所修習的理論的品格掛鉤，還有一些我或許更認同的，大概屬於「論從史出」的傳統，史料的鋪排成功以後自會推導出一種態度，這大約是我理解的良好的學術表態吧。我也真希望我的研究告訴我一種態度，只是現階段我還沒有完成這種成長，也還在宗璞的、其他人的各種文本間讓它們互相攻守爭辯，學術的發育大約是長期的事情了。

我是一個文學青年出身，我曾經希望成為了不起的作家，但北大中文系無疑是表過態不培養作家的。在這裡我從本科讀到博士，走入現當代文學研究之門，沒能成為大作家，但覺得青春無悔。我感謝博士期間教我學問使我成長的導師陳平原教授，陳老師給了我《北歸記‧接引葫蘆》和內遷大學方向，也就是給了我宗璞作品和二十世紀大學這兩個出發點，讓我把知識分子研究的興趣和小說文本解讀的長項結合，使我有開闊的視野，也有現在看來遠遠不會耗竭的後續研究興趣。陳老師對我的指導是言簡意賅、不憤不啟，他的學術榜樣又讓我永遠不敢為自己的小進步而自滿。而在學術職業的入門和迷茫中，我總想陳老師對學術事業的信心和熱忱是可靠的，在我自己的不成熟中我能因此而更相信這個工作有價值、值得全力以赴。同時感謝夏曉虹教授這些年來對我的關心和指教，夏老師改論文，是把我的標點符號也做了修正的，我也在學習夏老師瀟灑中見細緻的學術和為人風度，能進入陳夏門我很幸運。我也要感謝我的碩士導師姜濤老師，感謝他教我詩歌，也總是願意傾聽我的學術思考並給與建議，如今詩歌和學術我都終於初步地成長起來了，我覺得努過力的夢想是會開花結果的。我也要感謝王風老師，我博士期間屢次和他討論我的研究，他總是不厭其煩，又總能以好的建議啟發我之所不見。我有一些急躁、粗糙的毛病，王老師慢悠悠的學術方式讓我更為沉潛，

是對心性的磨練。我也要感謝高遠東老師、吳曉東老師、孔慶東老師在開題時幫我排雷，給我開擴思路的好建議，在預答辯時給我有效的反饋意見，讓我更明白自己的得失，之後盡力調整。也感謝張麗華老師、陸胤老師、李國華老師對我的關心和啟發，我特別記得張老師在我博一時指出我的論文語言粗糙，這讓我慚愧，也讓我之後一直記得對寫作的遣詞用句採取認真精練的態度。

我也十分感激陳夏門的同門師兄師姐師弟師妹們，他們各有所長，多才多藝，無論是學術的切磋，還是文學寫作的探討，或是日常交流，我都總能找到優秀的榜樣、有見地和才華的朋友。師門的學術氛圍濃鬱，我在這裡度過了可能是我最安心、沉潛的時光，現在可能要和燕園的一切告別了，這也是和我人生最珍貴的十一年青春告別，我感慨繫之。在十一年前我來到北大，經過了這麼久，長成現在這樣的人，我自己是認同的，也相信快到而立之年的我已經初步成熟，不會輕易縮回那個稚嫩、迷茫的自己，今後我還會繼續自我的改造和錘鍊，但相信不斷的成長將會是一個不斷接近「復樂園」的過程。

最後，我要感謝我的父母，他們寬厚、誠實、樸素的性格是影響了我的寶藏，他們愛我不計任何條件，讓我擁有永遠堅強的家的後盾，我想我的一生是要不辜負他們的愛的，這一切人們的好意和溫情，都是我不斷成為更好的自己的動力。

康宇辰

2020/4/12 初稿完成於成都